눌리타스

3

눌리타스 _niillitas_

◆◆◆◆ 절반의 백작 영애 ◆◆◆◆

3

Jezz 장편소설

위즈덤하우스

차례

1. 장미는 붉었다 · 007

2. 눌리타스 로마그놀로 · 112

외전. 별처럼 밝게 빛나라 · 262

외전. 첫사랑이자 마지막 사랑 · 400

작가 후기 · 469

1

장미는 붉었다

지금 눌리타스는 자신이 무모하다는 것을 잘 알고 있었다. 검을 쥐고 대문 앞을 막아선 그녀가 뒤를 한 번 보았다.

여기저기 피를 흘리는 보르조이는 눈을 뜨는 것도 힘이 들어 보였다.

'완전히 밀리는 상황이긴 하지만, 손을 놓고 있을 수만은 없어.'

그녀는 아무것도 하지 않고 두려움에 소리만 질러대는 귀족 아가씨가 아니지 않는가. 눌리타스가 문 앞에서 이런저런 소리에 촉각을 곤두세우고 있었다.

바람이 불어 그녀의 긴 머리가 목걸이 줄에 뒤엉켰다. 한 손으로 그것을 풀어헤치자 공작님의 사진이 든 로켓이 손에 잡혔다.

무언가 밟혀 으스러지는 소리가 들렸다. 금속이 부딪히는 소리,

사내들의 욕설들이 점점 크게 들려오기 시작하였다. 그리고 얼마 지나지 않아 긴 그림자들이 눌리타스의 앞에 드리워졌다.

"쥐새끼들 잘도 숨어 있었구나."

사내 넷이 문을 열어젖히더니 침을 뱉으며 웃어댔다.

숨을 고르던 하나는 바닥에 주저앉는 여유까지 보였다. 그중 우두머리인 듯 보이는 사내가 짜증 섞인 목소리를 냈다.

"이제 다 끝났어. 순순히 목이나 내놓아라."

사내들은 얼굴이 창백해져서 눈도 제대로 못 뜨는 보르조이를 툭 차서 쓰러뜨렸다. 그러더니 눌리타스를 점점 구석으로 몰아넣기 시작하였다. 눌리타스가 여전히 검을 내려놓지 않고 있자 칼에 핏자국이 길게 나 있는 사내가 눈을 번들거렸다.

"마님, 또 나를 찌르시게? 두 번은 안 당하지."

눌리타스는 떨지 않으려고 갖은 애를 썼지만, 휘청거리는 다리에 힘을 주는 일이 쉽지 않았다.

'이들은 누구기에 나의 목을 노리는 거지. 왜?'

그중 한 놈의 누르스름한 눈이 복면에 뚫린 구멍으로 눌리타스의 가슴과 목 언저리를 탐욕스레 훑고 있었다. 그자의 시선을 피하지 않으면서 목소리를 가다듬었다.

명예를 아는 자들이 아니라면, 돈을 좇을 터.

"그대들을 고용한 자가 누구지?"

침착한 공작부인의 음성이 사내들의 귀에 닿자 모두가 놀라서 멈칫했다.

계집들이란 칼을 든 사내를 보면 질겁하게 마련이다. 그들은 눈물을 지으며 살려 달라고 애원을 하는 모습을 기대하였다.

"역시 공작가의 마님쯤 되시니 배짱이 사내 못지않으시군요."

대장이라 불린 털북숭이가 누런 이를 드러내며 낄낄거렸다. 이들 무리는 돈을 받기만 한다면 무엇이든 할 수 있다 여기는 이들이었다.

아이를 품에 안은 여인도, 아들을 기다리는 노모에게도 그들은 자비를 베풀지 않았다.

귀부인에게 돈을 더 받는 것도 나쁘지는 않았다. 그렇게 처음 의뢰를 뒤엎은 것도 여러 번이었다. 그들은 어디까지나 황금의 무게에 따라 움직이니까.

그러나 이번 일은 의뢰한 사람이 여느 사람이 아니라 그들의 주인이라는 것이, 앞에 서 있는 귀부인에게는 불운이리라. 대장은 고개를 젓다가, 맡은 일을 깔끔하게 해치우기로 결심하였다. 그러나 더 많은 금덩이를 가지길 원한 부하들의 눈은 헛된 욕심으로 물들기 시작하였다.

"대장, 마님이 참말로 배포가 크신데, 사정 좀 들어보는 게 어떨까요?"

눌리타스는 대장을 제외한 나머지들이 그녀의 미끼를 물었다는 것을 직감하였다.

"나는 모르시아니 가문의 사람, 금만 있으랴. 말과 번쩍거리는 보석들도 줄 수 있다."

보르조이는 거의 잠긴 눈으로 지금 들리는 이야기들에 입을 달싹이다가 스륵 기절하였다.

"조용! 결정은 내가 한다."

대장이 화가 난 듯 소리치자 움찔거리던 부하들이 괜히 쓰러진 보르조이의 몸에다 발길질을 해댔다. 눌리타스가 주의를 끌어보려 또다시 입을 열었다.

"그자는 이미 많이 다쳤는데 굳이 그럴 필요가 있나? 그러지 말고……."

그 말을 하는 도중 대장이 눌리타스의 더 이상 말을 듣지 않겠다는 듯 시커먼 손으로 그녀의 입을 틀어막았다. 그리고는 곧장 허름한 실내로 그녀를 끌고 들어갔다.

"다들 보초를 서. 내가 끝장을 볼 테니."

방으로 끌려 들어와 더러운 손이 그녀를 놔 주었을 때 우습게도 그 첫 숨이 참 달았다. 눌리타스는 거칠게 호흡을 하며 참담한 기분을 느꼈다.

사내는 칼집에서 천천히 칼을 빼내었고, 바닥에 걸쭉한 침을 뱉었다.

"고귀하신 분은 색다르게 보내드리지. 무릎을 꿇어."

용병 일을 시작하고 귀족을 죽여 달라는 청부를 받은 것이 처음은 아니었지만, 이렇게 지체 놓은 가문의 여인은 전에 없었다. 사내의 몸에 평소와는 다른 흥분이 번지기 시작하였다.

눌리타스는 눈을 내리깐 채 주위를 살폈다.

단도라도 있다면 아니 뾰족한 무엇만 보여도 저자의 목을 노려볼 텐데, 애석하게도 방에는 아무것도 없었다.

그녀는 천천히 무릎을 꿇고 고개를 숙였다. 목에서 루서스가 준 목걸이가 앞으로 흘러 나와서 그녀의 감은 눈앞에서 이리저리 흔들거리기 시작하였다. 사내는 갑갑한 듯 복면까지 벗어 던지고는 칼을 좌우로 마구 휘두르기 시작하였다. 눌리타스는 그의 걸음이 가까워져도 움츠리지 않으려 두 손으로 목걸이의 로켓을 소중하게 감쌌다.

'흉한 꼴을 당신에게 보여드릴 수는 없지요.'

검이 일으키는 바람이 눌리타스의 뒷목을 서늘하게 하는가 싶었다. 슬리더린 백작 때의 일이 얼마 지나지 않아, 이번에는 아무런 생각도 나지 않았다.

"……?"

눌리타스는 그녀를 죽이려 한 사내의 몸이 큰 소음을 내며 쓰러지는 것을 보았다.

"대장, 잘 가셔."

세 명의 사내가 한때 우두머리로 모신 사내의 등에 검을 박아 넣으며 비릿하게 웃고 있는 게 아닌가.

"마님, 아까 하시던 말씀을 계속 들어보고 싶어졌지 뭡니까."

셋은 서로의 눈치를 보기 시작하더니, 눌리타스를 세워두고 빙글빙글 돌았다. 하나가 눌리타스에게 다가서서 더운 입김을 얼굴에 혹 불었다.

"금덩이야 목숨값이니 당연히 받는 거고, 우리 서로 친해지는 시간을 좀 가져보는 게 어떨까요?"

낄낄거리는 사내들의 눈은 음욕으로 젖어 있었다.

'차라리 대장이란 자가 나은 놈이었나.'

눌리타스는 이런 위기에서도 시간을 좀 더 벌 수 있게 된 것은 다행이라 생각하기로 하였다.

나머지 두 사내가 문 근처에 가서 보초 비슷한 것을 서자, 키가 큰 자가 본격적으로 추잡스러운 짓을 하려 들었다. 사내는 그의 아랫도리를 눌리타스의 드레스 위로 문지르며 눈을 깜빡거렸다.

"귀족 계집은 향긋하기도 하구만."

그리곤 이내 다급해진 사내가 손을 뻗어 드레스를 어떻게 벗겨보려고 했지만, 일이 여의치 않았다.

눌리타스가 바깥을 한 번 살피고는 담담하게 입을 열었다.

"괜찮다면 내가 벗도록 해 주겠나?"

저자에게 강제로 벗겨지는 것보다 백번 나으리라.

최대한 느긋한 손놀림 끝에 눌리타스는 얇은 슈미즈 차림이 되어 낯선 자 앞에 서게 되었다. 울지 않으려 하였지만, 자꾸 눈물이 비집고 흘렀다. 그래도 눌리타스의 푸른 눈의 불꽃은 꺼지지 않으려 안간힘을 쓰고 있었다.

'그저 평범하게 살았어야 했는데…….'

그녀의 얼굴로 모든 것들에 대한 후회와 슬픔이 진하게 흐르기 시작했다. 참았던 울음이 마지막 순간에는 터지고 말았다. 하지만 모진 운명은 역한 냄새를 풍기는 사내의 손길을 보내 줄 뿐이었다.

귀족 사회에서의 소문이 번지는 속도는 엄청났다.

대부분의 귀족들은 그들과 같은 길을 걷지 않는 모르시아니 공작부인을 은밀하게 비난했다.

'한마디로 품위 없는 행동이다.'

가난한 자들의 동네에 손수 방문하고 환자들의 가정을 직접 다니며 약을 건네어 준다는 공작부인의 이야기에 대한 그들의 평가는 썩 좋지 않았다.

그들 모두가 병들고 죽어가는 이들을 위해 귀족의 창고를 열어 온갖 것들을 보내주었다. 게다가 그 비천한 것들을 위해 모여서 그림을 그리며 기도를 나누어 주기까지 하지 않았던가.

'그 모든 것이 가진 자들이 베푸는 자비니라.'

시골 영지의 성에 쥐새끼처럼 숨어들었던 귀부인들은 병이 소강상태로 접어들었다는 것을 전해 들으며 콧방귀를 뀌었다.

아주 극소수는 그녀의 행동에 박수를 보내기도 하였다. 어쨌거나 노동을 해야 할 인력들을 구해내는 것은 다행 아니던가.

그렇게 눌리타스는 그녀의 의도와는 상관없이, 귀족사회에 강한 인상을 심어주게 되었다.

그렇게 눌리타스의 이름이 귀족들에게는 야유를, 평민들에게는 성녀로 칭송받기 시작하던 때, 금발의 화려한 모란꽃 같은 여인이 한 사내 위에서 몸을 흔들거리고 있었다. 사내는 이미 현실을 넘어선 꿈의 나라를 그리는 듯, 눈이 초점을 잃어가고 있었다. 하지만 잘록한 허리에 백옥 같은 피부를 가진 여인은 붉디붉은 입술을 깨물며, 즐기는 척 거짓 웃음을 짓느라 곤욕을 치르는 중이었다.

그녀의 관심사는 지금 그 망할 계집이 죽었을까 하는 것뿐이었다.

삐뚤어진 애정에서 나오는 독기가 그녀의 땀으로 젖은 촉촉한 피부에서 어둑어둑하게 흘러내리고 있었다. 그리고 그 형체가 없는 끈적끈적한 악의가 지금 누군가의 심장을 정조준을 하고 있었다.

흐트러진 머리를 쓸어 올리며 금발의 여인이 짜증스럽게 입을 열었다.

"왜 이렇게 소식이 없는 거죠?"

화려하게 꾸며진 침실의 너른 침대에는 벌거벗은 사내와 이제 막 피기 시작한 여인의 습한 열기가 가득했다. 아이올라는 앙칼진 눈을 하고, 옆에 누운 사내의 옆구리를 툭 쳤다.

"진짜 솜씨 좋은 자들이 확실하죠?"

"이리 와봐. 나의 고양이. 몇 번을 묻는 거야?"

그 사내는 배가 남산만 하고 키가 작은 기혼의 백작이었다.

그녀가 그자를 선택한 것은 그의 재력과 그리고 남다른 능력 때문이었다. 무도회에서 한 번 눈길을 주자 이 미련한 자는 그녀의 아래에 굴복하였다. 백작이 고용한 자들이 용병이든, 무엇이든 상관없었다. 목적만 이룰 수 있다면 뭐든 좋았다.

그녀의 풍만한 가슴을 음흉하게 바라보는 사내의 눈빛이 다시금 욕망으로 물드는 것을 보던 아이올라는 가운을 거칠게 여몄다.

"일이 제대로 된 게 확실해지면 그때 생각해보죠. 지금은 좀 피곤해요."

미래의 공작부인을 꿈으로 가지고 살아온 아이올라는 사라지고 없었다. 지금 이곳에는 핏발 선 눈을 한 헐벗은 여인 하나만이 있을 뿐이었다. 후들거리는 다리로 몸을 일으키자 가운 사이로 뭉근한 통증이 그녀의 전신을 휘감고 있었다.

'나의 공작님을 앗아가고, 이제는 뭐 성녀? 인생이 참으로 달콤하다 느끼고 있겠지?'

아이올라의 공작님이 그녀를 거부하던 그 밤, 세상이 무너져 내리는 것 같았다. 한동안은 심한 우울증에 외출도 하기 힘들었다. 식사도 무엇도 의미가 없다 여겨졌다.

그가 없는 삶, 더 살아서 무엇하나 싶었다. 그러다 그런 생각이 들었다. 지금 루셔스 님은 잠시 그 마녀에게 홀린 것일 뿐이라고.

'루셔스 님의 눈을 가린 덮개를 벗을 수 있게 내 손으로 도와드려야 해.'

그리하여 공작을 현혹시키고 있는 빨간 머리든 은발이든 그 계집을 죽여 버릴 계획을 세웠던 것이다.

그것을 위해 그녀는 저 징그러운 사내와 몸을 섞는 것도 서슴지 않았다. 물론 처음에는 귀족가의 영애가 제 발로 이런 짓을 한다는 게 너무나 끔찍해서 자기 혐오감에 싸였었다. 모든 것을 포기하고 싶은 충동도 들었다.

하지만 공작의 다정했던 눈을 생각하며, 그의 늠름한 자태를 떠올리며 이를 악물었다. 저 징그러운 백작을 공작님이라 생각하며 그렇게 견뎠다.

'아마 은발의 계집만 없애면 그 빈자리는 자연스럽게 나에게로 돌아 올 거야.'

아름다운 하얀 얼굴이 더욱 피어나고 있었다. 잘못된 믿음은 자신을 비롯한 주변 모두를 상처 입히고 파멸로 몰고 갈 뿐이라는 것을, 어리석은 그녀는 알지 못하였다.

더운 시큼털털한 입김이 눌리타스의 입술을 잡아 뜯을 듯 덤벼드는 순간이었다.

　눌리타스는 치열하게 고민 중이었다.

　저 신의를 모르는 이들이 그녀를 희롱하고 과연 약속을 지킬지 알 수 없는 노릇이었다. 셋 모두를 당해낼 수 있을까. 일단 이자의 아랫도리를 가격할까. 이도 저도 여의치 않으면 혀라도 깨물어 버릴까.

　"야, 얼른 해치우라고! 우리도 급하니까."

　망을 보던 사내 둘이 음흉한 목소리를 내면서 재촉을 하였다. 그 낄낄거리던 사내들의 웃음기가 모두 지워지기 전에 눌리타스를 삼킬 듯 질척대던 사내의 입술이 그녀의 목덜미에 와 닿았다.

　이런 역겨운 숨을 다시 맡으리라 생각을 해본 적이 없었다. 그녀의 몸은 본능적으로 심한 거부감을 드러내었다. 눌리타스는 그녀의 살에 닿은 사내의 귀를 물어뜯었다.

　"으악. 이 계집이 미쳤나?"

　사내는 화가 나서 피가 흐르는 귀를 움켜쥐고 한 손으로 눌리타스의 뺨을 가격하였다.

　눌리타스는 눈물과 통증으로 순간 앞이 잘 보이지 않는 것 같았다.

'얼마나 다행인가. 이 추잡스러운 꼴을 보지 않아도 된다니.'

저자가 또 그녀의 몸에 손을 댄다면 이번에는 최후의 보루로 혀를 깨물리라고 다짐하였다. 분노로 눈이 뒤집어진 사내가 우격다짐으로 그녀에게 덤벼들어 허리를 움켜잡을 때였다.

"……!"

순간 서늘한 바람이 일더니 둔탁한 소리가 눌리타스가 서 있는 바닥을 타고 흘렀다. 방금까지 그녀의 허리를 만지던 사내의 손이 주던 기분 나쁜 온기가 갑자가 사라졌다. 그리고 그녀는 코끝을 감도는 비릿한 냄새를 맡으며 손등으로 눈을 마구 문질렀다.

"늦어서 미안하군."

목소리의 주인공은 검은 머리를 단정하게 뒤로 묶은 사내로, 검을 집어넣고 있었다. 다정하게 웃으려 애를 쓰고 있는 초췌해진 얼굴이 그녀가 그리워하던 사람이라는 것을 증명해주었다.

"공작님?"

"루셔스라 해야지."

이것은 분명 그녀가 기억하는 그의 목소리였다. 눌리타스는 믿기지 않아 눈을 끔뻑거리며 쓰러진 용병들의 시체와 공작의 모습을 번갈아 보았다. 그 모습을 가만히 지켜보던 공작이 한 걸음 다가서 그의 망토를 얇은 차림의 그녀에게 둘러 주었다.

눌리타스는 분명 두 발을 딛고 서 있었지만, 그녀를 둘러싼 세상이 너무 빠른 속도로 돌아가는 것처럼 정신을 차리기가 힘이 들었다.

폐가로 병사들이 뒤따라 들이닥치자 루셔스가 얼른 망토의 끝을 풀어서 눌리타스의 머리부터 발끝까지 모두를 덮었다.

"그대는 무사해."

공작은 혼란스러워 보이는 그녀를 가볍게 들어 안았다. 늦지 않게 도착해서 이렇게 무사히 그의 여인을 구할 수 있었다.

'이 모든 것이 신의 뜻이리라.'

안도의 한숨이 그의 입으로 흘러나와 그녀의 귀 언저리에서 부서졌다. 눌리타스는 그제야 팔을 뻗어 그의 목을 안아 쥐었다. 그의 특유의 체취가 공포로 움츠러들었던 그녀의 가슴에 실바람처럼 스며들기 시작하였다. 눌리타스는 그제야 편안한 호흡을 시작하며 공작의 망토에서 눈을 빼꼼 내밀었다.

"공작님?"

그의 품인 것을 알지만, 자꾸 불러서 확인을 해보고 싶었다. 그녀에게는 돌아갈 곳이 있을 뿐 아니라, 이리 그녀를 구하러 한달음에 달려올 사람도 있었다.

"제가 그러니까…… . 그러니까."

눌리타스는 무슨 말을 해야 할지 몰라 웅얼거리다 아이처럼 울음을 터뜨렸다.

"쉬이. 그대가 울면 나는."

그가 그녀를 안은 팔을 조금 밀어 눈물에 젖은 눌리타스의 얼굴을 꼼꼼히 살피기 시작했다.

이렇듯 그녀의 무력해진 모습을 한번 보고 싶은 욕심을 가져본 적이 있었다. 하지만 실제 마주하자 그의 마음이 무너지는 것 같았다.

눌리타스는 한참을 그의 목을 부둥켜안고 울었다. 태어나 처음 누군가에게 온전히 기대보는 일은 생각보다 그리 낯설지 않았다.

하도 울어서 코가 빨개진 그녀를 바라보던 루셔스가 입가를 뭉개며 애써 입을 열었다.

"그대는 우는 모습마저 나를 설레게 하는군."

그는 발로 방금 쓰러뜨린 사내들을 벽 쪽으로 차버리면서 살짝 눈웃음을 쳤다.

"공작님, 이제 내려주세요."

정신이 돌아오자 계속 안겨 있는 것에 조금 민망한 기분이 들었다. 루셔스가 그녀를 천천히 내려주자 그들을 둘러싸고 있는 풍경이 한눈에 들어왔다.

피를 흘리며 쓰러진 네 명의 사내.

"아! 공작님, 보르조이 님이 많이 다치셨어요."

피를 보자 심한 부상을 입은 보르조이가 떠올라서 눌리타스는 그의 망토를 내리며 다급한 목소리를 내었다. 그러나 공작은 바깥을 살피려 드는 눌리타스의 허리를 꼭 안았다.

눌리타스가 놀라 고개를 들어 그의 굳은 얼굴을 마주하였다. 그 검은 눈에는 어떤 생각을 하는지 짐작도 할 수 없는, 짙은 어둠이 깔려 있었다.

"그대는 정말……."

루셔스는 이런 상황을 맞닥뜨리게 된 것이 너무나 유감스러웠다. 푸른 눈을 한 따스한 마음을 가진 여인에게는 세상의 밝은 것만을 보여주고 싶었다.

일주일이 지나도 소식 하나 전해주지 않는 무심한 부인이 걱정이 되어서, 아니 너무 보고 싶어서 근처로 오고 있지 않았더라면. 혹은 보르조이가 날린 전서구를 조금이라도 늦게 발견했더라면.

이렇게 만났으니 그런 것들은 모두 무의미하지만, 그간의 마음 졸임은 어떻게 설명할 수 있을까.

눌리타스는 차가운 목소리를 내며 상처받은 얼굴을 하는 공작을 보며 두 팔을 뻗어 그의 등을 보듬었다. 가끔 그녀는 이렇게 사랑을 받고 있다는 것을 까마득하게 잊고는 한다.

'이런 것은 난생처음이라 익숙하지 않아서 그래요. 미안해요.'

그녀처럼 울고 있지는 않지만, 꼭 울고 있는 것 같은 그의 눈빛을 보면서 그런 기분이 들었다. 하지만 저런 말들은 입안에서만 맴돌 뿐이었다. 해본 적이 없는 다정한 말들은 왠지 쑥스럽다고 할까.

눌리타스는 서로에게 엉긴 팔을 풀며 살짝 뒤로 물러섰다. 공작의 반듯한 이마로 흐르는 정리되지 않은 머리카락, 풀어헤쳐진 셔츠의 앞섶은 그가 급히 달려왔음을 짐작케 하였다.

'나를 구하러 오시느라 저리 흐트러지신 거야.'

눌리타스는 눈물이 날 만큼 마음이 벅차올라, 지금 공작의 모습을 두 눈에 새겨 넣었다. 그리고 그녀가 천천히 팔을 뻗어 공작의 팔을 가만히 붙잡았다.

"저를 구하러 와 주셔서 기뻐요. 루."

눌리타스가 소매 아래의 선명하게 남아 있을 초야의 상흔을 쓸며 그의 이름을 불러주는 순간, 루셔스는 산산이 부서지는 기분이었다. 어쩌면 그가 사랑하게 된 것은 마녀일지도 모른다는 두려운 생각마저 덜컥 들었다.

'저리도 사랑스러운 입술로 그런 말을 하다니.'

루셔스는 그녀의 생각처럼 그렇게 훌륭한 인간은 아닐지 모른다. 그가 이곳에 달려온 것은 병에 신음하는 자들 때문이 아니라 오로지 루셔스의 앞에서 별처럼 빛나는 이 여인을 위해서였다.

그녀의 손길과 목소리, 그리고 저 따스한 시선도 모두 자신만을 향하길 바라는, 그런 옹졸하고 뻔한 사내인 것이다.

이런 순수하지 못한 욕망이 그녀에게 드러날까 걱정을 하는 찰나에 그의 손목 위로 눌리타스의 가느다란 은발이 사르륵 흘러내렸다.

눌리타스의 보드라운 입술이 그의 상흔에 닿았다. 그곳에는 그를 향한 존경, 감사, 그리고 무한한 애정이 드리워져 있었다. 루셔스의 눈이 놀라움으로 물들어 낮은 탄식을 뱉어냈다.

"아…….그대는 정말 미워할 수 없는 사람이야."

루셔스는 무어라 섭섭함을 토로하려 했던 감정들이 온데간데없어짐을 깨달았다. 그녀의 입술이 닿은 팔목을 시작으로 전신에 파도치듯 너울대는 따스함을 느꼈다. 루셔스는 고개를 들어 그를 마주하는 눌리타스의 머리를 가만히 쓸어주었다.

사랑스럽고 또 사랑스러워 가슴이 아렸다.

그리고 가만히 고개를 내려 눌리타스의 이마에 입술을 살짝 가져갔다.

"그대를 사모하오."

거의 허물어지기 직전의 허름한 공간이었으나, 두 남녀는 서로를 향해 눈을 떼지 못하였다.

루셔스는 그가 생각하는 것보다 그녀를 더욱 사랑하는 것을 깨달았다. 이런 순간에 전장에서의 셀 수도 없는 승리 따위는 무용지물이었다. 이 여인의 앞에서 그는 그저 애정을 갈구하는 평범한 사내에 불과하였다.

두 사람은 서로 전혀 닿지 않은 상태였으나 마치 두 손을 맞잡은 것 같은 착각을 느꼈고, 심장이 거칠게 뛰고 있음을 깨달았다. 루셔스의 눈은 자연스럽게 눌리타스의 입술로 미끄러져 내려갔다.

'사모한다니, 그런…….'

그의 입술이 내려앉았던 이마 근처가 간질거렸고, 적절하지 않은 장소임에도 불구하고 공작의 고백은 눌리타스의 마음을 뒤흔들었다.

처음 들었을 때부터 지금까지 단 한 차례도 익숙해지지 않는 저 사내의 진심.

이번만큼은 감정을 제대로 갈무리할 수 없을 것 같아, 혹 단정치 못한 얼굴을 그에게 보이면 어쩌나 싶어서 고개를 숙였다.

'지나치게 행복해도 사람이 괴로울 수가 있구나.'

우물에라도 뛰어들어 이 열기를 식히지 않는다면 견디지 못할 것 같았다. 아까까지의 위기상황은 이미 기억 속에서 사라져버렸다. 들뜨는 감정을 주체할 수 없는 여인만이 남아 있었다.

눌리타스는 결국 번민 가득한 얼굴을 들어, 공작의 검은 두 눈동자가 마치 먹이를 노리는 맹수처럼 빛나고 있는 것을 보았다. 두 사람은 아무런 말 없이 서로에게 한 발 더 다가섰다. 그들에게 필요한 것은 오로지 그들 두 사람뿐이었다.

눌리타스의 허리를 감아 안은 루셔스의 입술이 천천히 그녀에게 내려올 때였다. 갑자기 소란스러운 소리가 들렸다.

"……."

그들을 방해하는 소리에 주위를 에워싼 마법이 깨지는 것은 순식간이었다.

루셔스는 순간적으로 다시 검을 빼 들며 눌리타스를 뒤로 하고

24

천천히 밖을 향해 나섰다. 그리고 이런 곳에 어울리지 않는 붉은 융단을 서둘러 깔고 있는 시종을 발견하였다.

그 펼쳐지는 길의 끝에는 온통 새하얀 옷을 입고, 초록색의 긴 머리를 한쪽으로 곱게 땋은 루드비히가 새치름하게 서서 그들을 응시하고 있었다.

"전하?"

지금 루셔스의 목소리는 불만으로 가득 차서 그 어느 때보다 왕을 향한 적개심을 불태우고 있었다.

사랑하는 여인을 구출한 후 달콤한 입맞춤을 하려던 때가 아니던가.

루드비히는 온통 구겨진 인상을 한 루셔스에겐 티끌만큼의 관심도 없었으므로 가볍게 무시하고, 그의 뒤에 살짝 보이는 여인의 모습을 찾아 목을 뺐다.

눌리타스는 슈미즈 위로 대충 걸친 루셔스의 망토를 여미고는 공작의 뒤에서 나와 왕에게 인사를 했다. 붉게 부어오른 얼굴에 남아 있는 눈물의 흔적과 여기저기 쓰러져 있는 사내들로 보자 대충 어떤 일이 있었는지 미뤄 짐작할 수 있었다.

'감히!'

루드비히는 이처럼 격렬한 분노를 느껴본 게 언제였나 싶을 정도로 화가 끓어오르는 것을 느꼈지만, 곧 태연한 표정을 지으며 아름다운 미소를 그렸다.

"왕의 누이이자 공작부인인 귀부인을 해치려 들다니 그자들도 참 재수가 없군. 안 그런가?"

루드비히가 싸늘하게 미소를 지으며 루셔스를 바라보았고, 어색하지만 비슷한 감정이 담긴 시선이 오갔다.

위생국에 먼저 도착한 찰스와 파스텔이 공작부인이 뒤따라오지 않는 것을 의아하게 여겨 되돌아가는 길에 울면서 달리는 소피아를 발견했던 것이다. 그들은 즉시 신고를 하였고, 루드비히는 한가로운 시간을 중단하고 한달음에 병사들을 이끌고 이곳을 찾았다.

"전하, 어디 전쟁이라도 난 모양입니다?"

루셔스는 그가 소수의 병사들을 끌고 온 것에 비해 작은 전투는 치룰 수 있을 정도의 인원을 동원한 루드비히를 비웃듯 말을 건넸다. 왕이 끌고 온 병사들과 말이 내는 소음으로 일대가 소란스러워졌다.

"게다가 저희 가족의 일로 전하가 친히 오실 줄은 몰랐습니다만."

루셔스는 너무 과한 친절을 베푸는 왕이 달갑지 않아서 자꾸 삐딱한 목소리를 냈다. 어린 시절부터 루드비히를 보아온 그로서는 도무지 이해가 되지 않는 일들이었다.

'전하가 이곳에 올 이유가 무어란 말인가.'

루드비히는 루셔스의 말에 조금도 인상을 쓰지 않고 잔잔한 표정을 지었다.

"왕으로서가 아니라 그녀의 오라버니로 온 거지. 위험에 처했다는 말을 듣고 가만히 있을 수가 있어야지."

눌리타스는 공작의 망토를 꼭 부여잡고 어수선한 분위기 속에서 눈을 굴리다가 또다시 누이 타령을 해대는 왕 때문에 진절머리가 날 것 같았다. 하지만 어찌 되었든 간에 그녀를 구해주러 왔다는 왕에게 인사를 하지 않을 수 없었다.

"감사합니다."

"고마우면 나를 오빠라고 불러 주는⋯⋯?"

루드비히가 보랏빛 눈을 반짝이며 눌리타스를 향해 살짝 조르듯 말을 이으려 하는 찰나였다.

"전하, 말씀 중에 죄송하지만, 제 아내가 지금 많이 놀란 상태라 이만 물러가는 것을 허락해 주십시오."

루드비히의 끔찍한 말을 루셔스가 재빨리 끊으면서 눌리타스의 팔을 조심스레 잡고 걷기 시작했다. 루셔스는 귀에 흙이 들어가기 전에는 눌리타스가 왕을 오빠라고 부르는 꼴을 두고 보지 않을 요량이었다.

'어림도 없지.'

그러나 저 집요한 자는 목적을 달성하기까지 그들을 오래도록 괴롭히며 얼쩡거릴 게 분명하였다. 루셔스는 벌써부터 넌더리가 난다는 듯 고개를 저으며 천천히 왕의 곁을 스쳐 지나갔다.

루드비히는 조금은 슬픈 눈으로 그들의 사라지는 모습을 지켜보았다. 지금 그가 눌리타스를 위해 할 수 있는 일은 아무것도 없다는 것을 인정하는 바였다.

'나는 어디로 가야 하나.'

돌아가서 헐벗은 여인들과 다시 시시덕거릴 기분은 들지 않았다. 그는 넓은 소매통 사이에 스미는 바람에 추위를 느꼈다. 날 때부터 루드비히의 삶은 언제나 충만함 그 자체였건만.

'내가 추위 따위를 느낄 수 있을 리가 없잖아.'

공작부부가 떠난 좁아터진 폐가에는 사내들의 시체와 왕이 이끌고 온 병사들만이 우글거렸다.

"환궁한다. 이곳을 깨끗하게 정리하도록."

그러자 몸집이 작은 신하 하나가 재빨리 말을 몰고 빠르게 궁으로 먼저 달려갔다.

루드비히는 신경질을 내며 망토를 획 잡아당기며 화려하기 그지없는 마차로 발걸음을 돌렸다.

"생각해보니 할 일이 없지는 않군."

감히 왕의 누이를 해치려 한 이들을 찾아내어서 가만두지 않으렸다. 루드비히는 그의 붉은 잇몸을 드러내며 눌리타스가 사라진 방향을 향해 미소를 지었다.

루셔스와 눌리타스는 미리 준비해둔 마차를 타고 위생국으로 이동 중이었다. 눌리타스는 긴장이 풀렸는지 출발과 동시에 벽에 머리를 대고 잠이 들어버렸다.

　루셔스는 주름이 깊게 팬 얼굴로 그 모습을 애처롭게 지켜보았다.

　'많이 힘들었구나.'

　병자들을 도와주러 다닌 일들에 대해서 이미 전해 들은 터였다. 여인의 몸으로는 그것만으로 충분히 고되었을 텐데, 오늘의 일까지 더해져서 저리 지쳐버린 것이리라.

　그의 여인은 편하게 갈 수 있는 요행의 길을 선택하지 않았다. 힘이 들지라도 남의 손을 빌리지 않고 앞으로 나아가는 여인이었다. 그 또한 땀을 흘려 일구어 낸 것들의 가치를 믿는 사람이었다.

　그리하여 루셔스는 그녀가 가려던 길을 막지 못하였다.

　마차에 기댄 여인을 바라보는 그의 표정에 한결 안온한 기운이 깃들었다.

　'그대 꿈속에 내가 있을까.'

　루셔스는 손을 뻗어 눌리타스의 이마에 흘러내린 머리칼을 살짝 옆으로 치워주었다. 그녀의 붉어진 볼이 그의 가슴을 애달프게 만들었다가 이렇게 손닿는 곳에 그녀가 있음에 감사한 기분이 들기도 하였다.

눌리타스가 깨지 않게 조심해서 그녀의 옆으로 이동하여 이마를 그의 어깨로 끌어왔다. 보드라운 은발이 그의 볼을 스치자 간지러워 절로 미소가 그려졌다.

그녀를 만나기 이전의 삶이 어땠는지 기억이 까마득하였다. 눌리타스를 우연히 만난 그때부터 지금까지 어느 것 하나 소중하지 않은 순간이 없었다.

그녀는 그의 피비린내 풍기는 삶에 내려온 단 하나의 빛줄기였다.

언제부터인가 밤마다 시달리던 끔찍한 꿈들도 점점 그 색이 옅어지기 시작하였다. 귓가에 맴돌던 비명소리들을 떠올리자, 루셔스는 마음이 스산해졌다. 그가 눌리타스를 그의 품으로 안았다. 그녀 특유의 단아한 향이 코끝을 맴돌자 어수선한 기분이 곧 가라앉았다.

'혹시나 하는 염려 때문에 보르조이나 호위들을 붙였지만, 이런 일이 실제로 일어날 줄이야.'

그들의 배후에 누가 있을지 가늠이 되지 않았다.

모르시아니 가문이 귀족사회에서 그렇게 환영을 받지 못하는 입장이라 의심 가는 이가 한둘이 아니었다.

루셔스가 통솔하는 막강한 군사는 귀족들을 적으로부터 지켜주어 든든하다 여겨지는 반면에 한편으로는 하나의 위협으로 간

주되었다.

"그대는 이렇게 고운 얼굴을 하고 좋은 것만 보고, 좋은 것만 들어. 응?"

루셔스는 더 많은 재물을 모으고 싶은 욕심도 권력의 정점에 서고자 하는 마음도 없었다. 그저 뒤늦게 만난 인연과 조용한 날들을 보내고자 했을 뿐이다.

'그게 그렇게 큰 바람이었던가.'

그의 눈매가 가로로 길어지며 냉기를 뿜기 시작하였다. 아까 왕의 행차 전에 숨이 덜 끊어진 괴한을 하나 빼돌려 두었다는 보고를 부하로부터 받았다.

'처벌은 내 손으로 한다.'

눌리타스를 공격한 것은 루셔스의 목을 노린 것과 다름이 없었다. 끝까지 배후를 추적해서 그가 왜 전장에서 그런 해괴한 이름들을 얻게 되었는지 맛보여 주리라.

마차가 위생국 앞에 도착하자 눌리타스는 옷을 갈아입고 보르조이가 입원해 있다는 방에 가고 싶다는 의사를 밝혔다.

루셔스는 그녀가 조금 더 휴식을 가지길 원하였으나 눌리타스의 뜻은 완강하였다. 종종걸음으로 복도를 지나치는 그녀의 모습을 뒤에서 지켜보며 혼잣말을 하였다.

"내가 감히 그대를 이길 수 있을까."

그러다 위생국 건물 복도에서 홀로 감상에 빠진 것을 혹 누가 알아챌까 머쓱해진 루셔스가 서둘러 눌리타스의 뒤를 따라갔다.

눌리타스는 보르조이가 누워 있다는 방 앞에 서서 긴 한숨을 내쉬고 있었다. 아까 마차 안에 있을 것을 당부하고 나가던 보르조이의 단호한 눈매가 잊히지 않았다.

공작의 명으로 행한 일이긴 하지만, 그녀가 살 수 있는 기회를 만들어준 고마운 사람이었다.

보르조이가 목숨을 내던지며 그 괴한들과 맞서 싸워주지 않았더라면 어땠을까. 그녀의 손을 잡고 어딘가로 숨을 생각을 하지 않았더라면 진즉에 죽었을 것이다.

보르조이는 피가 흘러 땅을 적셔도 눌리타스를 지키고자 하는 임무를 놓지 않았다.

마음의 준비를 하고 방에 들어서자 하얀 방 구석 자리에 온몸이 붕대에 감긴 보르조이가 잠들어 있었다.

"곧 좋아지시겠죠?"

그녀는 떨리는 목소리를 내며, 침대에 누운 보르조이의 앞에 가서 주저앉았다.

파스텔이 손에 들고 있던 서류를 살피며 가만히 고개를 저었다.

"출혈도 심했고, 끝에 잠시 의식을 잃었던 탓에 지금은 위중한 상태라고 볼 수 있습니다. 환자의 의지와 디아나의 뜻에 달린 일이 겠지요."

파스텔의 말을 듣자 눌리타스는 더욱 고개를 들 수 없었다.

아직 제대로 고맙다는 인사를 하기도 전에 이렇게 보르조이를 떠나보낼 수는 없었다.

눌리타스가 흐느끼기 시작하자 루셔스가 살포시 곁에 와서 손을 잡아 몸을 세워주었다.

"그는 정말로 자신의 목숨을 돌보지 않았어요."

눌리타스가 루셔스에게 가만히 몸을 기대며 더욱 크게 울기 시작하였다. 루셔스는 칼을 잡느라 엉망이 되어버린 눌리타스의 손을 가볍게 쓸며 등을 토닥여주었다.

"아마 보르조이는 임무를 완수했음에 편히 눈을 감을 수 있을 거야. 그대는 슬퍼하지 마."

자꾸 기적을 바라는 것은 욕심인 것을 잘 알았지만, 눌리타스는 흐르는 눈물 사이로 보르조이의 회복을 빌어보았다.

'보르조이 님, 부디 은혜를 갚을 수 있는 기회를 제게 주세요.'

그러다 눌리타스는 비겁하게 나타난 자들에 대한 강한 분노를 느꼈다.

로마그놀로 백작은 아닐 것이다. 그는 지금 자신의 계획대로 흘러간다는 환상에 취해 있지 않은가.

'이 일을 사주한 자를 용서하지 못하리.'

그러나 누구인지 밝혀낼 재간도 그들을 단죄할 능력도 되지 않는다는 것에 입안이 씁쓸했다.

급하게 차려입은 초록 드레스 자락 아래 전신으로 힘이 들어갔다. 그러자 루셔스가 눌리타스의 등을 쓸며 천천히 병실 밖으로 이끌었다.

"보르조이는 좀 쉬어야 해. 그리고 그대도."

다시 만난 소피아는 눌리타스를 보자마자 다가와 안긴 후 하염없이 울기만 하였다.

"마님, 그렇게 가 버리셔서……."

"이렇게 우리 다시 만났잖아."

"보르조이 님을 아까 뵙고 왔는데, 막 몸이……."

소피아는 말을 채 다 맺지도 못한 채 다시 대성통곡하기 시작하였다. 혼자만 마차에 남았다는 죄책감과 자신만 멀쩡하다는 미안함에 고개를 들 수 없었다.

소피아는 눌리타스가 마차의 문을 박차고 나간 다음에 따라 나가려 했었다. 하지만 손이 떨려서 의자의 아래에 숨지도, 마차의 문고리를 움켜쥐지도 못하였다.

마차의 밖에서는 사내들의 칼 휘두르는 소리와 거친 욕설이 들렸고, 곧 모두가 소리를 지르며 달리기 시작하는 것 같았다.

그제야 소피아는 무릎을 꿇은 채 마차의 창을 내다볼 수 있었고, 마님과 보르조이가 아직 무사하다는 것을 깨달았다.

"구조 요청을 해줘서 고마웠어. 소피아."

보르조이의 생명이 경각에 달린 것을 생각하면 마음이 무거워진 두 사람이었다. 소피아는 밤새 흐느끼며 잠을 제대로 이루지 못하였고, 눌리타스도 뜬눈으로 밤을 지새웠다.

다음 날 루셔스는 눌리타스에게 바로 영지로 돌아갈 것을 권하였다. 눌리타스도 공작의 말처럼 돌아가서 어머니를 뵙고 싶었다.

"보르조이 님의 회복을 두 눈으로 확인하고 싶기도 하고요."

그녀가 이곳에 머문다고 보르조이가 더 빨리 회복되는 일도 없을 것이고, 역병이 하루아침에 사라지는 일도, 불행에 처한 이들을 모두 구해낼 수도 없을 것이다. 하지만……

"이곳에 아주 작은 아기가 있었어요. 열이 너무 높아서 숨 쉬는 것도 힘들어했어요. 하지만 이곳 직원들과 신의 가호로 아기가 조금씩 힘을 내고 있어요."

눌리타스는 마치 아기를 안은 듯 두 팔을 뻗으며 루셔스의 눈을 똑바로 응시하였다.

그녀는 이대로 병에 걸린 이들을 두고 간다면 앞으로 편히 잘 수 있을 것 같지 않았다. 마지막 들렀던 그곳의 일이라도 마무리를 짓는 것이 맞다는 생각이 들었다.

"그리고 이제 공작님이 제 곁에 계셔주시니 힘이 마구 나는 걸요."

"나는 정말 그대의 고집을 당해내지 못하겠군."

루셔스는 검은 머리를 뒤로 넘기며 호쾌하게 웃을 수밖에 없었다. 그의 부인은 용감하고 따스한 마음을 가졌을 뿐 아니라 엄청난 협상가의 자질을 타고 났다.

결국 루셔스는 눌리타스를 힘껏 돕기로 하였다. 선행을 하는 것도 보람찬 일이었지만, 그렇게 힘을 모아 얼른 끝내버리는 게 서로를 위해 최선이라는 결론이었다.

모르시아니 영지로 돌아가면 이제 그들에게는 느긋한 시간이 주어질 것이다.

그리하여 바로 그날 오후부터, 루셔스와 눌리타스는 위생국 직원들과 함께 약과 깨끗한 물과 음식을 전해 주는 데 열을 올렸다.

사실 그것만 하더라도 병의 예방에도 도움이 되었고, 초기 환자들의 빠른 회복을 돕는 데 충분하였다. 이전에 수많은 사망자가 나온 것은 바로 그 기본조차도 제공받지 못해서였다.

두 사람은 온 가족이 아픈 집에 들러서 부모에게 어떤 물건들을 가져왔는지를 알려준 후 의원에게 그들을 돌볼 것을 일렀다.

그 옆에 작은 방에는 이제 일곱 살 남짓한 여자아이가 마른 입술을 한 채로 침대에 누워 있었다.

입을 천으로 가린 후 손을 씻고 루셔스가 침대에 누운 아이를 일으켜 세우자 눌리타스가 빵을 스프에 적셔 아이의 입에 넣어주면서 눈을 반짝였다.

그녀의 힘만으로는 도저히 감당할 수가 없는 부분이 존재했다.

오염되지 않은 식수를 가져오는 것도 큰일이었고, 이렇게 경제 활동을 못 하게 된 가구도 한둘이 아니었다. 이 모든 이들을 공작의 사비로 거둬 먹여 살릴 수는 없는 노릇이었다.

눌리타스는 고민을 거듭하다 결국 한숨을 내뱉었다.

"아무래도 전하의 도움이 필요할 것 같아요."

그 노출증 환자와 엮이는 것이 달갑지는 않았지만, 인생이 어디 바라는 데로만 흘러가던가.

곱게 부풀려진 붉은 머리가 세찬 바닷바람에 온통 날리자 손으로 그것을 풀어내며 짜증을 부리는 여인이 있었다.

"도대체 이 배는 왜 이렇게 출렁거리는 거야?"

"아가씨, 이거라도 좀 드셔보세요."

하녀는 아가씨가 멀미로 힘들어하자 주방에 가서 사정을 하여 과일즙을 짜서 가져오는 길이었다.

메이린 로마그놀로는 또다시 파도에 배가 기울자 시퍼런 바다로 속에 있는 것들을 모두 쏟아내었다. 손수건으로 입을 닦으며 하녀가 들고 있는 것을 슬쩍 쳐다보았다. 볼품없는 나무잔에 담긴 내용물이 마치 그녀가 토해낸 것들을 닮은 빛깔을 띠고 있었다.

"내가 누군데 그런 걸 먹으라는 거야? 다시 가서 제대로 된 것을 가져와."

메이린은 날카롭게 소리를 지르며 그녀의 선실로 발길을 돌렸다.

파랗다 못해 시꺼멓게 보이는 바다가 마치 메이린을 삼킬 듯 넘실거리고 있었다.

그 모습을 한참 지켜보던 하녀는 배에 슬쩍 기대서서 가져온 것에 입을 대었다.

"이리 귀한 것을 버리긴 아깝잖아."

회색 머리와 아담한 체형을 가진 잉그리드의 가족들은 모두 그 성에서 일을 하고 있었다. 백작가의 하녀가 되는 것 외에 그녀에게 다른 선택의 여지는 없었다. 잉그리드는 끝도 없이 불평을 늘어놓는 메이린의 비위를 맞추려 애를 썼다. 그녀 또한 처음 겪는 뱃멀미가 낯설었지만, 백작가를 떠나게 된 것이 너무 기뻐 참을 만하다 여겼다.

다른 하녀들과 마찬가지로 잉그리드도 종종 백작이나 아비오의 밤 시중을 들어야 했다. 그래서 메이린 아가씨를 모시고 멀리 떠나라는 백작부인의 말씀에 망설이지 않고 그러겠노라 답을 하였다.

'부모님은 그립지만 말이야. 그래도…….'

그곳에 비교하면 이곳은 천국이렷다. 잉그리드는 잔에 남은 과즙을 혀로 핥으며 아쉬운 표정을 지었다. 그리고는 다시 주방으로 가서 까다로운 아가씨의 마음에 들 만한 것을 찾아봐야겠다고 생각하였다.

그 시간 메이린은 음울한 얼굴로 선실에 기대어 멍한 눈을 하고 있었다. 멀미가 심해 하도 게워 냈더니 눈앞의 모든 것들이 흔들리고 있었다.

'도대체 어디서부터 잘못된 걸까?'

그녀의 머리로는 도무지 이유를 찾아낼 수가 없었다.

어머니 곁에서 안온한 삶을 살던 그녀가 왜 이런 비릿한 냄새가 나는 바다 위를 떠다니게 된 걸까. 왜 로마그놀로가의 막내딸이라는 삶을 포기하고 왕국을 떠나야 했는가.

오늘따라 어머니의 넉넉한 품이 그리웠고, 그녀의 방에 두고 온 호화로운 드레스와 보석들이 두 눈에 어른거렸다.

그리고 그녀의 아픈 첫사랑이 되어버린 검은 머리 사내의 모습이 생생하게 그려졌다. 물기 어린 그의 두 눈에는 메이린이 설 자리가 없었다.

"모든 게 다 그 재수 없는 사생아 때문이야."

그 생각을 하자 메이린의 이가 바드득 갈리는 것 같았다.

평화롭던 일상이 뒤틀리기 시작한 것은 백작님이 불러온 그 볼품없는 것을 마주했던 때부터였다. 왕이 맺어주려 했던 것은 사생아와 모르시아니 공작이 아니었다.

"내 것이었는데……."

하지만 현실을 보라. 그녀의 소중한 것들을 모조리 빼앗겼고 그 사생아 계집이 메이린의 이름으로 살고 있지 않은가.

다시 한번 속이 뒤집히는 것 같았다.

"잉그리드!"

메이린은 하녀를 부르다 선실 바닥에 왈칵 위액을 쏟아내고 말았다. 토사물에서 나는 역한 냄새와 비린내가 더해져서 숨을 제대로 쉴 수 없을 것 같았다.

"이런 건 싫어. 이런 건 싫단 말이야."

지금 메이린 주변의 이것들은 그녀에게 어울리지 않는 것들이었다. 손수건을 쥐고 입가를 수십 번 닦다 내다 흐느끼면서 까무룩 쓰러졌다.

'다시 눈을 뜨면 로마그놀로가의 푹신한 침대이길.'

약간의 소동 이후 선실로 돌아온 잉그리드는 가져온 음식을 조심히 내려두고 아가씨가 어질러 둔 바닥을 치웠다.

아가씨가 자는 시간 동안은 그녀에게도 평화가 찾아왔다.

메이린의 붉은 머리에 엉킨 끈적한 액체들이 나무에 떨어진 눈송이처럼 아슬아슬 곡예를 부리는 듯했다. 출렁거리는 선실 벽에 기대자 속이 어지러워 잉그리드는 잠시 눈을 감았다. 긴 여행에 대비하려면 휴식이 필요하였다.

루드비히는 몹시도 화가 나 있었다.

아니다. 그런 단순한 감정이 아니었다. 눌리타스가 위험하다는 소식을 듣고 왜 그리도 마음이 앞서 나갔는지 모른다.

그의 신경은 겨우내 꽝꽝 얼었던 호수에 실금이 난 것 같은 상태였다. 왜 자꾸 그 작은 몸이 신경이 쓰이는지 알 수 없었다.

'그 피가 좀 섞였다는 것 때문일 리는 없는데.'

그냥 그 푸른 눈이 그를 따스하게 바라봐주기를 바라는 마음이 들었다. 왜 그런지 이유를 제대로 찾지 못했으나 지금보다는 좀 더 그녀에게 인정받고 싶은 욕심이 들었다.

그런 생각에 빠져 있다 보니 루드비히의 발걸음은 너른 궁을 떠나 어느새 낯선 곳에 닿아 있었다.

"전하, 이곳에는 어인 일이신지요?"

위생국의 관리가 태평하게 앉아서 사람들을 부리다 갑자기 나타난 왕 때문에 진땀을 흘려댔다.

"백성들이 있는 곳에 왕이 못 올 일이 없지 않나?"

루드비히는 오늘 붉은 망토를 길게 끌며 전염병이 도는 곳에 친히 행차를 하셨다. 왕이 나타났다는 이야기에 행색이 남루한 사람들이 나와서 있는 힘껏 큰 소리로 감사를 전하였다.

"디아나 여신의 가호를!"

"자뷔에 전하 만세!"

루드비히는 벌레 같은 것들이 뭐라 지껄이는지 관심이 없었다. 저토록 가난한 백성들은 처음 보는지라 조금 신기할 뿐이었다.

오만한 시선을 그들에게서 거두며 설핏 인상을 썼다. 손을 한 번 들어줄까 하다 고개를 저었다. 이미 그의 존재 자체가 저 비천한 것들에게는 분에 넘치는 영광 아닌가.

루드비히는 두리번거리며 그가 보고 싶어 하는 얼굴을 찾아보았다. 그러다 한 집에서 바구니를 들고나오는 모르시아니 부부를 발견하였다.

눌리타스는 왜 왕이 이곳에 있나 싶어서 놀란 눈을 하였고, 루셔스는 단번에 인상을 구겼다.

루드비히는 성큼성큼 걸어오더니 눌리타스의 손에 쥐어진 바구니를 낚아채며 화를 냈다.

"왜 왕의 누이가 이런 험한 일을 하는 거지?"

"전하를 뵙습니다."

눌리타스는 전혀 무겁지도 않은 갈대로 엮은 바구니를 강탈해간 왕을 향해 의아한 표정을 한 채 인사를 올렸다.

루드비히는 공작을 향하여 싸한 시선을 쏘아붙였다. 누가 보면 그녀와 왕을 진짜 혈육으로 착각을 하고도 남음이리라.

'아, 불편하다. 불편해.'

왕과 공작이 서로를 죽일 듯 노려보는 가운데 눌리타스는 아직 들러야 할 많은 집들을 바라보며 이마의 땀을 훔쳐야만 하였다.

빛이 거의 들지 않는 방에서 한 여인이 광기를 보이고 있었다. 하얀 홑겹의 원피스를 입고 머리를 풀어헤치고 소리를 지르며 침대에 드리워진 레이스를 입에 넣고 이로 마구 물어뜯었다.

"분해! 도저히 분해서 살 수가 없어!"

너무 흥분해서 얼굴이 심하게 붉어진 여인은 침구를 집어 던지고, 커튼을 뜯는 것으로는 성이 차지 않는지 발로 가구와 벽을 차기 시작했다.

괴성을 지르다 힘이 빠져서 바닥에 앉아 울음을 터뜨렸다. 완숙해 보이는 외모와는 달리 그 우는 소리는 아직 어른이라고 하기엔 부족한 여린 음성을 지녔다.

"오! 우리 고양이. 여기 있었군요."

살이 뒤룩뒤룩 찐 사내가 여인의 방을 찾아와 은근한 목소리를 냈다. 그의 목소리가 들리자 지쳐 있던 여인의 눈에 살기가 돌기 시작했다.

"무조건 내 소원을 들어준다면서요? 그 계집을 죽여준다고 하지 않았나요?"

여인은 비척비척 일어서더니 그 사내를 향해 악귀처럼 달려들어 떼를 쓰기 시작했다.

무척 흐트러진 모습이었으나 여인은 여전히 사내의 음욕을 자극하기에 충분할 만큼 아름다웠다.

올리브 백작은 아이올라가 그에게 개인적으로 호의를 갖고 있는 게 아니라, 무언가의 속셈이 있음을 처음부터 간파했었다. 그래서 탐이 날 만큼 아름다운 아이올라를 가지기 위하여 기꺼이 이용당하는 시늉을 해 주었을 뿐이었다.

아이올라가 양손을 들고 그의 얼굴을 할퀴려 덤벼들자 올리브 백작은 인자해 보이는 가면을 벗고 진짜 얼굴을 드러냈다. 저 날카로운 손톱, 발톱을 모두 뽑아내서 두 번 다시 그의 심기를 거스르지 못하게 만들어 줄 작정이었다.

올리브 백작은 아이올라의 얼굴을 한 대 때려, 그 버들가지 같은 몸을 바닥으로 내동댕이쳤다.

아이올라는 물리적인 충격으로 인한 고통보다, 저 돼지 같은 사내의 예상치 못한 모습에 놀라 당혹감을 감출 수가 없었다.

'지금 나를 때렸어?'

그녀의 말이라면 목숨도 내어줄 것 같은, 덜떨어진 인간이라 여겼었다. 그 기름진 가면 아래 저런 얼굴이 숨겨져 있을 거라고 생각을 하지 못했다.

"당신 때문에 실력이 가장 좋은 녀석을 다섯이나 잃었죠. 영애 가문에 그만한 돈을 갚을 능력이 있을 리가 만무하고 무슨 수로 내게 입힌 피해에 대한 보상을 할 거죠?"

올리브 백작이 기름진 얼굴을 손으로 훑으며 아이올라의 충격에 빠진 모습을 찬찬히 감상하였다.

"하지만 내 사랑. 그대는 여전히 한 떨기 수선화처럼 아름다우니 용서할게요. 당분간 이 방에 머물며 반성하도록 해요."

올리브 백작은 엉망이 되어버린 눈물범벅의 아이올라를 보며 아랫도리에 힘이 들어가는 것을 느끼다 고개를 저었다. 지금은 그런 여흥을 즐길 때가 아니었다. 그의 목숨이 위태로울 수도 있으니 무조건 몸을 납작하게 엎드려야 할 때였다.

그는 귀족이면서도 동시에 셈에 밝은 상인이었다.

'그나마 모조리 죽어버린 게 불행 중 다행이긴 하지.'

그놈들 중 한 놈이 살아남아, 그 배후에 그가 있다는 것을 발설하기라도 한다면 가문과 사업 모두가 나락으로 떨어지게 될 것이다. 그 상상만으로도 등에 흐르던 땀이 차갑게 식는 기분이었다.

그는 혀를 차며 방을 나섰다.

일을 깔끔하게 덮으려면 얼마나 더 돈이 들어가야 할까 생각해보던 백작의 얼굴에 그늘이 졌다. 그리고 백작은 여전히 멍한 눈으로 자신의 현실을 믿지 못하는 눈을 하고 있는 아이올라를 뒤로하며 방의 문을 닫았다.

아이올라 앞의 빛이 소멸해버리는 순간이었다.

"조금도 힘들지 않습니다. 전하."

눌리타스가 드레스를 살짝 말아 쥐며 고개를 숙였다. 그녀는 왕의 등장에 반갑지 않으면서도 조금은 다행이란 생각이 들었다. 마침 힘에 부치는 일들을 앞에 두고 왕을 떠올리지 않았던가.

다른 사람들은 그 미세한 변화를 알아채지 못하였으나 당사자인 루드비히는 눌리타스가 전보다는 그를 덜 싫어하는 것 같다고 느낄 수 있었다.

그가 기쁜 마음을 힘겹게 숨기며 눈짓을 하자 시종이 얼른 그의 손에서 바구니를 받아 들었다.

"다 나은 지도 얼마 되지도 않았고 저번에 그런 일도 있었고. 흠흠."

루드비히는 마치 루셔스에게 들으라는 듯 눌리타스를 걱정하고 있었다. 그리고 얼른 시종들에게 앉을 자리를 마련할 것을 지시하였다.

루셔스는 아내의 생명의 은인이기도 한 왕에게 결례를 범하고 싶지는 않았다. 하지만 남편인 그가 버젓이 있는데 나타나서 이것저것 참견을 하며 잔소리를 늘어놓는 것을 참아 주는 데는 한계가 있었다.

'빨리 끝내고 모르시아니 영지로 돌아가고 싶단 말이다.'

루셔스는 오직 그 생각 하나만을 품고 열심히 달리는 중이었는데, 왜 이런 호랑말코 같은 작자 때문에 시간을 허비해야 하나 싶어서 짜증으로 속이 부글거렸다.

"염려해주셔서 감사합니다. 전하."

　그러나 루셔스는 저 모든 원망을 꾸역꾸역 속으로 밀어 넣고 여유 가득한 웃음을 띠며 왕에게 감사인사를 건넸다.

　그러자 루드비히도 가식적인 미소를 그리며 공작에 화답하였다.

"자, 저기 준비가 끝난 것 같군. 가서 차라도 한잔 들까?"

　루드비히가 천천히 붉은 천 위를 걷자 눌리타스와 루셔스는 그 뒤를 따를 수밖에 없었다.

　그리고 이 황량하기 그지없는 곳에 커다란 임시 천막이 쳐진 것을 발견하였다. 그곳에 들어서자 이국에 온 듯한 기분을 느끼게 하는 카펫이 바닥에 깔려 있었다.

　루드비히는 베개보다는 좀 더 평평한 것에 털썩 주저앉았다.

"자! 서 있지 말고 모두 앉도록."

　스피노네 후작성이 찬바람을 튕겨내며 괴기스러운 자태를 뽐내고 있었다.

백작가의 유일한 아들이자 후계자인 아비오 로마그놀로는 망연자실한 표정을 한 채로 앉아 있었다. 불과 얼마 전까지만 해도 그의 찬란한 삶에 이런 그늘이 질 것이라고 누가 예상이나 했겠는가.

　이곳에 온 이후로는 불면증과 악몽에 시달리는 일이 늘어서 체중이 많이 줄었다. 원래도 마른 체형의 아비오는 눈 밑이 퀭해졌고 피부 거죽도 축 늘어져 있었다.

　'지금은 아침인가.'

　창을 통해 희미하게 비치는 빛을 보면서 아비오가 중얼거렸다. 온몸이 두드려 맞은 듯 욱신거렸다. 아마 제대로 먹지도 못하고, 저 낡고 더러운 침대에서 지내왔기 때문이리라.

　'공기가 좋지 않아.'

　변방의 찬 기운은 병약한 그에게는 독과도 같았다. 기침이 시작했다 하면 몇 분 동안은 숨도 제대로 쉬지 못할 정도였다. 손수건으로 입을 가리다 우연찮게 걷어진 소매 사이로 이상한 것을 보았다.

　핏기 하나 없는 그의 손목에 누군가 세게 잡은 것 같은 손자국이 있는 게 아닌가.

　"이제 헛것도 보이는 건가. 귀한 내 몸에 누가 손을 댈 수 있다고."

　그날 저녁도 아비오는 평소처럼 썰렁한 식당에서 저녁을 먹고 잠자리에 들었다. 해가 짧은 곳이라 어둠이 일찍 내리는 탓에 할 일이 없었다. 책을 읽는 것에도 흥미를 느끼지 못했고, 그럴 기운도 남아 있지 않았다.

처음 이곳에 와서 백작님을 원망하며 사생아 계집을 증오하던 것도 점점 힘에 부쳤다.

촛불의 불꽃이 방 안 가득한 바람에 사정없이 흔들렸고, 아비오는 한 손을 뻗어 머리 밑으로 넣고 몸을 옆으로 웅크렸다. 그리고 붉은 머리의 사내는 고향을 그리는 아득한 눈을 하더니 곧 잠이 들었다.

그리고 잠시 후 아비오가 잠이 든 방에 길고 음산한 그림자가 길게 늘어졌다.

"오늘 밤도 잘 부탁해."

음산한 목소리를 내던 사내는 걸치고 있던 가운을 바닥으로 벗어 내렸다. 그의 몸은 온통 상처로 얼룩져 있었다. 그는 아비오의 잠든 얼굴을 찬찬히 살피더니 그 마른 몸을 안았다.

크고 거친 손이 천천히 아비오의 몸을 쓸기 시작했다. 길고 긴 회색 머리가 아비오의 창백한 등 위로 늘어졌고 피로 물든 것 같은 금안이 달빛을 받아 번쩍였다.

그의 손길은 더없이 다정했으며 짐승에게 쫓기듯 급박했다. 찬 기운이 가득하던 방은 이내 달뜬 숨으로 데워졌고, 의식을 차리지 못하는 아비오의 짧은 신음성만이 들렸다. 그들의 머리맡에는 미약한 연기를 내는 향이 은은하게 퍼져가고 있었다.

　루드비히는 의자가 없는 바닥에 앉은 그를 이상한 눈길로 바라
보는 눌리타스를 향해 손짓을 하였다.

　"처음 볼 거야. 내가 이걸 선물로 받자마자 누이에게 보여주려
고 가져왔지. 이름은 좀 복잡해서 잊어버렸지만 말이야. 파사에서
는 이것이 의자를 대신한다고 하더군."

　드레스를 입고 있는 눌리타스가 바닥에 앉기를 힘들어하자 루
셔스는 얼른 그녀의 손을 잡아 거들어 주었다.

　"내가 잡아 줄 테니 앉아요."

　루셔스가 그윽한 목소리로 눌리타스의 손을 이끌어 그곳에 앉
히고 그녀를 지키듯 자리하였다.

　'유별나게도 구는군.'

　루드비히는 자신이 눌리타스를 어떻게 할까 싶어서 공작의 눈
빛이 예리하게 빛나고 있음을 놓치지 않고 있었다.

　"전하께서 이리 누추한 곳에 오신 이유를 여쭤봐도 되겠습
니까?"

　루셔스가 낮은 목소리로 루드비히에게 물었다. 그러자 루드
비히가 은으로 만든 잔에 담긴 음료를 한 모금 마시며 환하게 웃

었다.

"누이가 보고 싶어 왔지."

"아……."

눌리타스는 한결같이 이상한 왕 때문에 뒷목이 뻐근해지는 것 같았다. 지금도 생과 사의 기로에서 고통을 받고 있는 수많은 얼굴들이 이곳에 있었다.

왕이라는 작자가 이런 상황에서 태평하게 누이 타령이나 하다니. 눌리타스는 화가 났으나, 드레스 주름을 움켜쥐는 것으로 왕의 뒤통수를 후려갈기고 싶은 것을 겨우 참을 수 있었다.

"이곳 모두가 전하의 은혜에 깊이 감사드리고 있답니다."

루드비히는 눌리타스에게 그런 인사를 듣자 왠지 굉장한 일을 한 것 같은 착각이 들었다.

"백성의 눈물이 곧 나의 고통이니……."

아픈 이들을 위해 할 수 있는 지원은 아끼지 않았지만, 그들을 위해서 기도 한 자락 올려본 적 없던 루드비히의 목소리가 조금 주춤거렸다.

눌리타스의 곁을 어미 새가 둥지를 지키듯 철통 경계하던 루셔스는 그들의 대화를 엿들으면서 혀를 찼다. 짜증만 나던 왕이 눌리타스의 말이면 좋다고 박수를 치는 모습이 좀 짠해 보이기 시작하였던 것이다.

아마 루드비히의 바람처럼 눌리타스가 왕과 친분을 다지게 되는 기적은 일어나지 않을 것이다. 그러나 눌리타스의 목숨을 구해 준 것의 보답이랄까. 헛된 바람을 품은 루드비히를 위해 조금 더 버텨주기로 하였다.

그런 루셔스의 상념을 깨는 눌리타스의 음성이 천막 안에 퍼졌다.

"전하의 더 큰 자비를 부탁드려도 될는지요."

눌리타스는 왕에게 쓸 단어들을 조심스럽게 고르며 그녀의 등을 사정없이 내려치던 보바뤼 부인을 떠올렸다.

분명 그때 눌리타스는 그녀가 왕실 예법 따위를 쓸 일은 없을 것 같으니 배우지 않겠다고 했었고, 보바뤼 부인은 무조건 익혀야 한다며 매를 들었었다. 그때만 해도 이것을 어디다 써먹겠나 싶었는데 욱신거릴 정도로 맞은 보람이 있다는 생각이 들었다.

"무엇을 말이지. 나의 누이여?"

루드비히의 목소리가 하늘의 별도 달도 모두 가져다줄 것처럼 의지에 차 있었다.

자뷔에 왕가는 대대로 손이 귀하였다. 그래서 홀로 컸던 루드비히는 뒤늦게 억지로 만들어 낸 누이가 참 마음에 들었다. 연애라는 것은 끝이 있다지만, 가족이 되면 오래도록 함께할 수 있다는 것도 무척 흡족하였다. 하지만 루드비히의 생각과는 달리 눌리타스는 누이라는 말을 들을 때마다 배가 욱신거리는 것 같았다. 그녀를 누이라 부르던 아비오가 자동으로 떠올랐기 때문이었다.

'역겨운 새끼.'

눌리타스는 하늘에 정의라는 것이 있다면 분명 아비오가 복된 삶을 살지는 못할 거라고 믿었다. 그리고 기회가 온다면 그놈에게 대가를 치르게 하는 것을 망설이지 않으리라. 아비오에게 당했던 그 일들을 떠오르면 피가 역류하는 것 같았지만, 지금은 그녀의 사적인 복수보다는 더 큰 일에 신경 써야 할 때라는 것을 알았다.

눌리타스는 푸른 눈을 빛내며 루드비히를 향해 입을 열기 시작하였다.

"이곳뿐 아니라 각지에서 병으로 신음하는 이들이 많다 들었습니다. 깨끗한 식수를 얻어야 하는 분수대의 물도 오염되어 버려서 살아남은 이들도 집을 버리고 시골로 떠난다고 들었어요."

"오, 저런."

루드비히는 난생처음 듣는 이야기에 놀라서 손으로 무릎을 쳤다. 마실 물이 없는 상황에 대해서 상상해본 일도 없던 그였다. 역병이 돌아서 많은 이들이 죽고 있다는 이야기에 물품을 충분히 지원하는 것으로 의무를 다했다 생각했었다.

"그래서 하고 싶은 이야기가 무엇이지?"

루드비히는 그를 바라보며 하고 싶은 이야기를 제대로 하지 못하고 망설이는 눌리타스의 모습이 퍽 귀엽다고 생각했다.

그는 주변 상황에 관심이 없었던 것뿐이었다. 인간은 누구나 태어나면 죽게 마련이니. 그것이 그들의 운명이라 여겼다.

"전하의 힘으로 도시를 새로 정비해주셨으면 해요. 어디에서나 식수를 얻을 수 있고, 지금 돈벌이를 할 수 없는 이들에게 최소한의 도움을 줄 수 있는 제도가 필요해요."

루드비히는 지금 눌리타스가 그녀의 의견을 당당하게 피력하는 모습을 보면서 역시 미약하더라도 왕가의 피라는 것이 참으로 강력한 것이구나 하는 느낌을 받았다.

사랑하는 사람을 대신하여 죽음을 불사하는 여인, 생면부지의 남을 위해 땀을 흘려대며 도움의 손길을 내미는 여인, 목숨 아까운 줄을 모르고 왕 앞에서도 떨지 않고 당당한 여인, 그 모습 어느 하나 귀하지 않은 게 없었다.

'저런 여인이 존재한다는 것은 정말 흥미로운 일이야.'

두 세대를 거슬러 올라간 아무도 알지 못하는 이야기였다.

로마그놀로가의 파티에 초대받았던 왕가의 누군가가 거기에서 일하던 하녀 하나를 건드렸던 모양이었다. 실제로 자신과 저 여인은 꽤 먼 혈연지간인 것이다.

'알릴 수 없는 게 좀 안타깝지만 말이야.'

"그래서 세상 모두가 전하의 은덕을 찬양할 수 있도록 해주세요."

눌리타스가 상기된 볼을 하고 마지막 말을 마친 후 옆에 앉은 루셔스의 손을 꼭 잡았다.

루드비히는 끝에 들었던 단어를 되새김질을 해 보았다.

'은덕……. 찬양…….'

이전에도 수도 없이 들어보았으나 눌리타스의 붉은 입술에서 흘러나온 것은 무언가 더 아찔한 기분을 선사하였다.

"지난번에도 말했듯이 이 몸이 누이의 남편보다 더 부유하고 능력이 있단 말이야."

루셔스는 이제 이야기가 거의 마무리되어간다는 느끼며 왕의 유치하기 짝이 없는 재력 과시를 잠자코 듣고 있었다.

"하지만 말이지……."

루셔스는 말끝을 길게 늘이는 루드비히 때문에 짜증으로 뒷목이 뻣뻣해지는 것 같았다. 역시나, 얼른 이곳의 일을 마무리하고 돌아가는 데 왕은 방해물이 될 뿐이었다.

"전하 말씀 중에 죄송하지만, 아내가 몸이 좋지 않아 돌아가야 할 것 같아서 말입니다."

그러나 이번에는 루드비히의 뜻하는 바를 이루고자 하는 의지가 강하였다.

"내가 이곳의 정비를 명하는 것은 어렵지 않지만 말이야. 가끔 누이가 궁에 들러서 나에게 아까와 같은 이야기들을 들려줄 수 있을까. 그런 말을 해 주는 사람이 아무도 없어서 말이야."

루드비히는 마치 그가 궁에서 외롭고 쓸쓸한 시간을 보내기라도 하는 듯 처연한 눈빛을 눌리타스에게 던졌다.

타인의 생명을 귀하게 여기는 수많은 이들이 왕에게 편지를 보내서 실상을 알리려 하였고, 큰일을 치를 각오하고 이런 일들에 대해 다양한 목소리를 내는 자들이 존재했었다. 그러나 이 사실에 대해서 모르는 눌리타스는 옆에 앉은 공작의 눈치를 슬쩍 살폈다.

분명 루셔스가 좋아하지 않을 이야기였다. 그녀도 저자를 자주 만나고 싶지는 않았으나, 생명을 빚지기도 하였고 지금과 같은 일에는 분명 큰 도움을 얻을 수 있으리라는 것을 알기에 마음이 흔들렸다.

"좋습니다. 대신 궁에 들 때는 항상 제가 동반하도록 하겠습니다."

답을 망설이는 눌리타스를 대신해서 대답을 한 것은 루셔스였다.

"아주 좋아. 가족끼리 자주 보면서 정을 나눌 생각을 하니 벌써부터 들뜨는군."

원하는 대답을 듣자 왕은 벌떡 일어서서 시종들을 이끌고 천막 밖으로 사라져버렸다.

"죄송해요. 공작님."

공작의 손을 잡고 마차가 있는 곳으로 걸어가면서 눌리타스가 조용하게 입을 열었다.

"제가 이곳에 너무 신경을 쓰는 바람에 공작님을 많이 배려하지 못했던 것 같아요."

가지 말라고 했던 공작의 손을 뿌리치고 이곳으로 달려왔다가 사고를 당할 뻔하였고, 아까처럼 왕과의 불편한 만남도 만들었다. 이 모든 것이 그녀의 탓 같아 마음이 좋지 않았다.

"아픈 이들을 위해 헌신하는 그대는 칭송받아야 마땅한 사람이지."

말하는 내용과 달리 루셔스의 목소리는 불퉁하기 그지없었다. 눌리타스가 그의 손등을 쓸며 공작의 얼굴을 가만히 올려다보았다.

사실 루셔스는 이렇게 손을 잡고 있을 수만 있다면 아무래도 좋았다. 하지만 그런 마음을 감춘 채 애써 냉정한 눈으로 그녀를 마주했다. 그의 표정을 풀어주고 싶었으나 이럴 때에 무슨 말을 해야 하는지 눌리타스는 알지 못하였다. 그저 애꿎은 아랫입술만을 깨물며 몸을 살짝 흔들었다.

"돌아가면 그대가 내 소원을 하나 들어주는 걸로 해. 그게 좋겠어."

눌리타스는 갑자기 무슨 웬 소원인가 싶어 눈을 동그랗게 뜬 채로 공작을 보다 그저 고개를 끄덕이는 것으로 답을 대신하였다.

그에게 주지 못할 것이 무어란 말인가. 혹 공작이 지난번 자수 손수건 같은 것을 다시 청한다면……. 그녀의 손가락이 자수를 놓느라 바늘에 찔려 엉망이 될지라도 눌리타스는 기꺼이 승낙할 것이다.

결연한 표정의 눌리타스를 뒤로 하고 앞서 걷기 시작한 루셔스의 입매에는 짧은 미소가 걸려 있었다. 그의 눈은 그들이 함께할 밤의 은은한 색으로 물들고 있었다.

메이린 로마그놀로는 배에서 내리자 겨우 정신을 차릴 수 있었다. 움직이지 않는 땅을 딛고 선다는 것이 이렇게 좋은 건지 예전에는 몰랐었다. 가만 서서 숨을 크게 들이마셔 보았다. 공기 중에 여전히 바다 내음이 가득했지만, 배 위와는 다른 기분이었다.

새로운 출발을 할 곳은 작은 항구 도시로, 어머니의 친척이 그녀를 기다리고 있다고 들었다. 메이린은 항구에 서서 고개를 뻣뻣하게 든 채 주변의 허름한 건물들을 돌아보았다. 그리고 제 행색도 눈에 들어왔다. 메이린은 이내 인상을 쓰기 시작하였다.

"잉그리드! 드레스 주름이 엉망이잖아!"

"아가씨, 그게 배에서 드레스를 손질해본 게 저도 처음이라……."

잉그리드가 드레스 앞자락을 움켜쥐며 안절부절못하였다. 출렁거리는 배에서 뒤집히는 속을 부여잡고 힘겹게 다림질을 했었다.

"누가 그런 변명을 듣고 싶다고 했어?"

메이린이 손을 들어서 잉그리드의 뺨을 모질게 내리쳤다. 잉그리드의 몸이 휘청거렸으나 넘어지지 않으려 중심을 잡았다.

"멀뚱하게 서서 뭐해? 얼른 마차를 준비하도록 해."

잉그리드는 화끈거리는 뺨을 한 번 문지르고 옆에 둔 가방들을 챙겨서 뒤뚱뒤뚱 움직이기 시작하였다.

메이린의 신경은 지금 날카롭기 그지없었다. 멀미를 심하게 해서 제대로 먹지도 못했고, 현실비관이 심하여 우울한 기분을 떨치기도 힘들었다.

잉그리드가 준비한 마차를 타고 돌아본 이곳은 메이린이 살던 곳과는 모든 것이 달랐다. 로마그놀로 영지의 너른 평야나 숲 대신 낮고 허름한 건물들이 지붕을 맞대고 붙어 있었다.

"잉그리드! 이곳이 맞는 거야?"

마차에서 내린 메이린과 잉그리드의 앞에는 그들이 기대하던 백작부인의 친척이 살 법한 성 대신 선술집과 숙박업을 겸하는 2층 건물이 하나 덜렁 서 있었다.

두 사람은 어리둥절한 얼굴로 주변을 살폈다.

"네, 이 주소가 분명합니다. 여기 편지도 있는걸요."

잉그리드는 하녀들 중에 드물게 글을 조금 읽을 수 있는 영특한 아이였다. 그래서 백작부인이 특별히 메이린의 시중을 맡겼던 것이었다.

해가 지면서 바다를 온통 붉게 물들이는 것을 바라보자 그들은 선택의 여지가 없다는 것을 깨달았다.

"할 수 없지. 오늘은 우선 이곳에 하루 묵으면서 내일 제대로 찾아보자."

메이린은 지금 찬밥 더운밥 가릴 처지가 아니었다. 출렁이는 배만 아니라면 어떤 침대라도 그녀를 포근하게 감싸 줄 것 같았고, 뜨거운 물로 목욕을 해서 몸에 찌든 이상한 냄새를 지우고 싶었다.

잉그리드가 큰 가방을 두 개, 작은 가방 두 개를 낑낑거리며 이고 지고 그곳에 들어서자 1층에서 간단한 식사를 하던 사람들의 이목이 집중되었다.

낮은 휘파람 소리를 내는 사내도 있었다.

붉은 머리를 하고 값비싼 드레스를 입은 메이린은 이런 장소에는 어울리지 않았다. 메이린은 그들의 반응에는 전혀 반응을 하지 않고, 점원으로 보이는 사내에게 가서 입을 열었다.

"가장 좋은 방을 내어 주게."

술잔을 천으로 닦던 사내는 머리가 길어 얼굴의 절반을 가린 채 메이린의 귀티가 흐르는 차림새를 보며 고개를 끄덕였다.

메이린은 잉그리드에게 턱짓하였고 그 사내를 따라 걸음을 움직이기 시작하였다. 메이린의 치렁치렁한 드레스 자락이 선술집 층계를 오르자 여기저기 뭉쳐진 먼지 덩어리가 피어오르고 있었다.

젊은 시절 사내들의 추앙을 받기도 하였던 붉은 머리는 빛이 바래버렸다. 로마그놀로 백작부인은 아끼던 아이들을 품에서 떠나보낸 후부터 앓던 신경이 더욱 예민해졌다.

"약이 아무런 효과가 없구나."

침실에서 외출도 하지 않은 채 우울감에 좋다는 약들을 모두 먹어보았고, 통증을 완화시켜준다는 차도 마셔보았으나 기분은 그대로였다.

힘든 시절, 위로가 되어야 할 남편은 밖으로만 돌고 있다는 것이 그녀를 더 견디기 힘들게 했다.

"가슴에 구멍이라도 난 것 같구나."

대관절 그녀가 무슨 죄를 지었던가.

건강한 아이들을 낳아 잘 길러냈다. 백작가에 후계자도 안겨주지 않았나. 무엇이 그리도 부족해서 그녀의 딸과 아들은 그 먼 곳으로 떠나야만 했나.

질문은 언제나 비슷했고, 그 길의 끝에는 늘 하녀와 사생아가 백작부인을 조롱하고 있는 것처럼 보였다.

"발칙한 것들! 짐승만도 못한 것들! 천벌을 받을 것들! 도리도 모르는 것들!"

이 성에서 그녀의 눈을 속이고 백작과 정을 통해 생긴, 괘씸하기 그지없는 물건이었다.

그녀의 머릿속으로 얼마 전 그 사생아 계집을 만난 날이 되살아났다.

수수한 차림을 하였으나 은발의 그 아이는 품위가 있어 보였다.

이곳에서 돼지나 치던 것이 감히 귀부인들이 모인 자리에서 기가 죽지도 않았더랬다. 아니, 오히려 그들을 비난하는 듯한 눈빛을 보내기까지 하지 않았던가.

"말도 안 되는 일이야."

분명 그날 그녀가 그 사생아를 따끔하게 혼냈던 것 같다. 왜 너 따위가 메이린의 옷을 입고, 메이린의 자리를 앗아간 거냐고 소리를 질렀던 것 같다. 건방지게 어디 백작님과 같은 머리색을 한 거냐고 따져 묻기도 하였지?

"아니던가?"

갑자기 그날 일이 어디까지가 실제였던지 기억이 가물거렸다.

"내가 그 하찮은 것을 때려 주었을 거야."

그러다 그녀를 무심하게 바라보던 푸른 눈이 떠올라서 두통이 몰려들기 시작하였다. 백작부인은 쥐고 있던 찻잔을 집어 던지면서 머리를 감싸 안았다.

"하시시가 필요해."

당장에라도 그 약을 하지 않으면 그 눈에 잠식당할 것 같은 공포가 밀려들었다.

백작부인의 말을 듣자 하녀가 염려스러운 목소리를 내었다.

"마님, 그것은 진짜 아플 때만 써야 한다고 의원님이 신신당부를 하셨습니다."

"당장 가져와."

백작부인의 날카로운 목소리를 내자 하녀가 움찔거리며 약을 가져오기 위해서 움직였다.

하시시를 태우는 순간만큼은 세상의 어떤 근심도 백작부인을 괴롭힐 수 없었다. 엄청난 고통에 허덕거리던 그녀에게 그것은 하늘이 내린 축복이었다. 약에 취하면 꿈에 그리던 아이들도 만날 수 있었고, 백작도 그녀를 애지중지 아껴주었다. 그녀를 둘러싼 세상이 완벽하게 느껴졌다.

"큰일이야."

하시시를 가지러 가는 하녀가 혼잣말을 중얼거렸다.

백작님은 가문을 돌보지 않으신 지 오래되었고, 마님은 이제 약물에 빠지기 시작하셨다.

그들이 제대로 교육을 받지는 못했으되 이런 것들이 로마그놀로 가문에 광영을 가져오지는 못할 거라는 것 정도는 알았다. 조금씩 피어오르는 어두운 기운에 하녀의 낯빛도 검게 물들었다.

한편 백작부인이 금지된 약물에 손을 대는지도 모른 채 로마그놀로 백작은 여느 때와 다름없이 즐거운 날들을 보내고 있었다.

젊은 여인들의 품은 언제나 포근하고 부드러웠다. 그녀들은 그가 귀족이라는 자체만으로도 고개를 숙였으며, 반짝이는 금화 앞에서 웃음을 파는 것을 망설이지 않았다.

달큰한 살내와 은밀한 향기들이 백작의 코를 간질이고 있었다. 백작은 나신으로 침대에 누워서 두 손으로 머리를 받치며 혼자 빙그레 웃었다.

최근 역병이 돈다고 하더니 갑자기 로마그놀로 가문이 입에 오르기 시작하였다. 알아보니 그 사생아가 성녀네 뭐네 하며 추앙받는다는 것이었다.

'얼마나 우스운 일인가. 그깟 사생아 계집을 성녀라고 부르다니, 정말 대단한 종자야.'

"백작님 무슨 좋은 일이 있으신 거예요? 같이 웃어요. 네?"

그의 곁에는 속이 다 비치는 슈미즈를 걸친 채 콧소리를 내는 갈색 머리 여인이 머리를 한 줌 꼬고 있었다. 그러자 백작이 손을 뻗어 여인의 턱을 움켜잡으며 큰 목소리를 내었다.

"너희 같은 버러지들이 나와 함께 웃을 수 있다고 생각하는 건가?"

여인은 바들바들 몸을 떨며 목소리가 잘 나오지 않는 입을 열어 용서를 빌었다. 백작은 손을 떼면서 그 여인을 밀어뜨렸다.

"흥이 식어버리는구나. 미련한 것."

백작은 옷을 다시 걸치면서 주머니에서 금화를 몇 개 꺼내어 침대에 던졌다. 원래는 오늘 밤새 저것을 데리고 놀 요량이었으나, 그럴 기분이 온데간데없이 사라져버렸다.

"레오니……."

순간 어떤 말과 행동에도 복종하던 그 작은 몸뚱이가 떠올랐다. 결국 백작은 하녀 하나를 잃었다는 것을 인정해야 했다.

현상금을 걸어 사람들을 풀었고, 사냥개들까지 일대를 샅샅이 뒤졌으나 레오니의 흔적을 발견할 수 없었다.

혹 몰라 모르시아니가에 새로 일을 하게 된 여인들의 인적 사항까지 은밀하게 조사했으나 그가 찾는 인상착의를 가진 이는 없다고 하였다.

아쉬운 기분에 입안이 썼다.

그래도 아마 앞으로는 더 좋은 날들이 펼쳐질 거라는 확신이 있었다. 그 아둔한 공작은 그가 펼쳐둔 덫에 착실하게 걸려들었고, 사생아 계집은 기대 이상으로 제 역할을 잘하고 있지 않은가.

메이린은 왕국을 떠났으니 별일이 없을 테고…… 아비오도.

로마그놀로가의 후계자인 아비오의 창백한 낯과 붉은 머리를 떠올리자, 공작의 들뜨던 기분이 착 가라앉았다.

어찌하여 나와 같은 대장부 아래에서 그런 비실비실 한 자식이 나왔단 말인가.

납득할 수가 없는 일이었다.

아비오는 약골에다가 학문에도 흥미나 재능을 보이지 않았다. 어릴 때부터 멀리해야 할 술과 여인부터 손을 대던 녀석이었다.

백작은 갑작스러운 두통에 검지를 뻗어 이마를 움켜쥐었다.

이번 기회에 아들이 제대로 성장할 것을 기대하며 시종 하나 붙여주지 않은 그였다. 북방의 스피노네 후작은 사내들이 인정하는 사내 중의 사내 아니던가.

"잘해내고 있겠지."

백작은 그저 혼잣말이나 중얼거릴 뿐이었다.

디아나 여신의 가호가 있은 탓인지, 사람들의 도움의 손길 덕분인지 왕국 각지에서 역병이 점점 힘을 잃어가기 시작하였다. 병으로 목숨을 잃은 이들을 위해 공동으로 장례를 치러 주었고, 거리곳곳을 정비하려는 시도가 눈에 띄었다.

처음에 시체들의 탑이 있던 분수대도 다시금 제 기능을 하여 투명해 보이는 물이 뿜어 나오고 있었다.

그러나 눌리타스의 곁에서 함께 일하던 소피아와 찰스, 파스텔 모두가 그 병에 걸려 버렸다. 초기에 발견되어 생명이 위중할 일은 없었으나 그 탓에 모르시아니 영지로 돌아가는 일이 조금 미뤄졌다.

루셔스와 눌리타스는 보르조이의 문병을 다녀온 후 위생국 뒤뜰의 아주 작은 정원에서 차를 한 잔 들고 있는 중이었다.

"이곳이 우리 성이라고 상상하면서."

루셔스가 눌리타스를 향해서 눈웃음을 치며 잔을 들었다.

눌리타스는 그들을 둘러싼 장미 덩굴에서 풍기는 그윽한 꽃향기에 살포시 눈을 감아보았다. 로마그놀로가의 외벽에도 장미의 덩굴이 뻗어 있었다.

'우습지. 그때는 이런 달콤한 향을 느낄 생각조차 못 했어.'

수레를 바쁘게 밀면서 여기저기 화려하게 핀 꽃들을 보기는 했으나 잠시 멈춰 서서 그것을 즐길 여유를 가지진 못하였다. 같은 꽃을 보았으나 이렇게 다른 생각을 하게 된 것이 꽤나 신기하였다.

"그대 눈꺼풀에도 꽃이 피었어."

"……?"

얼른 상념을 떨치며 눈을 뜨려는데 그녀의 앞이 무척 어두웠다.

"공작님?"

그녀의 앞에 공작이 너무 가까이 다가와 있었다. 그의 눈빛은 저 꽃들보다 더욱 붉었고, 눌리타스의 얼굴을 쓸어내리는 손이 너무나 뜨거웠다.

왠지 부끄러운 기분이 들어 눌리타스는 재빨리 고개를 옆으로 틀었다. 흔들리는 은발 너머로 볼이 달아올랐다.

"제발 고개를 돌리지 마."

촉촉한 음성이 루셔스의 입술을 타고 흘렀고, 눌리타스는 그 애절함에 다시 그를 향하였다.

"부인. 이것을 받아주시겠습니까."

공작의 다른 한 손에는 붉은 장미가 한 송이 들려 있었다. 그리고 눌리타스는 그의 중지 끝이 가시에 찔려 피가 흐르는 것을 보았다.

'너무나 붉어.'

피는 단 두 방울이 아롱졌으나 눌리타스의 가슴을 가득 메우기에는 충분하였다. 그녀는 손을 뻗어 장미꽃을 받을 생각도 하지 못하고, 꽃과 공작의 손끝을 번갈아 보다 그만 눈물을 짓고 말았다.

"그대를 울리려던 계획이 아니었는데."

루셔스는 그저 사랑을 고백하는 다정한 시간을 기대했을 뿐이었다. 당황한 그는 장미를 탁자에 살포시 내려두고 눌리타스의 옆으로 다가섰다.

우는 여인의 어깨에 손을 둘러 안아주려 했을 때, 눌리타스가 고개를 들어 그의 손을 잡았다. 그러더니 그의 손끝에 가만히 입을 맞추어 주었다.

눌리타스의 볼을 타고 흐른 눈물 한 방울이 그의 손에 떨어졌다. 순간 루셔스의 가슴은 적에게 함락된 빈 성처럼 무너져 내렸다.

"그대는……."

루셔스는 그의 손가락에 입을 대고 있는 눌리타스의 턱을 부드럽게 들어 올렸다. 눈물로 젖은 푸른 눈이 그의 검은 눈동자와 마주하였다.

두 사람 사이의 공간에 긴장감이 흐르고 있었다. 서로를 응시하는 눈빛에서 느껴지는 떨림을 공유하다 루셔스의 얼굴이 천천히 아래를 향하였다. 그의 혀가 눌리타스의 얼굴에 흐르는 눈물을 핥았다.

"……!"

너무 놀란 눌리타스가 우는 것도 잊고 공작을 피해 보려 했지만, 그 사이 그의 혀는 스르륵 미끄러져 그녀의 입술에 닿았다.

"공작님."

눌리타스가 막아볼 요량으로 그를 부르는 순간에 공작의 두 손이 그녀의 뒷목을 감쌌다. 그리고 뜨겁고 부드러운 것이 그녀의 입 안쪽으로 밀려들어 왔다. 처음부터 하나였던 이들처럼 숨을 주고받다 눌리타스는 점점 깊어지는 입맞춤에 양손으로 그의 허리를 꼭 안았다.

여름날, 모든 것을 부술 듯 몰아닥치는 태풍에 날아가지 않으려 무언가를 잡은 어린아이의 손처럼 그렇게 떨렸다. 루셔스는 두 손으로 그녀의 은발을 헤집으며 그의 열띤 애정이 조금이라도 전달할 수 있기를 소원하였다. 조금 더 닿고 싶은 욕심은 만족을 몰라 두 입술은 한참을 떨어질 줄 몰랐다.

달달한 장미꽃이 만개한 여름날, 그들의 소중한 사랑도 무르익고 있었다.

천장에서 규칙적으로 물방울이 똑똑 떨어졌다. 공기는 습했고, 낙엽들이 쌓인 곳 같은 그런 류의 냄새가 났다. 그곳에 거구의 사내 하나가 바닥에 쓰러져 있었다.

"나는 다친 게 분명해."

상처가 곪은 듯한 역한 냄새가 코를 찔렀으나 너무 어둡고 어지러워 어디를 다친 건지 확인하기도 힘이 들었다.

"여기 사람이 있어요!"

그의 목소리가 컴컴한 공간을 가로질렀다 다시 돌아오는 것 같았다.

"젠장! 난 치료를 받아야 한다고!"

그는 분명 동료들과 함께 있었는데, 정신을 차려보니 이곳이었다. 몸을 일으켜 조금 움직이려 하자 발목에 묶인 쇠사슬이 그의 살을 파고들었다.

"윽."

도대체 그에게 무슨 일이 생긴 건지 도무지 알 수가 없었다. 그는 올리브 백작의 밑에서 일하는 자로 이번에 귀부인 하나를 처리하라는 지시를 받았다. 온갖 살인을 일삼는 그들에게는 그런 일 정도는 식은 죽 먹기나 마찬가지였다.

그들이 대장을 저승길로 보낸 후의 일을 더듬어 보았다. 갑자기 나타난 기사의 칼이 그의 몸을 스쳤고, 그다음은 기억이 나질 않았다.

"죽은 건 아니겠지."

냉기가 가득한 곳이라 추워 입김을 뿜어보다 상처에서 번지는 통증 때문에 기이한 신음 소리를 내었다. 그의 주변에 갑자기 작고 노란 안광을 가진 것들이 소리를 내며 다가오는 것 같아 팔을 휘둘렀다.

그리고 그것들보다는 큰 존재의 발소리가 근처에서 들렸다. 본능적으로 그것이 사람이라는 것을 느낀 그는 괴이한 소리를 내며 빌기 시작하였다.

"살려주십쇼. 제발 뭐든지 할 테니 목숨만은……."

"묻는 말에 답을 하면 치료를 해 주겠다."

어둠 속에서 한 사내가 느릿하게 말을 하였다.

바닥에서 쇠사슬에 묶인 사내는 목소리가 나는 쪽으로 조금 더 다가가기 위해 통증을 참아가며 상체를 움직였다.

"뭐든지, 뭐든지 다 말씀드리겠습니다."

"배후가 누구지."

애걸복걸하는 사내와는 달리 어둠 속의 인물은 여유가 넘쳐흐르는 것처럼 느껴졌다. 거구의 사내가 망설인 것은 아주 잠시에 불과하였고, 누런 이를 드러내며 비굴한 목소리를 내었다.

"올리브 백작님의 지시로 움직였습니다. 저는 정말 시키는 대로 한 죄밖에 없습니다."

"올리브라."

짧은 말에는 아무런 감정이 실리지 않은 것 같았지만, 실상은 전신에 번지는 분노를 겨우 참아내는 중이었다. 그러나 심한 부상을 입은 상대는 그것을 전혀 알아차리지 못하였다.

'기름진 돼지 같은 그 작자를 한 번 보았을까 하는데, 무슨 원한이 있었던가.'

잠시 침묵을 지키고 있는 인물 때문에 불안감을 느낀 사내는 시키지도 않은 말까지 늘어놓았다.

칼릭스 영애라는 여인의 등장과 그들의 주인인 올리브 백작과의 관계, 그리고 그 명령에 얽힌 이야기들.

그의 입가에 침이 축축하게 번져나가고 있었지만, 상대는 듣기만 할 뿐 아무런 반응이 없었다. 그러더니 처음과 마찬가지인 발소리가 들리는 것이 아닌가.

"잠시만요. 나리. 제가 대답을 하면 치료해준다고 하시지 않으셨습니까? 예?"

목숨이 달린 일이라 눈물까지 쏟으며 거구의 사내는 보이지도 않는 사람을 향해서 두 손을 싹싹 빌었다.

"약속은 지키지."

그 말을 끝으로 그 음침한 곳에는 쇠사슬 끄는 소리와 알 수 없는 생물들의 퍼덕임만이 남았다.

굴 밖으로 나온 것은 두 사내였다.

"주인님. 어떻게 할까요?"

"보르조이. 나는 약속은 지키는 사람이야. 의원을 데리고 가서 상처를 꼼꼼하게 치료해주도록."

루셔스가 그렇게 말하면서 싸늘하게 웃었다.

보르조이는 아까 저 굴 속의 사내를 그 자리에서 죽여버리고 싶은 것을 겨우 참았다. 저들의 칼에 죽을 고비를 넘긴 지 얼마 되지 않았다. 게다가 공작님이 그토록 아끼시는 마님을 해치려 한 자들이었다. 그래서 치료를 해 주라는 명에 빠르게 답을 내어놓지 못하고 우물쭈물하고 있었다.

"보르조이. 왜 대답이 없지. 의원을 불러주는 거야. 그게 끝이야."

루셔스는 저 굴 속의 사내를 살려줄 생각이 조금도 없었다. 헛된 기대를 품고 천천히 죽어가는 것도 나쁘지 않을 것이다. 굳이 그의 검에 저런 자의 피를 묻힐 필요는 없었다.

"아까 보니 쥐들이 많이 굶주린 것 같더군."

그제야 보르조이는 공작의 의중을 알아차리고서 감탄하며 고개를 숙였다.

루셔스는 이제 다른 생각에 빠져 있었다.

'칼릭스 영애라.'

눌리타스를 해치려 한 자가 아이올라일 줄은 꿈에도 상상하지 못하였다. 쓸쓸한 유년시절을 보낸 루셔스는 내색하지 않았지만, 이모님을 아꼈다. 그리고 그런 이모의 하나뿐인 혈육이 바로 아이올라였다.

이런 식으로 아이올라와 척을 지게 된 것이 쓸쓸했지만, 죄를 저지른 자를 가만둘 수는 없었다.

삐걱거리는 계단을 올라와서 여관의 직원이 가장 좋다는 방의 문을 열었다.

"……이게 특실이라고?"

방은 터무니없이 좁았으며 벽지의 원래 그림이 무엇이었는지 알아볼 수 없을 정도로 빛이 바래 있었다. 그나마 붙어 있으면 양호했겠지만, 일부는 떨어져 나가고 없었다.

상한 향수를 뿌려둔 건지 방 안에는 역한 냄새가 한가득이었는데, 직원이 아주 의기양양하게 이곳저곳을 설명하는 이야기를 들으며 메이린은 혀를 차고 있었다. 그러나 오늘만큼은 빨리 제대로 쉬고 싶다는 소망이 간절하였으므로 그녀는 뜨거운 물을 가져올 것을 지시하고는 그를 밖으로 내보냈다.

"짜증 나!"

신경질을 내며 침대에 털썩 앉자 메이린은 짧은 비명을 지를 수밖에 없었다. 침대보 아래 무슨 돌덩이가 있는 게 분명하였다. 게다가 청소를 하지 않았는지 하얀 이불에는 알 수 없는 얼룩들이 선명하게 남아 있었다.

"기가 막혀서 말이 안 나온다는 게 이럴 때 쓰는 말인가."

속상해서 눈물이 날 것 같은 것을 참고 구두를 벗어서 바닥에 집어 던졌다. 메이린을 더욱 슬프게 하는 것은 이런 허접스러운 방이라도 배보다 낫다는 기분이 든다는 것이었다.

"잉그리드. 얼른 목욕 준비를 해."

더러워 보이는 베개를 그녀의 숄로 감싼 뒤, 메이린은 그것에 몸을 살짝 기댔다. 정말이지 피곤한 하루였다.

"얼른 씻어야지……."

메이린은 혼잣말을 중얼거리다 이내 잠이 들어버렸다.

짐 가방을 이고 지고 겨우 올라와 숨을 고르던 잉그리드는 메이린 아가씨의 눈이 감긴 것을 보며 바닥에 털썩 주저앉았다.

큰 가방 두 개에는 아가씨의 드레스와 구두 등이 들어 있었고, 작은 가방 두 개에는 돈과 보석 등이 담겨 있었다. 잉그리드는 한숨을 내쉬다 영차 힘을 내어 일어섰다. 마부에게 내민 주소는 잘못되지 않은 것이었다. 그러나 백작부인의 친척이 된다는 분이 이런 여관의 주인일 리가 없었다.

"아가씨가 잠시 쉬는 동안에 얼른 가서 알아봐야겠어."

나고 자란 성을 떠난 것이 처음이라 모든 것이 어색하였지만, 아까 배를 내린 곳을 찾아가 보았다. 그리고 그곳에서 생선을 파는 만난 노파에게 혹시 그 귀부인을 아는지 물어보았다. 하지만 주름이 가득한 여인은 이곳에는 귀족이라곤 없다는 답을 내어주었다.

"하지만 저희 마님의 친척분이."

잉그리드가 어디에서 왔으며 어디로 가려고 했다는 것을 설명하자 그 여인이 이가 몇 개 없는 입을 벌리며 이상한 말을 하는 게 아닌가.

보르조이도 기운을 차렸고, 병에 걸렸던 이들도 곧 회복을 하여 눌리타스는 모르시아니 영지로 돌아가기로 결정하였다. 병으로 얼굴이 핼쑥해진 소피아의 손을 잡으며 눌리타스가 다정하게 웃어 주었다.

"소피아, 이제 집으로 돌아가자."

눌리타스가 소피아와 함께 마차에 올라탔고 엄청난 인원들의 호위를 받으며 출발하였다.

"공작님은 급한 일이 생기셔서 곧 오신다고 하였어."

공작의 부재를 궁금해하는 소피아를 위해서 눌리타스가 알려 주었다.

떠나온 지 오래되지 않았건만 기분이 색달랐다. 마차 밖으로 풍경이 시시각각 변하는 것을 하나도 놓치지 않고 눈에 담아 두었다.

'일상이란 것은 이렇게 안도감을 주는 것이었구나.'

마차는 빠르게 달려 그녀를 곧 영지로 이끌어 주었다. 그리운 풍경들이 보이기 시작하자 눌리타스는 창문에 바짝 다가가 앉았다.

이곳에서 태어나 자란 것도 아닌데 왜 이렇게 정겨운 기분이 드는 걸까. 저 너머 말을 달렸던 숲도, 이 앞으로 끝도 없이 펼쳐진 평야도 눌리타스의 가슴을 벅차게 만들었다.

마차가 도착해 문이 열리자, 세자르가 공손하게 서서 그녀를 맞았다.

"잘 돌아오셨습니다. 공작부인."

눌리타스는 세자르의 친근한 얼굴을 보자 비로소 집으로 돌아왔다는 실감이 났다.

"덕분에요."

상냥하게 인사를 건네고 눌리타스는 바로 어머니가 계신 곳으로 발을 옮겼다. 지난번 너무 짧은 재회를 계속해서 후회했던 그녀였다.

'이제는 어머니의 곁을 지키리라.'

의지를 다지며 정원 호수 근처를 찾았다. 호수를 정면으로 보는 큰 나무 아래에 물빛 드레스를 입은 갈색 머리의 작은 체구를 가진 부인이 평화로운 시간을 보내는 것처럼 보였다.

"어머니!"

레오니는 한낮의 해를 쬐며 잠시 졸고 있었다. 그 꿈엔 그녀의 아이를 닮은 아주 작은 아기가 레오니를 향해서 아장아장 걷고 있었다.

'그걸 볼 수 있었다면 얼마나 좋았을까.'

레오니는 목숨을 부지하게 되었고 딸아이와 함께 있을 수 있게 되었다. 대신에 시력을 잃는 것은 그렇게 아쉽지 않았다. 하지만 손주를 볼 수 없다는 것은 어쩐지 아쉬웠다.

"또 헛것이 들리는 걸까."

어딘가에서 그녀의 아이의 목소리가 들리는 것 같았다. 하지만 이건 하루에 종종 있는 일이라 별스럽지도 않았다.

"부디 무사하게 돌아오렴."

눌리타스는 어머니의 가까이에 갔지만, 여전히 그녀를 알아채지 못하는 어머니의 상태 때문에 눈물이 쏟아질 것 같았다.

"네. 어머니의 기도 덕분에 이렇게 무사하게 돌아왔어요."

레오니가 멍한 눈을 들어 눌리타스의 목소리가 들리는 쪽으로 고개를 올렸다.

"너니?"

"네, 저예요."

눌리타스는 눈물이 흐르는 어머니의 뺨을 손가락으로 훔치면서, 어머니의 품에 안겨들었다. 어머니에게서는 잘 마른 볏짚 같은 익숙하고 편안한 향이 느껴졌다. 레오니는 텅 빈 눈으로 하늘에 감사를 드린 다음 두 손으로 눌리타스의 얼굴을 쓸었다.

"살아 있으니 참 좋구나."

"네."

눌리타스와 레오니는 그렇게 한참을 말없이 부둥켜안고 재회의 기쁨을 나누었다.

동굴에서의 일을 처리하고 루셔스는 영지를 향해 급하게 말을 모는 중이었다. 세찬 바람을 가르며 쉬지 않고 달리면서 그는 오직 한 사람의 얼굴만을 그리고 있었다.

부모형제를 먼저 보낸 후 모르시아니 영지는 그에게 아픈 상처가 되었다. 그곳 어딜 가더라도 가족들과의 추억이 새겨져 있었다. 어린아이는 빨리 어른이 되어야 했고, 가문은 그에게 짊어지고 가야 할 의무가 되어버렸다. 돌아가신 어머니의 마지막 말씀을 지키기 위하여 그가 지니고 있는 역량 이상으로 발버둥을 쳐왔다.

혼인을 위해 찾은 것이 몇 년 만의 방문일 정도로 루셔스는 영지를 오랫동안 떠나 있었다.

'하지만 지금은 달라.'

이제 세상천지에 혈혈단신으로 울음을 삭혀야 했던 어린아이는 없었다. 눈물도 웃음도 함께 나눌 수 있는 푸른 눈의 여인이 그를 기다리고 있었다.

'함께 돌아갔어야 했는데……'

처리할 일들이 남아서 마차를 타고 나란히 돌아가지 못한 것이 아쉬워 자꾸만 서두르게 되었다.

"공작님, 말이 힘들어합니다."

평생 말을 혹사시킨 일이 없던 공작이 무리해서 달리는 것이 염려가 되어 보르조이가 조심스럽게 말을 건넸다.

"아……."

루셔스는 그제야 말을 멈추게 한 후 갈기를 쓸며 미안함을 전한 후 잠시 쉬게 해 주었다.

저 너머로 조금만 가면 모르시아니 영지가 보일 것이다. 그곳에 닿고 싶은 루셔스의 조급한 마음은 자꾸만 커져갔지만, 먼 하늘을 바라보는 것으로 잠시 가슴을 달래보았다.

"엉뚱한 곳으로 왔구먼."

"네?"

"뭐 그런 일들이야 왕왕 있으니까 다시 제대로 찾아가면 될 일이지."

노파는 생선을 손질하며 대수롭지 않다는 듯 말을 하였다. 하지만 그 말을 들은 잉그리드는 눈이 튀어나올 것 같은 충격을 받았다.

만일 마님이나 아가씨가 지금 잘못된 장소로 온 것을 안다면 아마 큰 사달이 일어날 것이 자명하리라.

마님이 휘두르는 가죽끈에 피투성이가 된 아이를 보았던 기억이 잉그리드의 두 손을 떨리게 만들었다.

배를 잘못 탄 것이 누구의 잘못이었던 것과 상관없이 그 책임은 오롯이 그녀가 져야 할 게 뻔했다.

창백한 얼굴의 잉그리드는 발등에 떨어져 붙은 생선의 비늘을 털며 노파에게 인사를 하였다. 그리고는 무언가에 홀린 이처럼 바쁘게 걸었다.

여관으로 돌아와 메이린이 여전히 잠들어 있는 것을 확인한 잉그리드는 굳은 표정으로 아가씨의 작은 가방 두 개를 챙겨 들었다.

"어딜 가는 겁니까?"

여관 직원이 떠나는 그녀에게 무어라 물어보는 것 같았지만, 뒤를 돌아볼 생각조차 하지 못했다.

'이것은 신이 내게 준 기회야.'

잉그리드는 마차를 잡아타고 항구로 가서 바로 출발하는 아무 배나 탈 작정이었다.

이제 어느 누구도 잉그리드에게 상처 주지 못할 것이다.

흔들리는 마차 안에서 잠시 아른거리는 부모를 그려보다, 그녀는 부모가 자신을 응원해줄 것이라 믿기로 하였다. 자식이 귀족 나리의 매질에 맞아 죽는 꼴을 원치는 않겠지.

잉그리드의 얼굴에 해방감과 긴장감이 교차되어 드러났다.

그녀를 기다리는 세상이 어떨지 전혀 알지 못하였으나, 지금보다는 나으리라.

"뭐 혹 낫지 않아도 어쩌겠어."

잉그리드는 자유의 콧노래를 슬슬 흥얼거리기 시작하였다.

안개가 자욱하게 깔린 어느 밤이었다.

아비오는 몸을 씻고 옷을 걸치기 전 거울 앞에서 이상한 것을 발견하였다.

"이건 손자국 같은데?"

멍이 들어 얼룩덜룩해진 흔적들이 상체 여기저기에 남아 있었다.

"피부병인가?"

이렇게 더러운 환경에서 제대로 먹지 못해서 생긴 병이 아닌가 하는 의심도 들었다. 아비오는 마른 손으로 가슴을 슬쩍 문질러보다 너무 추워서 옷부터 껴입기 시작하였다.

이곳은 첫인상부터 글러 먹은 곳이었다. 아까 저녁 식사 후에 그 망할 하인이 뭐라 낄낄거렸더라.

"눈처럼 새하얀 소년은 밤바람에 어른이 되지."

저런 헛소리를 했었다.

꼬집어 설명하기는 힘이 들지만, 무언가 찜찜한 기운이 가시질 않았다. 그러나 이런 생각을 해서 무엇하겠나 싶어 두꺼운 가운을 여몄다.

"여기는 다 엉망이거든."

아비오의 한숨에 뿌얀 김이 한가득 뿜어졌다. 아비오는 젖은 머리를 하고 벽난로 근처에 기대 서 보았다. 불 가까이에 서니 그나마 살 것 같았다.

몸이 녹아내리는 기분이 번지자 아비오는 그가 너무 오랫동안 본능을 억누르고 있었다는 생각이 들었다.

한 손을 바지로 스륵 밀어 넣고 다른 한 손으로 벽을 짚은 후 눈을 감았다. 타오르는 여름날, 수레를 밀고 가는 마른 아이의 뒷모습을 그리기 시작하였다.

그때의 더운 기운이 마치 생생하게 느껴지는 것 같았다. 매미가 시끄럽게 울어댔었고 그는 나무 근처에서 그 아이를 몰래 지켜보고 있었다.

아이는 더운지 수레를 세워두고 목에 걸쳤던 천으로 이마의 땀을 훔쳤다. 그 바람에 뿌얀 목이 드러났고 아비오는 그 망가뜨리고 싶을 만큼 황홀한 살결을 떠올리며 파정하였다.

더없이 들떴던 시간은 순식간에 사그라졌다. 손에 젖은 진득한 느낌이 아비오를 절망케 하였다.

허무함에 사로잡힌 아비오는 어깨가 축 늘어졌다. 이곳에서 버텨내 백작님에게 인정을 받고 싶다는 욕심도 사라진 지 오래였다. 이제는 어머니의 곁으로 돌아가고 싶을 뿐이었다.

"아버지는 어차피 나 따위를 봐 주시지 않을 테니."

그는 탁자에 놓인 포도주를 단숨에 들이켜며 혼잣말을 이었다.

"당장 내일 돌아가자. 이딴 구질구질한 곳에서 벗어나는 거야."

백작이 이런 그에게 실망을 하여 후계 자리를 박탈해버려도 상관없다고 생각할 정도였다. 적어도 그를 백작가에서 아예 내치지는 않으리라.

"나는 이제 너무 지쳤어."

얼음장 같은 이불을 들치며 아비오가 몸을 부르르 떨었다. 하루만 버텨내자고 다짐하며 눈을 감았으나 그 밤은 무척이나 길었다.

로마그놀로 백작은 하는 일 없이 도박판에 앉아 카드를 쥐고 있었다. 요즘 어딜 가든 사람들이 꽤나 그에게 알랑방귀를 뀌는 게 기분이 나쁘지 않았다.

사생아 계집이 설치고 다닌 덕에 로마그놀로 가문까지 덩달아 유명세를 탔다.

"로마그놀로 백작님이 이런 누추한 곳을 찾으셨습니까?"

마치 과거의 전성기가 마치 되살아나는 것 같은 날들이었다. 백작은 한껏 턱을 치켜든 채 이 순간을 만끽 중이었다. 속으로는 모두를 비웃는 채로 말이다.

'멍청한 것들. 그 계집이 나의 사생아라네.'

취기가 돌 때면 누구에게도 말할 수 없는 이 사실을 떠벌리고 싶어 참기가 힘이 들었다.

"백작님, 돈을 더 거시겠습니까?"

카드를 돌리는 이가 그에게 말을 걸었다.

로마그놀로 백작은 수중에 얼마가 있는지 따져보지도 않고 무조건 고개를 끄덕였다.

"내가 누구던가."

그는 호탕하게 웃으며 판돈을 점점 더 올리기 시작했다. 짙은 담배 연기가 진동하는 이곳에서는 전염병도, 도망친 하녀도, 꼴 보기 싫은 부인이나 아들 녀석에 대해서도 고민할 필요가 없었다.

그러다 아둔한 모르시아니 공작 생각에 그는 입을 히죽거렸다.

'사내들은 계집질하다 패가망신을 하는 법이지.'

백작은 턱을 쓸며 카드를 보다 패를 덮어버렸다.

이번에는 이길 수 있을 줄 알았는데 아니었나 보다. 하지만 그에겐 대수롭지 않은 일이라 계속 그 자리를 지켰다.

누군가 다가와 그가 가져온 돈을 모두 썼다는 것을 일러주었고, 로마그놀로 백작은 급한 대로 도박장에서 돈을 빌려 쓰기로 하였다. 가문의 이름 자체가 그에게는 신용이 되었기에 아무런 문제가 없다 여겼다.

그는 그날 하루 탕진해버린 돈이 평민들이 한 해를 벌어도 가능하지 않은 큰돈이라는 것을 알지 못하였다.

로마그놀로 백작부인은 점점 여위어 갔다. 하시시는 마약 성분으로 아주 소량만 쓸 때는 진통제의 역할을 하지만, 잘못 쓰면 큰 문제를 일으키는 중독성이 있는 약물이었다.

"백작님, 오셨나요? 오늘 저 어떤가요?"

백작부인은 산발을 한 채로 이상한 드레스를 입고 거울 앞에서 홀로 서 있었다. 그녀는 한 손으로 붉은 머리를 비비 꼬면서 수줍은 듯한 표정을 지었다.

"어머나! 그런 말씀 너무 부끄러워요."

한 손으로 입을 가리고 살포시 웃는 그녀는 너무나 행복해 보였다. 지금 백작부인은 하시시에 취해서 헛것을 보고 있는 것이었다.

몽롱한 세계에서는 그녀는 여전히 십 대의 미녀였고, 백작은 훤칠한 모습으로 절절한 사랑을 고백하곤 하였다.

거울 앞에서 비켜서자 알록달록 어여쁜 카펫 위로 어린 남매의 모습이 보였다. 그녀를 닮아 색이 고운 붉은 머리를 한 메이린과 아비오가 천진난만한 얼굴을 하고 엄마라고 부르며 환하게 웃어 주는 게 아닌가.

백작부인은 아이들을 향해 손을 뻗어 보았다. 너무 사랑스러운 아이들의 모습에 왠지 눈물이 날 것 같아 그녀는 몸을 뱅그르르 돌았다.

순간 그녀의 앞으로 무도회장이 펼쳐지고 있었다.

"저를 초대해주셔서 감사합니다."

요즘 그녀는 하루 중 온전한 정신인 시간이 매우 짧았다. 백작 성의 외벽을 덮었던 붉은 꽃들이 시들어가는 어느 계절의 일이 었다.

그날 저녁은 아주 오랜만에 모르시아니 성의 기다란 식탁에 훤 하게 불이 밝혀졌다. 눌리타스는 막 도착하여 씻은 후 마주하게 된 공작의 얼굴을 마치 처음 보는 것처럼 바라보았다.

'처음 뵈었던 그날도 오늘처럼 환하게 빛이 나셨지.'

가짜 영애라는 것이 들통날까 떨리는 가슴을 안고 물 한 모금을 모래를 삼키듯 했던 순간이 있었더랬다. 그럴 때에도 공작의 검은 눈매를 몰래 쳐다보다 고개를 숙였었다.

그에게 첫 마음을 주게 된 것은 아마 그때부터였을까.

그런 생각을 하자 눌리타스의 얼굴에 부드러운 미소가 스몄다. 루셔스는 건너편 자리에 앉아 그녀의 하는 모습을 지켜보는 것으로 덩달아 기분이 들뜨는 것 같았다.

"이제야 돌아왔군."

"네."

두 사람은 많은 의미가 담긴 짧은 말을 주고받으며 서로를 응시하였다.

루셔스는 하루 종일 아무것도 먹지 못하였으나 허기를 느끼지도 못하는 것 같았다. 머릿속을 복잡하게 만드는 문제들도 지금은 중요하지 않은 듯 보였다.

그의 시선의 끝자락에는 그녀가 머무르고 있지 않은가.

"부인."

"네?"

눌리타스는 스프를 휘적거리던 손을 떨면서 놀란 목소리로 답을 하였다.

"내가 내 부인을 부인이라고 부르는 게 그리도 놀랄 일입니까?"

또 시작이었다.

반말과 존대를 교묘하게 섞는 그의 목소리가 평소보다 더욱 잠겨서 듣는 것만으로도 눌리타스의 볼이 붉어지는 것 같았다. 도저히 지금은 그의 얼굴을 마주할 수 없을 것 같은 기분이 들어 아니라는 답을 겨우 할 수 있었다.

"그 소원을 쓸까 하는데……."

순간 멍해진 눌리타스는 그가 무슨 이야기를 하는지 제대로 알아차리지 못하였다. 고개를 들어 그의 짓궂은 장난기가 어린 입매를 보고서야 스치듯 나누었던 대화가 떠올랐다.

"아……."

모든 것을 다 가진 것처럼 보이는 공작이 그녀에게 바라는 게 무엇이 있을까 싶어 생각을 해보다 몰래 한숨을 쉬었다.

눌리타스는 보통의 귀부인들이 즐겨 한다는 자수나 그림 그리기에는 소질이 없었다. 뭐 그의 소원이라고 하면 독수리를 10마리라도 수를 놓기야 하겠지만, 그리 내키는 일은 아니었다.

긴장감에 눌리타스의 입술이 바싹 말라가는 것 같아 침을 겨우 삼켜보았다.

하지만 한참을 뜸을 들이던 루셔스의 입술을 타고 흐른 말은 전혀 뜻밖의 것이었다.

"조금 있다 말하지."

눌리타스는 그의 말에 맥이 탁 풀리는 것 같아 의아한 얼굴을 해 보였다. 그러자 루셔스가 여인이라면 모두가 기절할지도 모를 매력적인 미소를 지으며 그녀를 바라보고 있는 게 아닌가.

모르시아니 성에 아주 오랜만에 사람들이 사는 것 같은 생기가 가득 돌고 있었다.

왕국을 덮친 역병의 소식은 모르시아니 영지로까지 흘러들었다. 영지민들에게는 다행스럽게도 이곳까지 그 끔찍한 병의 저주가 닿지는 않았으나, 얼굴도 모르는 이들의 죽음이 그들을 슬프게 하였다. 그리고 연신 들려오는 공작부인의 미담으로 가슴이 뿌듯하였다. 그런 분들을 모시는 것은 정말이지 크나큰 영광이었다. 그리하여 모두 한 마음으로 주인 내외가 돌아오는 날을 손꼽아 기다렸다.

모르시아니가로 돌아온 첫날, 눌리타스가 저녁 식사를 마치고 일어서는데 어린 하녀가 복도 끝에서 마치 용건이 있는 듯한 눈을 하며 기웃대고 있었다. 눌리타스는 소피아의 시중을 받으며 천천히 그쪽으로 향하였다. 그녀가 움직이자 가만히 서 있기만 하던 아이가 빠른 걸음으로 다가오더니 바닥에 무릎을 대고 눌리타스의 드레스 자락에 입을 맞추었다.

"마님께 디아나 여신의 축복을."

"......!"

자세히 보니 일전에 자신 앞에서 실수했었던, 낯이 익은 아이였다. 눌리타스가 반가운 마음에 무어라 입을 열려는 순간. 하녀는 치맛자락을 쥐고선 후다닥 사라져버렸다.

"참 고마운 아이로구나."

눌리타스는 아이가 사라진 쪽을 바라보았다. 이런 식으로 칭송을 받는 것은 그녀에게 여전히 낯선 감정을 불러일으켰다.

지난 그녀의 삶은 지금과는 많이 달랐다.

더러운 배설물들을 퍼 담아 나르고 다시 건초를 까는 일은 매일같이 반복되었다. 추운 겨울, 얼어 죽어버린 가여운 새끼 돼지를 껴안고 우는 날도 숱하였다.

추운 밤 온기를 잃은 짐승을 안았던 그 두 손을 펼쳐 보았다. 눌리타스의 손은 로마그놀로 백작부인의 뽀얗고 윤기 나던 것과는 거리가 멀었다. 과거의 흔적들이 희미하게 남아서 그것들을 잊지 말라고 외치는 것 같았다.

'그래! 나는 지금 이 손이 부끄럽지 않아.'

비록 귀부인들 사이에서는 장갑을 껴서 숨겨야 하겠지만, 그네들이 못하는 것을 할 수 있는 손이었다. 오닉스와 새끼들도 구할 수 있었고, 그 억센 사내를 칼로 찌르기도 하였다.

'고운 손으로 더러운 짓거리를 해대는 백작부인보다야 낫고말고!'

지난번 그림을 그린답시고 모였던 귀부인들의 자리에서 로마그놀로 백작부인을 보았을 때가 떠올랐다. 어머니의 환한 세상을 앗아간 이가 바로 곁에서 뻔뻔한 얼굴을 하며 추악한 미소를 짓고 있었다.

잠시 그 가증스러운 목을 부러뜨리고 싶다는 충동을 느끼지 않은 것은 아니었다.

'그러나 그들과 같은 인간이 되고 싶지는 않았어.'

검은 털을 가진 짐승이 낳은 새끼는 같은 빛깔의 털을 지닌다. 그래서 혹여 그녀의 몸에 흐르는 그 피 때문에 어긋난 선택을 할까 늘 두려웠다. 그리하여 백작부인을 노렸던 두 주먹에 힘을 풀었고, 그저 그 탐욕스러운 붉은 머리를 향해 속으로 실컷 욕할 뿐이었다.

약간의 우울감이 그녀를 찾아들자 눌리타스의 그림자가 바람 앞의 등불처럼 일렁거리고 있었다.

머리가 깨질 것 같았다.

메이린은 양손으로 머리를 감싸며 힘겹게 몸을 일으켰다.

온몸이 다 부서질 것 같은 느낌이었고, 그녀가 움직일 때마다 침대에서 쿰쿰한 냄새가 진동하고 있었다.

목이 너무 말라서 입안이 쩍쩍 말라붙었고, 시장기가 도는지 배에서 꼬르륵 소리가 났다. 메이린은 겨우 기운을 내어 하녀를 불렀다.

"잉그리드!"

그러나 잉그리드는 답이 없었고 방의 천장 위로 작은 무언가가 움직이는 소음만이 있을 뿐이었다.

"이게 진짜 매질을 당해야 정신을 차리지."

메이린은 어질어질한 머리를 두 손으로 짚으며, 두 발을 침대 밖으로 뻗어 내렸다. 방은 좁아서 하녀가 숨을 공간은 없어 보였고, 욕실인 듯한 작은 문을 짜증스럽게 확 열어젖혔다.

"아니……?"

방도 허접하기 그지없었지만, 욕실은 쓸 수나 있는 건지 의문이 들 정도로 곰팡이와 때가 가득했다.

"목욕 준비도 안 되어 있고, 저게 뭐야."

메이린은 너무 화가 나서 허기도 잊고 밖으로 향하였다. 씩씩거리며 층계를 내려가는데, 처음과는 다른 광경에 입을 벌린 채 한참을 지켜보았다.

술잔을 든 사내들이 시끌벅적하게 이야기를 나누고 있었고, 여인들은 가슴을 반 이상 드러낸 난잡한 드레스를 입은 채 온갖 교태를 부리고 있었다.

"내가 이런 곳에 있다는 것을 어머니가 아시면 기절하실지도 몰라."

성의 고용인들보다 못한 하찮은 것들과 한 지붕 아래 있다는 것이 견디기 힘들었지만, 지금은 잉그리드를 찾아 혼을 내주는 것이 우선이었다.

그녀는 아까 방을 안내해주었던 사내를 찾아갔다.

"도대체 내 하녀가 어디 갔지?"

그는 반 이상 가려졌던 머리를 깔끔하게 넘기며 천천히 입을 열었다.

"글쎄요. 아까 급하게 어딜 가던데요."

"어딜 말이냐?"

"그것까지는 제가 모릅죠."

그러더니 사내는 걸레를 쥔 손을 들어 탁자를 힘주어 닦기 시작하였다.

메이린은 그의 대답을 듣고 어린 시절에 어머니가 잠시 보이지 않았을 때나 느꼈던 그런 종류의 공포를 느꼈다.

"얼른 목욕물을 올려라."

메이린은 당황한 것을 들키지 않으려 허리를 세우며 계단을 급히 올라왔다. 방문을 닫고 기대서서 참았던 숨을 마구 쉬었다.

"설마 네가 도망간 건 아니지? 잉그리드? 응?"

메이린은 얼빠진 것 같은 얼굴로 가방이 보관되어 있는 옷장을 열었다. 여기저기 좀이 슨 듯한 문이 시끄러운 소리를 내었고, 큰 가방 두 개가 덩그러니 놓여 있었다.

순간 그녀의 착각이길 바라며 그 가방 두 개를 끌어내 허겁지겁

94

안의 내용물을 확인해보았다. 드레스, 구두, 양산, 모자, 드레스, 드레스…….

메이린의 손끝과 눈매가 요동을 치며 물건들을 모두 바닥으로 끄집어냈고, 그대로 바닥에 푹 주저앉았다. 어머니가 챙겨주셨던 값비싼 장신구들과 금화가 온데간데없었다.

"잉그리드가 아마 잘 보관하려고 가져간 거겠지?"

그녀의 옆으로 다리가 많이 달린 징그러운 벌레가 스쳐 지나가는데도 소리를 지를 기운조차 없었다. 턱이 덜덜 떨렸지만, 일단 가방에 다시 옷가지들을 밀어 넣었다.

"아무 일도 없을 거야."

메이린은 스스로를 달래기 위해 계속해서 괜찮을 거라는 말을 반복하였다.

하인이나 하녀가 감히 주인을 배신하고 거기다 귀금속을 털어서 달아났다는 이야기를 들어본 적은 없었다.

"그럼 당치도 않은 일이야."

우선은 돌아올 잉그리드를 기다리며 메이린은 마음을 편하게 가지기로 하였다.

"나는 메이린 로마그놀로야."

옷장을 지탱하여 일어나며 드레스의 주름을 펼쳤다. 지금 이런 상황을 누군가 알아서는 안 될 것이다.

메이린이 온실 속의 화초처럼 자랐다고는 하나, 이런 낯선 곳에서 그녀가 빈털터리 귀족임을 들켜서 좋을 게 없다는 것 정도는 알았다.

내일이면 어머니의 친척분도 찾을 수 있을 것이고, 그 괘씸한 하녀도 돌아올 것이라 믿었다.

"아가씨, 목욕물 준비했습니다."

문 앞에서 사람의 소리가 나더니, 중년의 여인이 양손에 더운물이 담긴 양동이를 들고 와서 욕조에 그대로 부었다. 메이린은 그 더러운 욕조를 닦아내지도 않고 물을 붓는 것을 보고 기함을 할 뻔하였다. 그러나 그것을 지적하고 혼낼 기운이 지금은 남아 있지 않았다.

"수고했네."

낯선 여인이 빈 양동이를 들고 사라지자 메이린은 그제야 욕조가 문제가 아니라는 것을 깨달았다. 하녀 없이 몸을 씻어본 일은 태어나서 단 한 번도 없었던 것이다.

욕조 위로 더운 김이 피어오르는 것을 보다 메이린은 문을 잠그고 혼자서 드레스를 벗었다. 다행히 큰 가방에 그녀가 즐겨 쓰는 목욕용품들이 남아 있었다.

그 지저분한 목욕물에 향유를 뿌린 후 욕조에 조심스럽게 몸을 담그자 눈물이 핑 돌았다.

이런 곳이라도 따스한 물에서 몸을 누이는 것은 정말이지 기분 좋은 일이었다. 그녀는 잠시 눈을 감고 그 기분을 만끽해보았다.

잠시 후 메이린은 머리를 흔들면서 몸을 바로 세운 후 습관처럼 하녀를 불렀다.

"잉그리드, 이제 머리를…… 참, 지금은 나 혼자지."

메이린은 어설픈 손길을 뻗어 긴 머리와 몸을 대충 씻고 일어나 물기를 닦아 내었다.

옷을 준비해서 기다리는 이도, 머리를 손질해주는 이도 없는 곰 팡내 나는 방에서 메이린은 차마 슬퍼하지도 못했다. 인정해버리 면 정말 이것들이 현실이 되어버릴까 봐 두려웠다.

저녁도 먹지 않았지만, 씻고 나니 지쳐서 무언가를 먹을 기력이 없었다. 메이린은 가까스로 슈미즈를 입고 가운을 걸친 후 빗질을 하고 창가에 기대섰다.

"어머니, 강녕하신가요? 저는 잘 지내고 있어요."

메이린은 덜 마른 머리를 손가락으로 꼬다가 왈칵 터지는 슬픔 을 애써 삼켰다.

어느새 어스름해진 이곳의 풍경은 너무나 이질적인 것이라, 그 녀의 기분을 또다시 불안감으로 가득 채웠다.

메이린은 얼른 돌아서며 가운을 풀어서 침대 옆에 두고 몸을 옆 으로 세운 후 웅크려서 두 팔로 다리를 끌어 잡았다.

"일단 한숨 푹 자자. 내일은 좋은 일들이 생길 거야."

루셔스는 침실의 난롯가에 기대서서 의연한 척을 해보려 노력 중이었다. 발을 이리저리 바꿔 서 보고 가운의 끈을 풀었다 다시 매어보기도 하였다.

　누군가를 기다리는 시간은 일분, 일초가 무척이나 더디게 흘렀다.

　"차가운 물에 다시 씻어야 할까."

　그의 가슴이 마치 용광로에서 갓 끄집어낸 검인 것처럼 타오르고 있었다. 긴장을 완화해보려 한 모금 들이켠 술이 기름으로 변한 건지 열기를 더해 주었다.

　그러다 몇 분 지나지 않아 그의 기분이 겨울 숲 한가운데 얼어버린 호수처럼 스산해졌다. 그렇지만 루셔스는 지금 느끼는 이 아릿한 고통이 기분 나쁘지 않다 여겼다.

　그리고 긴 기다림의 끝을 맺어 줄 여인이 문을 열고 모습을 드러내었다.

　사실 눌리타스는 이렇게 방 안에 들어오기 전에 잠시 망설였다.

　덜 마른 머리 때문에 한기를 느껴야 정상이건만, 이상하게 심장이 두근거려 한 손으로 가슴팍을 꼭 눌러야 했다. 그냥 왠지 이유 없이 그런 기분이 들었다.

그리고 침실 난롯가에 나른해 보이는 공작의 모습을 확인하는 순간 눌리타스는 그 이상한 예감이 적중했음을 깨달았다.

공작의 가운은 반 이상 풀어 헤쳐져 있었고 제대로 말리지 않은 머리가 물기를 잔뜩 머금은 채 난로불 앞에서 빛나고 있었다.

"늦었군."

오늘따라 더욱 짙어진 공작의 검은 눈이 그녀의 전부를 놓치지 않겠다는 듯 집요하게 따라붙었다.

눌리타스의 풀어 내린 은발이 귀 양 옆으로 구불거리고 있었고, 놀란 푸른 눈이 공작의 눈과 조우하였다.

"이리로."

루셔스가 팔을 뻗자 눌리타스는 마법에라도 걸린 이처럼 그에게로 다가섰다.

"이러면 감기 든다고 했는데."

루셔스가 그녀의 뒤에 서서 천을 집어 들어 머리에 남은 물기를 닦아 주었다.

"그대는 스스로를 돌볼 필요가 있어."

"제가 할 수 있어요."

눌리타스가 곧 그의 손에서 그것을 받아 들려 했지만, 키 차이 때문에 여의치가 않았다. 루셔스는 대강 물기를 닦아 낸 후 손으로 머리를 쓸어내렸다.

난로의 불은 맹렬히 타올랐고 젊은 두 사람의 볼은 붉다 못해

터질 것처럼 보였다. 눌리타스는 이상하게 고조되는 분위기에 어색함을 느껴 명랑한 목소리를 내며 화제를 바꿔보려 하였다.

"공작님, 그 소원 말인데요. 무엇을 만들어 드리면 되나요?"

두 사람은 난로 근처에 놓인 의자에 앉았고, 루셔스는 그녀의 질문에 알 수 없는 표정만을 짓고 있었다.

"만든다라⋯⋯."

'내가 기대한 것은 저런 반응이 아니었는데⋯⋯.'

눌리타스는 지금의 이상야릇한 분위기를 탈피할 수만 있다면 독수리뿐 아니라 말도 개도 모조리 수를 놓을 수 있을 것 같았다.

혼인부터 모든 것이 처음인 눌리타스는 어찌할 바를 모르고 두 손만 분주하게 오므리고 피고를 반복하며 이 낯선 두근거림을 견뎌야 했다.

침묵이 길어지자 그녀는 목이 탔고 테이블에 놓인 잔을 보자마자 그 안에 든 것을 단숨에 비워냈다.

"아⋯⋯."

그 맛은 초야에 마셨던 그 포도주와 비슷한 향이었고, 불쑥 그 밤의 기억이 되살아나는 것 같았다.

루셔스는 눌리타스가 무언가 고민하는 얼굴을 하더니 갑자기 그가 마시던 술잔을 가져가는 것을 지켜보았다. 그러고 보니 그녀와 처음 함께한 그 밤에도 혼자 술을 마셨던 여인 아니던가.

세상에 둘도 없을 그의 반쪽.

따스한 가슴을 가졌으며, 위기에 빠져도 포기하는 대신 검을 쥐는 것을 택하는 용감한 여인.

'사랑한다고 생각했는데…… 그 너머의 감정도 존재하는 건가.'

루셔스는 그녀와의 모든 날을 떠올리며 잔잔한 미소를 지었다.

술을 조금 입에 머금은 눌리타스는 잔을 내려두며 공작과 눈이 마주쳤다.

'또 저 웃음.'

그녀를 편안하게 만들어 주면서도 한없이 들뜨게 만드는 공작의 넉넉한 미소.

그때 그 밤, 눌리타스는 어머니를 위해서 짐승이 되길 택하였다. 그들의 뒤로 보이는 침대에 누워서 눈을 감았을 때는 모든 것을 체념한 상태였다.

그때 그가 무어라 했던가.

"짐승들이 교미하듯 그대를 안을 생각이 없다."

왜 지금 그 말이 생생하게 떠오르는지 알 수 없었다. 그리고 어째서 볼이 이렇게 붉어지는지도 몰랐다.

무엇이든 뒤로 미루는 것은 눌리타스의 적성에 맞지 않았다.

매도 먼저 맞는 놈이 낫다고 하는 것을 듣지 않았나. 그녀는 목을 가다듬고 진지하게 공작에게 물어보았다.

"공작님! 저기 이제 말씀해 주시면……."

"루셔스라고 불러야지."

그는 마치 인어의 노래를 하며 붉은 입술로 눌리타스에게 주문을 거는 듯했다.

"루……."

그녀는 루셔스의 눈을 보며 그의 이름을 속삭였다.

"이상하단 말이야."

올리브 백작이 심각한 표정을 지으며 방을 서성거리고 있었다. 그의 가문은 대대로 그렇게 부유하지 않았지만, 온전히 그의 수완으로 지금의 큰 부를 축적할 수 있었다.

그가 책상 근처에 서서 서류 더미를 뒤적이면서 손가락으로 수를 헤아려보았다.

"아무래도 너무 늦어."

그는 몇 년 전부터 사막 너머의 나라로부터 양탄자를 사 와서 이곳에서 비싼 값으로 팔고 있었는데, 물건들이 도착해야 할 시간이 한참을 지나 있는 게 아닌가.

약속된 날짜에 양탄자를 배달하지 못하면 그의 평판에 좋지 않은 영향을 줄 게 자명하였다.

"일이 묘하게 꼬이는군."

최고로 아끼던 부하들을 잃은 지 얼마 되지 않았는데, 이런 일까지 겹치다니.

"불운은 홀로 오지 않는다 했지."

게다가 석연치 않은 일이 더 있었다. 아이올라의 청을 듣고 보냈던 부하들 중 4구의 시신은 확인했지만, 하나를 찾을 수 없었다. 올리브 백작이 기름진 턱을 긁적거리다 책상을 툭툭 쳤다.

"설마 그놈이 나를 배신한 건가?"

그러나 이내 그 생각은 지워 버렸다.

사라진 그놈으로 말할 것 같으면 스스로 무슨 판단을 할 주제가 못 되는 인물이었다. 술과 여인을 밝히고 돈푼이나 쥐여주면 자신의 부모조차도 해치고 말 그런 놈 아니던가.

"부상을 심하게 입고 어디 숨어든 걸까."

그러다 주먹을 쥐고 책상을 마구 내려쳤다. 역시 모르시아니 공작을 건드리는 게 아니었다는 후회를 하였다. 평생 사리 분별을 제대로 하고 살아왔다 자부했건만 아이올라에게 정신을 빼앗겨 이런 우를 범했다.

"그 앙큼한 것을 혼내주러 가 볼까."

그 시간 모르시아니가의 외사촌이자 사교계의 떠오르는 여신으로 추앙받는 아이올라 칼릭스는 해쓱한 얼굴로 방구석에 처박혀 몸을 웅크리고 있었다.

"나가고 싶어. 엄마 보고 싶어!"

이 방에 갇힌 지 하루, 이틀이 지나고 날을 세기를 포기한 지 얼마가 지나자, 아이올라는 근처에서 나는 작은 발소리에도 발작할 것처럼 몸을 떨기 시작하였다.

올리브 백작은 그녀가 예상하였던 것과는 전혀 다른 인물이었다. 그는 종종 들러서 이유도 알려주지 않은 채 아이올라를 때렸고, 어떤 날은 하루 종일 물 한 모금도 주지 않고 굶겼다. 그리고 때로는 마치 처음 알았던 이처럼 한없이 다정하게 굴기도 하였다.

"어리석었어."

등 따뜻하고 배가 부른 시절에는 몰랐던 것들을 이제야 깨닫고 있었다. 그녀의 것이 될 수 없는 것을 탐했고, 해서는 안 될 일들에 손을 대었다.

"어머니."

세상천지에 어머니와 그녀 단둘뿐이었는데, 이리 소식도 전하지 못하고 그녀가 사라져버렸으니……. 어머니는 어찌 지내실까. 너무나 수치스러워 죽어버리고 싶은 순간에 어머니의 목소리를 떠올리며 참아내었다. 이리 그녀가 생을 다한다면, 어머니에게 못할 짓일 것이란 생각이 들었다.

이미 잘못은 저지를 만큼 저지르지 않았나.

"이런 삶이라도 더 살고 싶은 거야?"

"아니야."

그러나 자유가 사라져버린 지금, 하루에도 몇 번씩 그녀 안의 두 목소리가 치열하게 다투고 있었다. 움푹 꺼진 눈 밑에는 전에는 찾아볼 수 없었던 짙은 그늘이 있었다.

문 앞의 쇠사슬이 덜거덕거리는 소리가 났다. 아이올라는 순간 두려움에 커튼 뒤로 몸을 숨겼다.

"우리 고양이 어디 숨었누?"

육중한 발소리가 아이올라에게 다가서더니 단번에 커튼이 젖혀졌다. 그녀는 커튼 자락이 마치 방패라도 되는 듯 손을 놓지 못하고 덜덜 떨고 있었다.

"춥나 본데 너무 따뜻하게 지내는 것보다 이 정도가 건강에 더 좋아."

올리브 백작은 아이올라의 상태는 신경도 쓰지 않고, 입맛을 다시더니 걸친 옷들을 훌훌 벗어내기 시작하였다.

"……?"

아이올라는 차라리 그녀를 때리거나 밥을 굶기는 벌을 원하였다. 설마 그녀가 생각하는 그것만은 아니길 벌벌 떨며 기도하였다. 나체가 된 백작을 보자 속이 뒤집히는 것 같았다.

백작은 침대 가장자리에 거만하게 앉아 털이 무성한 다리를 벌렸다.

"이리 오려무나. 고양아. 주인님이 오늘 굉장히 우울하구나."

아이올라는 그녀는 고양이가 아니라 사람이라고 소리를 치고 싶었다. 그리고 그의 근처에도 가고 싶지 않노라고.

그러나 처한 현실이 그녀를 한없이 비굴하게 만들었다. 어떻게 든 목숨을 부지하려면 저자의 말을 거역해서는 안 되었다.

그녀를 기다리고 있을 어머니의 곁으로 돌아갈 수만 있다면 무 엇이든 할 수 있을 것이다.

"어서 모두 벗고 이리 오렴."

아이올라는 멍한 눈으로 걸치고 있던 가벼운 슈미즈를 벗어 내 렸다. 연약한 피부에 여기저기 상처가 나 있었고, 추위로 온몸에 오돌토돌한 것들이 돋아났다.

그리고 부스스한 금발을 마구 날리며 그의 앞에 무릎을 꿇었다. 아이올라는 속으로 어머니와 신에게 용서를 빌며 그에게 입을 맞 추었다.

"아…… 좋구나."

황홀감에 취한 백작의 목소리가 방을 가득 메웠다.

백작은 두툼한 손으로 그녀의 얼굴을 잡고 축축한 입술을 가져 다 댔다. 아이올라는 거부할 생각도 하지 못하고 종이로 만든 인 형처럼 흔들대고 있었다.

"고양아, 가만있지 말고 입을 좀 더 벌려 보거라. 왜 이리 뻣뻣 하누."

"읍…….."

아이올라는 일순간 스스로에게 건 최면이 깨질 것 같은 위기감 을 느꼈다. 그러나 백작의 번들거리는 눈빛은 말을 듣지 않으면 단번에 그녀의 가느다란 목을 부러뜨리겠다고 말하고 있었다.

"고운 말만 듣고, 제일 예쁜 것만 먹도록 해라. 우리 아가."

어린 시절 어머니가 들려주시던 다정한 목소리를 떠올리며 입술을 열었다. 입속으로는 원치 않는 타인의 숨이 섞이기 시작하였다.

어머니의 바람대로 살기에는 너무 늦어버렸음이 서글퍼서 눈물이 맺혔다. 지금 이 모습은 고고하고 싱그러운 귀족 영애와는 거리가 멀었다.

"젠장! 왜 울고 자빠졌어. 기분 잡치게."

오늘은 웬일로 우호적이던 백작이 갑자기 돌변하여 그녀의 몸을 뒤흔들다 던지듯 밀었다. 아이올라는 힘없이 바닥으로 몸이 엎어졌다.

아이올라가 돌고 있는지, 이 방이 움직이는 건지 구분이 되지 않아 어질한 기운에 젖어 있는 그녀에게 백작이 발길질을 하였다.

"너 때문에 내가 아주 손해가 막심하단 말이야."

그는 분이 풀리지 않는지 아이올라의 의식이 사라졌음에도 한참 동안 그녀를 때렸다.

아이올라는 희미하게 웃었다.

'누구를 탓할 수 있을까.'

불순한 의도를 가지고 저이를 이용하려 접근한 것은 바로 그녀였다. 그리하여 이리 고통을 받는 것이리라.

죽지만 않는다면 오늘처럼 아팠던 날도 모두 잊을 수 있을까.
아이올라의 공허한 눈에는 흐르지도 못하는 눈물이 가득 고였다.

루셔스는 그녀가 그렇게 그의 이름을 불러주기를 기다렸지만,
막상 둘만이 머무는 공간에서 그것을 듣게 되자 귀까지 뜨거워지
는 기분이었다.

그는 더 이상 참을 수 없었다.

의자에서 몸을 일으켜 한 다리를 구부려 단숨에 눌리타스의 무
릎에 얼굴을 묻었다.

"······?"

갑자기 큰 몸이 그녀에게 기대어오자 당황한 나머지 눌리타스
는 상체를 뒤로 빼보려 했지만, 루셔스의 두 손이 허리를 감는 바
람에 움직일 수 없었다.

"그대와 잠시 떨어져 있던 밤에 이렇게 꼭 안고 싶었지."

루셔스의 발음이 살짝 뭉개진 채로 흐르고 있었다.

눌리타스는 위생국에서 창문 너머를 바라보며 그를 그리워했던
순간을 떠올렸다. 그녀는 손을 뻗어 루셔스의 머리를 쓰다듬으려
다, 이내 손을 거두었다.

"너무 좋군. 함께 있다는 것은."

"······저도 보고 싶었어요."

눌리타스가 그의 말에 백번 공감하며 속에 있던 말을 얼결에 내뱉었다. 그러자 루셔스가 고개를 번쩍 들며, 눈을 반짝였다.

"내가 제대로 듣지 못했으니 다시 말해줘."

눌리타스는 떨리는 손을 다시 뻗었다. 그러자 아직 마르지 않은 루셔스의 머릿결이 느껴졌다. 눌리타스는 천천히 그의 머리를 쓰다듬었다.

마차를 타고 이곳에서 출발하기도 전부터 당신이 그리웠다고.

위생국의 작은 창을 통해서 본 까만 밤하늘이 모두 당신이었다고.

나쁜 작자들에게 몹쓸 일을 당할 뻔한 순간에도 당신의 목소리와 얼굴만 내게 맴돌았노라고.

그 수많은 말들을 삼킨 채 그저 그의 눈을 가만히 들여다보며 살포시 미소를 지었다.

"그대 대신 내가 말하지."

루셔스가 팔을 뻗어 그의 머리에 닿은 그녀의 손을 꼭 잡았다.

"그대와 만나서 정말 다행이라고. 이렇게 부족한 나를 사랑해줘서 너무 고맙다고."

"루셔스······."

눌리타스는 언제나 감동을 주는 그에게 답을 하려 이름을 불렀지만, 다음 말에서 머뭇거렸다. 하지만 결국 목소리를 냈다.

"사랑해……."

그녀가 마지막 말을 맺기도 전에 루셔스가 갑자기 그녀의 입술을 삼키듯 달려들었다. 두 사람은 함께할 수 있는 지금 이 순간에 감사하며 눈을 감았다.

긴 입맞춤이 끝이 나자 루셔스는 입술로 눌리타스의 두 뺨과 이마 그리고 코, 두 손에도 입을 맞추었다. 밀려드는 폭풍우처럼 강렬한 열기에 눌리타스는 온몸을 떨어야만 했다.

"괜찮다면 이제 내 소원을 말해도 될까."

루셔스는 기다란 손가락으로 그녀의 손등을 부드럽게 쓸며 촉촉한 눈을 들어 눌리타스를 응시하였다.

"나와 그대를 닮은 아이가 있으면 어떨까. 그대처럼 어여쁜 딸도 좋고, 그대처럼 용감한 사내아이도 좋아."

간절한 열망이 담긴 그의 두 눈 속에는 검은 머리를 한 아이와 은발의 아이가 너른 들을 뛰어노는 모습이 보이는 것 같았다.

'나를 닮으면 좋겠다고?'

눌리타스는 내세울 것 하나 없는 그녀를 저런 꿈꾸는 듯한 눈으로 바라봐 주는 공작에게 미안하고 고마운 기분이 들었다.

너무나 과분한 애정이 아닌가.

눌리타스의 가슴은 그 감정들을 모두 품어내지 못하고 흘러넘치기 시작하였다.

그러나 이렇게 귀한 시간에도 백작의 저주를 잊을 수는 없었다.

더러운 사생아의 피…….

벅찬 감동과 서글픔이 한데로 어우러져 눌리타스의 얼굴을 적셨다.

"그대를 울리려는 생각은 아니었는데."

루셔스는 눈물을 펑펑 쏟아내는 눌리타스의 모습에 어쩔 줄 몰라서 두 손으로 여린 어깨를 안았다.

"지금 그대를 괴롭히는 슬픈 것들 모두를 내게 나눠준다면 나는 무척 행복할 것 같은데."

"어째서 이리도 부족한 나를……!"

눌리타스가 두 주먹으로 루셔스의 가슴을 가볍게 치며 울부짖었다. 그녀를 만나지 않았더라면, 로마그놀로 백작과 얽히지 않았더라면, 그는 좀 더 나은 삶을 살았을지 모른다.

루셔스는 한참이나 아무 말 없이 그녀의 흐느낌을 들어주다 마치 눌리타스의 마음을 아는 이처럼 답을 해주었다.

"백만 번을 다시 태어나도 그대를 찾아갈 것이오. 그때의 내 모습이 지금과 다르다 해서 내치지는 말아주었음 좋겠군."

이 사람을 못 알아보는 일 따위는 없을 것이다. 눌리타스는 말도 안 된다는 생각에 고개를 마구 저었다. 그 모습에 루셔스가 고개를 들어 다정한 목소리를 내었다.

"눌리타스. 사랑합니다."

2

눌리타스 로마그놀로

로마그놀로 백작은 요즘 왠지 예전보다 계집들 품에서 노는 게 좀 시시하다는 생각이 들었고, 하릴없이 도박장을 곧잘 찾곤 하였다. 두둑하게 챙겨온 돈은 없었지만, 언제 어디서든 그의 가문은 불가능한 것들을 모두 가능하게 해 주었다. 이곳에 와서 적당히 돈을 융통한 후, 그는 제법 큰 판에만 참여하였다.

몇 시간째 카드를 쥐고 있었지만, 행운의 여신은 오늘도 그의 편을 들어주지 않았다. 처음 빌린 돈을 모두 잃고 나자 어쩐지 짜증이 나는 것 같았다.

"로마그놀로 백작님, 계속하시겠습니까?"

도박장의 직원이 정중하게 물어보는데 그는 대충 고개를 젓고 일어나서 한편에 마련된 포도주를 한잔 들이켰다.

"집안이 재수가 없으니 바깥일이라고 잘 될 턱이 있나."

갑자기 로마그놀로 영지로 돌아갔던 일이 떠올라 얼굴이 더욱 어두워졌다.

한 달 만에 들른 성은 마지막에 나올 때보다 분위기가 좋지 못했다. 외벽의 장미들은 무슨 병이 돌았는지, 누렇게 떠서 붉은 꽃들이 져 있었다.

"주인님 오셨습니까?"

허리가 구부정한 집사가 정중하게 그를 맞이했다. 그 아비의 아비부터 로마그놀로 가문에서 일했던 자라 백작에게는 실로 믿음직스러운 자였다.

"세바스찬, 별일 없었지?"

로마그놀로 백작은 망토와 지팡이, 모자를 그에게 넘기며 의례하는 말을 던졌다. 그러나 일상적인 그의 물음에 답하는 게 무엇이 어려웠는지 집사는 한참 아무 말이 없었다. 백작은 그제야 근심이 가득한 집사의 얼굴을 보며 질문을 다시 했다.

"무슨 일이지?"

머리에 서리가 하얗게 내린 집사는 이 가문에서 일어나는 일은 크고 작고 간에 모르는 게 없었다. 그래서 근래 들어 한숨을 뱉는 날이 잦아졌다.

한창때의 로마그놀로 가는 여느 귀족 못지않은 세를 떨쳤다. 찾아오는 손님들이 성 앞의 길을 가득 메웠고, 그들이 두고 간 선물만 해도 산을 이룰 정도였다.

그의 주인에게 차마 고할 수 없었지만, 가문이 기울기 시작한 것은 현 백작님 대부터였다. 혼인 후 얼마 동안 더할 나위 없이 잘 어울리는 백작 내외분을 보며 그는 얼마나 흐뭇하였는지 모른다. 그러나 백작부인이 줄줄이 여아만 낳자 주인님은 어느 순간 가문을 등한시하기 시작했고, 그의 가족들에게도 무관심하였다. 젊고 기운 넘치는 백작은 성안의 하녀들에게 손을 뻗었고, 얼마 지나지 않아 밖으로 나돌기 시작하였다.

영지를 돌보지 않는 백작 때문에 그가 얼마나 애를 먹었는지 모른다.

'그것으로 끝이 났으면 좋았으련만⋯⋯.'

힘들게 얻은 가문의 후계자 아비오님은 병약하셨고, 지나치게 예민한 구석이 있었다. 그리고 모르시아니 공작가와의 혼인 이후 이 성에 남은 사람은 오직 한 사람뿐이었다. 그 생각만 하면 그의 하얀 머리가 더욱 축 늘어지는 것 같은 기분이었다.

근심 어린 얼굴로 서 있던 집사에게 백작이 주위를 둘러보며 그가 왔는데 코빼기도 보이지 않는 부인을 찾았다.

"부인은?"

"그게⋯⋯ 마님께서는 주무십니다."

집사는 백작부인이 약물에 중독된 것 같다고, 이제 어찌하냐고 여쭤보고 싶었으나 입이 떨어지지 않았다.

"이 대낮에?"

로마그놀로 백작은 늘 침착한 집사의 목소리가 가늘게 떨린다는 것을 대번에 간파하고 성큼성큼 백작부인의 침실을 찾았다. 뒤에서 숨을 헐떡이는 집사의 음성을 무시하며 그 문을 벌컥 열었다.

"……!"

침대에 누워 있는 여인은 그가 모르는 얼굴을 하고 있었다.

"이게 무슨 일이냐?"

백작이 싸늘한 목소리를 내며 집사에게 쏘아붙였다.

침대에는 마지막으로 보았을 때보다 지나치게 마르고 거무튀튀한 피부의 여인이 눈을 감고 있었다. 붉은 머리가 힘없이 베개를 덮고 있지 않았더라면 그의 아내라고 생각하기도 어려울 정도로 얼굴이 상해 있었다.

"어디 위중한 거야?"

"그게……."

집사가 바른대로 고하기를 망설이는 동안 백작은 방 안에 깊게 배인 낯선 향을 맡았다.

"이게 무슨 냄새지?"

그제야 집사는 체념하듯 고개를 숙이며 주인에게 하기 힘든 말을 건네었다.

"마님은 하시시에 중독되셨습니다."

"뭐라고?"

그는 집사에게 버럭 소리를 지르며 침대에 누운 그의 아내에게 경멸이 담긴 시선을 보냈다.

로마그놀로가에 약물 중독된 안주인이라니…….

듣고도 믿지 일이 아닌가. 남들은 쉽게 가지는 아들 하나를 생산하는 데도 그 난리를 치더니, 급기야 가문의 명예를 저버리는 이따위 행동을 하다니. 그러다 혹 누가 이 사실을 알까 더럭 겁이 났다.

백작은 일분일초도 더 머무르기 싫은 그 공간에서 재빨리 벗어났다.

"무슨 집구석이 말이야. 이렇게 사람 마음을 불편하게만 하난 말이다. 이래서 내가 영지에 오기가 싫은 거다."

분노를 토해내며 다시 떠날 준비를 하는 주인의 등을 보면서 집사는 꼭 해야 할 말을 외쳤다.

"백작님, 이대로 가시면 안 됩니다."

그러나 백작은 노쇠한 집사의 간절한 외침에도 마차를 타는 데 주저함이 없었고, 걸음이 느린 집사는 망연자실하게 마차가 내는 먼지를 지켜봐야만 했다.

"마님은 어찌하고요. 또 성으로 돈을 갚으라는 독촉장들이 빗발치고 있습니다. 백작님……."

집사의 진회색 시선 너머, 해가 서산으로 넘어가고 있었다.

눌리타스······.

십수 년 만에 만난 딸자식에게 로마그놀로 백작이 적선하듯 던져주었던 그녀의 이름. 빈 거죽만 남은 그 이름이 눌리타스에게 오늘은 다른 의미로 다가오는 것 같았다.

마치 너는 아무것도 아닌 존재가 아니라고, 힘을 내어 눈앞의 인연을 놓치지 말라고 속삭이는 것처럼 들렸다.

결국 힘을 내어 눌리타스는 입을 열었다.

"이 마음만은 진실되지만, 저로 인해 당신이 다칠까 두려워요."

"그럼 다른 건 모두 잊고 나만 봐."

루셔스가 두 팔로 눌리타스의 관자놀이를 부드럽게 쓸며 그녀의 시야를 그에게 고정시켰다. 그의 고요한 눈을 바라보자 아팠던 기억들도, 온갖 근심들도 멀어지는 것 같았다.

"루셔스."

눌리타스가 그를 부르자 루셔스는 갑자기 그녀의 몸을 번쩍 들어 안았다.

"······!"

루셔스는 조심조심 그녀를 안아 침대에 살포시 내려두었다.

침대 위로 달빛이 쏟아져 눌리타스의 전신을 은은하게 비추었다. 루셔스는 시선을 그녀에게로 고정한 채 천천히 눌리타스의 위로 몸을 포개었다.

얼마나 기다렸던 순간이던가.

루셔스는 가운 틈으로 슬쩍 드러난 눌리타스의 목 아래 피부에 그의 입술을 가져댔다. 그리고 손으로는 허리춤에 둘러진 끈을 스륵 풀어내었다.

눌리타스는 공작의 시선과 손길에 마치 겨울 호수 위에 벌거벗고 있는 것 같은 한기를 느꼈다. 너무 떨려서 이 순간을 모면하고 싶은 동시에 그의 너른 품에 맨얼굴을 묻고 싶기도 하였다.

"아……."

눌리타스의 가느다란 한숨이 입술을 타고 흐르자, 루셔스는 가운을 끌어내려 드러난 눌리타스의 쇄골을 바라보았다. 그것을 바라보는 것만으로도 루셔스는 이미 아찔한 기분을 느꼈다.

루셔스가 거친 호흡을 내뱉으며 검지와 중지로 그 도드라진 맨살을 쓸었다. 그의 손길 아래 눌리타스가 가볍게 떨었지만, 두 사람의 시선은 서로에게 고정된 상태였다.

루셔스가 아주 느릿하게 눌리타스를 향해 입 모양으로 말을 건네었다.

'그대는 너무 아름다워.'

눌리타스는 그 목소리가 선명하게 들리는 것 같은 기분에 눈인사로 화답하였다. 기쁨으로 가득한 푸른 눈이 살포시 미소를 짓자 루셔스는 더없는 충족감을 느낄 수 있었다.

그의 시선이 눈을 지나, 입술, 목을 타고 아래로 이르자 무언가 반짝이는 것이 눈에 들어왔다. 눌리타스의 가슴골 사이에 자리한 로켓 위로 루셔스의 손가락이 닿았다.

"나는 그대에게 완전히 사로잡혔다오."

루셔스가 고개를 내려 로켓에 입을 맞춘 후 다시 원래 자리에 가지런히 두었다. 가운이 사라지자, 눌리타스는 속이 훤히 비치는 잠자리 날개 같은 슈미즈만을 입고 있었다.

'아! 몸이 모조리 타들어 가는 것 같아.'

눌리타스는 그의 시선 하나에 몸과 마음이 울렁거리는 기분을 느꼈다. 손을 뻗어 루셔스의 뺨을 쓸어보았다. 그는 눈을 감고 그녀가 건네는 다정한 손길을 음미하고 있었다.

그러더니 루셔스는 눌리타스의 양손에 깍지를 낀 후 그 손을 아래로 내렸다. 이어지는 동작으로 그는 그녀의 어깨선에 입술을 가져갔다.

그녀의 어디 한 구석 예쁘지 않은 곳이 없었다.

눌리타스는 마주하던 그의 두 눈이 평소보다 더욱 짙게 가라앉는 것을 보며 뒤늦게 두 손으로 그녀의 가슴을 가려보려 버둥거렸다.

이제서야 지금 그녀의 몸을 내보이는 것이 신경이 쓰였다. 슬쩍 그녀를 내려다보자 비쩍 말라 볼품없어 보이는 것 같아, 혹 공작님이 그녀에게 실망이라도 할까 봐 두려웠다.

"여름이라서 이렇게 더운 걸까."

그의 이마에서 굵은 땀이 맺혀서 볼을 타고 내려오고 있었다.

루셔스는 그녀의 긴장된 얼굴을 풀어주기 위해서 나지막하게 속삭였다.

"나도 그대만큼 떨려."

루셔스는 열락으로 가든 찬 눈으로 말없이 그녀의 손을 끌어 쥐고 손가락 하나하나에 짧은 입맞춤을 했다.

"그대가 원하지 않는다면 나는 기다릴 거야."

눌리타스는 그녀에게 닿은 그의 손과 몸에서 따스한 마음을 느낄 수 있었다.

'다정하신 분.'

아무런 사이도 아니었던 초야에도 그녀에게 예의를 차려주었으며, 항상 그의 욕망보다는 그녀의 의사를 존중해 주었다.

눈 주변이 온통 붉어졌건만 괜찮다고 그녀를 향해 웃어주는 상냥한 얼굴, 근육질의 두꺼운 팔목에는 그들의 추억이 아프게 새겨져 있었다.

부끄럽다는 생각도 잊은 채 눌리타스가 몸을 일으켰다. 부서지는 은발이 그녀의 목덜미로 출렁거리자 오히려 루셔스가 흠칫 놀라 뒤로 물러났다.

고요한 호수처럼 푸른 눈을 들어 눌리타스가 손가락으로 그의 상처를 쓸며 소곤거렸다.

"다시는 다치지 마세요."

"왜지."

루셔스는 이미 그녀의 속뜻을 다 알면서도 충혈된 눈을 한 채 꽉 막힌 목소리를 내며 그렇게 물었다.

"왜 다치면 안 되는 거지?"

"그건……."

눌리타스는 그의 손목부터 손바닥으로 연결되는 부분을 부드럽게 어루만지며 속삭였다.

"당신이 다치면 내가 더 아프니까요."

간결하지만 진심이 가득한 눌리타스의 대답에, 루셔스는 너무 행복하면 눈물이 난다는 것을 깨달았다.

그리고 그의 소중한 여인을 살포시 안았다. 그는 눌리타스의 붉어진 귀에 가쁜 숨을 불어넣으며, 한 손으로는 그녀의 볼을 어루만졌다. 그리고 다른 한 손으로 슈미즈를 스륵 벗겨 내려갔다. 눌리타스 또한 열망으로 흐릿해진 시선으로 루셔스의 모든 것을 눈에 담았다.

저 사내를 떨리게 한 것이 자신이라는 것이 기뻤다.

눌리타스는 조심스레 손을 뻗어 그가 아직 걸치고 있는 가운의 끈을 잡아끌었다. 루셔스는 가운 안에 상의를 입고 있지 않아 단번에 너른 어깨와 가슴이 드러났다.

크고 작은 상처들이 그의 지난 시간들이라 생각하자 그녀는 침울해졌다. 머뭇대다 작은 손으로 그의 아픔을 매만졌다.

'얼마나 아팠을까.'

그녀의 애달픈 손길은 눌리타스의 아픈 가슴과는 다르게 루셔스에게 남은 이성의 끈을 끊기에 충분하였다.

그녀가 침실로 들기 전 루셔스는 분명 오늘 밤 절대 서두르지 않겠다고 스스로에게 수차례 다짐하였다. 그러나 촉촉한 푸른 눈이, 그의 온 감각을 일깨우는 그녀의 손가락이 루셔스를 취한 듯 허우적대게 하였다.

"나를 가져주오."

루셔스의 다급한 손길이 그녀에게 닿았고, 그의 얼굴이 그녀의 위로 내려왔다. 눌리타스가 천천히 베개 위로 누웠고, 루셔스의 벗은 등 위로 달빛이 부서지고 있었다.

그 밤 아비오는 아까부터 들리는 이상한 감각에 잠에서 깨어나고 있었다. 하지만 어찌 된 영문인지 눈을 뜨기가 쉽지 않았다.

젖 먹던 힘을 짜낸 아비오가 눈을 뜨자, 괴이한 광경이 펼쳐지고 있었다.

"⋯⋯!"

"이런! 오늘 향이 좀 부족했나 보군."

후작이 특유의 목소리를 내며 아비오를 향해 손을 흔들었다. 순간 아비오는 혹시 지금 이것이 꿈인가 하는 생각을 해 보았다. 그러나 심장이 뛰는 느낌, 피부에 와 닿는 차가운 바람이 이 상황이 현실이라는 것을 증명해 주고 있었다. 그리고 추운 한기에 슬쩍 그의 몸을 내려다보았을 때, 아비오는 두 눈을 의심하였다.

"……?"

그가 잠들기 전에 입었던 가운이나 잠옷이 온데간데없었고, 완벽한 나신인 채였다. 아비오는 수치심에 힘이 잘 들어가지 않는 손을 뻗어 이불을 가슴까지 끌어 덮었다.

양초도 꺼져 어둑했던 방에 달빛이 비치기 시작하자, 아비오에게 무슨 일이 일어났는지 적나라하게 설명해주는 것 같았다.

그와 후작 둘 다 나신으로 침대에 머물러 있었고, 후작의 너른 어깨 아래로 무성한 가슴 털이 아비오의 눈에 들어왔다.

아비오의 목소리가 다급함으로 떨리고 있었다.

"저기, 후작님이 왜 제 침실에 계시죠? 아니, 왜 제 옷을 벗……."

차마 지금 하려던 말을 맺을 수가 없었다. 그의 입에서 그 말을 내뱉어버리면 지금 이 악몽을 인정하는 게 될까 두려웠다.

오들오들 떨고 있는 아비오의 모습을 느긋하게 지켜보던 스피노네 후작은 의미심장한 미소를 짓더니 천천히 입을 열었다.

"이런. 제일 즐거운 것을 하려던 참이었는데 말이야. 너도 함께 즐기고 싶었던 게로군?"

후작이 검지를 뻗어 아비오의 이마부터 턱까지 쓸기 시작하였다. 아비오는 지금 그가 위기에 처했다는 것을 직감하였다.

'스피노네 후작을 둘러싼 그 소문.'

왕국에서는 남자들끼리 좋아하는 자들에 대한 이야기가 있었다. 그리고 스피노네 후작이 나이 어린 사내를 탐한다는 것을 들어본 적이 있었다. 그러나 아비오는 그런 일들은 백작가의 후계자인 그와는 무관하다 믿었기에 귀를 기울인 적이 없었다.

후작의 손길에 몸을 뒤로 물리며 아비오는 고개를 세차게 저었다.

"나는 남색자가 아니오."

"무엇이든 속단하는 것은 나쁜 습관이지."

스피노네 후작은 이불 끝에 손톱을 세우며 매달린 아비오를 보며 싱긋 웃더니, 단숨에 이불을 바닥으로 내던져버렸다. 아비오는 일순간 공포로 숨이 멎을 것 같았고, 두 팔로 아래를 가리며 마지막 기운을 짜내어보았다.

"나는 로마그놀로가의 후계자다!"

"잠들어 있을 때보다 귀여운 맛은 있구나."

아비오의 절규에도 불구하고 스피노네 후작은 그대로 유약한 몸을 뒤덮었다. 후작의 두 팔이 아비오의 붉은 머리를 헤집는 동안 아비오는 이를 딱딱거리며, 양팔을 옆으로 버둥거렸다.

'나는 이대로 지지 않아.'

후작이 혀로 아비오의 귀를 희롱하는 찰나, 드디어 아비오의 손끝에 무언가 단단한 것이 잡혔다. 그 물건이 무엇인지 확인할 겨를도 없이 바로 팔을 들어 아비오는 후작의 뒤통수를 내리쳤었다.

탐욕을 채우는 데 열중한 나머지 경계심이 흐려진 후작은 불시의 공격에 제대로 방어할 수가 없었다.

아비오는 몸을 일으키면서 후작의 옆에 나뒹굴고 있는 촛대의 뾰족한 끝에 붉은 피가 맺힌 것을 보았다.

"이 망할 자식아. 나는 아비오 로마그놀로다. 차기 백작이 될 몸이란 말이다."

스피노네 후작이 단순히 기절한 건지 죽었는지 확인을 할 엄두도 내지 못한 채, 아비오는 빨리 이곳을 벗어나야 한다고 중얼거렸다.

떨리는 손으로 대충 옷을 주워 입고 문을 열어젖혔다. 계단을 날듯이 내려가 짐승들에게 걸려 넘어질 뻔한 위기를 모면하며 현관의 큰 문을 여는 데 성공하였다. 귀가 얼 것 같은 북풍이 아비오의 맨얼굴을 강타했지만, 지금 그런 것들은 대수가 아니었다.

"어서, 빨리 집으로 돌아가야 해."

아비오는 바람을 피해 허리를 구부리며 밤으로부터의 탈출을 시작하였다.

"세상에!"

메이린이 큰 한숨을 내쉬며 눈을 뜨자 얼룩이 잔뜩 있는 창을 통해 햇살이 강하게 들어오고 있었다.

자고 일어나면 이 혹독한 꿈에서 깰 수 있기를 소원했건만, 현실은 잔인하기 그지없었다.

숨을 제대로 쉴 수 없을 것 같아서 창가로 다가가 창문을 밀어올려 보았다. 마치 깨어질 듯 요란스러운 소리를 내더니, 창은 겨우 반 정도만 열릴 뿐이었다. 맑은 공기를 기대하였지만, 밖에서는 이 방과 다를 게 없는 악취가 훅 들어오고 있었다. 메이린은 몸을 돌리며 하녀를 찾았다.

"잉그리드!"

그녀가 일어나면 대아에 온수를 담아 대령하던 하녀의 인기척이 여전히 느껴지지 않았다. 메이린은 그 고얀 것이 아직도 돌아오지 않았다면, 가죽 띠로 마구 때려 줘야겠다고 마음을 먹었다.

"조금 늦는 것뿐이고, 맞을 매가 늘어나는 거지. 아무렴."

메이린은 점점 짙어지는 불안감을 애써 떨치려 명랑한 목소리를 내어 보았다.

잉그리드가 그녀의 보석과 돈을 들고 달아났으며, 그녀는 지금 아무것도 없이 이곳에 혼자 남겨졌다는 생각을 떠올리지 않으려 애썼다.

"괜찮아."

건방진 하녀 따위는 천천히 손을 봐주면 될 일이고, 메이린이 직접 어떻게 된 일인지를 알아보면 될 일이었다. 어머니의 친척만 찾으면 다 끝날 일이 아니던가.

"멘다시움 남작부인이라고 했었지?"

외출 준비를 하기 위해 물주전자를 들어 대야로 기울이다 바닥에 물을 잔뜩 쏟았다. 하녀의 손을 빌리지 않고 해보는 것은 처음이라 어설프기 그지없었다. 젖은 드레스 자락과 물이 흥건히 고인 나무 바닥을 바라보다 인상을 썼다.

"아! 짜증 나. 내가 왜 이런 일을 해야 하는 거야."

메이린은 성질을 버럭 내면서 지금 입었던 옷을 낑낑거리며 벗어 침대에 던지고, 새로운 드레스를 꺼내 들었다.

멋진 구두를 신거나, 아름다운 드레스를 입으면 확실히 그날은 좋은 일들이 생기지 않던가.

혼자 드레스를 입고 벗는 데 한참의 시간이 흘렀다. 메이린은 연한 하늘빛 드레스에 장미무늬가 수놓인 하늘하늘한 드레스를 차려입었다. 붉고 구불구불한 머리에다 가벼운 장식을 달자, 거울 속에 아름다운 그녀의 얼굴이 비쳤다.

"좋았어."

스스로의 외모에 큰 만족감을 느끼며, 천천히 낡은 계단을 내려와 이곳을 운영하는 사내를 찾았다.

"아씨, 밤새 불편하신 곳은 없으셨습니까? 종을 흔드시면 아침을 준비해서 올려드릴 작정이었습죠."

사내는 부유해 보이는 메이린에게 큰돈을 받아낼 꿈에 부풀어 있었다. 바닷가 허름한 이런 곳에 저런 손님이 묵는 일은 드물었다. 그러나 지금 메이린은 무언가를 먹는 것보다 급하게 처리해야 할 숙제가 있었다. 배에 힘을 잔뜩 준 채 사내에게 질문을 던졌다.

"이 근방에 멘다시움 남작가라고 있나?"

"생전 처음 들어봅니다만."

"그럼 어떤 가문이 있지?"

"그게……"

사내는 머리를 긁적이며 기억을 더듬어 보았다.

이 마을에 귀족이 있었던가. 주로 바다 근처에서 고기를 잡는 이들이 대다수였다. 하도 작은 곳이라, 왕국에서 이런 작은 마을을 여러 개를 한꺼번에 관리하는 통에 제대로 된 관공서도 하나 없는 곳이었다.

"제가 나고 자라는 동안은 들어본 적이 없는 성이 확실합니다요."

메이린은 눈앞의 사내가 거짓말을 하는 것 같지 않다는 것을 깨닫자 커다란 당혹감이 밀려들었다.

"우선 식사를 가져오게."

그녀는 마치 대수롭지 않다는 듯 천천히 걸음을 옮겼다. 드레스에 수놓인 꽃들이 햇살을 받자 마치 싱싱하게 피어오르듯 흔들렸다.

"이런 일이……!"

방에 돌아온 메이린이 문에 기대어 참았던 숨을 몰아쉬며 두 손으로 그녀의 몸을 감쌌다.

지금 그녀는 가진 돈도 없고, 게다가 친척도 없는, 아무것도 할 줄 모르는 귀족 영애에 불과했다. 스스로를 껴안은 팔에 힘을 더 주면서 마치 어머니가 그녀를 감싸는 거라 상상을 해 보았다.

열어두고 나간 창을 통해 그녀의 눈물과 같은 짠 내가 나는 바람이 불어와 메이린의 볼을 스쳤다.

"어머니, 너무 보고 싶어요."

문에 기대 있던 메이린의 몸이 자꾸만 쓰러질 것 같았지만, 창밖의 푸른 바다를 응시하며 눈물을 참아 보려 애를 썼다.

눌리타스는 기다란 속눈썹을 몇 번 깜박이다 가느다란 빛줄기를 보았다. 그리고 이내 누군가의 손이 그녀의 몸을 소중히 품고 있다는 것을 깨달았다. 그녀의 등 뒤에 맞닿은 가슴이 적당히 기분 좋은 따스함을 나눠주고 있었다. 눌리타스가 팔을 들어 그녀의 허리에 자리한 공작의 손등을 쓰다듬으려 할 때였다.

"아……."

밤새 곡식창고로 짐을 날랐던 그때보다 더한 근육통이 그녀의 온몸을 강타하는 것 같았다. 간밤 공작에게선 평소의 점잖던 모습을 찾아볼 수 없었다.

'마치 다른 분 같았어.'

그녀의 작은 미소와 몸짓에 격렬하게 반응을 하던 공작의 애정을 떠올리자 눌리타스의 볼이 붉어졌다. 이제껏 수없이 많은 밤들을 도대체 어떻게 참았는지 모를 정도였다.

눌리타스는 아침에 하기에는 다소 부적절한 생각들을 떨치며 불편한 고개를 살짝 움직여보았다.

'제기랄! 이것도 아프잖아.'

눈물이 핑 돌 것 같아서 작은 한숨을 내쉬는데 순간 벗은 그녀의 등에 입술이 닿았다.

"잘 잤소?"

"……네."

공작의 낮고 울림이 있는 목소리가 그녀의 몸을 타고 흘러나오는 것 같았다. 그의 수염이 등에 닿아 약간 따끔한 그 감각이 눌리타스의 가슴을 뛰게 만들었다.

루셔스가 먼저 일어나 침대 머리에 등을 기대더니 이불로 눌리타스의 몸을 살짝 덮어주었다.

"감기 걸릴까 봐."

눌리타스는 붉어진 얼굴을 들킬까, 차마 고개를 그쪽으로 돌리지 못하고 그냥 고개만 끄덕였다. 루셔스는 이불 선 위로 드러난 뽀얀 어깨선에 홀린 듯 손이 나가는 것을 겨우 멈추었다. 옆에 두었던 가운을 끌어서 어깨에 걸치며 침대 머리맡의 종을 당겼다.

마님의 부름인 줄 알고 소피아가 평소처럼 천천히 침실의 문을 열고 들어오려다 황급히 문을 닫았다.

"에구머니나, 제가 마님이 혼자 계신 줄 알고 그러니까……."

문밖에서 넋이 빠진 것 같은 소피아가 울먹거리며 말을 잇고 있었다. 그도 그럴 것이 이 방에서 저렇게 헐벗은 주인 내외를 보게 될 거라고 상상도 해본 적이 없었다.

"내가 부른 거니 들어오도록."

공작의 목소리에 소피아가 다시 문을 열고 눈을 바닥으로 둔 채 천천히 침대 쪽으로 다가섰다. 놀란 것은 눌리타스도 마찬가지라 마치 나쁜 짓을 하다 들킨 아이처럼 이불을 코끝까지 당겨 덮고 있었다. 어찌 보면 자연스러운 일인데, 소피아에게 이런 모습을 보이는 것이 어쩐지 쑥스러웠다.

"마님이 오늘 몸이 불편하시니 따뜻한 물을 준비해 주고, 간단한 식사도 만들어 오도록."

당황은 잠시였고, 소피아는 감격에 찬 목소리를 추스리며 곧 그것들을 대령하겠다고 답하였다. 씩씩한 걸음으로 소피아가 침실에서 나가자 루셔스가 뒤에서 눌리타스의 은발을 가만히 쓸었다.

"이제 이런 아침이 우리의 일상이 될 텐데, 그때마다 이리 숨을 건가. 응?"

그의 입술이 그녀의 이마에 와 닿자 눌리타스가 이불을 조금 내려 얼굴을 온전히 드러내었다.

"물론 나는 그대의 이런 모습도 무척 설레지만……."

공작은 눌리타스가 사랑스러워서 견딜 수 없다는 눈빛을 하고 있었다. 그녀는 고개를 틀어 그의 다정한 사랑을 느끼면서 가슴 한편으로는 안정감을 느꼈지만, 일상이라는 단어에 깜짝 놀랐다.

'어젯밤 같은 날이 계속된다면 나는 분명 단명할지도 몰라.'

그러나 그가 나눠주는 체온도 따스한 애정도 모두 소중하였다. 눌리타스는 어떤 결심을 한 후 그에게 답을 하였다.

"그럼 저는 이제 매일 체력을 단련해야겠어요."

루셔스는 생각지도 못한 눌리타스의 답에 웃음이 터져버렸다. 그가 웃자 눌리타스도 행복해졌다. 그 시원한 웃음소리에 그들의 얼룩진 과거, 눈물들이 모두 저 멀리 흩어지는 것 같았다.

아비오는 후작의 영지 앞으로 펼쳐진 들을 헤치며 나아가다 금세 지쳐버렸다. 바람은 그의 귀를 베어낼 듯 불었고, 한 치 앞도 보이지 않는 어둠 속을 헤매는 것은 무척이나 고되었다.

"으…… 너무 추워."

말 한마디를 내뱉었을 뿐인데, 폐로 얼음덩이가 박히는 것 같은 고통을 느꼈다. 아비오는 입가로 흐른 침을 닦으려 손을 위로 올렸다가 얼굴에 아무런 감각이 느껴지지 않는 것을 알아차렸다.

지금 그에겐 따스한 난롯가에 앉아서 김이 모락모락 나는 죽 한 그릇 먹는 것이 절실하였다. 잠시 멈춰 서서 그가 등지고 온 후작 성을 돌아보았다.

'이 길에서 개죽음을 하느니…….'

그러나 아까 그를 바라보던 후작의 음흉한 눈매가 아비오를 다시금 걷게 만들었다. 맞바람이 그의 앙상한 몸 전체를 마구 뒤흔드는 것 같았다.

'좀 더 두꺼운 옷을 입었어야 했는데.'

서둘러 나오느라 셔츠 하나에 바지를 겨우 걸쳤을 뿐이라 이 추위를 이기기엔 역부족이었다.

"으으."

아비오는 두 손을 입에 대고 입김으로 굳어버린 근육을 풀어보려고 애썼다. 컴컴한 들을 지나는데 어디서 괴이한 울음소리가 바람을 타고 들리는 듯했다.

"나는 아비오 로마그놀로다. 이런 것쯤은 무섭지 않아."

잘 떨어지지도 않는 입을 달싹이며 보이지 않는 누군가를 향해 혼잣말을 하였다.

그는 여기에서 지체할 수 없었다. 얼마나 가야 하는지, 어디로 가야 하는지는 알지 못하였지만, 아비오는 집으로 돌아가야 했다. 장미가 탐스럽게 핀, 젖과 꿀이 흐르는 그의 집. 그리고 언제나 아비오를 품어주셨던 어머니가 계시는 그곳이 바로 저 들 너머에 있을 것 같았다.

"그 무엇도 이 몸을 막을 수는 없지."

몸은 지칠 대로 지쳤지만, 그의 눈빛만은 더욱 형형해지는 것 같았다.

얼마나 걸었을까. 허허벌판에서 잠시도 몸을 피할 곳을 찾지 못한 채 밤새 북풍에 시달린 그는 어느 순간부터 춥다는 감각을 느끼지 못하였다.

"……!"

한참을 걷다 보니 들판의 끝에서 무언가 불그스름한 것이 피어오르는 것이 아닌가. 아비오는 저렇게 아름다운 해를 일찍이 본 적이 없었다.

그의 전신에 따스한 기운이 감도는 것 같은 착각을 느끼며 곱은 두 손을 해를 향해 뻗었다. 그리고 이내 아비오는 그에게 낯선 변화가 있다는 것을 깨달았다.

'……목소리가 나오지 않아.'

고통에 찬 신음성만 흘러나올 뿐 어떤 말도 할 수 없었다. 아비오는 놀라서 두 손으로 목과 입술 주변을 더듬었으나 달라지는 것은 없었다.

'곧 괜찮아질 거야.'

저렇게 밝은 해가 저 높이에서 그의 가는 길을 비춰주고 있지 않은가. 혹 나아지지 않더라도 집으로 돌아가면 분명히 어머니가 어떤 수를 써서든 해결해 주실 것이다.

'지금은 무조건 돌아가는 게 우선이야.'

잠시 지체를 했다가 혹 후작이 그를 뒤쫓아 올지도 모를 일이다.

다시 끌려가서 그런 짓을 당하느니 차라리 지금 죽어버리는 게 명예스럽다고 생각하며 발길을 옮기는데, 웬 농부가 수레를 끌고 지나가는 것이 보였다.

순박해 보이는 농부는 웬 청년이 이른 아침에 들판을 헤매나 싶어서 수레를 멈추었다.

"태워줄까?"

아비오는 목소리가 나오지 않아 고개를 끄덕하는 것으로 대답을 대신한 채, 건초가 쌓인 수레에 올라탔다. 수레가 심하게 덜거덕거리며 흙길을 달리기 시작하였고, 아비오는 해를 마주한 채로 눈물을 훔쳤다. 난생 처음 짐칸에 실리는 기분은 정말 최악이었지만, 이마저도 지금 그에겐 너무나 고마운 것이라 감히 내릴 생각은 하지 못했다.

밤새 들판을 헤매던 아비오는 건초더미에 붉은 머리를 기대더니 곧 잠이 들어버렸다.

꿈속에서 아비오는 완벽한 미소를 그리며, 침대에 걸터앉아 있었다. 난로는 활활 타오르고 있었고, 탁자 위로는 술과 귀한 음식이 한가득하였다.

"작은 주인님, 제발 살려주세요."

귀족이 품어주면 그보다 더한 영광이 어디 있다고, 감히 하녀 나부랭이가 그를 거부하며 운다는 건가?

아비오는 인상을 구기며 일어나 인정사정없이 하녀의 배를 걷어찼다.

"개들이 시끄럽게 짖으면 어떻겠어? 응?"

침을 흘리며 바닥으로 쓰러진 하녀를 질질 끌고 와서 침대에 몸을 대충 걸치게 한 뒤 드레스를 마구 벗겨냈다. 그의 눈이 붉게 젖어 들어갔다.

그리고 잠시 후 아비오는 아까와는 다른 곳에 머무는 그를 발견할 수 있었다. 널따란 침대에서 붉은 머리의 사내가 거구의 사내의 아래에서 괴성을 지르고 있었다.

'아니야! 절대로 아니야!'

아비오가 악몽에서 일어나며 두 팔을 허우적댔다. 그러나 천만다행으로 이곳은 그 침대가 아닌 달리는 수레 위였다.

'그건 꿈일 뿐이야. 이제는 괜찮아.'

아비오는 두 손으로 양팔을 마구 주무르며 환기를 해보려 하였다. 그의 얼굴을 스치는 공기가 퍽 훈훈해진 것이 이제 그곳에서 제법 멀어졌음을 알려주었다.

메이린은 지금의 절망적인 상황을 인정해야만 했다.

그다음 예전 같았으면 엄두도 내지 않았을 일에 도전하였다. 그녀가 직접 거리로 나서서 이리저리 알아보기 시작한 것이다.

그러나 어느 누구도 메이린의 친척에 대해서 알지 못하였다. 메이린은 한참을 생각한 후에야 그녀가 잘못된 곳으로 왔다는 것을 깨달았다.

"돌아가야겠어."

잉그리드도 돌아오지 않는 지금, 그녀가 고를 수 있는 선택지가 그리 많지는 않았다.

'아버지나 공작이 알면 큰 화를 입을 수 있으니, 몰래 돌아가서 어머니에게 서신을 보내면 어떨까.'

그다음에 봉착한 문제는 그녀에게는 뱃삯을 낼, 서신을 보낼 돈조차 없다는 것이었다.

"잉그리드, 이 계집을 잡으면 진짜 가만 안 둘 거야."

멀미로 지쳐 쉬고 있는 주인을 두고 도망을 간 것도 기가 막힌

데, 감히 귀족의 물건에 손을 대다니……. 늘 고분고분하여 그 속을 몰랐는데, 지금 생각하니 아주 발칙한 계집이 아니었던가. 그러나 마음속으로는 미련을 거두지 못하고, 잉그리드가 돌아오길 기다리던 것이 1주일 되던 날이었다.

그 밤은 늘 시중을 들어주던 중년의 여성 대신 사내가 직접 식사를 가져와 탁자에 차려주었다. 메이린이 한숨을 쉬며 딱딱한 빵과 이상한 냄새가 나는 죽사발을 향해 의자에 앉으려는데, 사내가 무언가 할 말이 있는 듯 보였다.

"무슨 일이야?"

"아가씨, 송구하지만 저희가 숙박비를 중간 정산하려 합니다만."

예상치 못한 이야기를 들은 탓에 메이린은 의자의 등받이를 세게 잡았다.

"물론이지. 내일 중으로 하녀가 돌아올 테니, 그때 돈을 지불하겠네."

그러자 사내가 두 손을 비벼대며 고개를 연신 조아렸다.

곧 엄청난 돈을 만질 수 있을 거라는 기대감에 사내는 자꾸 웃음이 났다.

"그리고 서신을 하나 써 줄 테니, 보내 주게."

우선 그녀가 처한 이 상황을 어머니에게 알려둬야만 했다. 그래, 어머니라면 메이린을 위해 무엇이든 해주실 수 있을 거다.

사내는 지나치게 굽실거리며 방을 나섰고, 혼자 남겨진 메이린은 의자를 쥔 그녀의 손이 경련을 일으키고 있다는 것을 깨달았다.

탁자 위 그릇에는 아직 김이 모락모락 피어올랐지만, 그녀의 입맛을 돌게 하지는 못했다. 메이린은 큰 가방에서 펜과 종이를 찾아내어 편지를 적어 내려갔다. 지금 처한 상황을 쓰는데도 손가락이 떨려서 잠시 멈추어야만 했다. 편지의 봉투에 수신지를 로마그놀로 영지로 쓴 다음, 발신인의 이름을 적는 란에서 그녀는 잠시 머뭇거렸다.

'메이린이라는 이름을 써도 될까.'

그녀가 19년간을 써 온 이름이건만 그것조차 여의치가 않다는 것이 씁쓸하였다.

한참을 어머니와 장미가 만발한 로마그놀로 영지를 생각하며 슬픔에 잠겨 있던 메이린은 고개를 쳐들었다.

그리고 한 손으로 눈물을 쓱 지운 후 그녀가 입은 화려한 드레스를 내려다보았다. 지금 메이린이 가진 것은 드레스와 구두뿐이었다. 좋은 생각이 그녀의 머릿속을 스쳐 갔다.

소피아와 다른 이들이 더운물과 식사를 준비하여 공작가의 침실을 찾았고, 곧 목욕 준비를 마쳤다.

"주인님, 이제 저희가 마님을 모시겠습니다."

그러나 모두의 예상을 깨고 루셔스는 그들에게 수고했으니 물러갈 것을 명하였다.

루셔스가 다정한 미소를 지으며 눌리타스에게 말을 건넸다.

"오늘 그대의 시중은 내가 들 거야."

그 말에 미혼의 하녀들이 볼을 붉히며 뒷걸음질을 치듯 물러났다. 눌리타스는 하녀들의 작은 비명을 들으며 이불을 아예 머리 꼭대기까지 뒤집어썼다.

왕 앞에서도, 거친 사내들 사이에서도 부끄러움을 느낀 적이 없었거늘, 그녀의 사내는 언제나 이리 눌리타스를 당혹스럽게 만들었다.

모두가 사라진 후 루셔스가 헛기침을 하며 눌리타스의 곁에 와서 앉았다.

"혹시 제 부인을 보셨나요?"

눌리타스는 힘차게 이불을 확 내리면서 루셔스를 노려보았다.

"공작님!"

"루셔스라고 불러주면 좋겠는데……."

능글맞게 웃을 때는 언제고 눌리타스가 화가 난 듯하자 루셔스는 약간 어깨를 움츠리며 말끝을 흐렸다.

"내가 도움을 주고 싶어서 그런 거니 너무 노여워하지 않았으면……."

저렇게 풀 죽은 모습에 공작에게 그녀는 도저히 성질을 낼 수 없었다.

"저 화 안 났어요."

"그럼 물이 식기 전에 갑시다."

언제 기가 죽었냐는 듯 루셔스가 벌떡 일어서서 눌리타스를 안아 들고 일어섰다. 그 바람에 몸을 가리고 있던 것이 모두 사라져 눌리타스는 황급히 머리를 끌어서 몸을 가리려 허둥댔다.

"나는 지금 천장을 보고 걷고 있으니. 흠."

사실은 귀가 붉어진 그녀를 보며 행복한 미소를 짓는 루셔스였다.

욕조 앞에 이르자 그는 눌리타스를 천천히 따뜻한 물에 앉혀주었다. 물 위에 뜬 온갖 꽃들로 그녀의 나신이 가려지자 그제야 안도의 한숨을 내뱉었다.

삼일 밤낮 수레를 끈 기분이 이러할까. 따끈한 물에 몸을 담그니 절로 눈이 감기는 것이 아닌가.

"감사해요."

눌리타스가 살짝 눈을 뜨며 말을 하다 욕조의 반대편에서 가운을 벗어 내리는 공작을 보며 놀라 아무 말도 하지 못하였다.

"부인과 함께 목욕을 해 보는 것이 아주 오래된 소원이었다오."

"공작님, 이미 소원은 쓰셨잖아요."

눌리타스는 어젯밤 기억을 더듬으며 그에게 답을 하였다.

"내 소원은 그대를 닮은 아이를 갖고 싶다는 거였지."

"네."

"거기에는 이것도 포함이 되는데."

눌리타스는 기가 막혀서 할 말을 잃고 반대편 욕조에 느긋하게 기대는 사내의 뻔뻔한 턱을 노려보았다. 그러자 그녀의 날카로운 시선이 의식되는지 여전히 눈을 감은 채로 공작이 낮은 목소리로 속삭였다.

"그리고 말이야. 그 소원 말인데……. 내게는 그대가 가장 소중하니 아무 부담도 느낄 필요 없어. 혹시 그대가 힘들어할까 봐."

눌리타스는 급히 두 손으로 꽃을 건지는 척하며 고개를 내렸다.

백작의 끔찍한 저주가 눌리타스의 숨을 턱턱 막히게 하는 가운데, 지금 그의 말은 얼마나 다정한 위로가 되어 주는지 몰랐다.

'저리 좋은 이가 어쩌다 나의 짝이 되었을까. 이것이 그에게는 악운일지도 모르지만, 내게는 태어나 처음 가져보는 행운인 것을.'

루셔스도 온수에 몸을 담그자 간밤에 피로가 풀리는 것 같아 잠시 눈을 감았다가, 눌리타스의 얼굴을 보았다. 붉어진 눈을 하고 계속 꽃잎에만 열중하는 모습에서 그는 무언가 잘못되었다는 것을 직감하였다. 그의 어떤 말이나 행동이 그녀를 슬프게 했는지 알수가 없었다.

"나는 자꾸만 그대를 울리기만 하는군."

루셔스가 물속에서 꽃들을 헤치며 다가와 눌리타스를 안았다.

"아니에요. 이건 슬퍼서 그런 게 아니라……."

눌리타스는 말을 잇다 말고 또다시 눈물을 터뜨렸다.

이리 바보 같은 사내가 왜 피에 굶주린 악귀라는 소문이 났었는지 영문을 알 수 없었다.

"쉬. 내가 다 잘못했으니 그대는 제발 울지 마."

"잘못하신 것 없어요."

"기억도 희미하지만 말이야. 무뚝뚝한 아버님이 늘 하시던 말씀이 있었어. 어머니가 행복해야 아버지도 웃을 수 있다고."

루셔스는 형과 그에게 건네는 아버지의 말을 그때는 전혀 이해하지 못했지만, 요즘 들어서야 아버지의 깊은 속을 알 수 있을 것 같았다.

출렁이는 욕조의 표면에 흔들리는 꽃들이 그들을 한참 안아 주었다.

목욕을 끝내자 루셔스가 얼른 큰 수건을 허리에 감고, 눌리타스의 어깨에 큰 수건을 둘러주었다. 그리고 그녀에게 가만히 두 팔을 내밀어 주었다.

"내 손을 잡아. 안아서 침대까지 데려가 줄 테니."

뿌연 김이 서린 욕실 안에는 그 누구의 시선도 없건만, 눌리타스는 어딘지 모르게 신경이 쓰였다.

"이제 걸을 수 있어요."

"이것이 나의 기쁨인걸."

어쩜 그렇게 거절 못 하게 할 말들만 하는지, 눌리타스는 그의 손을 살포시 잡았다.

"그럼 저도 기꺼이."

방금 목욕을 한 직후라 불그스름한 두 사람의 볼이 애정으로 더욱더 짙어지고 있었다.

루셔스는 눌리타스를 침대에 데려다준 후, 극구 만류하는 눌리타스의 의견을 못 들은 척하며 물기를 닦아 옷을 갈아입는 것까지 도와주었다.

'아, 완전 지쳤어.'

눌리타스는 이제 정말 눈꺼풀을 움직일 기운 하나 남지 않은 기분이었다. 거기다 루셔스는 하녀들이 준비해둔 식사를 입에 떠 넣어 주려까지 하였다.

"감사하지만, 제가 먹을 수 있어요."

"오늘은 손가락 하나 안 움직이도록 해주고 싶은데."

"아니에요. 좀 자고 나면 괜찮을 것 같아요. 그러니 어서 숟가락을 제게 주세요."

눌리타스가 기진맥진해서 꺼져 들어가는 목소리로 말을 건네자, 루셔스가 이상야릇한 눈매를 하며 혀로 입술을 다셨다.

"기운을 차렸다는 의미라면, 오늘 밤에도 날……."

세상에!

눌리타스는 지금 그녀가 들은 그 말의 의미를 따지기도 전에 죽을 받아먹기 위해 입부터 벌렸다.

"생각해 보니 저는 지금 도움이 필요할 것 같아요."

놀란 여인의 얼굴에 떠오른 홍조를 무척이나 귀엽다는 듯 바라보던 루셔스가 숟가락에 죽을 떠서 그녀의 입가로 가져갔다.

"그대의 어머니에게는 내가 찾아가서 잘 말씀드릴 테니, 오늘은 푹 쉬도록 해."

'인사만 드려도 감사한데, 무슨 이야기를 하신다는 걸까?'

눌리타스가 의아한 눈으로 그를 보자 루셔스는 그저 한쪽 눈을 찡긋하기만 하였다.

눌리타스가 떠나 있는 동안 그는 종종 베일 부인을 찾았다. 처음에 두 사람은 별로 대화가 없었지만, 곧 이런저런 이야기들을 나눌 수 있었다.

"돌아가신 어머니가 무척이나 자랑스러워하실 겁니다."

허공을 바라보며 건네는 베일 부인의 말 한마디는 그에게 큰 위로가 되어 주었다. 게다가 요즘 기이한 꿈을 꾸고 있다는 이야기에 귀가 솔깃하였다.

"그게 말입니다. 꿈에서는 저도 세상을 볼 수 있답니다. 요즘 들어 우리 아이를 닮은 꼬마가 자주 제 꿈을 찾는답니다. 이게 어떤 의미일까요."

루셔스는 베일 부인의 그 이야기에 괜히 쑥스러워 헛기침을 해 댔다. 아직 눌리타스의 손만 겨우 잡아보았다는 이야기를 할 수 없지 않은가. 하지만 어제와 다른 오늘이 왔고, 그와 눌리타스에게 새로운 미래가 열릴 것이란 믿음이 있었다.

죽을 모두 다 먹은 눌리타스의 눈이 무겁게 내려앉기 시작하였고, 루셔스는 품에 그녀를 안고 그 얼굴을 가만히 지켜보았다.

'그대는 아름다운 꿈만 꾸어. 악몽은 내가 모두 감당할 테니.'

루셔스가 눌리타스의 볼을 쓸어내리자 그녀는 이내 잠에 빠져 버렸다.

아비오를 태워준 농부는 그를 번화한 거리의 초입에 내려준 다음 갈 길을 떠났다. 목소리가 나오지 않아 제대로 인사를 하지도 못한 채 아비오는 사라지는 수레의 꽁무니를 망연자실하게 바라보았다.

딱딱한 수레의 바닥에 앉아서인지, 밤새 길을 헤매서인지 다리가 약간 둔하고 아린 느낌이 들었으나 그는 무작정 발을 움직였다. 길을 걷다 바닥에 얕게 패인 웅덩이에 비친 그의 머리가 하얘진 것을 보았으나, 햇살에 반사된 탓이라 생각하였다.

'목이 말라.'

간밤에 입안이 껄끄러워 다 먹지도 못하고 남겼던 작은 빵 덩어리가 떠올랐다.

'이 몸에게 배고픔이 가당키나 한 건가.'

이런 낯선 기분들은 그를 무척 수치스럽게 만들었지만, 아비오는 곧 고개를 털었다. 어쨌거나 돌아가기만 하면 모두 해결되는 문제들이었다. 당장의 허기를 채우기 위해 구수한 냄새가 나는 곳을 찾아서 이리저리 헤매었다.

장터가 열렸는지 이것저것 먹을 것들이 지천에 널려 있었다. 방금 짜 온 신선한 우유, 바다에서 잡은 생선들, 싱싱해 보이는 과일들이 그의 눈과 코를 사로잡았다.

'평소 같으면 이런 더럽고 구역질 나는 곳에 올 몸이 아니란 말이다.'

아비오는 누가 뭐라 한 것도 아니건만, 제대로 힘도 안 들어가는 허리를 세우며 홀로 변명을 해보았다. 그리고 마침내 아비오는 갓 구운 빵을 파는 간이상점 앞에 서서 빵 하나를 홀린 듯 잡아들었다.

"······!"

한 입 베어 물자 속은 촉촉하면서 부드러웠고, 겉은 버터 냄새가 진동을 하였다. 이런 변변찮은 곳에서 이런 맛을 내는 요리사가 존재하나 싶어서 꽤 놀랐다.

아비오는 며칠은 굶은 이처럼 한 자리에서 빵을 세 개나 먹어치 웠다. 급하게 빵을 삼켰더니 속이 약간 거북해서 손으로 가슴을 살짝 치자, 그 상점의 주인이 아주 온화한 목소리를 내었다.

"손님, 배가 고프셨나 봅니다. 은화 하나만 주시면 됩니다."

아비오는 입가에 묻은 빵 부스러기를 털어내며 상인의 말에 그 제야 정신을 차렸다.

'돈이라니…….'

한 번도 셈을 한 후 무언가를 사 먹어본 일이 없던 그에게는 당 황스러운 순간이었다. 아비오는 슬쩍 바지 주머니에 손을 찔러 넣 어 보았으나, 나오는 것은 지푸라기뿐이었다.

"……엥?"

퍽 친절한 태도를 취했던 상인의 목소리가 살짝 거칠어졌다.

아비오는 두 손으로 몸의 여기저기를 더듬었지만, 처음부터 없 었던 돈이 갑자기 나올 리가 없었다. 빵장수는 갑자기 손에 쥐고 있던 빵을 탁하고 내려 두더니, 씩씩거리며 아비오 근처로 다가 섰다.

"아니, 아직 마수걸이도 못 했는데 어디서 이런 거지새끼가 꼬 이는 거야?"

아비오는 감히 그에게 거지 운운하는 빵장수의 입을 찢어버리 고 싶었지만, 그의 신분만 알려 주면 간단하게 끝날 일이라 크게

148

개의치 않기로 하였다.

'나중에 저 비천한 상인 놈이 내 바짓가랑이 사이를 기게 하리라.'

아비오의 얼굴에 흡족한 미소가 설핏 머물렀고, 체격이 좋은 상인의 접근에도 당당함을 잃지 않았다.

빵장수는 안 그래도 요즘 이 장터에서의 장사가 시원찮아 근심이 이만저만이 아니었다. 그 와중에 무전취식을 하고 뻔뻔한 태도를 보이는 사내를 보자 눈이 휙 돌아버렸다.

"이놈이 적반하장도 유분수지. 이 뻣뻣한 거 보소."

상인은 옆에 세워 둔 나무 몽둥이를 집어 들었다.

아비오는 화가 나 소리를 지르는 상대를 보면서도 큰 걱정은 하지 않았다. 그는 아비오 로마그놀로였고, 저깟 빵을 그냥 먹은 것은 대수롭지 않은 일이었다.

그러나 역시 말을 할 수 없다 보니 불편한 점이 많았다. 상인에게 펜과 종이를 가져오라고 어떻게 전달을 해야 할까 고민을 하는 중에 그의 귀로 큰 마찰음이 들렸다. 아비오의 몸을 강타한 것은 그를 바닥으로 고꾸라지게 하였다.

그의 고개가 질척한 흙에 처박혔고, 입가로 미처 소화되지도 못한 빵들이 질질 흘러나왔다. 그리고 온몸에 열감이 느껴지던 그때, 아비오는 그 아이를 떠올렸다. 그의 발길질에 항상 바닥에 웅크리고 있던 그 아이의 하얀 목덜미.

지금 그가 누운 자리가 바로 그 아이가 종종 쓰러져 있던 곳과 닮아 있었다.

'너도 이런 기분이었을까.'

하지만 그녀를 사랑했기 때문에 그의 폭력은 정당하였다. 사내라고 믿었던 때부터 계집이라고 밝혀진 순간에도 아비오는 오직 그 아이만을 바라보지 않았던가.

'나는 진심이었다.'

그리고 그 생각을 끝으로 공중에서 벌이 나는 듯한 소리가 나더니 상인의 욕설과 함께 또 한 번의 매가 아비오의 몸 위로 쏟아졌다.

'어머니에게 돌아가야 하는데……'

변방으로 향하는 마차를 타는 순간에도 아비오는 부러 어머니를 외면하였다. 투정 비슷한 것이었지만, 지금 와서는 왜 이리 후회가 되는지…….

칼릭스 남작부인이 다 쓰러질 것 같은 얼굴을 한 채로 모르시아니 영지를 찾았다. 그녀는 공작의 이모로 부모, 형제를 잃은 루셔스에게 유일하게 따스한 품을 내어준 사람이기도 하였다.

"오! 공작님."

남작부인은 루셔스를 보자마자 쓰러지듯 그의 품에 안기며 눈물을 흘리기 시작하였다.

"공작님, 우리 천사 같은 아이올라에게 큰일이 생긴 게 분명합니다. 파티를 간다고 나선 아이였는데, 빈 마차만 돌아온 게 한참 전의 일이랍니다."

남작부인에게는 외동딸 아이올라가 세상의 전부이리라.

루셔스는 이모님의 심정을 헤아리려다 아이올라가 저지른 악행들 때문에 표정이 굳어졌다.

"우선 저기로 가서서 차를 한잔 드시죠."

공작은 남작부인의 손을 잡고 천천히 응접실로 이끌었다.

"제가 알아볼 테니 너무 걱정하지 마세요."

차마 이모님의 금지옥엽이 그의 방에 나신으로 나타난 적이 있으며, 공작부인의 살해를 사주했다는 말을 할 수는 없었다.

믿음직한 공작의 말을 듣자 남작부인의 눈물이 조금 잦아들었고, 차를 한 모금 마시려는데 세자르가 들어와 공작의 귀에다 무언가를 속삭였다.

"제가 금방 돌아오겠습니다."

장성한 조카의 든든한 뒷모습을 보다 그녀는 또다시 아이올라에 대한 걱정으로 낯빛이 어두워졌다.

창밖의 하늘에 드리워진 시꺼먼 구름이 왠지 좋은 조짐이 아닌 것 같아, 남작부인은 찻잔을 두 손으로 움켜쥐었다.

다행일까.

아이올라는 언제부터 시간을 세는 것을 그만두었다. 그리고는 괴이한 행동을 하기 시작하였다. 옷을 모두 벗고 방을 뛰어다닌다든가, 가져온 음식으로 벽에 그림을 그리기도 하였다.

"이 방에 있는 아가씨가 미쳐도 제대로 미쳤다던데?"

그녀의 이상한 행동이 계속되자, 문을 굳게 지키던 보초도 자물쇠도 어느 순간 사라져 있었다.

그래도 아이올라는 올리브 백작에게 확실한 신뢰를 얻기 위해서 문 근처는 아예 쳐다보지도 않았다.

"우리 고양이가 이리 날개가 꺾여서 어쩌하누."

불쌍하다는 말을 건네는 올리브 백작의 어투는 전혀 연민을 담고 있지 않았다. 그래도 아이올라는 금발을 백작의 몸에다 부비며 그녀가 진짜 짐승이라도 된 것처럼 행동하였다. 그리고 어느 순간부터 백작은 일이 바빠졌는지 이곳을 찾는 횟수가 줄어들기 시작하였다. 하녀들이 끼니때를 맞추어 밥을 가져다주면, 아이올라는 그녀들의 발목 근처에도 머리를 비벼주었다.

"에구머니나, 이리 고운 이가 가엽기도 하지."

너무나 얇은 옷차림을 하고 있던 아이올라에게 동정심을 느낀 중년의 하녀가 아무도 몰래 하녀복을 하나 가져다주었다.

"주인님 안 계실 때 살짝 입어요. 이리 입고서는 폐병에 걸려 오래 못 살아요."

아이올라는 친절한 하녀의 말에 왈칵 눈물이 치미는 것을 겨우 참고, 그저 혀로 그녀의 손바닥을 열심히 핥았다.

달도 뜨지 않은 밤, 아이올라는 방 귀퉁이에 앉아 있다 슬쩍 바깥의 인기척을 살폈다.

다행히 아주 고요하였다.

침대 밑에 숨겨둔 하녀복을 꺼내서 걸치고, 이불을 찢어내서 눈에 띄는 금발을 모두 감췄다. 조금 떨리는 걸음으로 뒤집어 두었던 거울을 찾았다. 혹 그녀의 변장이 어설퍼서 바로 잡힐까 걱정이 되어 비추어본 그곳에는 아이올라가 없었다. 그저 초췌하고 지친 하녀가 하나 서글프게 웃고 있을 뿐이었다.

'다행이다. 어머니가 보셔도 모를 정도구나.'

화려하였던 그녀의 외모가 바뀐 것에 슬퍼할 겨를이 없었다. 아이올라는 아주 천천히 문을 열고, 자연스럽게 복도를 걸었다.

우연히 발견한 바구니를 팔에 걸자 그녀의 모습은 영락없는 하녀 그 자체였다. 마구 뛰는 심장을 꼭 누르며, 밖으로 향하는 문 앞에 섰는데, 웬 사내 하나가 말을 걸었다.

"이제 곧 비가 올 것 같은데?"

"아, 내일 꾸밀 꽃을 사 와야 해서요."

"이 밤에?"

아이올라는 목소리가 너무 떨려서 그저 고개만 끄덕였다. 사내는 그냥 하릴없이 말을 걸었던지 그다음 대답도 들을 생각도 없이 반대로 사라졌다.

아이올라가 바구니를 든 반대편 손으로 문손잡이를 돌렸고, 마침내 자유를 되찾았다. 어둑하고 습해서 좋은 날은 아니었지만, 아이올라는 이보다 더 완벽한 밤을 본 적이 없었다.

모르시아니 부부가 영지로 돌아오고, 여러 날이 지난 어느 날이었다. 루셔스와 눌리타스는 정원의 한가운데서 정답게 앉아 차를 나누고 있었다.

이런 순간에는 지나온 시련들이 모두 꿈이었던 것만 같은 느낌을 주었다. 눌리타스는 그녀의 어깨를 스치는 따스한 바람에 작은 미소를 지었다. 그리고 루셔스는 확실히 예전보다 더 많이 웃기 시작한 여인의 변화에 덩달아 입꼬리가 올라갔다.

이미 잘 알고 있는 눈, 코, 입이건만 왜 매순간이 새롭고 애달픈가.

"차가 참 향긋하군."

"날씨도 너무 좋아요."

"그대는 오늘따라 더욱 예쁘고."

공작의 말에 눌리타스는 찻잔을 내리고 두 손으로 볼을 감쌌다.

어쩜 저런 말을 시도 때도 없이 하는 건지. 누가 들은 게 아닌가 싶어 급히 주위를 살폈다. 그러자 그들의 근처에 서류 더미를 안고 오던 세자르가 하얗게 질린 얼굴로 굳어 있는 게 아닌가.

"공작님, 제발 좀."

"응?"

평소에는 맺고 끊는 것이 철저한 사람인데, 어째서 그녀와 함께 일 때는 이렇게 다른 사람이 되는지. 눌리타스는 그런 모습이 또 싫지 않아 그저 웃어버렸다.

"그대가 웃으면 말이야."

루셔스는 차를 마시지도, 내려두지도 않은 이상한 자세로 하염없이 눌리타스의 얼굴을 바라보았다.

"마치 눈이 오는 것 같아…… 아니야. 봄에 꽃이 피는 것 같아."

눌리타스는 슬쩍 고갯짓으로 뒤에 세자르가 있다는 신호를 보냈지만, 루셔스는 그녀에 취해 전혀 알아차리질 못하였다.

세자르가 겨우 정신을 차려 공작부인께 묵례를 드리고, 발길을 돌렸다. 그의 속이 조금 부대끼는 것 같더니, 얼굴이 누렇게 떠 있었다.

"지금 저기 앉아 계신 분은 누구지."

세자르는 저분이 정말 모르시아니 공작님이 맞는지 뒤돌아서서 확인을 해 보았다. 몇 번을 눈을 비벼보아도 그의 주인이 확실하였다.

"세상에 혼인이란 것이 사람을 저렇게 달라지게 하는 건가."

어째서 세상에서 가장 냉혈한이던 주인이 마님 앞에만 서면 저렇게 봄날 병아리마냥 맥을 못 춘단 말인가. 아직 여인의 미소가 주는 치명적인 마력에 눈을 뜨지 못한 세자르는 그저 고개만 절레절레 흔들 뿐이었다.

올리브 백작에게서 가까스로 벗어난 아이올라는 어디로 가야 할지 알 수 없었다. 아까 확인한 추레한 몰골로는 당장 어머니께 돌아갈 수 없었다.

"지금 나는 어머니의 소중한 아이올라가 아니야."

느릿한 그녀의 걸음마다 후회의 눈물이 아롱졌다.

'그것이 진짜 애정인 줄 알았어.'

하지만 그녀의 맹목적인 사랑은 결국 그 누구도 행복하게 만들지 못하였다. 아이올라는 머리에 두른 천을 한 손으로 잡은 채 과거의 순간들을 떠올려 보았다.

공작부인이 죽기를 바라며 말의 안장을 잘랐고, 공작부인에게 해를 가하라고 사내에게 지시를 했고, 공작의 곁을 차지하기 위해 올리브 백작에게 영혼을 팔아버렸다.

누군가를 파멸시키는 데 집중하느라, 정작 망가진 것은 그녀라는 것을 너무 늦게 깨달았다.

"어리석었어."

우습게도 제정신을 차린 것은 갇힌 그 방에서였다. 바구니를 쥔 손이 때늦은 후회로 떨렸다.

"어머니……"

아이올라는 낮은 목소리로 속삭이다, 어머니가 계실 곳의 반대 방향으로 몸을 틀었다. 지금 이 모습을 도저히 어머니에게 보일 수 없었다. 그리고 들키고 싶지 않은 것은 겉모습뿐만은 아니었다.

정원에서 한가로움을 만끽하던 중 눌리타스가 슬쩍 루셔스의 얼굴을 살피며 입을 열었다.

"이제 슬슬 출발해야 해요."

"아, 정말 가기 싫군."

"하지만……"

오늘은 왕에게 약속했던 궁을 들르는 날이었다. 루셔스는 갑자기 기분이 팍 상했다는 듯 미소를 거둔 채 험악하게 인상을 썼다.

"루셔스."

눌리타스가 이마에 주름이 잡힌 그의 얼굴을 보며 먼저 일어나 손을 내밀었다.

"함께 가주실 거죠? 네?"

부인이 저리도 상냥한 목소리로 손까지 잡아 준다는데 도저히 거부할 수 없는 루셔스였다.

함께 마차를 타고 가며 왕에게 가까워질수록 루셔스의 기분은 침울함 그 자체였다. 도와준 것을 재물로 셈을 할 수만 있다면 얼마나 좋았을까.

'처음부터 루드비히와는 맞지 않았어.'

그의 이런 속도 모른 채 푸른 하늘을 마냥 즐거운 눈으로 바라보는 눌리타스가 조금 야속하기도 하였다.

루드비히는 어린 시절부터 웃음이 없었다. 선대왕과 왕비가 나란히 돌아가신 후, 그의 성정은 더욱 차가워져만 갔다.

'그래서 정말 궁금하단 말이야.'

어째서 그런 왕이 눌리타스에게 누이 타령을 해대며 그 귀한 신성력을 나눠주고, 병자들에게 힘을 쏟아 준다는 건가.

'아무래도 그 속이 영 마뜩잖아.'

루셔스는 갑자기 불안한 기분에 건너편 눌리타스의 손을 꼭 잡아끌었다.

"……?"

"그대가 날아갈까 봐."

눌리타스는 창을 향하던 시선을 그에게로 돌리며 못 말리겠다는 듯 웃었다.

그에게 말해 줄 수 있는 날이 올까.

사실은 그녀는 건초를 가득 실은 수레를 끌 만큼 힘이 굉장히 세니 그런 걱정은 제발 하지 말라고.

그녀는 떠오르는 말들을 삼키며 다른 한 손으로 그의 손등을 간질여 주었다. 그리고 두 눈을 다정하게 그를 응시하며 달콤하게 속삭였다.

"그러면 함께 날아가면 되잖아요."

커다란 공작성에 덜렁 혼자 남게 된 여덟 살 소년이 감당해야 했을 가슴 아픈 이별들과 그를 괴롭히던 악몽들, 그 모든 것에서 그를 지켜낼 것이라 마음먹은 지 오래였다.

"아……."

루셔스는 결코 그를 홀로 두지 않겠다는 그녀의 마음에 심장이 두근거렸다. 저런 진중한 여인 앞에서 심한 질투나 하던 것이 무척 부끄러웠다.

"그대를 좀 더 일찍 만나지 못한 게 아쉽군."

그랬더라면 그렇게 오래 전장에서 떠돌지 않았을 것이다. 그리고 그녀를 모진 삶에서 조금 일찍 빠져나오도록 도움을 줄 수 있었을지도 모른다.

"하지만 저는 지금도 무척 좋아요."

지난 시간은 그대로 모두 의미가 있었을 것이다. 눌리타스는 힘들었던 과거를 절대 잊지 않을 작정이었다. 루셔스는 눌리타스의 편안한 얼굴을 보며, 따스한 미소로 답을 하였다.

　"그대가 좋다면 나는 더 바랄 나위가 없어."

　그들을 태운 마차는 이내 궁에 도착하였고, 눌리타스와 루셔스가 마차에서 내리자 기다리던 시종들이 왕에게로 안내하였다.

　왕에게 가까워져 갈수록 루셔스의 눈은 냉기를 풍기며, 눌리타스를 잡은 손에 힘을 꼭 주었다. 그런 그를 흘끗 보며 눌리타스는 말없이 웃기만 하였다.

　"오는 게 힘들지 않았는지 모르겠군?"

　루드비히는 춥지도 않은 날임에도 목에 털로 장식된 망토를 걸친 채 눌리타스를 향해 반갑다는 눈빛을 마구 퍼부으며 다가서고 있었다.

　"전하를 뵙습니다."

　"허, 그런 인사는 마치 우리 사이가 너무 먼 것 같은 기분을 들게 하는데?"

　루셔스는 왕이 그를 의도적으로 빼놓고 대화를 이어나가고 있다는 것을 알고 혀를 찼다. 게다가 서운하다는 투로 눌리타스에게 투정을 부리는 왕의 뒤로 커다랗고 북슬북슬한 꼬리가 움직이는 것 같은 착각이 들 정도였다.

루셔스는 헛기침을 하며 왕과 눌리타스 사이에 끼어들었다.

"전하, 먼 사이가 맞습니다만."

"아, 공작도 있었군. 자자, 누이가 오면 보여주려고 진기한 것들을 한 아름 모아뒀으니 어서 가서 구경을 하지."

루드비히는 공작에게는 눈길조차 주지 않고, 눌리타스만을 향하여 말을 이었다.

"전하, 여기 계셨습니까?"

무장한 기사 한 무리가 근처를 지나다 격식을 차려 인사를 올렸다. 그리고 그들의 우두머리인 듯한 이가 루셔스를 보더니, 놀란 눈을 하였다.

"모르시아니 공작님 아니십니까? 제가 공작님을 마지막으로 뵌 것이 이 년 전 변방의 전투에서였는데, 기억하십니까?"

루셔스는 사실 눈앞의 기사를 제대로 기억해내지 못하였지만, 그때의 치열했던 전투는 잊지 못했다.

"저런, 함께 적을 물리쳤던 장수들이 우연히 만나다니 할 이야기들이 많겠군. 그럼 모르시아니 공작부인은 나와 있을 테니, 일이 끝나면 오든지."

루드비히는 갑자기 등장한 기사 무리에 루셔스를 슬쩍 밀어 넣고, 눌리타스에게 함께 갈 것을 청하였다. 그러자 루셔스는 눌리타스의 손등에 가볍게 입을 맞춘 후 곧 따라가겠다고 속삭였다.

두 사람 사이에 오가는 은근한 눈빛이 무척이나 다정하였다.

그렇게 루드비히와 눌리타스는 루셔스를 남겨두고 걷기 시작하였고, 조금 걷다 루드비히는 홀로 의미심장한 미소를 짓기 시작했다.

'저 기사를 당연히 본 적이 없지. 그는 내내 이곳만 지켰거든.'

루드비히는 신이 나서 눌리타스에게 그가 직접 지시를 내렸던 야외 정원을 구경시켜주었다.

"이것이 말이야. 내가 직접 바탕 그림을 그려서 이런 식으로 조경이 완성된 거야."

루드비히는 타국에서 오는 귀빈에게도 공개하지 않은 이곳을 눌리타스에게 선보여 주었지만, 그녀의 표정이 그리 밝아지지 않음에 의기소침해졌다.

"흠, 누이는 어떤 꽃을 좋아하지?"

"저는……."

눌리타스는 잠시 망설였다.

그녀에게는 일전에 선물로 받았던 들꽃이나 공작에게서 받은 장미가 전부였다. 하지만 역시 눌리타스는 향긋하고 달콤한 꽃보다는 그냥 풋내 나는 풀들이나, 그늘을 내어주기도 하고, 비를 피하게 해주는 나무들이 좋았다.

"저는 그냥 아무 데서나 자라는 풀이 좋습니다."

"응?"

루드비히는 생각지도 못한 답변에 놀라서 말문이 막혔다. 세상에 어느 여인이 길에서 마구 피어나는 이름도 없는 것들을 예쁘다고 한단 건가.

눌리타스는 그녀의 솔직한 답변에 왕이 무척이나 당황하는 것처럼 보여 얼른 다음 말을 덧붙였다.

"그렇지만 전하의 정원도 무척이나 아름답다고 생각해요."

그녀의 칭찬에 고개를 숙였던 루드비히가 살아나서, 호탕하게 웃었다.

"역시 그렇지? 저기 삼 층으로 가서 보면 이 전체적인 조화를 한눈에 볼 수가 있지. 자."

루드비히는 오늘 이 정원 자랑에 하루를 쓸 작정인지, 열심히 움직이기 시작하였고 눌리타스는 그 뒤를 말없이 따랐다.

숨도 쉬지 않고 올라온 삼 층 전면으로 뚫린 커다란 창을 열자, 분위기 좋은 난간에 탁자가 있었고, 그 위에 먹음직스러운 다과가 준비되어 있었다.

"이제 좀 앉을까?"

천천히 앉아서 내려다본 정원은 아래와는 다른 느낌이었다.

눌리타스는 잘 정돈된 초목들에는 별 관심이 없었지만, 어떤 일들은 어떻게 보느냐에 따라서 다르게 읽힐 수도 있음을 배웠다. 일상은 부족한 그녀에게 언제나 가르침을 주곤 하였다.

"이것 좀 먹어 봐. 아주 귀한 거야."

루드비히는 상념에 빠져 있던 눌리타스 앞으로 붉은 기가 도는 작은 알갱이가 소복한 그릇을 내밀었다.

"감사해요."

루드비히는 이 시간이 무척 귀해서 단 1초도 허투루 쓰고 싶지 않은데, 뭘 어떻게 해야 할지를 몰랐다. 정원을 자랑하고, 시중에서는 먹어볼 수 없는 음식을 대접하고…… 또 무엇을 해야 할지 허둥지둥거리다 입을 열었다.

"그래. 누이는 행복한가?"

"네. 지금 무척 행복해요. 전부 전하 덕이에요."

눌리타스는 왕이 내어준 호의로 생을 이을 수 있었다. 감사한 마음은 진심이었으며, 어딘가 이상해 보이는 그에게서 가끔 예전의 그녀가 보이는 것 같아 마음이 쓰였다.

사랑을 받아 본 일도, 사랑을 주는 일도 서툰 이.

"그리고 전하의 마음에도 이런 행복이 깃드시길 바랍니다."

"……."

루드비히는 생전 처음 들어보는 말에 잠시 정원을 내려다보았다. 그의 주변의 사람들은 하나같이 뻔한 위로와 칭찬만을 해대었다.

'진심이란 것은 이리도 좋은 건가.'

값비싼 모피를 걸쳐도, 황금이 가득한 궤짝을 보아도 채워지지 않던 마음이 아주 조금 따스해지는 것 같았다.

"고맙군."

눈물이 살짝 맺힌 자수정의 눈이 물결치고 있었고, 눌리타스는 처음으로 왕을 마주 보며 아주 작은 미소로 답해 주었다.

"정말 별일 없었소?"

모르시아니 영지로 돌아가는 마차에서 루셔스는 걱정스러운 눈빛을 보내며 눌리타스의 뺨을 쓸었다.

"정원 구경을 하고, 차를 마셨어요. 전하께서 제게 잘해주셨어요."

아까 루셔스가 그 기사에게 붙잡혀서 한참을 시달리다 돌아갔을 때 왕과 눌리타스의 분위기는 퍽 화기애애했다. 그러나 루셔스는 그건 그대로 굉장히 언짢았다.

그것은 한 여인을 마음에 품게 된 후 처음 가져보는 독점욕. 그녀가 저 하나만을 보아주었으면 좋겠다는 편협함.

그렇게 이글거리는 눈빛으로 왕을 보며 루셔스는 바로 돌아가겠다고 인사를 올렸고, 루드비히는 아쉬워서 어쩔 줄 몰라 하였다.

"누이를 좀 더 자주 보면 좋겠……."

그러나 루셔스는 왕의 인사를 중간에서 싹둑 자른 후, 눌리타스와 마차에 올랐다. 그녀와 오롯이 함께 하는 귀갓길이 퍽 즐거웠다. 마차의 작은 창에 두 사람의 반짝이는 시선이 함께 담겼다. 무척이나 평화로운 밤을 그들은 함께 달려가고 있었다.

그리고 돌아온 모르시아니 영지에는 뜻밖의 손님이 찾아와 있었다.

"오래 기다렸단다. 메이린. 아니지, 우리 공작부인."

로마그놀로 백작이 남색 슈트를 멋들어지게 차려입고, 한눈을 찡긋하며 눌리타스를 반겼다. 눌리타스는 백작의 얼굴과 목소리를 듣는 순간 온몸이 굳어버린 것 같았다.

혹시 저자가 다 알고 온 걸까. 어머니는 무사하실까.

여기는 도대체 왜 온 걸까.

십수 가지의 물음이 그녀의 전신을 휘감았고, 그런 눌리타스의 변화를 살피던 루셔스가 먼저 입을 열었다.

"백작님도 여전히 정정하시군요."

"저는 몸이 좋지 않아 올라가 봐야 할 것 같습니다."

눌리타스가 흐트러지는 호흡을 억누르며 백작에게 예를 갖췄다.

"그럼, 쉬어야지. 오늘은 공작님과 사내끼리 술이나 한잔하러 온 거란다."

로마그놀로 백작은 눌리타스를 아주 애달프게 바라보며 말을 이었다.

"지난번에 네가 다친 후 내가 얼마나 걱정을 했나 모른다. 아가. 얼른 올라가서 쉬렴."

눌리타스는 근처에 있던 소피아의 부축을 받아 쓰러지는 것을 모면할 수 있었다.

"네. 먼저 실례하겠습니다."

눌리타스는 태연한 척 인사를 한 후 서둘러 어머니가 계신 방을 찾아 바쁘게 움직였다.

눌리타스가 사라지자, 공작은 백작을 응접실로 안내하였고 술을 내어 올 것을 명하였다. 로마그놀로 백작은 이제껏 공작의 재력에 대해서는 관심을 둔 적이 없었으나, 지금은 응접실을 살피느라 몹시 바빴다.

'어린 것이 아주 으리으리하게 사는구면.'

백작가의 응접실보다 두 배 이상은 넓어 보였고, 오래되고 값비싸 보이는 그림들이 벽을 가득 메우고 있었다. 반짝이는 조각품들에 눈이 닿자 입안이 몹시 썼다.

'저 짜증 나게 구는 거만한 놈도, 사생아 따위도 보고 싶지 않았어.'

그러나 로마그놀로 백작은 이곳에 올 수밖에 없었다. 하인이 유리병에 담긴 술을 내어 오는 것을 지켜보며, 백작은 바로 어제를 떠올렸다.

여느 때처럼 카드나 좀 만져보려고 찾은 도박장에서 그는 너무나 황당한 이야기를 들었다.

"백작님, 죄송스럽지만 돈을 갚지 않으시면, 더 이상은 융통이 어려울 것 같습니다."

"무어라?"

"송구합니다."

"내가 누군 줄 알고 하는 이야기야?"

도박장의 자금을 관리하는 이가 진땀을 흘리며 작은 목소리를 내었다.

"백작님이 빌려 가신 이천 골드를 갚아만 주신다면, 문제 될 것은 없습니다요."

백작은 하찮은 상인 나부랭이가 감히 그에게 갚으라는 둥, 그러면 이용을 허가해주겠다는 둥의 말을 하자, 기가 차서 단번에 돌아섰다.

"기한을 어기시면 재판을 받으실 수도……."

마지막 말은 너무나 작아서 백작은 신경도 쓰지 않았다.

"그냥 재미로 카드나 좀 만지려고 했더니, 에잇."

로마그놀로 백작은 그 길로 다른 도박장 두 곳을 더 들렀고, 그들 모두가 같은 이야기를 하자 그제야 문제의 심각성을 깨달았다.

"내가 로마그놀로 백작인데, 대관절 이게 무슨 일이지."

그는 부인이 하시시에 중독되었다는 것을 알았을 때보다 더 큰 충격을 받은 채로 급히 영지로 돌아갔다.

"세바스찬! 세바스찬!"

로마그놀로가에 도착했을 때는 이미 자정에 가까운 시간이었지만, 백작은 자고 있던 집사를 찾느라 수선을 피웠다.

세바스찬은 자다 일어났지만, 단정한 차림으로 주인의 부름에 응하였다.

"내가 말이야. 오늘 아주 이상한 이야기를 들었는데 말이지."

백작은 마치 숨이 넘어갈 것처럼 다급한 목소리를 내고 있었다.

"네."

집사는 주인의 울긋불긋한 얼굴을 보며 드디어 올 것이 왔음을 직감하였다.

"그 천박한 것들이 내게 감히 내게 말이야. 은화 한 닢도 빌려줄 수가 없다고 했어."

백작은 다시 그 울분이 떠오르는지 술을 병째로 쥐고 입가로 가져갔다.

"세바스찬, 내가 세 곳에서 빌린 돈이 오천 골드라고 하니 어서 가져와."

로마그놀로 백작은 그 돈을 마차에 싣고 가서 그 돈만 아는 것들의 얼굴에 마구 퍼부어줄 작정이었다.

"버러지만도 못한 것들이. 감히 귀족을 겁박해?"

하얀 머리가 소복한 집사는 마른 침을 한 번 삼키며, 이제야 알리게 된 로마그놀로가의 재정에 대해서 설명을 시작하였다.

"우선 지금 로마그놀로가는 그만한 돈을 갚을 능력이 없습니다."

백작은 술병을 다시 입으로 가져가다 놀라 집사를 뚫어지게 보았다.

"세바스찬, 간밤에 술이 과했나?"

가문의 영지는 비옥하여 꽤 많은 곡식을 생산하였으나 소비를 따라잡기는 역부족이었다. 가문의 금고에는 대대로 내려오는 귀한 것들을 제외한, 값나가는 것들은 이미 팔려간 지 오래였다.

"말씀하신 그 오천 골드 외에, 이미 가문 앞으로 오천 골드의 빚이 더 있습니다."

"무어라?"

낮부터 꽤나 얼큰하게 술을 걸쳤지만, 한순간에 취기가 가시는 것 같았다. 끝없이 펼쳐진 영지에 가문 대대로 축적된 그 수많은 재산이 그에겐 있지 않은가.

"세바스찬, 이게 다 무슨 소린가."

로마그놀로 백작이 비틀거리며, 다시 술병을 잡았다.

"백작님, 송구합니다."

"아니, 일이 이 지경이 될 때까지 도대체 왜 알리지 않은 거야?"

백작의 분노의 화살이 갑자기 힘없고 나이든 집사에게로 향하였다.

"제가 매주 서신을 보냈었고, 오실 때마다 말씀을 드리려 했는데……."

술기운에 그가 영지에 들렀다가 마차에 오를 때마다 집사가 그의 뒤에서 무어라 입을 웅얼대며 쫓아오던 것이 갑자기 떠올랐다.

"하……."

"송구합니다……."

"그래도 살 구멍이 하나는 남았겠지. 시골에 작은 영지들도 있고 말이야. 보석들도 남아 있지 않나. 안 그래?"

세바스찬은 시골 영지는 제일 먼저 정리를 했다고, 그 서신에 답을 하셨지 않았냐고 물어보고 싶은 것을 겨우 참았다.

"보석류는 그리 많지 않아서, 그게……."

세바스찬은 이곳을 몽땅 팔아도 빚의 절반도 갚기 힘들 것이라는 말을 차마 내뱉을 수가 없었다.

메이린은 한밤중에 지독한 갈증으로 눈을 떴는데, 방에 물이 없어 억지로 몸을 일으켰다. 가운을 단단히 묶고 아래층으로 조심해서 내려가려는데, 아무도 없는 줄 알았던 아래층에서 두런두런 말소리가 들렸다.

"어제까지 돈을 준다고 했었다고?"

"그렇지. 확실히 수상하네."

"하녀가 그날 나간 것부터 찜찜했지."

"어떡할 건가?"

메이린은 사내들의 얼굴을 볼 수는 없었지만, 그중 하나의 목소리가 익숙하였다.

"세상에 공짜 밥은 없는 법이지."

"아무렴."

"아마 내다 팔면 손해는 안 볼 거야. 좀 고운가."

"그 전에 상품을 한번 살펴봐야 하겠군."

사내 둘이 음흉한 목소리를 내며 낄낄거리는 것을 듣자 메이린은 두 손으로 입을 가렸다. 발소리가 날까 기다시피 해서 그녀의 방으로 돌아간 후 조심해서 문을 닫았다.

공짜 밥, 상품, 사내들의 웃음.

메이린은 본능적으로 저자들이 이야기하는 대상이 그녀라는 것을 알 수 있었다. 손을 입으로 가져가 손톱을 깨물며 오들오들 떨기 시작하였다.

지금 처한 위기에 비하면 잉그리드가 달아난 것, 엉뚱한 곳으로 온 것은 아무것도 아니었다.

뜬눈으로 밤을 새운 메이린은 날이 밝자마자 서둘러 움직였다. 우선 식사를 가져온 중년의 여인에게 그녀의 부채를 하나 선물하였다.

"아씨, 이리 귀한 것을 제게 주십니까?"

"나는 그런 게 많은걸. 혹 이곳에서 일하는 여인 중에 드레스를 살 만한 이가 있을까. 그리고 염색할 수 있는 염료도 좀 구할 수 있을까."

살집이 있는 중년의 여인은 새털처럼 가볍고 어여쁜 부채에 빠져서, 메이린의 청을 다 들어주겠다고 고개를 끄덕였다. 이윽고 주점에서 일하는 여인 둘이 메이린의 방을 찾았고, 그녀는 몇십 골드를 주고 샀을지 모르는 고운 드레스와 모자, 양산을 그녀들에게 헐값에 넘겼다.

"어머, 이리 싸게 팔아도 되는 거유?"

"난 이제 싫증이 나서 입지 않는 것들이다. 이제 가 봐."

메이린은 마치 가난한 이들에게 적선하듯 고고한 척 침대에 걸터앉아 있었다. 그들이 드레스를 한 아름 끌어안고 방을 나서자, 침착했던 영애는 사라졌다.

얼른 떨리는 손으로 아까 받은 염료를 물에 개었다.

"이것도 어머니가 아시면 기함하실 거야. 검은색이라니."

평생 타는 듯한 붉은 머리를 자랑으로 알고 살았지만, 지금 그녀에게는 성가시기만 한 것이었다. 그리고 친절한 잉그리드가 남기고 간 하녀복을 꺼내서 갈아입었다.

"제법 그럴듯하네."

메이린은 두 팔을 허리에 가져다 대면서 만족스럽게 웃었다.

옷장 속에 덩그러니 남아 있는 큰 가방은 가져갈 수 없었다. 아직 드레스나 구두가 많이 남아 있었지만, 지금은 하나도 아쉽지 않았다.

커다란 천을 펼쳐 작은 소지품을 겨우 챙겨 질끈 묶었다. 그리고
는 재빨리 계단을 내려가서 밖으로 향하는 문을 향했다.

두어 걸음만 가면 이곳을 나가는데, 그 문으로 간밤에 그녀를 팔
아버리겠다고 했던 그 사내가 들어왔다. 메이린은 품에 안은 보따
리를 쥔 손에 힘을 주며 긴장하였으나, 사내는 초라해 보이는 행색
의 그녀에게 관심도 두지 않고 지나쳤다.

메이린은 곧장 부두로 향했고, 왕국으로 가는 배에 타는 것에 성
공하였다.

그녀는 자신이 이런 일들을 해내었다는 게 믿기지 않았고, 또 이
런 처지가 된 것에 어이가 없었다. 그렇게 메이린은 한참을 선상에
서 멀어지는 어촌 마을을 응시하며 서 있었다.

이른 잠이 들었던 레오니는 이상한 기분에 잠에서 깨어났다. 그
녀는 방에 누군가 들어 왔다는 것을 알아차렸고, 곧 옅은 미소를
띠었다.

"너구나."

"저 때문에 일어나신 거예요?"

레오니가 몸을 일으키려 하자 눌리타스가 얼른 팔을 뻗어 도와
주었다. 여전히 혈색이 좋지는 못했지만, 어머니의 표정만큼은 무

척이나 편안해 보였다.

"저녁은 먹었니?"

모르시아니 공작가에 온 이후 눌리타스는 단 한 번도 끼니 걱정을 하지 못했고, 저런 인사를 들어본 일도 없었다. 그녀는 어머니의 팔을 토닥이며 아주 많이 먹었다고 대답을 하였다.

"어머니도 맛있게 드셨어요?"

"그럼. 이곳의 빵들은 얼마나 부드러운지. 또 죽 안에는 무슨 건더기가 그렇게 많다니."

백작성에 홀로 남겨두고 온 어머니 걱정에 끼니때마다 늘 마음이 편하지 않았던 눌리타스였다. 이제 피부에 쓸리지 않는 옷감으로 옷을 지어 드릴 수도 있고, 따뜻한 식사를 함께 할 수도 있었다.

눌리타스는 백작의 등장에 날뛰던 심장이 그제야 진정되어가고 있다는 것을 느꼈다.

"얘야."

"네."

"무슨 걱정이라도 있는 거야?"

눌리타스는 내색하지 않으려 했지만, 어머니가 무슨 낌새를 느낀 건가 싶어서 가벼운 웃음소리를 내었다.

"아무 일도 없어요. 그냥 주무시는 얼굴을 한 번 보고 가려 했을 뿐인걸요."

레오니는 비록 쇠약해졌지만, 남은 힘을 손아귀에 실어 눌리타스의 손을 잡았다.

"이 어미는 언제나 너를 지켜낼 거야."

저 작은 체구를 한 어머니는 지옥 같은 순간을 이겨내며 그녀를 이만큼 키워내셨다. 아니, 살아남게 해주셨다.

이제는 그런 어머니를 눌리타스가 보호할 차례였다. 악귀 같은 것들이 어머니의 푸른 하늘을 앗아갔을지언정, 지금 어머니의 가슴에 깃든 봄을 빼앗아 갈 수는 없을 것이다.

모르시아니가의 응접실에 위치한 벽난로에서 굵은 참나무가 붉은 열을 내뿜으며 따스한 기운을 전하고 있었다.

로마그놀로 백작은 마치 그의 공간에 머물기라도 하는 것처럼 여유롭게 앉아 하인이 내어 온 포도주를 한 모금 입에 넣고 음미하였다.

"향이 좋군요."

"입에 맞으신다니 다행이군요."

루셔스는 오늘 그의 일진이 그리 좋지 못하다는 것을 인정했다.

'처음에는 루드비히, 그다음에는 이 늙은 두꺼비를 상대해야 하는가.'

"오늘 무슨 일로 오셨는지 여쭈어도 될까요?"

"둘러 말하는 것은 사내답지 못하니 바로 말씀드리죠. 제가 만 골드가 필요합니다."

루셔스는 로마그놀로가의 재정 상태가 최악이라는 것을 진즉부터 파악하고 있었다. 그렇지만 이렇게 노골적으로 돈을 융통해달라는 요구를 할 거라고는 예상을 못 했었다.

'생각했던 것보다 더 뻔뻔한 노인네로군.'

루셔스는 백작을 향해 희미한 조소를 띠면서 그의 말이 잘 이해가 되지 않는다는 듯 물었다.

"왕국에서 최고 명문인 로마그놀로가의 수장이 그만한 여력이 없으시려고요."

백작은 자존심이 구겨지는 것을 참으며 힘겹게 꺼낸 돈 이야기에 저런 식으로 대꾸를 하는 젊은 공작의 뺨을 갈기고 싶었다.

그걸 자체적으로 해결할 수 있었더라면 이 밤에 저런 헛소리를 늘어놓고 있었을까. 그러나 그의 주변에 저만한 능력을 가진 이가 모르시아니 공작뿐이었고, 저자의 심기를 건드려서는 안 된다는 것을 잘 알고 있었다.

"제가 급히 써야 할 곳이 있어서요."

백작은 잘 나오지 않는 입을 뗀, 후 잔에 남은 액체를 들이켰다. 몸이 달아오르는 것을 내색하지 않으려 용을 쓰는 영감을 보며 루셔스는 속으로 조롱을 하다 낮은 목소리로 알았노라고 말을 하였다.

모르시아니 공작이 더 이상 따지지 않고 순순히 답을 내어놓자 그제야 백작은 술맛이 달다고 느껴지는 것 같았다.

'있는지도 몰랐던 사생아 계집 하나가 이렇게 요긴하게 쓰일 수가.'

"우리, 가족끼리 한 잔 더 할까요?"

백작은 기분이 좋아서 건배하지 않고는 배기지 못할 것 같았다. 상대가 그가 경멸해 마지않는 공작이라는 것도 오늘만큼은 참아 줄 만하였다.

"두 가문의 영원한 번영을 위하여!"

술잔을 부딪친 후 루셔스가 잔을 내려두면서 상대를 향해 싸늘한 조소를 보냈으나, 제법 술기운이 오르기 시작한 백작은 그것을 미처 알아차리지 못하였다.

'내가 로마그놀로 백작이다!'

난로 근처에 앉아 볼이 더욱 불그스름해진 백작은 앞으로 모든 일이 술술 풀릴 것 같은 예감에 기분이 마냥 들뜨는 밤을 보내고 있었다.

아비오는 한참 뒤 눈을 떴고, 그가 담벼락 아래에 누워 있음을 깨달았다. 어디가 아픈지 구분이 되지 않을 만큼 온몸에서 통증이 느껴졌다. 두 손으로 바닥을 짚으며 천천히 벽에 등을 기대앉아 보았다.

그나마 양지바른 곳이라 따스한 기운이 느껴졌다. 아비오는 손을 뻗어 하얀 옷감 위에 새겨진 얼룩덜룩한 흔적들을 조심스레 더듬어 보았다.

'여기가 어디지. 도대체 어떻게 된 일이지.'

머리를 얻어맞아서 기억을 되짚는 일도 무척 고통스러웠다.

"으······."

여전히 목소리는 나오지 않아서 침과 함께 신음만이 비집고 흘렀다.

'돌아가기만 하면······.'

어떻게든 기운을 차려서 로마그놀로가로 돌아가려고 마음을 먹었을 때였다. 갑자기 그가 기대고 있던 담 뒤 주택에서 이 층의 창문이 열리더니, 무언가 미지근하고 걸쭉한 것이 그의 몸으로 쏟아졌다.

"···!"

코를 찌르는 구린내와 시큼한 것은 인분뇨였다. 그는 그것을 깨닫는 순간 헛구역질을 연신 해대었다. 아까 상인에게 맞았던 상처에 그 더러운 것들이 닿자, 눈물이 마구 터졌다.

'내 이것들을 절대로 가만두지 않을 거야. 절대로.'

아비오의 희멀건 얼굴이 붉게 달아오르고 있었다.

백작가의 후계자인 그가 천한 상인에게 얻어맞고, 똥 벼락을 맞는 게 어디 가당키나 한가. 아비오는 이런 순간에도 그가 백작가의 후계자라는 것을 절대 잊지 않았다.

'일단 씻어내고 움직여야 해.'

물가를 찾으러 비틀거리며 발길을 옮기는데, 골목의 풍경이 무척이나 생소하였다. 바닥은 온갖 오물이 뒹굴었고, 역한 냄새가 진동하였다.

'미개한 것들.'

조금 걷다 어디에서 처절한 비명소리가 들리는가 하더니, 그의 발끝에 붉은 피가 닿아 스며들고 있었다.

아비오가 눈으로 그 핏줄기를 따라가자 길 한복판에서 웬 사내가 돼지를 도축하고 있었다. 더 이상 게워 낼 것도 없는 그의 속이 다시 뒤틀리는 것 같았다.

아비오는 짐승의 죽음 앞에서 또다시 눌리타스를 떠올렸다.

그의 발길질에 피를 토하며 바닥을 붉게 물들이던 아이의 작은 몸. 그리고 아까 상인에게 얻어맞던 그의 모습까지.

아비오의 머릿속에 그 장면들이 모두 뒤섞여서 극심한 두통을 불러일으켰다. 그 애가 아파서 신음 소리조차 참아 내며 땅을 뒹굴 때, 그는 크게 웃었던가. 아니, 침을 뱉으며 그곳을 떠났던가.

밤에 강제로 끌고 왔던 하녀들의 울음들이 한꺼번에 귓속에 들이닥쳐서 두 손으로 귀를 틀어막아야만 하였다.

'아, 그만! 그만!'

아비오는 이런 저급한 세상을 알고 싶지 않았다. 힘을 내어 고개를 마구 털며 그 끔찍한 곳에서 벗어나기로 하였다.

옷감들을 이고 지고 오는 여인들을 발견하여 멀지 않은 곳에 물가를 찾아낸 그는 온통 더럽혀진 몸을 내던졌다. 맑은 물 위로 그가 내뿜는 더러운 것들이 둥실둥실 떠오르고 있었다. 아비오는 두 손으로 얼굴과 머리, 목을 깨끗하게 닦아 내려 애썼다.

그런 다음 그는 물가 근처 넓적한 돌 위에 사지를 펼치고 누웠다. 돌은 햇살에 달구어져서 마치 난롯가 앞에서 몸을 녹이는 것만큼 따사로웠다.

'이제는 다 잘 될 거야.'

이곳에서 억울한 일들을 겪기는 했지만, 스피노네 후작에게서 달아나는 데 성공하였잖은가.

'돌아가기만 하면 모든 일은 해결되겠지.'

그렇게 생각하자 지금 이런 처지도 그리 서글프지 않다 여겨졌다.

이내 그가 누웠던 돌에서의 온기가 사라지는 것 같더니, 해가 꼭 그의 손에 닿을 것처럼 가까워지는 것 같았다. 아비오는 수척해진 얼굴로 저물어가는 해를 찬찬히 지켜보았다.

로마그놀로 백작의 갑작스러운 방문 다음 날 오전, 루셔스는 눌리타스를 포근히 안아 주었다.

"이곳에 그대의 어머니가 계신 것은 아무도 모르니 안심해도 좋아."

눌리타스는 혹 백작이 어머니를 찾아온 것이면 어쩌나하고 밤새 잠을 제대로 이루지 못하였다. 그러나 그녀는 공작의 말을 듣고도 쉬이 안심할 수 없었다. 로마그놀로 백작의 존재 자체가 그녀에겐 근심이요, 재앙이었다.

백작이 간밤에 돌아가지 않았다는 것을 전해 들은 그녀는 아침 식사를 마치고 조용히 그를 찾아갔다. 고상하게 차를 들이켜던 백작은 눌리타스의 뒤를 슬쩍 살피더니 그녀가 혼자 왔음을 확인하고는 말을 편하게 건넸다.

"공작이 돈을 가져다주라 하더냐?"

눌리타스는 그녀를 보자마자 돈타령을 하는 백작을 한심하다는 듯 바라보았다.

"차가 넘어가던가요?"

눌리타스는 소피아를 통해서 로마그놀로가의 소식을 전해 듣고 있었다.

"어디서 감히 건방을 떠느냐?"

로마그놀로 백작의 성난 안광이 불을 뿜으며 큰 목소리를 내었다.

"결례를 범했습니다. 하지만 저는 본디 천한 자라 예의 따위는 모르는 게 당연하지 않습니까."

"목소리를 낮춰라. 멍청한 것. 네 어미의 목숨 줄을 누가 쥐고 있는데?"

로마그놀로 백작은 혹여나 일을 그르쳐서 공작가에서 돈을 받아 가는데 차질이 생길까 겁이 나 눌리타스를 협박했다.

"그나저나 시켰던 일은 잘하고 있느냐?"

백작은 야비한 웃음을 띠며, 아주 낮은 목소리를 내었다. 큰돈을 달라는 데도 멍청하게 의심조차 않는 것 같던 모르시아니 공작에게 아주 약간의 연민이 느껴질 정도였다.

"그렇게 아니라, 이리 와서 앉아라."

"아니요. 제가 감히 백작님과 마주 앉을 수가 있나요."

로마그놀로 백작은 오늘따라 무척 이상하게 행동하는 사생아 계집을 찬찬히 훑어보았다.

아무리 봐도 그를 무척이나 많이 닮은 아이였다. 타고난 기품이 저딴 것에게서 느껴진다는 것이 볼 때마다 속이 쓰렸다.

"저는 이제 당신의 명에 따르지 않을 겁니다."

사실 어머니를 구해온 그날 이후부터 저자의 말을 듣지 않고 있었지만, 이렇게 직접 꼭 말을 하고 싶었다.

비록 그에게서 받은 절반의 피를 쏟아낼 수 없을지라도 그녀는 백작과 다른 길을 걸어갈 작정이었다.

"네가 단단히 미쳤구나."

백작은 아침부터 찾아와서 헛소리를 늘어놓는 계집을 성가신 파리 정도로 생각하였다.

"귀족 놀이를 오래 하다 보니 네가 뭐 진짜 귀족이라도 된 것 같은가 본데, 그것도 나쁘지 않지. 그 정도로 몰입을 해야 모두가 속지."

백작은 낄낄거리며 식어버린 차를 한 입 머금었다.

"당신은 끝까지 기대를 저버리지 않는군."

눌리타스는 작은 목소리로 그에게 작별을 고하며 몸을 돌렸다.

작은 옷장 틈 사이로 엿보았던 저이는 어머니에게는 눈물 그 자체였으리라.

그리고 동시에 눌리타스에게는 백작은…….

'그래, 당신은 내게 아무것도 아닌 존재야.'

마치 그가 그녀에게 주었던 이름처럼.

눌리타스는 허리를 세우고, 아주 천천히 그 방을 나섰다.

기분이 무척이나 후련하였다. 아니 조금 아린 것도 같았다. 하지만 문을 닫고 나오자, 알 수 없는 감정들이 한꺼번에 그녀를 덮쳐서 몸을 휘청거리게 하였다.

"소피아."

흐릿해진 눈을 깜빡이다 기다리고 있기로 한 하녀를 찾았지만, 복도의 한편에는 소피아가 아닌 다른 사람이 그녀를 응시하고 있었다.

"공작님. 아, 그게 백작님께 인사를 좀 드렸어요."

루셔스는 당황해하는 눌리타스의 젖어 든 눈시울을 보며 부러 모른 척을 해주었다. 지금 그녀의 얼굴은 그런 아주 작은 위로에도 무너져버릴 것처럼 위태로워 보였다.

"자, 어서 갑시다!"

루셔스는 눌리타스의 팔을 꼭 잡고 힘차게 밖으로 나가서 오닉스의 견사에 이르렀다.

"어머, 세상에."

눌리타스는 그간 너무나 바쁘게 지내는 바람에 오닉스와 새끼들을 잊고 지냈었다. 루셔스와 눌리타스가 근처에 나타나자 오닉스와 새끼들이 모두 꼬리를 흔들면서 반겨주었다.

"내가 너무 무심했지. 미안해. 오닉스."

눌리타스는 울적했던 기분이 언제였냐는 듯 행복해졌다.

"공작님, 이제 새끼들이 어미만큼 컸어요."

눌리타스는 윤기가 흐르는 검은 털을 가진 개들이 그녀를 잊지 않아주었다는 것에 기뻤다. 몸을 낮게 웅크린 채 손을 뻗자, 오닉스가 다가와 그녀의 손을 핥아 주었다.

"장하다. 장해. 오닉스. 진짜 멋지게 아이들을 키웠구나."

루셔스는 우울해 보이던 그녀를 위해 제대로 된 선택을 한 것 같아서 흐뭇한 표정을 짓고 있었다.

　그녀는 알까. 오닉스가 맹견이라 성 내 다른 이들은 저리 만질 엄두도 못 낸다는 것을. 루셔스 그 스스로도 그의 감정을 깨닫지 못하고 있을 때부터 오닉스는 눌리타스의 손길을 거부하지 않았다.

　'오닉스. 너는 처음부터 모두 알고 있었던 게냐.'

　눌리타스가 그런 오닉스의 귀 뒤를 긁어주자 지그시 눈을 감으며 몸을 엎드리는 모습에 그조차 졸리는 기분이었다.

　"그날 그대의 모습은 하늘에서 내려온 천사 같았어."

　"……네?"

　눌리타스는 손으로 오닉스와 옆의 새끼들을 만져주다 비 내리던 그날을 떠올렸다. 축축하게 젖어버린 옷, 진흙이 엉겨버린 치맛단, 비를 맞아 엉망이 된 머리.

　'분명 형편없는 꼴을 하고 있었을 텐데, 천사라니…….'

　그녀는 그날을 떠올릴 때면, 식어버린 그녀의 어깨를 덮어준 공작의 망토에서 느껴지던 그의 체취, 따스함이 전부였다.

　눌리타스는 스르륵 일어서서 루셔스의 손을 꼭 잡았다.

　"고마워요."

　루셔스는 그녀가 먼저 잡은 그의 손을 물끄러미 내려다보다 입술을 눌리타스의 이마로 가져갔다.

올리브 백작은 초조한 얼굴로 서신을 하나 쥔 채 같은 자리를 빙글빙글 돌고 있었다.

카펫에 이어 후추를 가지러 갔던 이들도 행방이 묘연해졌다는 소식이었다. 그가 귀족들에게 미리 돈을 받아 물건들을 보내주기로 한 날짜가 이미 한참 지나 있었다.

"이럴 수는 없어…… 이것들이 모두 우연일 리는 없어."

이 사태를 빨리 극복해내지 못하면 그의 사업은 큰 위기에 처하게 된다. 그러나 일의 전말을 살피러 보낸 이들도 소득 없이 돌아올뿐이라, 올리브 백작은 아무것도 알아낼 수도 없었고 할 수 있는 일도 없었다.

얼마 전까지만 해도 출렁이던 뱃살이 스트레스로 쑥 들어갔고, 기름진 얼굴에 거뭇거뭇한 수심이 가득하였다. 설상가상으로 아이올라까지 사라졌다는 소식까지 전해 들은 그였다.

"지금 이 사태가 다 누구 책임인데!"

올리브 백작은 손에 쥔 서신을 집어던지며 강한 분노를 표출하였다.

모든 게 엉망이었다. 더 이상 그를 참아줄 수 없다면서, 그의 아내는 아이들을 데리고 처가로 떠나버렸다. 솜씨 좋은 용병들은 모두 죽어버렸고, 사업은 망하기 직전이었다.

올리브 백작은 계산이 빠른 자라 그의 결말이 어떤 그림일지 벌써 눈에 선했다. 게다가 가장 원통한 것은 이 모든 일의 배후를 알 것 같으면서도 아무런 대처를 할 수 없다는 데 있었다.

"어쩌겠어. 모든 화는 이 손이 자초한 것을⋯⋯."

올리브 백작은 너무 허탈하여 빈 눈을 들어 하늘을 바라볼 뿐이었다.

메이린은 처음 출발했을 때처럼 좋은 선실을 얻을 돈은 없어서, 심한 악취가 진동하는 다인실에 머무르고 있었다. 그녀는 망토를 깊게 눌러쓰고 눈을 두리번거리며 주변을 살폈다.

건너편에는 노름을 하는 사내 몇이 있었고, 지쳐서 벽에 몸을 기댄 채 눈을 붙인 이들, 이야기를 나누는 이들도 보였다.

메이린은 지금 그녀를 지켜 줄 이도, 시중을 들어줄 이도 없다는 것에 두려웠다. 또 아까부터 건너편에 앉은 사내가 누런 이를 드러내면서 자꾸 메이린에게 시선을 주는 것이 신경 쓰였다. 메이린은 부러 배를 움켜쥐고, 온몸을 들썩거릴 정도로 기침을 해댔다.

"젊은데 어디 폐병이라도 들었나 보우. 쯧."

중년의 여인이 동정심 어린 말을 건네며 먹던 빵을 조금 뜯어 메이린에게 주고서 슬쩍 떨어진 자리로 이동하였다. 메이린은 그 볼품없는 빵을 받아 들고는 몸을 움츠렸다. 보란 듯 기침을 주기적으로 하는 것도 잊지 않으면서, 얻은 빵을 조금 입에 넣어보았다.

빵은 누군가의 손때가 묻어 더러웠고 굳어 있었지만, 몹시도 고소하였다. 메이린은 그 조각을 입에 머금고 천천히 녹여서 삼켰다.

순간 멀미로 고생하던 메이린을 위해서 잉그리드가 얻어왔던 과즙이 떠올랐다. 손등으로 입을 틀어막고, 남은 빵을 조금 더 입에 넣었다.

어머니의 품을 벗어난 바깥세상은 어린 시절 그녀가 두려워했던 시꺼먼 숲과도 같았다. 무엇이 사는지, 어떤 일이 일어날지 도저히 가늠되지 않는 곳.

어린 시절부터 심약하여 무도회도 이런저런 행사에도 잘 나서지 못하였던 그녀가 있는 이곳은 어디인가.

'우리 약한 메이린은 평생 제가 데리고 살 겁니다.'

쓸모없는 아이들이라며 아비오와 메이린을 밥만 축낸다는 등 비난을 하던 백작 앞에서 어머니가 한 말이었다. 늘 남편에게 순종적인 것 같았지만, 자식들 일이라면 물불 가리지 않던 그녀의 어머니.

'어머니, 제가 가고 있어요.'

그녀의 기침이 꽤 효과가 있었는지 메이린에게 관심을 보이던 사내가 더 이상 이쪽을 훔쳐보지 않았다. 그래도 혹 몰라 배를 움켜쥐고 혼신의 힘을 다해서 병이 들어 죽을 이처럼 굴었다.

이제까지 있었던 일들을 어머니에게는 모두 말씀을 드리지는 못할 것이다. 아마 너무 속상하고 놀라서 어머니가 혼절하실지도 모른다.

엉뚱한 배를 타고 도착한 곳에서 그녀의 금붙이를 들고 달아난 하녀. 그 요망한 것을 떠올리자 아까 먹은 빵 조각이 어딘가에서 턱하고 걸리는 기분이었다.

'돌아가면 그 식솔들부터 손을 봐 줄 거야.'

그리고는 지금 걸친 이 누더기들은 모조리 불태우라고 명한 후 따스한 물에 꽃잎을 가득 띄우고 목욕을 해야지. 이맘때면 로마그놀로가의 외벽이 온통 붉게 물들었을 것이다.

그 장미향이 코끝에 살짝 맴도는 것 같아 메이린의 얼굴에 살짝 홍조가 돌았다.

'그리고는 푹신한 침대에서 어머니의 손을 잡고 푹 잘 테야. 아침이 오면 볕이 좋은 정원을 거닐어야지.'

상상만으로도 이미 절반은 그곳에 닿아 있는 것처럼 행복해졌다.

루드비히 자뵈에는 창가에 앉아서 녹색 머리를 꼬고 있었다. 저번에 이 자리에서 누이를 태운 마차가 사라지는 것을 지켜봤더랬

190

다. 그가 내려다보는 것도 모른 채 공작과 누이는 서로를 보느라 아주 난리법석이었다. 집에 가면 내내 볼 것을 얼마나 볼썽사납게 굴던가.

누이와 조금만 더 있고 싶은 그의 요청은 일언지하에 묵살하더니, 아주 신이 나서 마차에 올랐더랬지.

"누구 덕에 살아났고, 그 역병에 걸린 이가 우글우글한 데 가서도 무사했는데?"

서운한 마음이 들어 홀로 투덜거리는데, 갑자기 지붕 쪽에서 인기척이 나더니 누군가 그에게 말을 걸어왔다.

"다녀왔습니다. 전하."

"은밀하게 처리했겠지?"

"그런데 전하, 공교롭게도 이번에도……."

"알았다."

루드비히는 지난번 눌리타스를 습격한 괴한들의 배후를 캐내느라 한참을 고생하였다.

"모르시아니 공작은 아주 음흉한 놈이야."

공작의 뒤에 사람을 붙여둔 일은 지금 생각해도 잘한 일이었다.

"우리 어여쁜 누이가 그런 놈과 살아도 괜찮은 걸까?"

그러다 지난번에 그를 향해 조금 나눠준 눌리타스의 미소를 떠올리고는 다시 기분이 좋아졌다.

"뭐 누이가 좋다면야. 싫어도 내가 참을 수밖에 없잖아?"

루드비히는 공작이 떠난 후 동굴에 들어가서 사슬에 묶여 있던 사내에게서 올리브 백작이 사주했다는 것을 알아내고는 바로 응징에 나섰다. 그러나 가는 곳마다 모르시아니 공작이 보낸 부하들과 맞닥뜨릴 뻔해서 제대로 힘도 쓰지 못하였던 것이다.

"복수도 못 해주고, 이러면 누이 볼 면목이 없는데……."

다음에 만나서 큰소리라도 치자면 지금 뭐라도 생각해내어야 했다. 그러다 병든 아이들을 도와주며 환하게 웃던 눌리타스의 푸른 눈망울이 떠올랐다.

"왕 노릇을 좀 제대로 하면 나를 향해 더 웃어 줄까?"

그저 왕의 장자로 태어난 까닭에 자연스레 무거운 관을 썼던 그에게 백성 위에 서게 된 것은 그저 운명이었다.

"어디 한번 보자."

높이 쌓인 서신들을 뒤적이다 하나 펼치니 어느 지방에서 물난리가 났다, 어느 지방에는 자주 산불이 난다, 어디에 무엇이 부족하다는 글들이 끝도 없었다.

그리고 그날 밤이 새도록 그것들을 살피는 왕을 보며 신하들이 크게 놀라며 쑥덕댔다.

죽을 때가 되면 사람이 변한다 하였는데, 저리 후사도 남기지 않으시고 혹 변고를 당하시면 어찌할꼬.

신하들의 염려도 모른 채 루드비히는 처음 해 보는 왕 노릇에 피곤한 줄도 몰랐다.

"오늘은 함께 말을 탔으면 좋겠는데?"

아침 식사를 끝내자 루셔스가 눈을 반짝이며 눌리타스에게 북쪽 숲을 달릴 것을 제의하였다.

오랜만에 나온 들판은 여전히 싱그러움을 간직한 채였다. 눌리타스는 종종 그리워하던 푸름을 눈으로, 코로, 가슴으로 실컷 만끽하였다.

그리고 본능적으로 어느 지점에서 속력을 늦추게 되었다.

'이쯤이었을까. 갑자기 말에서 떨어졌던 곳이.'

그리 오래되지 않은 일임에도 까마득한 옛일 같은 기분이 들었다. 금발을 한 어여쁜 칼릭스 영애의 얼굴도 설핏 눌리타스의 머릿속으로 스쳐 지나갔다.

'이제는 좀 정신을 차렸을까. 쯧.'

눌리타스가 상념에 빠져 있는 사이에 루셔스가 말을 돌려 그녀의 근처로 다가왔다.

"괜찮소?"

"네. 그냥 오랜만이라 조금 천천히 가려고요."

루셔스는 활짝 웃는 눌리타스의 얼굴을 보며 그녀에게 속도를 맞춰서 느릿하게 움직였다.

숲으로 들어서자 여름의 정점에 피어난 꽃들이 다양한 향기를 내뿜고 있었다. 그러다 자연스레 말이 멈춘 곳은 어떤 동굴 앞이었다.

두 사람은 약속이라도 한 것처럼 말에서 내려 컴컴한 입구 앞에 섰다.

"오늘은 같이 들어가 볼까?"

루셔스가 눌리타스에게 손을 내밀어 그들은 동굴 속으로 걸어 들어갔다. 맑은 대낮이라 지난번보다는 시야가 밝아서, 주변이 희미하게 보이는 듯하였다.

"이곳은 변한 게 하나도 없네요."

눌리타스는 그녀의 손을 꼭 잡고 있는 공작을 올려다보며 입을 열었다.

'그래. 그대로인 것은 이곳뿐이야.'

눌리타스는 비가 내리던 그 밤, 낙마로 비에 젖은 몸을 이끌고 찾아온 이곳에 나타났던 공작의 그때 그 모습을 잊지 못하였다. 왜 사생아 따위를 찾으러 그렇게 비를 맞았는지, 왜 걱정하는 낯빛을 한 건지 당시의 그녀는 도무지 이해할 수 없었다.

"나는 정말 행운아야. 불을 피울 줄 아는 여인과 혼인을 한 사내는 흔치 않을 거야."

루셔스가 휘파람을 불며 크게 웃었다.

비가 오던 그날, 먼저 돌아간 줄 알았던 부인이 성에 도착하지 않았다는 말을 듣자마자 바로 이곳으로 달려왔더랬다.

큰 걱정을 하다 비를 피하기 위해 찾은 동굴에서는 작은 불을 피워 몸을 녹이는 여인을 발견할 수 있었다. 그때 느꼈던 안도감과 당혹감이란.

눌리타스는 그녀를 놀리는 것 같은 공작의 음성에 불퉁하게 대꾸를 하였다.

"다른 영애들이 일반적으로 잘하는 것들은 잘 못 해요."

"이를테면 삐뚤빼뚤한 독수리 자수 같은 거 말이요?"

루셔스는 그녀에게서 받은 첫 선물을 떠올리며 다시 웃음을 터뜨렸다. 눌리타스는 계속해서 웃기만 하는 공작이 야속하였다.

그것을 수놓느라 물집도 잡히고, 손끝이 아주 헤지고 난리도 아니었는데.

그러다 고요해진 동굴 속에서 그녀만을 응시하는 시선을 느꼈다. 그의 마음이 숲의 가운데를 스치는 바람처럼 그녀에게 닿았다가 멀어지기를 반복하고 있었다.

태어나 처음으로 신분과 배경을 따지지 않고, 그녀를 똑바로 보아준 사람.

사실 로마그놀로가의 축사에서 배설물을 치우는 이전의 삶으로 돌아가는 것은 겁나지 않았지만, 더이상 이런 귀부인이 아니어도 좋지만, 가슴에 품은 저 사람을 놓을 자신은 없었다.

"이런, 그대는 정말……."

루셔스는 기분전환을 위해서 나온 곳에서 눈물을 보이는 눌리타스를 보며 가만 어깨를 끌어안았다.

"함께 웁시다. 응?"

루셔스가 고개를 내려 눌리타스의 귓가에 나지막하게 속삭였다.

"그대를 만나지 못했더라면, 나는 평생 외로움이 무언지도 모를 뻔했지. 밤마다 악몽을 꾸면서 계절이 바뀌는 것도 모르고 살았을 거야."

루셔스가 한 손을 뻗어 눌리타스의 등 언저리를 쓸었다. 슬리더린의 단도가 이곳 어딘가를 관통했었다. 다시 생각해도 아찔한 순간이었다. 피로 물든 눌리타스를 안고서 아무것도 해줄 수 없던 그날의 무력감은 그에게 최고의 공포로 남아 있었다.

"나를 홀로 남겨두지 마."

눌리타스는 그가 상처를 어루만지는 손길을 느끼며, 빙긋 웃으며 말하였다.

"당신을 평생 지켜줄게요."

지금 그 달콤한 말을 내뱉는 눌리타스의 얼굴이 제대로 보이지 않아, 루셔스는 손을 뻗어 그녀의 이마를, 뺨을, 코를, 턱을 어루만졌다.

"어쩐지 든든한데……."

눌리타스는 그들에게는 소중한 추억이 되어버린 이곳에서 이렇게 공작과 함께하는 것이 새삼스러웠다.

"루."

"응?"

눌리타스가 그를 부르자 루셔스가 고개를 숙이며 그녀에게 답하였다. 그러자 작고 보드라운 비가 그의 입술에 내려왔다.

루셔스는 두근대는 가슴으로 그녀가 주는 사랑의 떨림을 고스란히 느끼고 있었다. 어둑한 동굴 속 번쩍이는 두 쌍의 안광만이 별처럼 빛나는 시간이었다.

올리브 백작의 거처에서 탈출한 아이올라는 정처 없이 계속 걸었다. 어머니에게 돌아갈 수 없는 지금 그녀가 갈 곳은 어디에도 없었다. 컴컴한 길에는 인적이 드물었고, 떠돌이 개 한 마리조차 눈에 띄지 않았다. 그러나 아이올라는 지독한 어둠 속에서 혼자 걷는 이 길이 그리 두렵지 않았다. 정말 무서운 것은 그녀 속에 자리 잡고 있지 않던가.

신고 나온 구두의 바닥이 닳아서 자잘한 소음을 내기 시작할 무렵, 그녀는 희미한 불빛을 발견하였다. 그곳에는 작고 이름 없는 수도원이 하나 서 있었다.

"디아나 여신이 나를 이리로 이끈 걸까."

아이올라는 주저 없이 그곳의 문을 열었고, 들어서자마자 바닥에 허물어졌다.

"흑흑흑."

회한이 담긴 뜨거운 기운이 멈출 기미를 보이지 않았다. 한참을 그리 울고 있는데, 누군가 말없이 그녀의 어깨에 뻣뻣한 망토를 걸쳐 주었다.

"마음이 편해질 때까지 실컷 우세요. 그리고는 내일을 살아가는 겁니다."

아이올라는 그 다정한 배려에 잦아들었던 눈물이 다시 터져 흐르는 것을 느꼈다. 그 여인은 아이올라를 말없이 기다려주었고, 아주 작은 방을 하나 내어 주었다.

"머무르고 싶은 만큼 계실 수 있어요."

쓰러지듯 잠이 든 아이올라는 동이 틀 무렵 일어났다. 입김이 서린 작은 창에는 아이올라의 모습이 이리저리 번져 있었고, 그렇게 한참을 들여다보았다.

그리고 그녀는 미리 챙겨 둔 녹이 슨 가위를 하나 꺼내 들었다. 기다란 금발을 뭉텅 잘라내는 손길에는 망설임이 없었다. 바닥으로 머리카락이 계속해서 떨어졌고, 그것들이 쌓일수록 예전의 고운 모습에선 점점 더 멀어져 가고 있었다.

'하지만 이 마음만은 조금 가벼워지는구나.'

아이올라는 머리를 천으로 감싼 후, 찬 새벽공기를 맡으며 복도를 쓸었다. 생애 처음으로 해보는 빗질에 손바닥이 온통 따가웠지만, 그녀는 쓰고 또 썼다.

이곳에서 반성의 시간을 보내다 아주 가끔은 그윽한 검은 눈매를 한 공작의 얼굴을 떠올렸다. 그리고 그런 밤이면 아직 미련을 끊어내지 못한 그녀를 탓하며 많이 울었다.

'어머니, 보고 싶어요.'

아이올라는 그녀가 돌아가는 그날까지 어머니가 무탈하시기만을 빌었다.

눌리타스는 모르시아니 영지에서 평화로운 날들을 보내고 있었다. 뒤늦게야 깨친 글은 그녀에게 많은 이야기를 들려주었다. 어떤 것들은 지어낸 이야기임에도 불구하고, 눈물을 짓게도 배를 잡고 웃게도 하였다. 전에 들어보지 못한 나라의 풍습이나 옛이야기는 무척이나 신기하게 다가왔다.

'책이란 게 지루하기만 한 건 아니었구나.'

눌리타스는 그제야 이 모든 것이 그녀가 글을 알기 때문에 가능하다는 것을 깨달았다. 글을 모르던 시절의 그녀는 무척이나 단순한 감정을 지녔었다.

'내가 아는 만큼 세상이 더 많은 이야기를 들려주는 것 같아.'

그래서 눌리타스는 성에서 일하는 이들에게도 간단한 글을 알려주면 어떨까 하는 생각을 해보았다. 그래서 그들의 삶이 조금 더 다양한 색을 지닐 수 있다면…….

그러나 귀족들의 문법책은 그녀처럼 아예 기초가 없는 사람에게는 버거운 내용을 담고 있었다. 눌리타스는 종이를 꺼내서 정말 쉬운 단어를 크게 적었다. 그 일을 시작한 눌리타스는 아침 식사를 마치면 서재로 가서 종일 몰두를 하였다. 그녀가 얻은 무언가를 다른 사람들에게도 나눌 수 있다는 것은 또 다른 행복이었다.

"잠시 들어갑니다."

루셔스가 한참 무언가를 쓰던 그녀를 찾아왔다.

"오셨어요?"

눌리타스가 그를 환하게 웃으면서 반겼건만, 그의 표정은 살짝 굳어 있었다.

"무슨 일 있으세요?"

"그대는 정말 해도 해도 너무하는군."

눌리타스는 들고 있던 펜을 내리고, 의자에서 일어나 그의 곁으로 다가섰다. 도대체 무슨 일로 공작님이 뾰로통하게 구시는지 영문을 알 수 없었다. 루셔스는 아무것도 모르겠다는 듯 푸른 눈을 빛내는 눌리타스를 향해서 결국 자진하여 고백하여야만 했다.

"영지로 돌아오면 매일 산책도 하고, 같이 이것도 하고, 저것도 하고 꿈에 부풀었는데 그대는 매일매일 바빠서 나 같은 건 안중에도 없고."

"······!"

눌리타스는 투정 어린 그의 말에 웃지 않으려 했지만, 참을 수 없었다.

그녀는 곧장 그에게 달려가 허리를 꼭 안으면서 루셔스의 가슴에 기대었다. 이렇게 달콤하고 귀여운 사랑 고백을 들을 수 있을 줄은 몰랐다.

"루셔스, 저도 사랑해요."

"뭐 그렇게 말하면 내가 기분이 막 좋아질 것 같소?"

입으로는 부루퉁한 소리가 났지만, 루셔스의 두 손이 눌리타스의 머리를 다정하게 쓸고 있었다.

루셔스와 눌리타스는 오늘 일전에 도움을 주었던 아이들을 방문하러 가는 길이었다. 창밖을 보며 밝은 얼굴을 한 눌리타스를 보면서 루셔스도 덩달아 미소가 흘렀다.

"그렇게 좋은 거요?"

"아이들의 건강해진 얼굴을 너무 보고 싶어요."

이윽고 마차는 모르시아니 영지를 떠나 번화한 곳을 지나가고 있었다. 이것저것 진기한 물건들을 파는 사람, 사려는 사람들로 거리는 인산인해를 이루고 있었다.

눌리타스는 지난번에 죽음의 기운이 가득했던 곳에 이렇게 활기가 넘치는 곳으로 변한 것이 신기해서 계속 창밖을 응시하였다.

"잠시 내려서 아이들에게 줄 것을 구경해 볼까?"

이미 공작가에서 먹을 것이나 가득 준비해서 가는 길이었지만, 루셔스는 그녀에게 이곳을 보여주고 싶었다.

"하지만."

"사실은 나도 이런 곳엔 한 번도 와 본 일이 없어서 궁금하군."

마차는 천천히 멈춰 섰고, 마부가 문을 열어주자 그림 같은 선남선녀가 그곳에서 내렸다. 눌리타스는 그들 속에 서자, 이곳이 창밖에서 보는 것보다 훨씬 더 기운이 넘치고 있음을 깨달았다.

물건을 사고파는 이들의 구성진 흥정 소리, 떼를 쓰며 무엇을 사달라고 조르는 아이의 울음소리가 어우러져 있었다.

"잠시 이곳에서 마님을 지키고 있도록!"

루셔스는 어딘가를 슬쩍 보더니, 그녀에게 곧 돌아오겠다고 얘기를 하며 인파 속으로 섞여 들어갔다. 눌리타스는 분수대 쪽에 서서 몸을 돌렸다.

"아…… 그러고 보니 이 분수대."

일전에 땅에 묻히지도 못한 시체들이 쌓여 있던 그곳이었다. 하지만 지금은 깨끗한 물이 퐁퐁 솟아오르고 있었고, 수많은 이들이 그 주변에서 시원함을 만끽하고 있었다. 묘한 감정이 그녀의 가슴을 가득 채웠다. 삶은 이렇게 이어졌고, 그녀는 운명 앞에서 너무나 작은 존재에 불과하였다.

눌리타스의 더운 숨에는 무거운 한숨이 배어 있었다.

그녀가 몸을 돌려 루셔스가 사라진 쪽을 살펴보려던 참이었다. 그 수많은 이들 중에 그녀의 시선을 끄는 사내가 하나 있었다.

'아비오…….'

도저히 로마그놀로가의 도련님이라고 볼 수 없는 처참한 몰골을 한 사내였다. 하얗게 새어버린 머리에 얼룩지고 낡은 옷. 그러나 그 눈빛만은 예전과 같아 그녀를 소름 끼치게 만들었다. 눌리타스는 그녀도 모르게 낮은 신음을 내뱉었고, 순간 두 사람의 시선이 공중에서 엉켰다. 걷어차였던 아랫배가 끊어질 듯 아파오는 것도 같았다.

눌리타스는 오랜 시간 저 사내에게 복수를 하는 꿈을 꾸어왔다. 그러나 막상 의외의 장소에서 그를 마주치자 그저 숨이 가빠왔다.

아비오 역시 눌리타스를 한눈에 알아보았고, 마주친 그 시선을 외면하고 싶었다.

'하필 최악의 순간에 저 아이를 만난단 말인가.'

무장을 한 기사를 대동한 아이는 반짝반짝 빛이 나고 있어서, 도저히 지금의 그가 닿을 수 없을 것 같은 하늘의 달처럼 느껴졌다.

눌리타스는 기사들에게 조금 떨어져 호위할 것을 지시한 후, 아비오에게 가까이 걸어갔다.

그에게선 지금 악취가 진동을 하고 있었으며, 이곳저곳에 드러난 상처들이 그가 지금 큰 곤경에 처했음을 알려주고 있었다. 아비오는 눌리타스가 다가오는 것을 깨닫고 재빨리 그곳을 피하려 하였지만, 몸이 굳어버려 그러질 못했다.

두 사람은 조금의 거리를 두고 마주하였고, 잠시 침묵이 흘렀다.

눌리타스는 천천히 의식이 돌아오기 시작하였다. 그를 만나면 화가 날 줄 알았지만, 초라해진 귀족 나리의 모습을 대하자 실소만이 흘렀다. 그녀는 온화한 귀부인의 얼굴로 마치 그를 처음 본다는 듯 상냥한 목소리로 입을 열었다.

"아이. 가엾어라. 이것으로 빵이라도 사 먹으련?"

눌리타스는 아비오에게 은화 하나를 꺼내어 그의 손에 쥐여주었다.

아비오는 나오지 않는 목소리로 무언가를 전달하려 애를 썼다.

'내가 너의 주인이라고! 로마그놀로가의 후계자, 아비오라고!'

감히 저 사생아 계집이 그를 거지 취급을 한단 말인가.

아비오는 당장 그 동전을 그녀의 얼굴에 내던지고, 저 맹랑한 계집을 벌하고 싶었다. 하지만 계집은 그에게 그런 틈을 허락하지 않은 채, 고고하게 몸을 돌리더니 멀어지고 있었다.

무장한 기사의 호위를 받고 있는 눌리타스의 뒤를 따라가려던 아비오의 발이 주춤거렸다.

지금 쫓아가서 무슨 수로 그를 증명할 것인가. 거기다 빵장수에게 두들겨 맞았더니, 몸을 사리게 되기도 하였다.

억울한 마음에 가슴이 답답해서 미칠 것 같았다. 차라리 스피노네 후작에게 몹쓸 짓을 당하거나, 똥물을 백 번 뒤집어쓰는 편이 나을 것 같았다.

분노로 떨리는 손을 꼭 쥐고, 그녀의 반대 방향으로 느릿하게 움직이기 시작하였다.

'지금 이 비는 금세 그칠 거야.'

어머니가 계신 집으로 돌아가면, 돌아가기만 한다면, 이 수치스러운 기억을 추억 삼아 건배를 할 수도 있으리라.

눌리타스는 아비오를 남겨둔 채 분수대를 응시하며 천천히 걸었다.

그녀가 내민 돈을 집어 들고 부들부들 떠는 아비오의 표정은 정말 혼자 보기 아까웠다. 그의 존재 자체를 부정하는 것이 그녀가 주는 가장 가혹한 벌이 될 것이다.

'결국 그들은 나를 이기지 못한 거야.'

그들은 주먹을 휘둘러 그녀를 발아래에 두려고 하였으나, 눌리타스는 단 한 번도 그들에게 굴복하지 않았다.

고개를 들자, 푸른 물줄기가 더없이 눈부신 빛을 발하고 있었다.

그래, 행복하게 살기에도 턱없이 짧은 생이 아니던가.

천천히 몸을 돌리자 아비오는 온데간데없었고, 저 멀리서 검은 머리를 흔들며 그녀의 남편이 뛰어오고 있었다. 눌리타스는 루셔스를 향해 빠른 걸음으로 다가섰고, 상기된 볼을 한 그가 그녀의 뺨을 쓸었다.

"뛰다 넘어지기라도 하면 어쩌려고."

"하지만 당신에게 좀 더 빨리 닿고 싶어서."

"······!"

루셔스는 갑작스러운 그녀의 말에 몸에 힘이 풀려 뒤로 감추고 있던 것을 드러내었다.

"꽃이네요?"

"······아!"

"깜짝 선물이 실패했네."

루셔스가 그녀의 품에 들에서 흔히 볼 법한 새하얗고 노란 꽃을 한가득 안겨 주었다.

"나와 혼인해 주겠습니까?"

눌리타스는 싱싱한 꽃을 안은 채로 들뜬 얼굴을 하다, 그가 하는 말이 무슨 뜻인지 알지 못하여 눈을 깜빡였다.

"제대로 된 청혼을 하고 싶었거든."

루셔스가 그녀를 그윽한 눈길로 바라보며 속삭였다.

눌리타스는 꽃다발을 세차게 끌어안으며, 터져 오르는 울음을 참았다.

루셔스는 잠시 어깨를 떨던 그녀가 아무 대답을 하지 않자 불안해졌다. 어느 부분이 잘못된 거지, 감도 못 잡은 그는 허둥대기 시작하였다.

"그게, 그러니까, 오늘 그대가 더욱 예쁘기도 하고, 마침 저 길에 할머니가 꽃을 파는 것을 보았고 해서 말이야."

눌리타스는 그의 횡설수설하는 모습을 보며 터지는 웃음을 꽃다발로 슬쩍 가렸다.

루셔스의 검은 머리가 햇살에 부서지고, 상기된 두 볼에 분수대의 물이 흩어지고 있었다.

"모르시아니 공작님, 저와 혼인해 주시겠어요?"

놀란 루셔스가 입을 턱 벌린 채, 아무 말도 하지 못하였다. 그런 그를 보면서, 눌리타스는 작은 소리로 덧붙였다.

"저야말로 제대로 된 청혼이 하고 싶었거든요."

모든 것이 강압과 거짓으로 점철되었던 첫 만남을 되돌릴 수는 없지만, 이렇게라도 그녀의 진심을 보이고 싶었다.

"백 번을 다시 물어보신다 하여도. 기꺼이."

루셔스가 멋지게 허리를 숙이며 예를 갖추었다. 서로를 바라보는 그 눈길이 더없이 따스하였다.

로마그놀로 백작은 서재에 앉아 상념에 빠져 있었다.

은발의 훤칠한 키, 남자답게 생긴 얼굴 그리고 왕국 제일가는 명문가의 후계자라는 것이 그에게 의미하는 것은 아주 컸다. 그는 검술에 소질이 있었고 곧이어 발발한 전쟁에서 그의 능력을 십분 발휘했다. 잘생긴 젊은 백작이 전쟁에서 공까지 세우자 주변에 모든 사람들이 입에 침이 마르도록 그를 치켜세워주었다. 아름다운 아가씨들의 관심을 받는 것은 특별할 것이 없는 일이었다.

그리고 뭐 뻔한 수순이지만, 그중 가장 어여쁜 붉은 머리의 아가씨와 혼인을 했다. 그때까지만 해도 에라트 로마그놀로는 그의 인생에서 실패나 좌절이란 단어를 떠올릴 틈이 없었다. 그러나 어찌된 일인지 부인은 여아만 줄줄이 낳아서 그의 체면을 실추시켰다.

'남들 다 있는 아들 하나를 생산해내지 못한 고약한 여편네.'

그래서 부인이 임신과 출산으로 몸과 마음이 망가져 가는 것을 타인처럼 지켜보기만 하였다.

백작은 공허한 마음을 달래기 위하여 밖으로 나돌기 시작하였다. 그는 여전히 숱한 여인들의 추앙을 받을 수 있는 조건을 지녔고, 골치 아픈 가문의 일보다 그들의 달콤한 미소와 젊음이 전해주는 싱그러움에 쉽게 빠져들었다.

"이 망할 것들!"

백작은 마시던 술을 탁자에 탁하고 내려놓으며 소리를 질렀다. 영원히 눈부실 것 같던 그의 미래에 먹구름이 드리워진 것은 분명 그 하녀와 사생아 계집 때문이라 여겼다.

'그런 천한 것들 때문에 나의 고결한 명예가 더럽혀진 거야.'

백작의 앞에는 독촉장들이 아슬아슬하게 쌓여 있었다. 거기에는 전부 빌린 돈을 언제까지 갚으라는 내용과 그러지 않을 경우 재판에 회부되어 어쩌고 하는 내용들이 적혀져 있었다.

"이 건방진 것들. 어쩌고 어째?"

어디서 감히 로마그놀로 백작인 그에게 이런 지시를 할 수 있다는 건가. 그나마 그 어리석은 모르시아니 공작을 이용하여 모두 해결할 수 있다는 것이 불행 중 다행이었다.

"그런 새파란 놈의 돈으로 말이야."

이런 일이 아니라면 절대 그런 놈의 도움 따위는 구할 생각도 하지 않았을 것이다. 그의 속에 가시덤불이 돋아나 할퀴는 것처럼 괴로웠다.

"에라."

그가 쓰린 가슴을 움켜쥐며, 의자에서 몸을 일으키려 하자 머리가 어질어질하였다. 그리고 그대로 바닥으로 쓰러졌다. 바닥에 머리를 떨어뜨린 백작의 눈앞으로 과거의 영화가 언뜻 스치는 것 같아 희미하게 웃으며 손을 뻗어보았다.

"요즘 마님은 좀 어떠셔?"

홀로 수틀을 잡고 있던 소피아는 화들짝 놀라 옆을 보았다. 거기에는 오랜만에 보는 세자르가 서 있었다.

"마님은……"

소피아는 갑자기 공작님의 침실에서 애정을 나누던 두 분을 떠올리고선 볼을 붉혔다. 말을 해서 무엇하리. 지금 마님은 너무 행복한 시간을 보내고 계신 것을.

"공작님은 말이야. 무척 안 좋으셔."

"네?"

소피아가 그럴 일이 없다는 듯 의아한 표정을 짓자, 세자르는 헛기침하였다. 눈을 동그랗게 뜨고 소피아가 그를 바라보는데 왜 갑자기 그의 심장이 쿵 내려앉는지 알 수 없었다. 그러고 보니 안 본 사이에 소피아의 어딘가가 달라진 것 같기도 하였다. 키가 컸나. 아니면 눈이, 입술이.

세자르는 갑자기 소피아의 얼굴을 더듬는 자신에게 놀라, 황급히 인사를 하고선 그 자리를 떠났다.

남은 소피아는 괜히 두 손으로 볼을 만지작댔다.

"이상한 분이야."

그 목소리가 묘하게 떨리고 있었다.

모르시아니가로 연일 많은 초대장들이 쏟아졌다. 왕국 최고의 재력가인 공작과 공작부인과의 친교를 원하는 이들은 몸이 달아 있었다. 그러나 당분간 영지에서 나갈 생각이 전혀 없는 공작은 그 초대장에는 전혀 관심을 두지 않았다. 그러던 중 눌리타스는 무더기로 쌓인 것들 중 하나를 뽑아 들었다.

"귀부인들의 모임이라……."

또 고급 드레스와 비싼 보석들이라도 잔뜩 사들인 건가. 아픈 이들을 위해 모인 자리에서도 자기과시에 여념이 없던 여인들이 아니었나. 그걸 쥐고서 푹신한 의자로 이동하여 잠시 상념에 빠졌다.

질식할 것 같은 향수와 분 냄새, 사람을 재화로 따지는 그 시선들이 당장 그녀 앞에 드리워지는 것 같았다. 그러나 피하는 것은 결코 해결책이 될 수 없다.

"아무것도 하지 않는다면, 아무것도 변하지 않아."

눌리타스는 펜을 들어 참석 의사를 밝히는 답장을 작성하였다.

처음에 비하면 엄청난 성과를 이루긴 하였지만, 그녀의 필체는 만족할 만한 수준에 미치지는 못하였다. 눌리타스가 그것을 들여다보면서 아주 미미한 한숨을 내뿜는데, 염려가 담긴 목소리가 들렸다.

"아니! 누가 그대를 괴롭히는 거요?"

"깜짝이야."

눌리타스는 갑자기 나타난 공작 때문에 놀란 가슴을 쓸었다.

루셔스가 의자 뒤에서 부드러운 손길로 눌리타스의 어깨를 쓸자, 그녀는 벌떡 일어서면서 바쁜 척을 하였다. 언젠가의 밤을 계기로 루셔스는 낮과 밤을 가리지 않고 그의 애정을 드러내는 데 주저함이 없었다.

"이걸 보내고, 제가 쓰던 책을 마무리해야 할 것 같아요."

루셔스는 그녀의 정중한 거절의 말을 듣고서, 슬픈 눈을 해 보였다.

"그 일이 나보다 소중한 건가?"

"⋯⋯?"

요즘 그는 아주 자주 그녀를 당혹스럽게 만들었다. 얼마 전에는 오닉스가 좋은지, 그가 좋은지 선택을 하라고 하질 않았던가.

눌리타스는 그의 습기 찬 검은 눈을 바라보며 뺨으로 손을 뻗었다.

"세상에 당신보다 소중한 것은 없어요. 나의 공작님."

정답이 주어져 있는 문제였건만, 루셔스는 세상을 다 얻은 것 같은 표정을 지었고, 천천히 그녀의 손에 볼을 비볐다. 그러더니 그의 입술이 턱을 타고 목으로 내려가서 지분거리기 시작하였다.

'설마 이 서재에서?'

눌리타스는 혹 누군가 그들을 발견할지도 모른다는 불안감으로 그의 몸을 힘껏 밀어보았다.

"나를 밀어내지 마."

루셔스는 이미 서재로 오기 전에 누구도 근처에 오지 말 것을 엄중히 명한 뒤였다.

그는 간절한 목소리를 내면서 눌리타스의 입술을 핥았다.

"아……."

누가 내는 신음성인지 구분이 되지 않을 만큼 두 사람의 입맞춤은 점점 더 깊고 진해졌다. 루셔스는 그녀를 번쩍 안아서 책상에 앉힌 후, 드레스 앞섶 위로 드러난 눌리타스의 연한 피부를 탐하였다.

루셔스는 한 손으로 드레스 뒤에 주렁주렁 묶인 끈들을 아주 재빠르게 풀어 내리기 시작하였다. 눌리타스는 그가 귀로, 목으로, 입술로, 쇄골로 입술을 가져오는 바람에 정신을 차릴 수 없었다. 그리고 잠시 후 슈미즈 차림이 된 그녀는 어느새 루셔스의 탄탄한 허벅지 위에 굉장히 야릇한 자세로 앉게 되었다.

"그대가 나를 유혹하는 건가?"

"……?"

누가 먼저면 어떠리. 눌리타스는 그의 짓궂은 장난에 빙긋 웃으면서, 그의 귀에 속삭였다.

"제 유혹에 넘어와 주시겠어요?"

처음에는 입맞춤에도 얼어서 숨도 제대로 못 쉬던 그녀가 이제는 이리도 그를 정신 차릴 수 없게 만들었다. 열기로 짙게 가라앉은 루셔스의 검은 눈은 그의 다리에 앉아 꼬물거리는 따스한 여인에게 또다시 더욱 빠져들었다.

"…루?"

루셔스는 그녀의 부름에 충실히 응답할 작정이었다.

그는 이미 나신과 다름없는 눌리타스를 마주 보게 앉힌 후, 천천히 몸을 움직였다. 하나가 된 그들은 창을 타고 불어오는 바람에 맞춰서 느릿느릿 움직였다.

한참 후 기진맥진한 그들이 주위를 둘러보자, 한차례 태풍이라도 휩쓴 것 같은 분위기였다.

책은 여기저기 떨어져 있었고, 찢어진 종이는 힘없이 나뒹굴고 있었다. 그녀가 작성했던 서신은 형체를 알아보기 힘든 수준이었다. 두 사람의 손바닥과 몸 이곳저곳에도 잉크가 묻어나 있었다.

"다음에는 서재는 피하는 게 좋겠어요."

"나도 동감이오."

땀에 젖은 루셔스의 가슴에 나신의 눌리타스가 기대며 환하게 웃었다.

눌리타스를 보내주지 않으려는 공작을 잘 달래어 그녀는 귀부인들의 모임에 간신히 참석할 수 있었다.

이유는 알 수 없지만, 성 안 정원의 한편에 다과가 마련되어 있었고 악사들이 부드러운 음악을 연주하고 있었다. 눌리타스는 배에 단단히 힘을 준 채 귀부인들의 무리를 향해 다가섰다. 분명 지난번 그림을 그리려고 모였던 때와는 다른 분위기가 느껴졌다.

눌리타스가 병자들을 위해서 몸을 아끼지 않은 탓에 여론이 호의적으로 돌아선 데다가, 험담하던 아이올라가 없는 까닭도 있었다. 그러나 많은 사람들 중 여전히 눌리타스에게 적대감을 가진 이도 존재하였다.

페더러 가문의 후작 부인은 수십 년간 가장 높은 위치에서 군림하던 여인이었다. 그녀는 40대 후반의 나이임에도 탄력 있는 피부를 지녔고 기품 있는 태도로 굉장한 존경을 받고 있었다. 그런 그녀에게 갑자기 나타난 공작부인이라는 존재는 위협적이었고, 어떤 뚜렷한 이유도 없이 처음부터 후작부인은 눌리타스에게 악감정을 품었다.

"모르시아니 공작부인. 어서 오세요. 그러지 않아도 오시기를 손꼽아 기다렸답니다."

"그래요. 우리에게도 그 가난한 자들의 이야기를 좀 들려주시겠어요?"

"우리는 본 적도 없는 천한 이들이라 상상도 안 되는군요."

무슨 재미있는 이야기를 듣고 싶은 이들처럼 반짝이는 눈을 한 채, 머리에 주렁주렁 장식을 단 여인들이 눌리타스의 주변으로 몰려들었다.

"어떤 것 말씀이죠?"

침착한 눌리타스의 목소리에 여인들 사이에서 부채질하던 패더러 부인이 아주 은밀한 목소리를 내었다.

"그녀들은 진짜로 구정물을 마시고, 흙으로 파이를 만들어 먹는답니까?"

후작부인이 말이 끝나자 다른 이들이 모두 아주 재미있다며 박장대소를 하였다. 눌리타스는 어떤 기대감 따위는 품지 않았지만, 그들의 아픔을 이런 식으로 웃음거리 삼는 후작부인과 그 무리들에게 화가 났다.

"글쎄요. 그게 이렇게 웃을 만한 이야기인가요."

"네?"

패더러 후작부인은 눌리타스의 말에 발끈하며 이때다 싶어 목에 힘을 주었다. 저 새파랗게 어린 것이 공작부인이다 싶어서 나서는 꼴을 두고 볼 수는 없는 노릇이었다.

"그들의 아이는 태어난 지 백일 만에 사경을 헤매고 있었습니다. 어떤 남매는 함께 병에 걸렸죠. 그들의 아버지는 먼저 그 병으로 목숨을 잃기도 했고요. 깨끗한 물이 있었다면 왜 오염된 물을 마셨을까요. 먹을 것이 있었다면 왜 나무껍질을 씹었을까요. 우리들이 안락한 생활을 하는 동안 수많은 이가 하늘의 별이 되었습니다. 아직도 웃음이 나시나요?"

눌리타스의 차분한 설명에는 어떤 감정도 담겨 있지 않았지만, 듣는 이들은 모두 수치심으로 얼굴이 붉어져 있었다. 특히 패더러 후작부인은 직접 공격을 당한 이처럼 몸을 떨고 있었다.

"아니, 그깟 것들을 우리가 왜 신경을 써야 하죠. 그리고 모르시 아니 공작부인이 아직 너무 어리셔서 모르나 본데, 제가 이 모임을 주최한 패더러 후작부인이랍니다."

"그렇게 말씀을 드려도 못 알아들으시는 것을 보니 나이를 헛드 셨나 봅니다."

눌리타스는 위엄 서린 목소리를 내며 그녀를 처음부터 무시하 던 후작부인에게 일갈을 날렸다.

같은 하늘 아래 열심히 살아가는 이들이 신분이 낮다는 이유로 왜 무시를 당해야 하는가. 왜 그들의 안타까운 죽음이 조롱거리가 되어야 하는가. 천한 신분으로 태어나고 싶었던 이가 있을까.

"모두의 생명은 평등하고 고귀한 것입니다."

눌리타스는 품에 안았던 작은 아기와 남매들, 그리고 숨이 꺼져 가는 이들의 얼굴을 떠올리며 힘주어 말을 하였다.

"그리고 모르시아니 공작부인은 나의 누이이기도 하지."

여인들뿐인 자리에 들려온 남자 목소리의 주인공은 루드비히였 다. 그는 오늘 붉은 바지와 붉은 셔츠를 입고 하얀 망토를 끌며 나 타났다.

"페더러 후작부인. 듣자 하니 왕의 누이에게 말하는 말본새가 몹시 고약하군."

후작부인은 갑자기 나타나 공작부인의 역성을 들어주는 왕 때문에 놀라 급히 태도를 달리하였다. 왕의 눈 밖에 나는 것보다 더 큰 재앙이 있을까.

"전하, 제가 실언을 하였습니다."

투실한 후작부인의 드레스 어깨선이 미세하게 떨리고 있었다.

귀부인들은 왕과 모르시아니 공작부인의 사이가 돈독하다는 소문을 듣긴 했지만, 이 정도일 줄은 짐작조차 하지 못하였다.

차가운 기류가 흐르는 정원의 한가운데 선 루드비히가 고혹적인 미소를 흘리면서, 두 손으로 차려진 화려한 탁자를 향해 손을 뻗었다.

"자자. 이 몸이 특별히 내어주는 것들이나 사양 말고 들지. 간혹 혀를 잘못 놀렸다간 찻잔에 코를 박고 죽을 수도 있다고 듣긴 했지만 말이야."

루드비히는 이상야릇한 말을 하면서 특히 페더러 후작부인의 얼굴을 정면으로 노려보기를 멈추지 않았다.

눌리타스는 갑자기 등장한 왕 때문에 놀라기도 하였고, 다소 과격한 방식으로 그녀의 편을 들어주는 그 때문에 고맙기도 불편하기도 했다.

"왜 아무도 찻잔을 들지 않지?"

왕의 물음에 다들 손을 떨며 억지로 찻잔을 들었지만, 차마 그것을 제대로 마실 수도 없었다. 결국 눌리타스는 귀부인들의 표정을 살피다 한발 앞으로 나서서 루드비히에게 최대한 공손한 말투로 청을 올렸다.

"전하, 일전에 보여주셨던 그곳을 다시 보여 주시겠습니까?"

"으응?"

그러자 루드비히의 서릿발 어린 표정이 삽시간에 풀렸고, 귀부인들을 등지고 환한 미소를 그리며 밝은 목소리를 내었다.

"그렇지 않아도 새로 보여주고 싶은 게 있었거늘, 누이는 어찌 내 맘을 그리 잘 알지?"

눌리타스는 금세 기분이 좋아진 왕에게 다가서서 남은 귀부인들을 향해 인사를 하였다.

"먼저 실례하겠습니다."

그 모습에 모든 귀부인들이 머리가 땅에 닿을 만큼 정중하게 답을 하였다. 이 일로 그 누구도 모르시아니 공작부인에게 무례를 범할 수 없을 것은 자명하였다.

왕과 눌리타스가 그들에게서 멀어지자, 여기저기에서 안도의 한숨을 내쉬는 소리가 들렸다.

"모르시아니 공작부인은 역시 남다른 기품이 있죠?"

"어머, 저도 그렇게 느꼈답니다."

"게다가 전하와도 그리 친밀하시니 말이죠."

아까만 해도 페더러 후작부인 편에서 모르시아니 공작의 험담을 함께 늘어놓던 여인들이 갑자기 공작부인의 열렬한 지지자들이 된 것처럼 보였다.

루드비히의 특별한 정원으로 향하던 길에 그는 갑자기 생각이 난 듯 분한 목소리를 내었다.

"누이가 말리지 않았으면 내가 그 늙은 마녀의 무릎이라도 꿇리려고 했는데 말이야."

화가 나서 씩씩거리는 루드비히의 눈이 보랏빛으로 물든 것을 보며 눌리타스는 살짝 웃었다.

사실상 남이나 마찬가지인데, 그녀를 위하여 신성력도 내어주고 마치 내 일처럼 화를 내주는 행동들에서 왠지 따스함을 느꼈다.

이복남매인 아비오에게서는 전혀 느껴보지 못한 감정이 아니던가.

"전하, 저는 아무렇지도 않았는걸요. 그리고 정말 감사합니다."

보일 듯 말듯 옅은 미소를 띤 눌리타스가 조용한 목소리로 인사를 건네자, 루드비히는 그 얼굴을 넋이 빠진 것처럼 바라보았다.

어떻게 그런 환경에서 태어나 저런 고결함을 가질 수 있는가.

눌리타스를 알기 전에는 신분이 천한 이들은 그 영혼조차 더없이 가볍다고 여겼다. 그러나 루드비히는 그녀로 인해서 사람의 됨됨이는 꼭 신분에 의해 정해짐은 아님을 깨닫게 되었다.

"……전하?"

"어, 거의 다 왔군."

루드비히는 눌리타스의 해사한 얼굴을 보며 위를 보라고 소곤거렸다.

"저게 뭐죠?"

난생처음 보는 커다란 짐승의 등장에 눌리타스의 눈이 동그래졌다. 루드비히는 놀란 그녀의 얼굴에 신이 나서 떠들기 시작하였다.

"덤보라고 부르더군."

주름진 코가 나무를 흔들더니, 한가로이 풀을 뜯고 있었다. 또 기다란 코 양옆으로는 새하얀 뿔이 한 쌍 있었고, 널따란 귀는 끊임없이 너풀거렸다.

"이번에 받은 선물인데, 아주 귀한 짐승이라고 하더군."

루드비히는 우쭐해져서 자랑하다가, 이내 기가 죽었다.

저런 것들을 자랑하면 무엇하리. 누이는 그를 별로 좋아하지 않았고, 공작에게로 돌아가서는 곧 그를 잊어버릴 테니 말이다.

그런 생각에 루드비히의 기다란 초록색 머리가 물을 먹은 듯 축 늘어졌다.

"전하, 이걸 받아주세요."

눌리타스는 손에 들고 있던 작은 종이를 그에게 내밀었다.

"이게 뭐지?"

루드비히가 그것을 펼치자 하얀 종이에 사람 형상을 한 낙서가 하나 그려져 있었다.

"일전에 도움을 받았던 아이가 전하께 드리는 거랍니다."

"이게 나란 건가. 내가 한 일이 무엇이 있다고. 거 참."

루드비히는 얼굴도 모르는 아이가 전해준 그림에 기분이 이상해졌다. 그는 이런 복잡 미묘한 감정을 느껴본 일이 없어 입술을 세차게 깨물다 그녀의 앞으로 돌아섰다. 그리고 한 손을 내밀어 눌리타스의 손을 잡았다.

"그대의 삶에 디아나 여신의 축복을……."

그리고는 고개를 숙여 눌리타스의 손등에 아주 가볍게 입을 맞추었다. 루드비히는 붉어진 얼굴을 감추기 위해 곧장 얼굴을 들고, 그녀의 앞에서 걷기 시작하였다. 두 사람은 덩치가 큰 짐승이 한가로이 풀을 뜯는 것을 한참 지켜보았다.

어쩐지 뒷모습이 아주 조금 닮은 것 같은 그들 주변으로 따사로운 빛이 들어오고 있었다.

우여곡절 끝에 드디어 왕국의 땅을 밟은 메이린은 제대로 설 수도 없었다. 오는 내내 일부러 기침을 했더니, 배는 끊어질 것처럼 아팠고 심한 어지럼증을 느꼈다.

하지만 메이린은 그녀의 몸 상태를 따져볼 여유도 없이 곧장 마차를 잡아타고 로마그놀로가로 갈 것을 명했다. 딱딱한 선실 벽이 아닌 약간 푹신한 등받이에 몸을 기대는 순간 메이린의 굳은 얼굴이 살짝 풀리는 듯했다. 그러나 집으로 돌아가서 어머니를 뵙기 전까지는 절대로 긴장을 풀지 않으리라고 다짐하였다.

마차는 부지런히 달려 그리워 마지않던 로마그놀로 영지에 도달하였다. 그러나 이맘때 성의 벽을 붉게 물들이던 꽃이 피지 않아 휑한 채였다. 메이린은 괜히 드는 불안감을 애써 지우며 마차에서 내렸다.

"여기서 기다려라. 곧 하인이 나와 돈을 내어 줄 테니."

천천히 내부로 들어가는데, 청소를 하던 하녀들이 일제히 소리를 지르며 다가섰다.

"에구머니나! 아가씨!"

긴 여행을 떠나셨던 아가씨가 갑자기 돌아오셨는데, 절대로 입지 않으실 것 같은 옷을 입고 피곤한 기색을 하고 있자 모두 놀란 눈을 하였다.

"누가 밖에 나가서 마차 삯을 주고 오도록 해. 지금 내 머리가 깨질 것 같으니, 다들 조용히 하도록 하고, 어머니는 지금 어디 계시지?"

메이린의 말에 누군가 후다닥 밖으로 나갔고, 남은 이들은 서로 눈치만 보며 손을 모으고 서 있었다.

그 이상하리만큼 고요한 적막 속에서 메이린은 아까부터 그녀를 괴롭히던 불길함이 점점 강해지고 있음을 느꼈다.

"다들 비켜 봐."

메이린은 목에 감고 있던 지저분한 망토의 끈을 풀어 바닥에 내던지면서 재빨리 계단을 타고 걸어 올라갔다. 어찌나 조급한지 자꾸 헛발을 디뎌 넘어질 것 같았다.

"······어머니."

휘청거리는 다리를 내디디며 부디 이 예감이 틀린 것이기를 간절히 빌었다. 그리고 메이린은 단숨에 침실 문을 세차게 열어젖혔다.

"어머니! 저 왔어요."

언제나 은은한 향이 나던 어머니의 침실은 아직 환한 낮임에도 무척이나 어두웠고, 알 수 없는 냄새가 짙게 배어 있었다.

메이린은 큰 목소리로 어머니를 불러보아도 아무런 인기척이 없자, 성큼성큼 창가로 가서 커튼을 열었다. 그러자 침대에 누워 있는 어머니의 모습이 서서히 보이기 시작하였다.

"어머니, 낮잠을 주무시는 거예요?"

메이린은 울컥거리는 가슴을 안고 곧장 어머니의 손을 움켜잡았다. 이 따스한 손이 그녀의 얼굴을 쓰다듬는 꿈을 얼마나 많이 꾸었나.

"······어머니?"

맞잡은 손은 너무 차가웠으며, 어머니의 얼굴은 온통 거무튀튀한 흔적만 남아 있었다.

"……왜."

뒤이어 하녀들이 조심스레 들어오더니 부랴부랴 커튼을 다시친 후, 메이린을 부축하여 바깥으로 나왔다. 멍한 눈으로 눈물을흘리는 그녀는 응접실 의자에 쓰러지듯 주저앉았고, 하녀는 따스한 차를 준비해 주었다.

"도대체 무슨 일이지?"

"마님께서는 약물 때문에…… 그래도 아가씨 오신 것을 아신다면 분명 기뻐하실 겁니다."

하녀들이 그녀 주변에서 한마디씩 말을 거들었다. 하지만 메이린의 머릿속은 온통 혼란스러웠다. 어머니의 신경이 무척이나 쇠약하시긴 하였지만, 얼마 전까지는 그런 약에 손을 대신 적이 없었다. 메이린은 떨리는 두 손으로 마른세수를 한 후 하녀들에게 물었다.

"아니, 아버님은 그동안 무얼 하신 게냐?"

"그게 백작님은 일이 바쁘셔서……."

그녀는 사실 귀족가의 아가씨들 대부분이 그러하듯 가문의 일에는 별 관심을 기울이지 않았다.

예쁘고 좋은 옷을 입고, 향이 그윽한 차를 마시는 것.

그런 것들이 메이린의 일상이요, 소소한 기쁨이었다. 그래서 그녀가 그런 생활을 영위할 수 있다면, 아버지의 여성 편력에도 크게 개의치 않았다. 그런 아버지 때문에 어머니가 힘들어하시는 걸 보며 분노한 적도 많았지만, 여인들의 삶이란 대부분 그렇다고 생각하며 모른 척해왔다.

그러나 지금 메이린은 예전과는 조금 달라졌다. 그녀는 갈아입을 옷을 가져오라 이르고, 곧장 하녀들에게 백작님의 행방을 물었다.

"호외요!"

"위대하신 루드비히 자뷔에 전하의 말씀을 전합니다."

"지금부터 왕국의 모든 서자들을 향한 차별을 금한다. 이를 어기는 이는 전 재산을 몰수할 것이며, 왕명에 따라 엄중히 처벌할 것이다."

거리에는 검은색의 옷을 입은 사내들이 큰 목소리로 왕명을 전하고 있었다. 그것을 처음 접한 평민들은 시큰둥하였다.

"무슨 그런 어려운 말이 다 있는가?"

"그게 사생아를 차별하지 말라는 뜻이구면."

"우리처럼 밥 빌어먹기 살기도 힘든 이들에게 그게 무슨 상관인고?"

"그러게 내 새끼 하나 건사하기도 힘이 드는 데 말이야."

하지만 루드비히가 명한 적서차별 철폐는 귀족 사회를 한바탕 술렁이게 했다.

오랜 세월 서자를 인정해 오지 않은 관습 탓에 큰 반발이 일어났던 것이다. 귀족들은 그들이 지닌 부나 권력을 누군가에게 나눠줄 생각이 조금도 없었다.

"전하, 갑자기 그런 명을 내리시면 혼란을 불러일으킬 뿐입니다."

"사생아들 따위야 아무려면 어떻습니까?"

루드비히는 왕국을 상징하는 달이 새겨진 왕좌에 비뚜름하게 앉아서 열변을 토하는 귀족들을 멍하니 바라보았다. 분명 그도 저자들과 별반 다른 생각을 하지 않는 때도 있었다. 그러나 루드비히는 눌리타스를 만난 후 그것들이 굉장히 불합리하다는 것을 알게 되었다.

귀족들의 순간의 쾌락을 위해서 희생된 농부의 딸, 하녀들로부터 헤아릴 수 없는 아이들이 태어났고 그들은 아무런 잘못 없이 세상으로부터 차가운 멸시만을 받아왔다.

'그런 진창 속에서 자란 나의 누이는 세상을 증오하지 않았다. 오히려 아픈 이들을 향해 선뜻 손을 내밀어주었지.'

저들이 벌레보다 하찮다고 얕잡아 보는 사생아인 눌리타스는 여느 귀족 사내를 능가하는 판단력과 온기를 지니고 있었다. 루드비히는 목에 핏대를 세우며 제 밥그릇을 지키려는 귀족들에게 온화한 미소를 지으며 질문하였다.

"그대들은 불장난을 즐길 자유는 누리되 책임은 지기 싫다는 건가? 그래서야 어디 왕국을 떠받드는 고결한 기둥이 될 수 있겠는가."

평소와는 다른 왕의 더없이 진지한 목소리에 언쟁을 벌이던 귀족들이 모두 꿀 먹은 벙어리가 되었다. 그러나 이것은 그들의 입지가 달린 일이었으므로, 옳소이다 하며 마냥 넙죽 엎드릴 수만도 없었다.

그러나 이미 마음을 결정한 루드비히에게는 귀족들의 석연찮은 표정 같은 것은 전혀 상관없었다.

'처음은 사적인 관심에서 비롯된 생각이긴 하지만.'

신분의 굴레를 벗어던지고 누구에게나 재주를 발휘할 수 있게 기회를 준다면, 종국에는 왕국의 번영에도 큰 도움이 될 것임을 확신하였다.

루드비히는 모처럼 군주다운 생각을 한 것 같아 어깨를 펴고 누군가의 칭찬을 받는 달콤한 꿈을 꾸었다.

아비오는 숱한 굶주림과 추위를 이겨내고 결국 로마그놀로 영지로 돌아오는 것에 성공하였다.

신은 이미 다 닳아서 발끝에 덜렁 매달려 있었고, 소매는 다 해어져서 끝이 너덜거리고 있었다. 새하얗게 세어버린 머리는 바람에 이리저리 힘없이 나부끼고 있었다.

'드디어 내가 돌아왔어.'

예전의 귀한 빛을 잃은 초췌한 얼굴이 넓은 들 너머로 우뚝 솟은 성을 바라보며 감상에 젖었다.

'내가 나고 자란 나의 집.'

두 눈에 어리는 그 모습에 없던 힘이 나는 것만 같아 그는 아픈 다리를 질질 끌면서 앞으로 나아갔다. 그러나 아비오는 곧 큰 난관에 부딪히게 되었다.

로마그놀로 성으로 가려면 도개교를 건너야 했는데, 그는 지금 아무리 보아도 백작가의 후계자의 행색이 아니지 않은가. 게다가 목소리가 나오지 않는 문제까지 그를 괴롭히고 있었다. 그래도 시도는 해보아야 했기에 문지기를 올려다보면서 두 팔을 마구 흔들었다.

'내가 아비오 로마그놀로다. 당장 이 문을 열어라!'

그러나 그를 알아볼 턱이 없는 사내는 처음에는 아예 아비오에게 신경도 쓰지 않았다. 그래도 아비오는 포기하지 않고, 계속 위를 올려다보며 그의 존재를 알리려 애썼다.

"썩 꺼지지 않으면, 활을 쏴 버릴 테다. 어디서 거지새끼가."

요즘 백작가의 분위기가 좀 어수선하던가. 그러니 저런 화상까지 덤비나 싶어서 문지기는 짜증이 났다.

그때 메이린 아가씨를 태운 마차가 성 밖을 나가려 하자, 문지기는 곧장 성문을 열었다. 그리고 마차를 탄 메이린이 누군가의 곁을 스쳐 지나가게 되었다. 커튼이 쳐져 있지 않은 창을 통해 붉은 머리를 한 그의 누나와 눈이 마주친 아비오는 두 팔을 버둥거리며 아는 척을 하였다. 메이린 누나를 만났으니 이제 다 되었구나 싶어서 눈물이 날 뻔하였다.

'메이린 누나. 나야. 나.'

그러나 메이린은 허연 머리를 한 볼품없는 사내에게 신경을 쓸 여력이 없는 상태였다. 그녀는 아버지를 찾아 어머니의 일을 따져 볼 작정이었고, 세바스찬에게 전해 들은 가문의 위기에 대해서도 직접 물어볼 요량이었다. 집을 떠난 것이 고작 몇 달이 흘렀을 뿐인데, 모든 것이 엉망진창이었다.

아비오는 메이린을 태운 마차가 흙먼지를 내며 사라지는 것을 허망하게 응시하고 있었다. 나오지 않는 목소리가 이토록 원망스러울 수가 없었다.

"으으으……."

그리고 결국 소란을 피우는 그를 벌하기 위해 문지기가 손에 굵다란 몽둥이를 들고 나오기에 이르렀다. 아비오는 그 매를 보자 일전에 맞았던 기억이 나, 몸이 굳어버리는 것 같았다. 그래서 일단 급하게 몸을 피하여 성벽의 구석진 곳에 주저앉았다.

얼마나 먼 길을 왔던가. 그의 신 끝으로 튀어나온 엄지발가락이 온통 상처투성이에 더럽혀져 있었다. 피와 진물이 섞여 있었지만, 사실 언젠가부터 고통조차 느낄 수 없었다.

'어머니가 저 너머 계실 텐데.'

그늘진 곳에 자리를 잡자 마치 북풍이라도 맞은 듯 온몸이 떨렸고 눈이 스륵 감겼다.

아비오는 백작성에 들어가는 상상을 했다. 따스한 목욕통에 들어가서 몸을 녹이고, 가볍게 포도주 한 잔을 하는 것도 좋겠지.

아니야. 우선 의원에게 목소리가 나오지 않는 것을 묻자. 그리고 이 상처들에 약도 바르는 거야. 보드라운 나의 옷으로 갈아입고 그리고…….

그러고 보니 무언가를 먹은 게 언제였나 싶었다.

갓 구운 빵과 향긋한 차도 한잔하는 거야. 따스하고 달콤한 생각을 하자 아비오의 얼굴에 아주 옅은 미소가 떠올랐다가 이내 스러져 버렸다.

로마그놀로 백작부인은 자다 갑자기 벌떡 일어나 앉으며, 거친 숨을 내뱉었다.

"……헉."

얼마 전부터 그녀는 빛에 굉장히 예민해져 하루 종일 커튼을 치고 지내기 시작하였다. 그래서 눈을 뜨고 앉아도 지금이 밤인지 낮인지 가늠이 되지 않았다.

"우리 아기가 우는데……."

창을 두드리는 바람이 마치 그녀를 찾는 아이의 울음소리인 것만 같았다. 두 손을 앞으로 뻗으면서 침대 아래로 발을 내디뎌 보았다.

며칠을 누워 있던 터라 머리가 어질어질했지만, 창가로 다가서 커튼을 걷어낼 수 있었다. 그러나 이내 기운을 모두 써 버려 창가에 두 손으로 몸을 기대어야 겨우 창밖을 볼 수 있었다.

"달빛이 무척 곱구나."

둥그런 달이 그녀의 손등에 닿자 주름이 더욱 선명하게 아로새겨지는 것 같았다. 백작부인은 그런 그녀의 주름들이 끔찍하여 얼른 손을 오므렸다.

"우리 아가들. 어디 있니. 보고 싶어."

그녀를 꼭 닮은 사랑스러운 붉은 머리를 한 아비오와 메이린이 어딘가에서 울고 있는 것 같아 가슴이 무너질 것 같았다. 그녀의 흐느낌은 뿌연 입김이 되어 밤공기에 흔적도 없이 사라져버렸다.

어느 날, 로마그놀로 백작의 앞으로 하나의 서류가 전달되었다.

숙취가 가시지 않은 눈으로 봉투를 대충 살펴보니 모르시아니 공작으로부터 온 것이었다. 분명 이 안에 그가 요청했던 만 골드가 들었으렷다.

"애송이 녀석. 그래야지."

백작은 깨질 것 같은 머리를 한 손으로 짚으면서도 승리자다운 미소를 지었다.

"백작님, 일어나셨어요?"

금발의 여인이 그의 곁에서 콧소리를 내었다.

"썩 나가 있어. 정신 사나우니."

그러자 나신의 여인이 황급히 옷가지를 주어 들고, 방에서 빠져나갔다. 백작은 정신을 차리기 위해서 차가운 물을 한 잔 마시면서 그 봉투를 가볍게 두드려 보았다.

"사생아에게 푹 빠진 꼴이 어찌나 가련한가."

로마그놀로 백작은 뒤늦게야 만 골드란 것이 그의 영지를 전부 처분한다고 해도 나오지 않는 금액이라는 것을 알게 되었다.

"진짜 알 수 없는 일이야."

그나저나 그가 무엇을 그리 썼다고 그만큼의 빚을 지게 된 건지 의문이었다. 귀족의 몸으로 응당 누려야 할 것들에 돈을 썼을 뿐이었다. 그러다 그가 아닌 가족들이 썼다는 비용 목록을 떠올렸다. 백작부인과 아비오, 메이린이 사들인 의복들과 보석들.

"천하에 쓸모없는 것들."

가족들 생각에 갑자기 속이 부글부글 끓어오르는 것 같았다. 백작은 기분 전환을 위해서 서둘러 봉투를 열어보았다. 그러나 그 안에는 돈이 아닌 두꺼운 서류 더미가 잔뜩 들어 있었다.

"에잇? 이게 뭐야. 올리브 백작?"

"올리브 백작이라는 자가 공작에게 주어야 할 돈이 있는데, 그것을 내게 양도한다는 뜻이렷다?"

모르시아니 공작이 만 골드를 빌려주기로 한 것만 떠올리면서, 그는 나머지 서류들을 대충 휘휘 넘겼다. 어찌 되었거나 그 빚이 해결된다는 이야기 아닌가.

"쓸데없이 복잡하기만 하구만."

세바스찬에게 가져가서 보일까 하다 서류를 옆에 내려두며 침대에 다시 누웠다. 빚을 갚아야 하는 기일이 코앞으로 다가왔지만, 로마그놀로 백작의 마음은 느긋하기만 하였다.

"어디서 감히 나한테 말이야!"

갑자기 그에게 빚을 갚으라고 하였던 괘씸한 인간들이 떠올라 부아가 치밀었다. 이제 다시는 도박장 근처에도 가지 않으리라.

"가주는 게 영광인 줄을 알아야지. 천박한 놈들."

이번 일만 잘 마무리되면 로마그놀로가에서 주최하는 근사한 무도회를 열리라. 오리도 거위도 잔뜩 잡아서, 어느 가문도 엄두도 내지 못할 상을 차리리라. 그래서 이 로마그놀로가가 건재함을 만방에 과시하는 거야.

그 수많은 이들의 선망의 눈빛을 받으며 중간에 서 있는 그의 모습을 생각해 보자, 절로 미소가 지어졌다.

눌리타스는 어머니의 팔을 잡고 정원을 거닐고 있었다.

"어머니, 나무의 꼭대기 위로 새하얀 새가 한 마리 앉았고요. 호수에는 오리 다섯 마리가 유유히 헤엄을 치고 있어요. 막 방금 한 마리가 더 날아 들어왔어요."

레오니는 눌리타스의 하는 이야기를 가만 듣고 있었다. 과거와는 달리 밝은 기운이 느껴지는 아이의 목소리는 그녀에게 있어 대지를 적시는 비처럼 달고 소중한 것이었다.

"네 목소리가 꼭 꿀벌 같구나."

눌리타스는 어머니의 말이 어떤 의미를 담고 있는지 이해가 되지 않아 갸웃거렸다.

"그런데 어머니, 왜 제 이름을 지어주지 않으셨어요?"

오늘 왜 문득 그런 의문이 떠올랐는지 모른다. 그녀의 물음에 레오니는 텅 빈 눈을 들어 하늘을 보며, 어렵게 입을 뗐다.

"아주 오래된 이야기인데…… 갓 태어난 아이에게 이름을 지어주고는 열여섯 살이 될 때까지 입 밖으로 내어 부르지 않으면, 그 아이가 무병장수를 한다더구나."

레오니는 백작의 아이를 가지게 된 것을 알고 난 후, 그 불쌍한 것을 낳지 않으려 무진장 애를 썼었다. 그것이 죄악인 것을 알았으나, 그때의 레오니는 그것이 최선이라 여겼다.

그러나 양잿물을 마셔도 언덕에서 굴러도 그녀의 배는 다달이 조금씩 불렀다. 부른 배를 한 채 죽어버릴까도 고민하던 어느 밤, 달빛 아래 초라한 짚더미에서 아이의 작은 울음이 터졌다.

"그러니 내가 뭘 어쩔 수 있었겠어."

레오니는 작은 핏덩어리를 품에 안는 순간, 그녀의 아이를 사랑하지 않을 수 없었다. 아이가 없었다면 백작의 더러운 수작에 혀를 깨물고 진즉 죽어버렸을 것이다. 하지만 어미를 곤경에 빠뜨리지 않으려 울음소리조차 내지 않는 아이를 지키기 위해 그녀는 강해져야 했다.

"가진 것이 없는 나는 그런 미신에라도 매달리고 싶었단다. 말도 안 되는 어리석은 짓이긴 해도 말이야."

"그래서 어머니…… 그 이름이 무엇이었나요?"

울음을 참는 눌리타스의 목소리가 가늘게 떨리고 있었다.

'그래서 이름도 없는 사내아이로 자랐던가.'

그녀를 오래 살게 하고 싶은 어머니의 바람이 고스란히 전해지는 것 같아 가슴이 아렸다.

"데이지라고 불렀단다. 너무 평범하지……."

레오니는 아이의 이름을 처음 입 밖으로 내어 보았다.

그리고 말하는 사람이나 그것을 처음 듣는 사람이나, 한동안 목이 메어 아무런 말을 할 수가 없었다.

"무척 예쁜 이름이에요. 제가 좋아하는 꽃이기도 하고요."

눌리타스는 어머니의 어깨를 감싸 안으면서 말라버린 등을 쓸었다. 그녀 몰래 그 이름을 수만 번 불러주었을 어머니의 기분이 어땠을까 싶어서 울컥했다.

"울지 마. 이렇게 좋은 날에 눈물이 어울린다니?"

레오니는 흐느끼는 눌리타스의 등을 가만가만 토닥였다.

"내가 이리 살아 네 목소리를 들을 수 있는 것만 해도 충분하단다."

레오니는 이미 죽었어도 이상하지 않을 그녀의 삶을 조금 더 얻은 것은 기적이라 여겼다.

"왜 그런 이야기를 하세요!"

어머니는 늘 떠날 준비를 하는 사람 같아 눌리타스는 덜컥 겁이 났다. 이 좋은 날에 어머니와 하고 싶은 일들이 아직 잔뜩 남아 있었다.

"죽어도 여한이 없다는 것은 진짜야. ……데이지."

눌리타스는 처음으로 어머니가 불러준 이름에 더 이상 울 수 없었다. 소매로 눈물을 지우고 환하게 웃어 보았다.

"그래, 애야. 그렇게 웃으면서 사는 거야."

레오니는 그녀가 하늘로 떠나게 되면, 홀로 남겨질 딸아이의 손

을 쓸었다. 어머니가 눈 감으시던 날 기분이 이러하셨을까. 더 잘
해 주지 못한 아쉬움과 함께 더 하지 못한 미련이 그녀의 마음을
어지럽게 하였다. 그래도 그리 좋은 사내가 아이의 곁에 있다는 것
은 정말 다행이었다. 다만 한 가지, 백작가에 있을 때 모진 일을 겪
은 아이의 몸에 혹여 이상이라도 있을까 하는 염려가 있었다.

그 저주받을 인간들 때문에 고통받았던 것은 그녀 하나로 족하
다 여겼다. 눌리타스는 어느새 그녀보다 작아져 버린 어머니를 내
려다보다, 그 손을 꼭 잡았다.

그리고 그날 저녁, 눌리타스는 눈이 불편한 어머니를 위해 적당
히 식은 차를 준비하고 있었다.

"실례가 되지 않는다면 말입니다."

찻잔을 만지작대던 루셔스가 약간 뜸을 들이며 입을 열었다.
눌리타스는 평소에 쉽게 볼 수 없는 그의 모습에 의아한 낯을 하
였다.

"무슨 말이기에 그렇게 망설이세요."

"우리끼리 있을 때는 어머니라고 불러도 괜찮을까요?"

루셔스의 낮은 목소리를 듣고, 눌리타스와 레오니는 잠시 말이
없었다. 난처해 하는 두 사람을 보자 루셔스가 남은 차를 급히 마
시며 손을 흔들었다.

"제가 괜한 말로 불편하게 했나 봅니다. 아내의 어머니시고

또……."

"아닙니다. 공작님. 그게 아니라……."

레오니는 얼마 전까지 청소나 하던 몸인 그녀에게 저리 지체 높은 분이 어머니라고 부르는 게 왠지 죄스럽고 미안하였다.

"싫으신 게 아니라면 다행입니다. 어머……니."

멋쩍어하는 루셔스를 바라보는 눌리타스의 눈빛에 애정이 가득하였고, 그런 따스한 분위기에 레오니는 살짝 눈을 붉혔다.

루셔스는 오랜만에 말을 달려 어딘가로 향하고 있었고 그렇게 도착한 곳에는 전혀 의외의 인물이 그를 기다리고 있었다.

"아니! 설마 혼자 온 건 아니지?"

루드비히는 놀란 얼굴로 홀로 나타난 루셔스의 뒤를 연신 흘끔 살피기 바빴다.

"저 혼자입니다만."

"나는 갑자기 만나자는 전갈에 가족 간의 오붓한 시간을 기대했거늘……."

루드비히는 실망이 가득한 얼굴로 귀를 후비적거리며 퉁명스럽게 굴었다. 그러나 그런 왕을 마주한 루셔스 또한 별반 다르지 않은 심정이었다.

누군들 단둘이 만나고 싶겠냐는 말이지.

그러나 눌리타스가 없는 곳에서 만나 꼭 한 번은 왕에게 제대로 된 인사를 하고 싶었다.

"전하, 감사합니다."

루드비히는 무언가 잘못 들었나 싶어서 자세를 고치며 똑바로 앉으며 눈을 가늘게 떴다.

"……무엇을?"

루셔스는 정말 마음에 안 드는 저자가 어쨌든 그와 눌리타스를 만나게 해 주었고, 죽음의 문턱에서 그녀를 신성력으로 구해주었으며, 적서차별 철폐라는 엄청난 일을 시도해 준 것에 머리를 조아렸다. 그리고 고개를 들면서, 눌리타스를 해한 자들을 위해 복수를 하는 데 힘을 더해준 것에 대한 고마운 마음도 모두 그의 눈빛에 담았다.

그러자 오직 왕가의 적통 장자에게만 물려지는 자수정 빛 눈이 잠시 반짝거리더니, 루드비히는 다시 심드렁한 목소리를 내는 것이었다.

"공작에게 인사를 듣고자 한 일이 아니거늘…… 그나저나, 후추는 모두 어쨌나?"

왕국에서 지금의 이 모호한 대화를 이해할 수 있는 사람은 아마 없을 것이다. 왕의 물음에 루셔스는 싱긋 웃으며, 당당하게 말하였다.

"은밀하게 처리하여 모두 전하의 이름으로 가난한 백성을 돕는데 썼습니다."

"……하."

정말이지. 제멋대로인 데다 마음에 들지 않는 자가 틀림없었다. 루드비히는 한 치의 흠도 남기지 않는 모르시아니 공작의 얼굴을 보며 혀를 찼다.

"카드 판은……?"

루셔스의 물음 역시 누구도 알 수 없는 질문이었지만, 루드비히는 아주 간단하게 답을 하였다.

"그 노망난 영감을 홀리는 것 정도야."

루드비히는 눌리타스의 지난 과거를 알게 된 후, 할 수만 있다면 로마그놀로 백작을 그 자리에서 요절을 내고 싶었다. 그러나 로마그놀로가는 선대왕 그 이전부터 대대로 왕가에 충성을 맹세한 명망이 높은 가문이었다. 단지 백작이 숱한 여인을 취한 것으로는 벌을 줄 명분이 충분하지 않았다.

"흠……."

두 사람의 눈빛이 비슷한 색을 띠더니 은밀한 미소를 주고받았다. 그리고 이내 루셔스가 흐트러진 옷을 고쳐 입더니, 아주 정중한 예를 갖추었다.

"앞으로 잘 부탁드립니다. 형님."

"……?"

루드비히는 난데없이 공작이 왜 그를 형님이라고 부르는지 알지 못하여 당혹스러운 얼굴을 하였다.

"그것이 아내의 오빠를 이르는 말이 아니던가요."

고개를 들며 아무렇지도 않게 대꾸를 하는 루셔스를 바라보며, 루드비히는 아주 크게 웃었다.

"그렇게 부른다고 내가 자네를 귀애할 거라는 기대는 말게."

"저 역시 마찬가지입니다."

루드비히는 다음에는 꼭 눌리타스를 데리고 오란 말을 남기고 일어섰고, 루셔스는 생각을 해 보겠다는 답을 하였다.

말에 다시 올라탄 루셔스의 마음은 바빴다. 집으로 돌아가면 은발이 살랑 그의 가슴에 엉기고, 그 가느다란 손목이 포도 덩굴처럼 달콤한 향내를 풍기며 그의 목을 감아 오리라.

메이린은 피곤한 몸을 이끌고 이곳저곳 백작을 찾아다녀야 했다. 그리고 꼬박 하루가 지나서야 아버지를 재회할 수 있었다.

"아버지!"

메이린이 한 여관에 금발의 여인을 품고 침대에 누운 백작을 보자마자 소리를 지르고 말았다.

가문이 지금 어떤 위기인데, 아버지는 어떻게 저럴 수가 있단 말인가.

어머니의 까맣게 말라비틀어진 얼굴이 저 뻔뻔한 얼굴과 대비되는 것 같아 가슴이 너무 답답해졌다.

"아니, 네가 이곳에 있으면 어쩌자는 게냐?"

그것이 모진 풍파를 이겨내고 겨우 돌아온 딸을 본 백작의 첫 마디였다. 누가 보아도 제대로 먹지도 쉬지 못해 피곤이 역력한 얼굴이었지만, 백작은 메이린의 얼굴을 제대로 봐 주지 않았다.

그러나 메이린은 그런 일로 서운함을 느낄 겨를도 없이 백작에게 성에 쌓인 독촉장과 어머니의 병환에 대해 따져 묻기 시작하였다.

"네까짓게 뭐라고 아비가 하는 일에 입을 대느냐. 계집이란 자고로 조신하게 있다가 혼인이나 하면 그만인 거지."

"백작님!"

"어허, 어디서 아침부터 이리 품위 없는 짓을 하는 게냐."

메이린은 아버지를 향해 정말 묻고 싶었다.

빚이야 아버지만을 비난할 수 없는 입장이었지만, 아픈 부인을 내팽개치고 다른 여인의 품을 찾는 일은 그리도 고귀한 일이냐고.

"내가 다 알아서 할 터이니, 일단 돌아가 있어라. 네 어머니를 간호할 사람이 하나 있긴 해야 하니. 누구의 눈에 띄지 않게 각별히 조심하고."

저 당당한 태도를 보니, 메이린은 아버지가 자신에게 지금 당장 배를 타고 떠나라고 하지 않는 것만 해도 고마운 일이라 여겼다. 메이린은 대충 인사를 한 후 그 구역질 나는 냄새가 밴 방을 나섰다.

"어디서부터 잘못된 걸까."

처음에는 무시무시한 소문을 가진 사내와의 혼인을 피할 요량이었다. 그때는 그것이 얼마나 큰 문제를 가져올지 전혀 몰랐다.

메이린은 그녀의 이름으로 살 수 없게 되는 일을 너무 우습게 보았던 것이다. 작은 거짓은 엄청나게 불어나서 도저히 넘을 수 없는 높다란 산이 되어버렸다.

"일단 어머니에게 돌아가자."

저런 몰인정한 아버지 때문에 울고불고할, 세상 물정 모르던 그녀는 더 이상 없었다. 마차에 오른 메이린이 백작이 머물고 있는 방의 창을 보며 낮은 목소리를 내뱉었다. 그녀의 굳게 쥔 두 주먹이 부들거리고 있었다.

"강녕하세요. 백작님."

인사를 한 후 마차를 출발시키는 그녀의 목소리에는 한 치의 미련도 느낄 수 없었다.

"성으로 돌아가자!"

마차에 기댄 메이린의 푹 꺼진 두 눈이 더욱 피로해 보였다. 혹시라도 멀리 돌아온 그녀를 아버지가 안아줄까 하는 실낱같은 희망을 품었던 자신이 우스워 견딜 수 없었다.

이곳으로 나서기 전에 아비오의 소식을 알기 위해 사람을 보내두었고, 어머니를 모시고 나올 준비도 해두라 일러두었다. 집사에게는 금고에 남은 귀금속류를 모두 모아두라고도 하였다.

"대비를 단단히 하지 않으면 큰일 날 거야."

잉그리드가 도망쳐서 겪었던 그 끔찍한 일들을 다시 반복할 수는 없었다. 게다가 어머니는 지금 몸도 불편하시지 않은가.

그 패물들을 정리하면 시골의 조용한 곳에서 어머니를 모실 수 있을 것이다.

"나는 이미 평생 흘릴 눈물은 다 쏟은 셈이야."

고생이라고는 모르던 푸른 핏줄이 선명한 작고 하얀 손이 마차의 창을 더듬었다. 그리고 잠시 후 그녀는 아주 잠시 눈을 붙였다.

"어디서 계집이 아침부터 언성을 높이냐 말이야."

이곳에 있으면 곤란한 딸자식이 돌아와서 대뜸 한다는 짓이 아비의 흠을 들추기라니. 로마그놀로 백작은 눈을 뜨자마자 당한 봉변에 부글부글 화가 끓어올랐다.

"요즘 일진이 내내 사나운 것 같아."

사생아보다 못한 것들을 자식이라고 거둬서 키운 것이 억울해 미칠 것 같았다. 백작은 대충 옷을 껴입더니 뽀얀 살을 드러낸 채 침대에 누운 여인을 흘끗 보면서 말했다.

"여기서 기다리고 있도록 해. 이 일만 처리하면 너를 귀부인 부럽지 않게 만들어 줄 터이니."

백작은 이 빚만 청산하면, 다시 원래의 삶으로 돌아갈 수 있을 것이라고 믿어 의심치 않았다.

아이올라가 이름도 없는 작은 수도원에 몸을 의탁한 지 한참이 흘렀다.

그녀는 굳은살이 단단히 박인 손으로 빗자루를 쥐고, 수도원 앞 좁다란 정원을 쓸고 있었다. 머리에 쓴 수건 옆으로 짧게 자른 금발이 아무렇게나 비집고 나와 있었다.

빗질 한 번에 그녀의 탐욕이 한 움큼. 빗질 두 번에 그녀의 어리석음이 아주 조금. 빗질 세 번에 그녀의 미련이 티끌만큼.

그렇게 먼지를 쓸어내며 그녀의 마음의 때를 벗겨내고 있는 중이었다. 그리고 그 모습을 지켜보던 고운 옷을 입은 귀부인이 기둥 뒤에서 스러지듯 주저앉았다. 생사도 알 수 없던 소중한 아이를 만났다는 기쁨은 아주 잠시였고, 가슴이 갈기갈기 찢어지는 고통을 느껴야만 했다.

"어째서 우리 어여쁜 아이가……."

칙칙하고 거친 소재의 옷을 입고, 하녀들이나 할 법한 궂은일을 하고 있단 말인가. 게다가 지금 보이는 아이올라의 얼굴은 그녀가 알던 것과는 무척 달랐다.

칼릭스 남작부인은 얼마 전에 모르시아니 공작으로부터 서신을 하나 받았고, 즉시 이곳으로 달려오는 길이었다. 너무나 수척해진 딸아이의 모습에 그녀는 울 수도 없었다. 그리고 빗질을 하던 아이올라는 칼릭스 남작부인과 눈을 마주쳤다.

순간 아이올라는 손에서 빗자루를 놓치면서 두 손으로 얼굴을 가렸다.

'어머니, 제발 지금 제 얼굴을 보지 마세요.'

그 모습에 남작부인은 천천히 다가와 아이올라를 안았다. 그리고 온통 거칠어진 딸의 손을 매만지고, 흉한 머리를 쓰다듬어 주었다.

"아가. 네가 어떤 모습이든 엄마 눈에는 세상에서 가장 곱단다. 그러니, 애써 가리지 않아도 괜찮아."

"어머니, 아이올라는 이제 괴물이 되었어요."

남작부인이 아이올라의 가린 두 손을 천천히 내리면서, 눈을 마주쳤다.

"용서를 빌어야 한다면, 백 번이고 천 번이고 하는 거야."

"어머니."

"그래, 우리 예쁜 아기. 곧 상처가 아물고 새 살이 돋을 거야. 엄마가 너의 죄를 나눠 가지마. 함께 가자."

아이올라와 남작부인은 그 자리에서 한참을 서로를 안은 채 소리 없는 눈물을 삼켰다. 그 모습을 디아나 여신의 모습을 새긴 목각상이 자애롭게 바라보고 있었다.

모르시아니 성으로 낯선 서신들이 쏟아지기 시작한 것은 얼마 전부터였다. 공작가로 오는 서신들이 대부분 질 좋은 종이에 금박 입힌 고급 봉투에 담겨 오는 것에 비해 참으로 초라한 것들이었다.

어떤 종이는 너덜너덜했고, 어떤 것에는 이물질들이 잔뜩 묻어 있기도 했다. 심지어 이상한 냄새가 나는 것들도 있었다. 하지만 공통적인 것은 수신인이 모두 모르시아니 공작부인이라는 것이었고, 글씨들이 알아보기 힘들 정도로 조악하다는 것이었다.

"귀족들이 보낸 것은 분명 아니야."

눌리타스는 서재에 앉아 차분하게 그것들을 열어보기 시작하였다.

그 봉투 안에서 나온 것은 글이 적힌 편지는 아니었다. 말린 꽃이 툭 튀어나오기도 하였고, 천으로 만든 작은 소품 등이 들어 있었다. 어떤 누런 종이에는 아기를 안고 있는 여인이 그려져 있기도 하였다. 그리고 다음 종이를 펼치자, 푸른 눈을 한 여인이 삐뚤빼뚤한 선으로 그려져 있었다.

"이건 나구나."

발신인 불명의 편지들이었지만, 눌리타스는 이것들을 보낸 사람들의 얼굴을 하나하나 알 것만 같았다. 서신을 보내는 데는 비용이 제법 드는데, 가난한 이들이 그 돈을 어떻게 구했을까 싶어 마음이 짠했다.

"이렇게 인사를 받을 일도 아니었는데……."

그들 모두가 그녀의 어머니 같았고 또 다른 그녀 같기도 하였다. 어떠한 도움도 받을 수 없는 그 막막한 처지를 누구보다 잘 알기에 그녀의 온기를 그들에게 조금 나누어 주었을 뿐이다.

그리고 얼마 전 방문했던 마을의 아이들이 떠올랐다.

위독했던, 백일 넘은 아기는 제법 살이 올라서 배가 통통했다. 그날 안아보니 제법 묵직하여 얼마나 기뻤던지 모른다. 아기의 얼룩덜룩하던 얼굴도 뽀얗고 예쁘기만 하였다. 똑같이 누워 쌕쌕거리던 남매는 이제 그녀를 보면 멀리서 달려와 안길 정도로 건강을 회복하였다. 그렇게 기운찬 아이들을 꼭 안고 얼마나 가슴이 뿌듯하였는지 모른다.

"젠장, 기분이 좋은데 왜 눈물이 나는 거야."

눌리타스는 편지를 손에 쥔 채 다른 한 손으로 눈물을 훔쳐내었다. 그녀는 누군가에게 이런 도움을 줄 수 있다는 것이 다행이라 여겼고, 앞으로의 삶도 허투루 쓰지 않겠다고 다짐하였다.

로마그놀로 백작이 위풍당당하게 서류를 내밀면서, 거만을 떨고 있었다. 백작은 지금 이 순간에도 그가 왜 이런 수고를 들여야 하는지에 대해서 짜증이 날 뿐이었다.

　"내가 바쁘니 빨리 처리하도록 해라."

　그러나 서류를 펼쳐서 살펴보던 관리가 고개를 갸웃거리며, 다시 처음부터 훑기 시작하였다.

　"이제 가도 되는 거지?"

　로마그놀로 백작이 시끄러운 소리를 내면서 의자에서 몸을 일으키는데, 관리가 건조한 목소리를 내었다.

　"송구하나, 가실 수 없을 것 같습니다."

　"……무슨 소리냐! 거기에 만 골드라고 똑똑히 적혀 있지 않으냐!"

　창을 들고 온 병사 둘에게 팔을 잡힌 백작이 난동을 부리기 시작하였다. 그러자 관리가 냉랭한 목소리로 이 서류에서 백작에게 돈을 주기로 되어 있는 올리브 백작이 파산하여 투옥되었다는 것을 일러주었다.

　"그러니 가져오신 서류는 건초더미와 진배없습죠."

　"그럴 리가 없다. 그건 모르시아니 공작이 내게 직접 보내 준 거란 말이다."

"죄송하지만, 저희는 오직 서류에 적힌 것만을 따져 볼 뿐입니다."

"괘씸한 것들이 뭐라고 지껄이는 게야? 내가 가져온 게, 뭐, 건초라고!"

로마그놀로 백작의 외침이 건물의 벽을 부딪쳐 되돌아와 그의 가슴을 후려치고 있었다.

"고로 백작님을 체포합니다."

"내가 누군 줄 아느냐? 내가 로마그놀로 백작이다!"

"잘 아시겠지만, 왕국의 위대한 법에 따라서 빚을 못 갚으시면 백작님도 체포를 피하실 수는 없습니다."

로마그놀로 백작은 저항을 해 보아도 아무런 소용이 없으며, 그가 커다란 곤경에 처했다는 것을 깨달았다. 그는 갑자기 시계를 바라보더니 다급한 목소리를 내었다.

"아직 오전 11시이니 나에게 한 시간이 남지 않았느냐. 함께 성으로 가자. 그곳에 가면 내가 다 해결할 수 있으니."

관리는 백작의 말이 사실이었으므로 마지막 기회를 줄 수밖에 없었다. 그래서 병사들에게 포박당한 백작과 관리 둘이 로마그놀로 성으로 향하기 시작하였다. 덜거덕거리는 마차 안에서 초조한 백작의 머릿속은 복잡하기만 하였다.

'분명 착오가 있는 거야. 엉뚱한 서류가 왔던 게지. 모르시아니 공작이 내 뒤통수를 칠 깜냥이 되지를 않거늘.'

그리고 여차저차하면 대대로 내려오는 가보와 그 성이라도 통째로 줘버리자 마음을 먹었다. 가는 내내 앉은 다리가 덜덜 떨리고, 입안의 침이 모두 말라 따가울 지경이었다. 마차는 시간 내에 로마그놀로가에 도달하였고, 백작은 급히 성으로 달려 들어가면서 집사를 찾았다.

"세바스찬!"

하지만 아무리 불러도 그의 충실한 집사는 응답이 없었다. 잠시 후 그의 부름에 하녀 하나가 나타나 집사가 메이린 아가씨와 백작부인을 모시고 여행을 떠났다는 것을 알려주었다.

"……뭐라고."

무언가 찜찜한 기분이 들었지만, 로마그놀로 백작은 재빠르게 귀한 것들을 보관하는 방으로 발걸음을 옮겼다. 그러나 금고의 문은 빼꼼 열린 채였고, 금고를 가리는 용도로 쓰이는 커다란 액자는 바닥을 나뒹굴고 있었다.

"이럴 수가."

금고 안을 가득 메우고 있던 가보나, 금화 주머니가 온데간데없었다. 심지어 백작가에 관련된 서류 쪼가리 한 장 남아 있지 않은 것이었다. 백작은 손을 넣어서 텅 빈 금고를 더듬다 화를 낼 기운도 없어 허탈한 웃음을 지었다.

"……하."

그의 뒤로 그를 뒤따라온 창을 쥔 병사의 그림자가 마치 사신처럼 시커멓게 늘어지고 있었다.

"이 성과 이 모든 귀한 조각품들, 그림을 주겠네. 그러니 우선 이 것들을 받고 나를 구해주게. 체면이 있지. 이 몸이 그런 누추한 곳에 갇힌다는 게 말이 되는가?"

로마그놀로 백작은 버럭 화를 내다 애원을 하며 빌었지만, 관리는 무미건조한 낯으로 병사들에게 백작의 양팔을 단단히 잡으라고 이를 뿐이었다.

'아, 이건 너무나 생생한 악몽이구나.'

백작은 화려했던 과거가 살아 숨 쉬는 성의 내부를 구석구석 살피며, 층계를 천천히 걸어 내려갔다.

너무 큰 실의에 빠진 그는 마차에 타서도 침묵에 잠겼다. 그리고 마차가 성을 빠져나와 모퉁이를 막 돌 때였다.

"아니, 잠시만 세워주게."

웬 인영이 성벽에 웅크리고 있었는데, 순간 묘한 기시감이 들어 그냥 지나칠 수가 없었다. 로마그놀로 백작은 해가 들지 않는 그 곳으로 넘어질 듯 달려가서 그 사내를 마주하였다.

맨발을 한 사내는 눈을 꼭 감고 낮잠이라도 자는 것처럼 숨을 거둔 채였다. 로마그놀로 백작은 다급한 손길로 그 쓰러진 자의 얼굴을 들여다보았다.

"……아니."

머리색이 변했고, 볼품없는 옷을 입었어도 여기 잠이 든 이는 그가 늘 못마땅해하던 백작가의 유일한 후계자, 아비오가 분명하였다.

"아비오! 눈을 떠라! 네가 왜 이런 곳에 잠이 들어 있는 게야!"

왜 그의 하나뿐인 아들이 집을 목전에 두고 이리 쓸쓸한 죽음을 맞이하게 된 건가.

"내 너를 미워했어도, 이런 모습은 원치 않았거늘."

그저 강한 아들로 길러 로마그놀로가를 물려주고자 했을 뿐이었다. 유약해 빠졌어도 아비오는 그의 피를 물려받은 유일한 사내아이였다.

백작은 한참 뒤늦게 이미 차가워진 아들의 몸을 덥석 안았다. 그리고 잠시 후 바닥으로 무언가 떨어지는 소리가 났다. 그것은 반짝이는 은화 한 닢이었다.

"그렇구나. 이게 우리가 가진 전부구나."

"삼가 고인의 명복을 빕니다. 하지만 백작님, 이제 출발해야 합니다."

백작이 애도의 시간을 마저 가지기도 전에 관리의 딱딱한 음성이 들렸다. 그리하여 싸늘하게 식어버린 아들의 시신을 길가에 조심스레 내려두고서, 온통 젖은 얼굴을 한 백작은 다시 마차에 올라야 하였다.

벽에 스러진 아들의 모습이 얼마나 초라한지, 창밖으로 그 모습을 바라보는 것이 힘이 들었다. 그리고 어디선가 정오를 알리는 종소리가 스산하게 울리는 것과 동시에 마차가 천천히 움직이기 시작하였다.

　로마그놀로 백작가의 몰락은 왕국 전체에 빠르게 퍼졌고, 눌리타스는 그 소식을 듣고 쓸쓸한 미소를 지었다.

　창밖을 바라보다 한 손으로 이마에 흘러내린 머리를 걷어 올리는 눈빛이 무척이나 미묘한 빛을 띠었다.

　어머니의 과거를 잿빛으로 물들이고 그녀를 고통으로 뒤틀리게 한 것을 따지자면, 그들은 백번이고 벌을 받아야 마땅했다. 그러나 그것이 백작가의 파산이나 아비오의 죽음을 의미한 것은 아니었다. 그저 그들이 그녀와 어머니에게 행하였던 죄를 더는 짓지 않기를 소망하였다.

　'그때 본 얼굴이 마지막이었구나.'

　파리해진 낯을 하였으나, 그 눈빛만은 여전히 형형하던 아비오를 떠올리자 눌리타스는 뜨거운 기운이 복받치는 것 같았다. 누군가의 죽음 앞에서 그녀는 도저히 기뻐할 수 없었다.

　뒤늦게 방으로 들어온 루셔스가 말 없는 위로를 건네다, 팔로 눌리타스의 떨리는 어깨를 힘주어 끌어안았다. 눌리타스는 루셔스의 든든한 가슴에 기대어 흐느꼈다.

"부탁이 있어요."

"무엇이든."

"아비오 님의 장례를 치러주고 싶어요. 그리고 메이린과 백작부인을 찾아주셨으면 해요."

죄는 밉다 하나, 죽은 이를 욕보이는 것은 그들의 행동과 다를 바 없는 일이었다. 루셔스는 그녀의 말을 듣고 더욱 세차게 그녀의 몸을 안아 주었다.

흙탕물 속에서 피어나는 꽃이 있다고 들은 적이 있었는데, 바로 그 꽃이 그의 품에서 향기를 뿜고 있는 것 같았다.

"그대의 뜻이 그러하다면."

"고마워요."

그를 올려다보는 눌리타스의 젖은 눈에 갑자기 그의 가슴이 세차게 뛰기 시작하였다. 눈물로 얼룩진 볼이 더 없이 고혹적이었고, 그의 가슴에 가만히 안긴 그녀의 작은 몸은 루셔스에게 꼭 맞았다.

눌리타스는 기댄 그의 가슴이 세차게 요동치기 시작했음을 알아채고 두 손으로 그의 몸을 살살 밀어냈다.

"당신, 정말 못 말리겠어요."

그러자 루셔스가 헛기침을 하며 그러면 그렇게 예쁘지나 말지 하면서 혼잣말을 구시렁댔다. 그러더니 품에서 손수건을 하나 꺼내어 눌리타스의 남은 눈물을 닦아 주었다.

"······그건."

"내게 가장 귀한 이가 준 보물이지만, 특별히 그대에게 나눠 주는 거요."

눌리타스는 루셔스가 우스꽝스럽게 생긴 독수리가 새겨진 손수건을 다시 품에 갈무리하는 것을 지켜보면서, 다시 울음이 터져 버렸다. 하지만 이번에는 입가에는 미소를 머금은 채였다.

"나는 늘 그대를 웃게만 하고 싶어."

"저 지금 웃는 거예요."

두 사람은 서로를 보면서 그윽한 눈길을 주고받았다.

아비오의 장례를 치르는 날은 추적추적 비가 나렸다. 구덩이에 관을 묻는데, 그 주변으로 까마귀들이 진혼곡이라도 부르는 듯 깍깍 소리를 내고 있었다.

장례는 모르시아니 공작과 공작부인의 주도하에 치러지게 되었고, 몰락한 로마그놀로 백작가를 위한 조문객은 오직 그들뿐이었다. 원래는 백작을 이 자리에 특별히 참석할 수 있게 배려를 해 주었지만, 그는 무엇이 그리 급하였는지 간밤 감옥에서 심장 통증을 호소하더니 숨을 거두었다고 하였다.

'불행은 홀로 오지 않는다 하였지.'

검은 드레스를 입은 눌리타스는 고개를 숙인 채, 부디 떠나는 자의 마지막 가는 길이 춥지 않기를 빌었다. 보슬비가 내리기 시작하였고, 그녀의 속눈썹에 물이 맺히기 시작하였다. 눌리타스는 손에 쥐고 있던 흰 장미를 관 위로 던지며 작별을 고하였다.

'부디 그곳에서 편히 쉬소서.'

눌리타스와 루셔스는 서로에게 의지한 채, 힘든 시간을 이겨내고 있었다.

그리고 멀리 떨어진 곳에서 조문객 하나가 비를 맞으며, 그 모습을 지켜보고 있었다.

"내가 늦었구나. 나의 새가 영영 떠나버렸어."

거칠한 낮은 목소리를 내는 사내가 모자를 벗어 두 손으로 쥐고, 고개를 숙여 망자를 위한 인사를 건넸다. 얼굴을 드는 사내의 눈은 붉은빛이 도는 금안이었다. 그는 자리를 뜨기 전에 품에서 이미 시들어버린 작은 꽃 하나를 발밑으로 툭 하고 떨어뜨렸다.

로마그놀로가 앞으로 고스란히 남은 빚은 모르시아니 공작이 갚았기에 로마그놀로 가문의 하인과 하녀들이 모두 일자리를 잃고 거리에 나앉는 것을 막을 수 있었다. 그곳에는 더 이상 하녀들에게 더러운 손을 뻗는 귀족 나리도 기분에 따라 매질을 하던 마님도 없었다. 그러나 백작도 후계자도 동시에 사망해버렸기에, 가문의 후계 문제가 대두되기 시작하였다.

어느 날, 루드비히 자뷔에는 성대한 연회를 열어 여러 귀족을 불러 모았다. 그리고 모두의 이목을 집중시킨 뒤, 눌리타스를 귀족들의 앞에 나서게 하였다.

"그대의 이름을 말하라."

눌리타스는 하늘하늘거리는 푸른 드레스를 입고, 목에는 모르시아니가의 가보로 내려오는 귀한 목걸이를 한 채 왕을 향해 공손히 예를 갖추었다.

'이제 누군가의 대역은 끝이 난 거야.'

이름을 말하는 것은 다른 누군가에게 무척 쉬울지도 모른다. 그러나 지금 그녀에게 그것은 엄청난 용기를 내어야만 하는 일이었다.

"저는 눌리타스 로마그놀로입니다."

처음 들은 이름에 귀족들이 서로 눈빛을 주고받기 시작하였다. 그들의 의문은 끝도 없었지만, 가난한 자들에게 성녀로 추앙받는 모르시아니 공작부인이자, 왕과 의남매를 맺은 여인에게 어떠한 문제 제기를 할 수는 없었다.

"왕의 이름으로 그대, 눌리타스를 로마그놀로가의 차기 백작으로 명한다."

"……주어지는 수많은 것들을 모두와 나누며 살겠습니다."

눌리타스는 천천히 몸을 숙이며 왕의 말을 받들었다. 그리고 천천히 돌아서는데, 감색의 옷으로 성장을 한 루셔스가 기다렸다는 듯 그녀의 팔을 이끌어주었다.

눌리타스는 몇 걸음을 걷다 말고 잠시 뒤를 돌아 왕을 바라보았고, 그를 향하여 아주 환하게 웃어 보았다. 그에 루드비히는 넋이 나간 듯 눌리타스를 바라보다 한 박자 늦은 미소로 화답을 하였다.

루셔스는 오늘따라 더욱 당당하고 눈부신 여인의 옆모습을 바라보다, 그 길의 끝자락에 서서 은밀한 목소리를 내었다.

"빨리 돌아가고 싶어."

눌리타스는 그의 낮은 음성이 의미하는 바가 무언지를 깨닫자 얼굴이 온통 붉어졌다. 그리고 눌리타스는 그녀의 손을 뻗어 그의 상처가 있는 손목을 가만히 어루만졌고, 이에 루셔스는 그녀의 등을 부드럽게 감싸주었다.

그때 젊은 공작부부의 뒤로 음악이 연주되기 시작하였고, 색색의 옷을 입은 이들의 아름다운 춤사위가 꽃이 피어오르듯 나부끼고 있었다.

〈본편 완결〉

외전

별처럼 밝게 빛나라

황제 루드비히 자뷔에 치세 36년.

샤를 왕자님이 공식적으로 첫선을 보이는 날이기도 한 무도회의 밤, 그 주인공이 감쪽같이 증발해버리는 기이한 일이 일어났다. 그리하여 무도회를 준비했던 이들이 발을 동동 구르며 이곳저곳으로 왕자님을 찾아다니고 있었다.

가장자리에 은사가 눈부시게 수 놓인 하얀 가운을 대충 걸치고 기대고 앉은 루드비히는 발을 까닥대며 평온한 얼굴을 하고 있었다.

"전하, 아뢰옵기 송구하나 어찌합니까. 샤를 왕자님이 어디에도 안 보이십니다."

"다 큰 녀석을 그물로 낚아 올 테냐? 그것과 상관없이 무도회를 진행하도록 해. 이번에 무희들이 특별히 신경을 써서 공연을 준비했다고 하더군."

"……네."

무도회의 총괄을 맡은 시종은 근심 어린 표정을 감추지 못한 채, 자리에서 물러섰다. 전하나 그 아드님이신 샤를 왕자님이나 속을 도저히 가늠하기가 힘든 분들이었다.

시종이 왕 앞에서 물러 나오다 막 궁으로 들어오는 공작 내외와 마주쳤다.

"모르시아니 공작님과 로마그놀로 백작님을 뵙습니다."

루셔스는 하얀색의 옷을 갖춰 입고, 가슴에 금색 빛이 도는 새시를 둘렀고 눌리타스는 황금빛이 연하게 감도는 드레스에 허리에 하얀 끈을 둘러서 조화를 이루고 있었다.

"표정이 무척 안 좋아 보이는데, 무슨 일이 있나?"

"그게 샤를 왕자님이 보이지 않으셔서 말입니다."

그들은 난처한 듯 식은땀을 뻘뻘 흘리는 시종에게 힘내라는 말을 건네고 돌아섰다. 그리고 시종이 멀어지자 두 사람은 낮은 목소리로 소곤거리기 시작하였다.

"아무래도 그 아이가 연관이 있는 것 같죠?"

"불행히도 그런 것 같소. 무도회라면 질색하던 녀석이 오늘은 웬일로 순순히 오나 했더니."

눌리타스는 어린 시절부터 남달랐던 딸아이를 떠올리면서 작은 한숨을 내쉬었다. 그러자 루셔스가 아들만 셋을 키우는 기분이라는 말을 덧붙였다.

"그런 말씀 마세요. 가브리엘과 고프리는 얼마나 점잖다고요."

"하지만 또 그런 것이 우리 스텔라의 매력이기도 하지."

루셔스가 스텔라를 떠올리며 귀여워 어쩔 줄 모르겠다는 듯 입을 헤벌쭉 벌렸다.

"당신은 정말 너무 그 애의 편을 들어주는 경향이 있어요. 하지만 지금은 한창 그럴 시기이기도 하죠."

두 사람은 서로를 다정하게 바라보더니 팔을 고쳐 잡으며 앞으로 나아갔다.

"야. 꼬맹이. 진짜 바다를 보여주는 거야?"

"……."

올해 열여섯 살이 된 샤를과 스물두 살의 스텔라는 마차에 앉아 있었고, 그녀는 흥분을 감추지 못하고 있었다. 스텔라는 태어나면서부터 크고 작은 많은 사고의 중심에 있었지만, 오늘은 제대로 된 일을 벌였다는 기분이 들었다.

'왕자의 성인식 축하 무도회에서 왕자와 탈주하기.'

좀처럼 걱정을 하지 않는 스텔라였지만, 이번만큼은 조금 신경이 쓰이는 것이었다.

"그런데 괜찮을까?"

"뭐가."

"루비 삼촌이 화를 많이 내지 않으실까?"

"아버지는 그럴 분이 아니셔."

"무도회가 그렇게 싫었어?"

"……글쎄."

스텔라는 무엇을 물어보아도 짧게 대꾸하는 건방진 꼬맹이 때문에 심통이 나서 마차 의자에 푹 기대었다. 저 성질 고약한 녀석은 저 보석 같은 두 눈을 빼고는 예쁜 구석이라고는 찾아보기가 힘이 들었다.

'나이도 어린 게 키도 저렇게 크고 말이야. 귀여워해 줄 수가 있어야지.'

샤를은 루드비히 전하보다는 조금은 옅은 초록색 머리가 구불구불하게 어깨까지 닿아 있었고, 붉은 기가 도는 자수정빛의 눈을 지녔다.

"진짜 반짝이는 눈만은 정말 예술이란 말이야."

"사람의 겉모습에 대한 평가를 하는 건 예의 없는 행동이야. 스텔라."

"휴, 그 속에는 도대체 누가 있니."

스텔라는 그를 알고 지낸 지난 팔 년간, 그들 사이는 항상 이런 식이었다. 적당히 친하고, 적당히 먼 관계.

그러다 한숨이 조금 새어 나왔다. 무도회에 참석하기 싫어서 이렇게 도망친 것을 오빠들이 알게 된다면, 그녀가 무사할 수 있을까. 부모님은 아마도 웃거나 이마를 한 대 콩 치는 것으로 넘어갈 테지만.

"왜 그런 못생긴 표정을 짓는 거지."

"고프리 오빠가 화를 내는 얼굴을 상상해 봤어."

"쓸데없는 걱정은 하지 마. 내가 다 책임을 질 거니까."

"야, 너는 열여섯 살이고 나는 어른이거든?"

"나도 이제 막 성인이 되었는데."

"참, 그렇지. 축하해. 샤를."

그다지 진정성이 느껴지지 않는 인사를 건네자 샤를은 쳐다보지도 않았다. 스텔라는 작년까지만 해도 코찔찔이라고 샤를을 놀릴 수 있었는데, 이제는 그럴 수 없다는 것이 조금 아쉬운 기분이 들었다.

스텔라가 손가락을 뻗어 창에다 무엇을 쓰기 시작하자, 그 모습을 샤를이 지켜보았다. 가느다란 은발이 찰랑거리면서 허리까지 물결쳤고, 푸른 눈에는 그녀처럼 아름다운 별빛이 그득하였다.

'Luce sicut stellae(별처럼 밝게 빛나라).'

샤를은 그녀의 모습을 슬쩍 보는 것만으로 두 손에 힘이 들어가기 시작하였지만, 이내 평정심을 되찾았다. 그는 누군가처럼 상대를 바라만 보다 마음을 단념할 생각은 전혀 없었다.

"샤를! 저기 봐. 바다가 보이기 시작했어. 저기 바다 맞는 거지?"

스텔라가 창밖으로 보이는 검은 물결에 환호하고 있었다. 샤를은 그녀가 불러주는 그의 이름이 주는 느낌에 만족하며, 그렇다고 답을 해 주었다.

검은 수염 해적단에게는 벌써 몇달 전에 이야기해 두었으니 아마 배가 그들을 기다리고 있을 것이다. 어머니와 할아버지를 만난지가 언제던가. 아마도 할아버지는 지팡이로 그의 등을 한 대 치실지도 모른다. 어머니는 휘파람을 불면서 그를 반겨 주실 것이다.

"바다가 좋아?"

"응! 하지만 아버지도 오빠들도 위험하다고 한 번도 나를 데려가 주지 않았지 뭐야."

샤를은 바다가 좋다는 그녀의 답에 가슴이 뻐근해지기 시작하였다. 그는 바다에서 태어난 아이였고, 바다는 그의 어린 시절의 전부였다. 마치 바다는 그 자신과도 같았다.

"그래, 나도 좋아."

"뭐라고?"

"아무것도."

샤를의 의뭉스러운 대답에 약간 이상한 표정을 짓다 스텔라는 곧 쾌활하게 웃기 시작하였다.

"저기 배도 보인다! 야호!"

좀처럼 무도회에 얼굴을 드러내지 않는 모르시아니 공작 내외가 들어서자 주변은 웅성거리기 시작하였다. 풍성한 드레스를 입은 여인들이 앞다투어 눌리타스 근처로 다가와 존경을 담은 인사를 건넸다. 그들에게 로마그놀로 백작은 보통의 평범한 귀부인이 아니었다.

여인의 몸으로 좀처럼 받기 힘든 작위를 받기도 하였고, 남편이나 가족의 일을 거드는 것이 아닌 그녀가 주체가 되어 커다란 일들을 성공적으로 해내고 있는 것이었다.

"이번에 또 구빈원을 하나 더 여셨다는 소식을 들었습니다. 그 힘든 것을 하나도 아니고, 여러 개를 말입니다. 정말 대단하십니다."

"과찬이십니다. 전하도 많이 도와주셨고, 모르시아니 공작님도 큰 도움을 주시고 계신답니다."

여인들은 언제 보아도 늘 겸손한 공작부인을 향한 경외감을 숨기지 못하였다.

"이번에는 스텔라 님을 뵐 수 있을까요? 그 눈부신 미모가 왕국 전체에 소문이 나 있답니다."

"글쎄요."

눌리타스는 친절한 미소를 띠고 있었지만, 남몰래 작은 한숨을 쉬고 있었다. 익숙해지기 힘든 화려한 이들의 차림과 역한 향수 냄새는 예전과 전혀 달라지지 않았던 것이다.

"그런데 평민들을 위한 스콜라는 아직도 이해가 되질 않더군요."

누군가 눌리타스에게 질문을 던졌다. 그들에게는 논밭을 갈고, 그들의 성을 청소하고, 정원을 다듬는 이들에게 왜 교육이 필요한지 의문을 가지고 있었다.

"그들이 하는 일에는 하등의 지식도 필요 없지 않나요."

"그러게요. 이름을 쓸 줄 안다고, 밀을 더 수확해내는 것도 아닐 텐데요."

한 여인의 말에 모두가 부채로 입을 가리며, 작은 웃음을 터뜨렸다.

'변한 게 있다 싶으면, 다시 제자리인 것 같아.'

눌리타스는 귀족들의 머릿속에 평민들의 모습이 그다지 달라진 게 없는 것 같아 조금 씁쓸하였다.

"그들 중에 배움에 목마른 이들을 위해 조금 도움을 줄 뿐입니다."

그러는 중 잠시 귀족들과 인사를 나누러 갔던 루셔스가 여인들의 틈을 헤치고 나타나 눌리타스의 허리를 감싸 안았다.

"이만 실례합니다."

귀부인들은 해가 갈수록 매력적인 남자가 되어가는 모르시아니 공작의 낮은 목소리에 볼을 붉히며, 눈인사를 건넸다. 넓은 어깨와 검은 머리, 평소 부인을 향하는 다정한 눈매 하며… 그들은 함께 온 남편들의 평소 무심한 시선을 떠올리며 한숨을 내쉬었다.

"괜찮소?"

"그럼요. 그냥 인사만 나눴을 뿐인걸요."

루셔스는 이곳을 벗어나고 싶은 마음이 간절하였다. 혼인 적령 기의 자녀들이 있는 귀족 사내들이 루셔스를 앞뒤로 둘러싸고, 자 신들의 아들의 수입이 얼마인지, 물려받을 재산이 어떤 것들인지 를 떠들기 시작했던 것이다. 딸을 가진 이들은 자신의 딸이 한 떨 기 수선화 같다는 둥, 아침에 피어난 장미꽃을 닮았다는 둥 수선 을 피웠다.

누구와 혼인을 하라고 하여도 말을 들을 아이는 루셔스의 자식 들 중 아무도 없기도 하였지만, 루셔스는 그가 눌리타스를 만나게 된 인연처럼 그들의 아이들도 제 짝을 찾길 바랐다.

"무슨 생각을 하시는 거예요."

"우리 아이들을 생각했지. 그나저나 샤를 왕자님의 성인식을 축 하드리려고 왔던 건데, 이렇게 된 거 이제 돌아갈까."

눌리타스는 은근한 목소리로 그녀의 귀에 짧은 숨을 불어넣는 루셔스를 옆으로 툭 치며 살포시 웃었다.

어쩌면 사람이 이렇게 한결같을 수 있는 걸까.

그녀를 향한 애정에 세상을 모두 가진 것 같은 충만함을 느낄 수 있었다. 눌리타스는 슬쩍 고개를 끄덕하는 것으로 대답을 하였고, 두 사람은 인파에 묻혀 자연스럽게 출입구로 이동하였다.

그리고 거의 다 빠져나갈 때쯤 익숙한 이와 맞닥뜨렸다.

"벌써 가려는 건 아니겠지?"

"전하를 뵙습니다."

출입구에 루드비히 자뷔에가 들어서자 춤을 추던 이들, 대화를 나누던 이들 모두가 고개를 조아렸다.

그들의 왕은 젊은 시절 수많은 이야깃거리를 만들어내기도 하였으나, 지금은 누구보다 공명정대하며, 모두의 이야기에 귀를 기울여주는, 덕이 높은 왕으로 칭송을 받고 있었다.

물론 그것들은 루드비히로서는 전혀 의도치 않은 일이기도 하였다. 그리고 그가 그렇게 나아가게 된 데 큰 계기가 된 이들이 그의 바로 앞에 서 있었다.

"누이에게 한 곡을 청해도 될까."

루드비히는 평소처럼 노출이 심한 옷이 아니라 온통 검은색으로 맞춰 입은 채 그의 눈을 닮은 자줏빛이 감도는 새시를 어깨에 두르고 있었다.

루셔스는 내키지는 않았지만, 그저 잠자코 있었다. 선택은 어디까지나 그녀의 몫이 아닌가.

루드비히가 얼굴에 웃음을 띠우며 눌리타스에게 손을 내밀자, 그녀는 루셔스에게 눈으로 동의를 구하는 것처럼 보이더니, 왕의

외전 • 별처럼 밝게 빛나라 271

손을 잡았다.

왕이 무도회의 중앙에 나서자 부드러운 음악이 연주되기 시작
하였다.

"사실 누이와 이리 춤을 한 곡 추고 싶었어."

눌리타스는 친동기간 이상으로 정을 나눠주는 루드비히의 손
을 잡고 빙글 돌았다. 그리고 다시 그들이 얼굴을 마주하였을 때,
루드비히가 아주 비밀스러운 눈을 하고 있었다.

"누이, 우리가 진짜 가족이 될지도 모르겠어."

눌리타스는 워낙 루드비히가 이상한 정신세계를 지니고 있음을
잘 알고 있었지만, 이번만큼은 무슨 의미인지 한 번에 파악하기가
힘이 들었다.

"무슨 말씀이세요."

"그 녀석도 나를 닮은 게지."

마지막 루드비히의 말은 음악 소리에 묻혀 제대로 들리지 않
았다.

"이제 제 부인을 찾아가도 될까요."

한 곡이 끝나갈 무렵 루셔스가 어느샌가 나타나 루드비히와 눌
리타스 곁에 석상처럼 서서 그들을 날카롭게 바라보기 시작하
였다.

"사내가 저리 옹졸해서야 원."

루드비히는 루셔스를 비난하는 것을 잊지 않았고, 루셔스는 낮

은 신음 소리를 내며 불편한 심기를 드러내는 것으로 대응하였다.

"전하, 영광이었습니다."

눌리타스가 루드비히를 바라보며 인사를 건네자, 그제야 두 사내는 으르렁거리는 것을 멈추었다.

"우리 누이의 반만이라도 닮게."

루드비히는 눌리타스에게 한쪽 눈을 찡긋거리며 앞으로 나갔고, 그녀는 다시 루셔스의 손을 잡고 시작되는 다음 음악에 맞추어 부드럽게 몸을 움직였다.

눌리타스가 백작의 작위를 수여받고 가장 먼저 한 일 중 하나는 스콜라(학교)를 세우는 일이었다. 로마그놀로 영지 내에 너른 공터에 크지 않지만, 제법 공이 든 것 같은 건물이 세워졌다.

"그러니까 백작님, 벽에다 꽃이랑 뭘 그리면 된다고요?"

"아이들이 환하게 웃는 얼굴이 좋을 것 같아요."

보통은 귀족의 초상화나 수도원 내 벽화를 그리는 솜씨가 좋은 화공을 초청하여 이것저것 의견을 조율하고 있는 것은 은발머리의 여인이었다.

"건물 외벽에다 그림을 그리는 것은 처음이라……."

눌리타스는 주저하는 두 화공에게 그들의 실력을 믿는다고 아낌없는 격려를 해 주었다.

"마님, 이것 좀 드시고 하세요."

소피아가 레몬을 띄운 음료를 가져다주자 눌리타스는 고맙다는 인사를 건네고, 그것을 입으로 가져갔다. 그리고 사방으로 펼쳐진 들과 그 위에서 살아가는 사람들을 보면서 말로 표현할 수 없는 감정을 느꼈다.

로마그놀로 백작.

아직은 어색하기만 한 호칭이었고, 영원히 익숙해질 것 같지 않았다. 그 이름으로 불릴 때마다 마음 한구석이 어긋나는 것 같았고, 또 엄청난 무게감을 실감해야만 하였다.

어쩌면 귀족으로 태어나지도, 제대로 교육받지도 않은 그녀가 감당하기엔 힘이 들지도 모른다. 하지만 그녀는 계획을 세워 차근차근 실행시켜 나가기로 마음을 먹었다.

그 첫 번째가 바로 지금 이곳에서 막 펼쳐지려 하고 있었다.

"마님, 그러니까 이 스콜라라는 곳에서 글도 배우고 그렇다는 거죠?"

소피아는 아직도 잘 이해가 되지 않는다는 얼굴로 건물을 올려다보고 있었다. 사실 그녀는 눌리타스의 도움을 받기 전에는 자신의 이름을 쓰거나 읽을 줄 몰랐었다. 그리고 대부분의 이들이 그녀와 비슷했으므로 그게 불편하다는 것을 깨닫지도 못하였다. 그러나 그녀의 이름을 쓰게 되자, 부모님의 이름이 궁금해졌고 신기하게도 세상이 조금씩 달라 보이기 시작하였다.

"그래. 배움의 열의는 있었으나 기회를 가지지 못한 이들을 위해서 문을 열어 둘 거야."

"문을 열어 두면 도둑이 들지는 않을까요?"

소피아가 걱정스러운 얼굴을 하였고, 눌리타스는 그녀에게 환하게 웃어 보였다.

"그러면 이곳에 오닉스의 아이들을 보내어 지키도록 하면 괜찮을까?"

눌리타스는 소피아가 잘 이해를 못 한 말을 지적하지 않고, 부드럽게 이끌어주었다. 그녀도 소피아보다 더욱 단순한 생각을 했던 시절이 있었더랬다.

'그래…… 그랬었지.'

멀건 죽에 큰 건더기가 하나 있으면 그것을 길조라 여기는 때도 있었다. 아마 하루 살기가 바쁘던 이들이라 딱딱한 느낌의 건물을 짓고, 배울 것을 권하는 것은 별로 효과가 없을 거라 생각하였다.

그래서 벽에 친근한 그림을 그려서 아주 멀리서도 사람들의 호기심을 자극하고, 그리 부담스럽지 않게 만들어 주려 노력하려 하였다.

"나는 말이야. 내가 가졌던 행운을 모두와 나누고 싶어."

눌리타스는 화공들이 줄을 타고 내려와 높은 곳에 걸터앉아 그림을 그리는 것을 지켜보면서 읊조렸다. 그리고 그녀가 로마그놀로 백작이 되어 성에 처음 돌아간 날을 떠올려 보았다.

그녀가 누구인지 로마그놀로 성 내 모두가 잘 아는 상황인지라, 하루아침에 그녀를 백작님 하며 따르기가 쉽지 않으리라 예상하였다. 그리고 그런 것을 기대하지도 않았다.

누구의 위에 서기 위함이 아니었으니, 눌리타스는 그저 이곳에 사는 이들이 등 따뜻하고 배부르게 살 수 있도록 도움을 주는 데 집중하였다. 그래서 배움 다음으로 중요하게 정한 일이 성적 학대를 금하는 것이었다.

예전에는 하녀의 딸이 태어나면 귀족 나리의 손을 거치는 것이 당연한 통과의례쯤으로 여겨졌다. 또 여인들은 성에서 일하는 남성들에게 몹쓸 짓을 당하면 여성의 의지와는 상관없이 자연스레 부부가 되기도 하였다.

눌리타스는 신분과 성별을 막론하고 원하지 않는 육체적 접촉은 거부할 수 있다고 설파하였다. 물론 오래도록 굳어진 관습들은 쉽게 바뀔 수 있는 것이 아니었다. 그러나 정해둔 규칙을 어기는 이들에게 혹독한 벌을 주자, 사람들의 행동과 의식이 점점 달라졌다.

"저는 그저 그 아이가 예뻐서 조금 귀여워 해준 것뿐입니다요."

매질을 당한 사내가 무릎을 꿇은 채 높은 자리에 앉은 눌리타스를 향해서 두 손으로 빌면서 변명을 하고 있었다. 저 갈색 머리에 수염이 덥수룩한 사내는 물을 길으러 가던 어린 하녀의 몸을 더듬으며, 그 자리에서 큰일을 치르려다 적발된 자였다.

"상대가 원치 않는 그런 일을 하는 것은 처벌받아야 마땅한 법이죠. 즉시 아이에게 사과하고, 제대로 반성하지 않는다면 곤란한 일이 있을 겁니다."

보통은 온화한 얼굴을 하는 그녀였지만, 오늘만큼은 서릿발이 선 것처럼 냉정하기 이를 데가 없었다. 하지만 그 표정과는 반대로 매가 주는 고통을 잘 알기에 속으로는 무척 고통스러웠다.

하지만 이것을 견디는 것 역시 로마그놀로 백작이라는 이름이 주는 무게의 일부이리라 여겼다.

"다른 영지는 모르겠으나, 이곳에서만큼은 절대로 그런 일이 일어나지 않도록 내 온 힘을 다할 겁니다."

누구도 어머니처럼 흐르는 눈물을 삼키며 치욕의 시간을 참아내는 일이 없기를 바랐다. 그리고 끈적끈적한 눈길과 욕망 어린 손길에 속수무책으로 당할 수밖에 없던 또 다른 그녀가 나타나지 않기를 소망하였다. 그런 일들이 반복되기를 수차례가 지나자, 성안에 평화가 찾아오기 시작하였다. 여인들을 우습게 짓밟던 사내들이 사라졌고, 예쁘장한 어린 소년들을 탐하던 손길도 찾아보기가 어려웠다.

"백작님, 딸이 이번에 사내아이를 하나 낳았는데 이름 하나만 지어주십시오."

처음에는 눌리타스를 불편해하던 이들은 어느새 자연스럽게 그녀를 백작님이라 부르며 따르기 시작하고 있었다.

"······이름을 말인가."

눌리타스는 인상이 좋아 보이는 중년의 여인의 청에 잠시 아무 말도 하지 못하였다.

보통 평민들의 아이들은 비용을 들여서 수도원에 가서 하나 받아오거나 가족 중 가장 권위가 있는 자가 짓는 것이 보통이었다. 귀족들도 사정을 다르지 않아서 이름을 짓는 것은 굉장히 영광스러운 자만이 가지는 특권이었다.

이름은 아이의 미래를 좌지우지하는 말의 힘이 담겨 있다 여겨졌다. 눌리타스는 백작이 그녀에게 이름을 지어주던 그 순간을 잊지 않았다.

그에게 사생아 계집 따위는 아무것도 아니었으리라. 하지만 눌리타스는 아무것도 없는 벌판 위에서 뿌리를 내려, 힘들게 싹을 틔워, 모진 비바람에도 흔들리지 않은 채 이곳에서 꽃을 피웠다.

눌리타스는 희미한 미소를 지으며 밝고 건강한 미래를 살라는 뜻이 가진 이름을 여인에게 말해 주었다.

"아벨이라고 짓게."

"백작님. 아이고, 감사합니다."

아주 고마워하며 땅에 이마가 닿도록 인사를 건네는 중년의 여인을 일으켜 세우며 눌리타스는 눈시울이 시큰거리는 것을 느꼈다.

그리고 외벽을 가득 메운 덩굴 사이에서 피어나는 붉은 꽃들을 보면서 잠시 감상에 젖었다.

　몇 년 사이에 많은 것들이 바뀌었다. 그러다 이곳의 본래 주인들의 말로가 떠올라 살짝 인상을 찌푸렸다.

　그녀는 아비오의 장례를 치른 후, 메이린과 백작부인을 찾아 모셔와 백작의 장례를 함께 하도록 하였다.

　"……고맙습니다."

　시골에서 요양을 하던 백작부인은 파리한 얼굴로 나타나서 눌리타스의 손을 부여잡고 한참을 울었더랬다.

　처음 백작이 눌리타스를 메이린의 대역으로 악명이 자자한 공작에게 보낼 아이라고 소개하였을 때부터 한 번도 이 아이를 그녀와 같은 인간이라는 생각을 해본 일이 없었다. 그저 그녀의 소중한 딸을 지키고 싶었을 따름이었고, 하녀들의 목숨쯤이야 안중에 없었다. 그러나 운명의 장난으로 공작은 소문의 사내와는 거리가 멀었고, 메이린이 가져야 할 좋은 것들을 모두 사생아 계집이 차지해 버렸다 여겼다.

　"네가…… 아니, 공작부인이 우리 아들을 거두어 주셨다니. 정말 감사합니다."

　그녀의 하나뿐인 아들이 모진 고초를 겪으며 집 근처까지 왔다 숨을 거두었다는 것을 받아들이는 데는 아주 오랜 시간이 걸렸다.

　'그날 내가 들었던 울음소리가 환청이 아니었던 게야.'

가고 싶지 않다고 울며불며 사정하던 아들의 눈물 젖은 얼굴이 제대로 기억이 나지 않았다. 변방으로 떠나던 날, 어미를 외면하며 마차에 몸을 싣던 그 모습이 마지막이었다고 생각하자 억장이 무너질 것 같았다.

"우리 아비오를…… 감사합니다."

게다가 차갑게 굳은 아들의 시신을 수습하지도 못한 채 백작이 끌려갔다고 전해 들었다. 그리고 장례를 치르던 아침에 백작이 감옥에서 숨을 거두었다는 것도 알게 되었다.

세상이 그들을 중심으로 돌아갔던 때는 잘못인 줄도 몰랐던 많은 일들이 날카로운 화살이 되어 그들의 가족을 헤집어놓았다.

지금 서 있는 사생아의 어미도 백작부인의 매질 아래 있던 이들 중 하나였다. 그녀가 마구 차고 때려, 쓰러져 피를 흘리는 작은 몸을 보았던 것이 선명하게 떠올랐다.

"우리가 이제껏 지은 죄가 너무도 커서 말입니다."

너무 울어 쓰러질 것 같은 백작부인의 곁에 초췌한 얼굴을 한 메이린이 이를 악물고 어머니를 부축하고 서 있었다. 메이린은 지친 백작부인을 마차에 모셔둔 다음에 다시 눌리타스를 찾았다.

마차를 타고 백작님을 찾으러 가던 날, 그녀에게 아는 척을 하였던 걸인이 동생이었단다.

아비오가 그리 그늘진 곳에서 숨을 거둔 데는 그녀의 책임이 있었다. 그러나 이것은 어머니에게 영영 꺼내지 못할 이야기가 되어

버렸다. 메이린은 잠긴 목소리를 겨우 짜내어 인사를 건네었다.

"우리를 불러주어서 정말 고마워."

모르시아니가에서 시골로 사람을 보내주지 않았다면, 그녀와 어머니는 백작과 아비오의 죽음을 늦게야 알았을 것이다. 메이린에게 백작은 썩 좋은 아버지는 아니었으나, 그 마지막을 외면할 정도로 그녀는 모질지 않았다.

눌리타스는 깊은 눈매로 슬쩍 메이린의 눈을 마주치는 것으로 대답을 대신하였다.

"그리고 정말 미안했어."

메이린은 눌리타스의 어머니를 인질 삼아 공작가에 대신 보냈던 일에 대한 사죄를 하고 있었다. 한때는 모르시아니 공작이 소문과 같지 않은 것에 분통이 터져서, 눌리타스에게 그녀의 모든 것을 뺏겼다고 생각하기도 했었다.

그러나 그 모든 일의 시작에는 그녀와 백작, 백작부인이 있었다. 사지인 줄 알고 등을 떠밀었던 이들은 바로 그들이었음을 뒤늦게 깨달았다. 눌리타스는 머나먼 길을 돌고 돌아서야 겨우 받는 인사 앞에서 아무런 말을 할 수 없었다.

로마그놀로 백작과 후계자였던 아비오의 무덤 앞에 서서, 붉은 머리와 은발이 바람에 한데로 엉켜서 나부끼기 시작하였다.

메이린은 그녀의 오만과 무지에서 온 잘못과 가족들이 저지른 수많은 죄에 대한 무언가를 하고 싶었다.

"속죄하는 삶을 살고 싶어."

눌리타스는 오랜만에 만난 로마그놀로가의 철부지 막내딸, 메이린의 말을 듣고 잠시 놀랐다. 어떤 이유에서이든지 지금 눈앞의 아가씨는 예전과는 무척 달라졌다. 눌리타스는 진지한 눈빛을 한 메이린에게 말을 건네었다.

"로마그놀로 영지에 스콜라와 구빈원을 지을 계획이에요. 그 일들을 도와주시면 고맙겠어요."

"……"

메이린은 눌리타스의 요청이 선뜻 이해되지 않았다.

아버지는 레오니를 범하였으며, 어머니는 레오니를 죽을 만큼 폭행하였고, 아비오는 이 아이를 욕심냈었다. 얼굴을 들고 마주하기에 민망할 만큼 끔찍한 일들이 있었다.

"그런 중요한 일을 내가 어찌……"

"어릴 때부터 배워왔던 것들을 조금만 나눠주시면 되어요. 그리고 힘든 아이들의 손을 잡아 온기를 느낄 수 있도록 해 주시고요."

"하지만 너는 우리가 밉지 않니?"

메이린은 그녀 같으면 도저히 엄두가 나지 않을 일들이라 조심스럽게 물었다.

"죄를 지은 이들은 이미 하늘의 벌을 받았고, 누군가를 미워하기에는 너무 좋은 날이잖아요."

메이린은 눌리타스의 말에 고개를 들어 하늘을 올려다보았다.

아버지와 동생의 죽음을 추모하는 지금도 저 높은 곳은 푸르게 빛이 나고 있었다.

"최선을 다해서 도울게."

두 사람은 닮은 구석은 없지만, 왠지 비슷한 느낌이 감도는 옅은 미소를 지어 보았다.

하녀 잉그리드의 발걸음은 날아갈 듯 가벼웠다. 이제 누군가의 비위를 맞추는 것도 억지로 무언가를 해야 할 일도 없다는 것이 믿기지 않았다. 메이린의 가방에서 꺼낸 돈으로 단독 선실을 빌렸고, 그녀는 특히 값비싼 것들은 따로 꺼내어 커다란 천에 넣어서 돌돌 말아 배에다 감았다.

"눈뜨고도 코 베이는 곳이 이 세상이라고 하였지."

잉그리드는 허리 뒤로 매듭을 단단히 지으며 혀를 찼다.

"그나저나 이 배는 어디로 간다고 했더라."

너무 급하게 타는 바람에 행선지조차 제대로 확인을 못 한 그녀였다. 그녀는 몰래 챙겨온 드레스를 꺼내서 옷도 갈아입었다. 빗질을 한 다음 거울 앞에 서니 그런대로 어울리는 것 같았다.

"어디 시골에서 온 귀족이라고 해도 믿겠는데?"

잉그리드는 처음 고운 옷을 입어 본 그녀의 모습에서 눈을 뗄 수 없었다. 그러나 그런 행복한 시간은 얼마나 짧았던가.

수상한 소리와 비명이 배에 퍼지기 시작하였다.

"해적이다! 얼른 배를 돌려라!"

"……해적?"

잉그리드는 그 단어를 듣는 순간 풀썩 주저앉았다. 어떤 미래가 펼쳐지더라도 감당할 수 있다 자신한 지 얼마 되지도 않았는데 해적이라니.

불현듯 로마그놀로가에서 들었던 이야기가 갑자기 떠올랐다.

농번기에 일손을 거들기 위해 나타난 그 사내는 과거에 악명 높은 해적단의 소속이었지만, 그만뒀다고 들었다. 사람들은 그 사내가 왜 그만두었는지는 관심이 없었고, 해적이 무언지 그들이 무슨 일을 하는지를 궁금해했다.

"한창때는 말이야. 지나는 배를 무조건 붙잡아 둬서는."

"아니, 물에 떠다니는 배를 어떻게 잡는다는 건가?"

"해적선에는 이만한 대포라는 게 있거든."

"대포?"

"이런 촌무지렁이들에게 설명해도 모를걸세. 여하튼 대포를 한 방 먹이면 배가 꼼짝을 못하거든. 그러면 배를 옆으로 붙여서 나무 판자를 대고 해적들이 옆 배로 몰려가지."

"몰려가서는?"

태어나서 바다를 한 번도 본 적이 없는 이가 태반인 농부들은 그의 이야기에 완전히 빠져들었다.

"몸이 건강한 사내들은 노예로 팔고, 여인들이야 뭐 뻔하지."

"노예라니 그게 뭔가. 성에서 일하는 우리네들 같은 건가?"

그러자 그 사내가 입 끝을 슬쩍 올리면서, 비밀이라는 듯 속삭였다.

"상상도 못할 아주 더운 나라들이 있거든. 거기는 일 년 내내 여름 대낮처럼 덥다네. 그런 곳에 건장한 이들을 끌고 가서 밥도 제대로 주지 않고 일만 부려먹는다네."

"에구머니나, 해적은 정말 나쁜 자들이로구먼."

사람들은 재미있게 들을 때는 언제고 혀를 차며 해적 이야기를 전해 준 사내에게 고까운 시선을 던졌다.

"그래서 내가 그만둔 게 아니겠나. 나는 하늘에 맹세코 나쁜 짓을 별로 하지 않았네."

잉그리드는 왜 이런 상황에 그 사내가 했던 이야기가 생각이 난 건지 머리를 쥐어박고 싶었다. 이제야 박복한 팔자가 좀 펴나 싶었더니.

선실 내에 침대 위에 앉아서 한참을 기다렸으나, 그 사내의 말처럼 배가 폭발하는 그런 일은 없었다. 다만 배가 더 이상 움직이지 않았고, 삐걱대는 소리와 왁자지껄한 사내들의 목소리가 들렸다.

"우리는 검은 수염 해적단이다. 모두 순순히 나오는 게 신상에 이로울 거야."

잉그리드는 여기 있어 봐야 결과는 똑같다고 판단하여 선실 문을 열고 나섰다.

'저자들이 해적인가.'

처음 보는 그들은 피부가 다소 검은 것을 제외하고는 생각보다는 흉포해 보이지는 않았다. 사내들은 낄낄 웃으면서 선실과 아래로 내려가서 무언가를 마구 헤집고 다니고 있었다.

그 모습에 갑판으로 나온 승객들과 선원들은 파랗게 질렸지만, 잉그리드는 전혀 두렵지 않다고 되뇌었다.

"전하, 또 뵙습니다."

루셔스는 하루가 멀다 하고 그의 영지를 찾는 루드비히 때문에 신경을 쓰던 것을 그만둔 지 오래였다.

그는 이곳에 들러서 오다 주었다면서 온갖 귀한 것을 그녀에게 선물을 하곤 하였다.

"이것이 드래곤의 뼈를 갈아서 만든 영양제인데, 여인의 몸에 참으로 좋다 하더군."

"이걸 주우셨다고요?"

눌리타스는 하얀 가루가 든 병을 위로 올려서 살피며 루드비히에게 물었다.

286

"정말이야. 어느 날 자고 일어나니 정원에 뚝 떨어져 있던 것을 내가 발견했지."

"아무렴요. 그러시겠죠."

옆에서 지켜보던 루셔스가 안타까운 목소리로 대꾸를 하였다. 루셔스와 눌리타스는 혼인을 한 지 삼 년이 지났지만, 아이가 없었다.

루셔스는 가문을 잇는 것이야 양자를 들이면 된다고 결론을 내렸고, 눌리타스에게도 절대로 그 일로 마음을 쓰지 말라고 엄포를 놓은 터였다.

그러나 루드비히의 속은 타들어 갔다. 눌리타스를 닮은 아이가 그를 향해 방글방글 웃으면서, 삼촌이라고 불러주는 것이 그의 꿈이었다. 그러나 그는 그것을 내색하지도 못하고 수시로 몸에 좋다는 것을 그녀에게 가져다주면서 조용히 응원을 하고 있는 중이었다.

"전하, 저도 요즘 몸이 좋지 못한 것 같습니다."

루셔스가 몸에 좋다는 그 가루를 얻어 먹어보려고 슬쩍 끼어들었다.

"참으로 안타까운 일이군. 누이, 그것을 어서 한번 먹어볼까?"

루드비히는 루셔스의 말에는 건성으로 대꾸를 하더니, 하녀를 불러 물을 가져올 것을 명하였다. 그리고 눌리타스가 그 가루를 한 스푼 먹는 것을 지켜보며, 싱글벙글 입이 귀에 걸렸다.

그뿐이 아니었다. 사람의 발길이 닿지 않는 기암절벽에 지어진 벌집에서 채집한 꿀로 만든 약을 어디서 구해 와서는 이번에는 누가 주더라면서 슬쩍 눌리타스에게 내밀었다.

"이리 귀한 것을 전하가 드시지. 왜 저를 주십니까."

"나는 창고에 이런 것들이 잔뜩 쌓여서 처치 곤란이다."

"그럼 전하, 저도 맛을 보아도 됩니까."

많다는 이야기에 루셔스가 또다시 두 사람 사이로 파고들며 말을 하자, 루드비히가 아주 심술궂은 표정으로 한마디 건넸다.

"사내에게는 독이 된다고 하더군."

언제나처럼 아옹다옹 다투는 두 사내 사이에서 눌리타스는 약병을 들고 웃지도 못하고 어색한 표정을 짓고 있을 뿐이었다. 햇볕이 너무나 따스한 어느 오후였다.

루셔스와 눌리타스는 영지에서 가까운 들판을 걷는 중이었고, 소피아와 세자르가 멀찌감치 그들을 지키고 서 있었다.

"아이고, 세상에! 이런 훤한 낮에 저 뻥 뚫린 데서 망측하게 시리!"

소피아가 두 손으로 얼굴을 가리며 외치자, 세자르가 산책을 하다 말고 몸을 얼싸안은 주인 내외를 발견할 수 있었다.

어제오늘의 일이 아니라 그리 놀라울 것도 없지만, 소피아는 그럴 때마다 저런 반응을 보여 여간 귀여운 것이 아니었다. 세자르가 헛기침을 하더니 점잖게 입을 열었다.

"부부의 애정 표현만큼 자연스러운 일이 어디 있다고. 거참."

어딘가 변한 것 같은 세자르의 말을 들으면서 소피아가 천천히 손을 내리며 그를 응시하였다. 그러자 세자르가 그 얼굴을 똑바로 쳐다보지 못하고 급하게 외면을 하는 게 아닌가.

"요즘 좀 이상하십니다."

소피아는 언젠가부터 자꾸 그녀 주변에서 서성이는 세자르가 신경이 쓰이기 시작하였다. 그래서 눌리타스에게 고민을 상담하기도 하였다.

"자꾸 세자르 님이 저를 보면 한숨을 쉬시거나, 낯을 붉히거나 하시는 게 아무래도 좀……."

"세자르 님이 그렇단 말이지."

소피아는 이야기를 들은 눌리타스가 의미심장한 미소만 지을 뿐 딱히 다른 말을 하지 않아 답답했다. 그때 마님이 이렇게 물으셨던 것 같다.

"소피아는 세자르 님을 어떻게 생각해?"

"생각하고 말고 할 게 어디 있답니까? 그분은 남작가의 자제시고, 저는 일개 하녀에 불과한걸요."

그 말에 눌리타스가 은은하게 미소를 지은 채 소피아의 손을 꼭 잡아줄 뿐이었다.

갑자기 떠오른 상념을 지우며 소피아는 답이 없는 세자르를 보다, 미리 가서 떠날 준비를 하자 마음을 먹었다. 그녀가 마차를 향하려 하는데, 세자르의 약간 떨리는 목소리가 이어졌다.

"나는 남작가의 작위를 물려받을 몸도 아니고, 사람이 사람을 좋아하는데 신분이니 뭐니 그런 것을 신경을 쓰지도 않고."

시뻘게진 얼굴을 한 세자르가 소피아를 보며 점점 더 알 수 없는 말을 늘어놓고 있었다. 소피아는 그렇구나 하며 대답을 하고 다시 갈 길을 서둘렀다.

"그러니 소피아 당신이 우리 어머니처럼 곱고 말이지. 그래서 말이야."

'세자르 님이 나더러 지금 노안이란 뜻인가.'

소피아는 그간 저분을 보며 두근거렸던 것을 떠올리다, 그의 말에 기분이 엉망이 되는 것 같았다. 그래서 더는 듣고 싶지 않아 마차를 향해서 달리기 시작하였다.

세자르는 모처럼 용기를 내어 고백했건만, 멀어지는 소피아를 보면서 울먹이기 시작하였다.

"내가 소피아를 좋아한다고!"

하지만 세자르의 목소리를 들어주는 이는 들판에 이는 바람뿐이었다.

어느 날 모르시아니가의 저녁 식사 중 눌리타스가 요리로 나온 고기 냄새에 미약한 헛구역질을 하였고, 그 소리에 레오니가 수저를 바닥으로 떨어뜨렸다.

"디아나 여신이시여. 감사합니다."

낮은 기도를 올리는 레오니를 보면서, 루셔스는 애써 침착하였다. 괜한 지레짐작으로 부인에게 상처를 주고 싶지 않았다. 의원이 눌리타스가 태기가 있음을 확인해 주자 그제야 루셔스는 말로 표현할 수 없을 만큼의 기쁨을 느꼈다.

점심을 먹고 나른한 오후, 눌리타스는 아직은 불러오지 않은 납작한 배를 쓸며, 가만가만 말을 걸었다.

"거기 있니?"

보이지 않는 아기와 대화를 나누는 것이 처음이라 어색하였지만, 이내 많은 것들을 공유할 수 있었다. 노래를 불러주기도 하였고, 그녀의 이야기를 들려주기도 하였다.

"흐흠."

"언제 오셨어요?"

루셔스는 창가에 앉아서 햇살을 받은 눌리타스가 아기를 향해 말을 거는 것을 가만 지켜보다 인기척을 내었다. 그는 행복한 미소를 만면에 띄운 채 다가서 무릎을 꿇고, 얼굴을 그녀의 배에 살포시 가져다 댔다.

"아가, 내가 네 아버지란다."

눌리타스는 아직 어머니나 아버지란 말을 입에 담기는 익숙지가 않아 볼을 붉혔다.

"얼른 만나고 싶구나. 공주님."

"배 속에 있는 아기 성별을 어떻게 아시는 거예요?"

"분명 그대를 쏙 닮은 딸일게요."

눌리타스는 누군가 들으면 기겁을 할 이야기라 생각하였다. 귀족들에게는 그들의 핏줄을 유지하고 이어간다는 것은 가장 중요한 문제였다.

드물게 여인이 작위를 물려받는 경우도 있었으나, 가문을 잇는 것은 대부분이 장자의 몫이었다.

"모르시아니가는 어쩌고요."

그녀의 염려가 담긴 말을 들으며 루셔스가 검은 눈동자를 들었다.

"그런 게 뭐가 중요하오. 그대와 내가 이렇게 함께 있는데……."

그의 진심이 담긴 속삭임에 눌리타스는 그의 목을 꼭 안았다. 아들이든 딸이든 건강한 아이를 낳기만 한다면 그걸로 족하다고 여겼다.

눌리타스는 고개를 내려 그의 눈을 바라보자, 그녀의 가슴에 얼굴을 기댄 루셔스의 젖은 눈이 무언가를 갈구한다는 것을 알아차렸다.

"저 갑자기 할 일이 생각났어요."

그래서 곧 그의 곁을 벗어나려 창가에서 몸을 세우려 하였지만, 루셔스의 강한 두 팔이 눌리타스의 허리를 감았다.

"그대가 어여뻐서 그래. 응?"

눌리타스는 훤한 낮 응접실에서 이렇게 그녀를 안아오자 문 쪽을 바라보며 불안한 얼굴을 하였다.

"걱정하지 마. 이 층에는 개미 새끼 한 마리도 오지 않을 거야."

얄밉게 싱긋 웃던 루셔스가 일어서더니 그대로 눌리타스의 입술을 훔쳤다. 처음에는 느긋하던 입맞춤은 점점 격렬해졌고, 루셔스의 두 손은 눌리타스의 볼을 스쳐 목으로 내려갔다.

그리고 손을 뒤로 하여 드레스를 묶고 있는 끈을 하나씩 풀어나갔다.

"그대는 정말 아름다워."

루셔스는 햇살이 비치는 눌리타스의 가슴을 바라보기만 하였다.

눌리타스는 그 눈빛만으로 이미 지극한 절정을 맛보는 듯 속이 울렁거렸다.

"루, 제발……."

"그대가 말을 해 봐."

루셔스는 천천히 걸치고 있던 셔츠를 벗어 바닥으로 던지며 그녀에게 채근하였다. 눌리타스는 그의 탄탄한 어깨선부터 가슴, 배꼽으로 시선을 내리고 있었다.

"루, 나를……."

그러나 그녀가 말을 채 잇기도 전에 자제심을 잃어버린 루셔스의 입술이 그녀의 위로 내려왔다. 그리고 그의 맨살이 눌리타스의 가슴에 와서 닿았다.

서로의 심장 소리가 공명을 하듯 울리자, 두 사람의 흥분은 더욱 고조되어 뜨거워졌다.

"제발 살려만 주세요."

"우리 아이만은 제발……! 부탁드립니다."

여기저기 울면서 두 손을 모으고 싹싹 빌기 시작하여, 배 위는 곧 통곡 소리가 가득 퍼졌다.

'지지리 재수 없는 내 인생, 날 때부터 걸레질을 하더니…….'

그때 나이가 좀 들어 보이는 한 사내가 잉그리드 가까이에 다가왔다. 해적치고는 좀 멀끔해 보이는 것이 조금 덜 위협적이었으나, 잉그리드는 여차여차하면 까짓것 바다로 뛰어들자 마음을 먹었다.

'귀족 나리들 비위 맞추기도 지쳤는데, 이제는 해적들의 말을 들

을 수야 없지.'

"아름다운 아가씨의 이름은?"

중년의 사내가 묻자 잉그리드는 갑자기 머리가 복잡해졌다. 그
녀에게는 딱히 성이 없었다. 그래서 그냥 떠오르는 이름을 아무렇
게나 내뱉었다.

"나는 잉그리드 멘다시움이다."

그 이름은 메이린이 애타게 찾았던 외가 친척의 것이었다. 귀족
사칭죄로 벌을 받으나, 여기에서 해적에게 변을 당하거나 별 차이
가 없다는 생각이 들었다.

"귀족인가?"

"그렇다. 멘다시움 남작가의 사람이다. 하지만 우리 가문은 빈
털터리이니 몸값을 요구해도 받을 수 있는 것은 없을 거다."

잉그리드는 평소 아주 싹수가 노랬던 메이린의 말투를 따라 하
면서, 허리를 펴려고 애썼다.

"맹랑한 아가씨로군. 마음에 들어."

중년의 사내는 호탕하게 웃더니 누군가에게 무엇을 지시하였
다. 그러자 이곳저곳을 뒤지던 해적들이 한 자리로 모여들더니, 다
시 그들의 해적선으로 건너가기 시작하였다.

잉그리드는 두 눈으로 그들이 하는 짓을 하나도 빼놓지 않고 지
켜보고 있었다. 해적들은 그녀가 들었던 것처럼 사람들을 때린다
든지, 묶어서 그들의 배로 끌고 가지는 않았다. 심지어 물건도 약

탈해가지 않았다. 의아한 눈으로 바라보는데, 웬 젊은 사내 둘이 잉그리드에게 다가왔다.

"함께 가시죠. 선장님이 모시고 오랍니다."

"……네?"

정신을 차렸을 때 잉그리드는 해적선으로 옮겨 탄 이후였고, 그녀를 제외한 나머지 승객들은 안전하게 원래의 배를 타고 있었다.

잉그리드는 점점 멀어지는 그녀가 타고 온 배를 망연자실한 표정으로 지켜보아야만 하였다. 그러다 원통한 마음에 속에 있는 말을 꺼내 놓았다.

"아니, 왜 별로 쓸모도 없는 저를 노예로 끌고 가시나요."

"노예라니, 우리는 명예를 아는 해적들이라 선량한 사람들에겐 손끝 하나도 건드리지 않습니다. 아가씨."

그녀를 데리고 온 젊은 사내가 웃긴 이야기를 들었다는 듯 껄껄 웃었다.

"아니 그러면 나는……."

"그거야 아가씨의 운명인 게죠."

잉그리드는 이게 무슨 말장난인가 싶어서 눈을 치켜떴다. 해적선이 천천히 출발하자, 그녀의 회색 머리가 사정없이 나부끼기 시작하였다.

태기를 느낀 게 엊그제 같은데, 눌리타스의 배는 점점 불렀다. 마른 몸에 배만 볼록 나와서, 안쓰러워 보이기 그지없었다. 루셔스는 하루 스물네 시간 그녀의 곁에서 밀착하여 돌보아 주려 하다, 눌리타스에게 핀잔을 듣기도 하였다.

　"공작님, 업무를 보시죠. 저도 할 일이 많답니다."

　비 맞은 강아지마냥 낑낑거리던 루셔스는 할 수 없이 그녀의 곁을 떠났지만, 늘 마음만은 눌리타스에게 닿기를 소원하였다. 그런 모습을 지켜보며 레오니는 말없이 눈물을 훔쳤다. 그녀의 아이가 이토록 편안한 분위기 속에서 아이를 품을 수 있다는 것이 레오니에겐 더 없는 축복이었다. 그녀가 배 속 아이를 없애려 언덕에서 구르다 삐죽 나온 돌부리에 걸려서 등에 피가 철철 났던 것과는 천지 차이가 아니던가.

　"먹고 싶은 건 없고?"

　어머니의 물음에 눌리타스는 가만히 고개만 가로 저었다. 처음에 잠시 동안 음식 때문에 힘이 들었으나, 이제는 평소와 다를 바가 없었다. 레오니는 보이지도 않는 눈으로 손에 바느질감을 쥐고 있었다.

　"어머니, 고생스러운데 그만하시면 안 되나요."

　"무슨 소리니. 내가 지금 얼마나 행복한데."

레오니는 아이가 처음 입을 옷을 짓고 있었다.

"네게 옷 하나 지어주지 못해서 늘 미안했어."

"그때는 하루 살기도 바빴는데 무슨 옷은 옷이에요."

레오니는 아무렇게나 입혀 키우던 눌리타스가 처음으로 메이린 아가씨의 헌 드레스를 입고 나타났던 날을 잊지 못하였다.

얼굴이 작고 오목조목하여 예쁜 줄이야 진즉부터 알고 있었지만, 그리 고울 줄은 몰랐다. 딸에게 어여쁜 옷 하나를 입혀주지 못한 것이 깊은 후회가 되었다.

"눈이 이래서 네 옷을 지어주는 일을 할 수 없지만 말이야. 이것만은 내 손으로 하고 싶구나."

"그래요. 그럼 곁에 있을게요."

"그래."

시간은 쏜살같이 흘러 예정일이 있는 달이 다가왔고, 눌리타스가 간밤 아랫배에 알싸한 통증을 호소하여 출산 준비가 진행되고 있었다. 경험이 많은 산파와 레오니, 하녀들 몇이 방으로 가서 눌리타스를 보살피고 있었다.

"이래서 내가 궁으로 가서 출산을 하자고 하지 않았나? 이럴 게 아니라 지금이라도 가서 신관을 데리고 와야겠어."

"전하, 제발 가만히 좀 계시죠."

전통적으로 산실에는 오직 여인들만이 출입을 할 수 있었으므로, 루셔스는 그 앞에서 서성거릴 수밖에 없었다. 기다림에 심장이 터져버릴 것 같은데, 어떻게 소식을 전해 듣고 날아온 루드비히가 계속 그의 신경을 건드렸다.

"아니 가만있게 생겼나? 누이가 진통을 한 지 하루가 지나지 않았나? 내 조카가 잘못되면 내가 가만있지 않을 거야."

"전하께는 조카가 되겠지만, 제게는 제 아이가 됩니다만."

"아니, 그것을 누가 모른다고 했는가?"

신경이 극도로 예민해진 루드비히는 손톱을 뜯다, 입술을 뜯다 다리를 떨었다. 루셔스는 결국 그 모습을 보고 싶지 않아 반대쪽으로 가서 의자에 앉았다.

곧이어 나이가 있는 하녀가 그 방에서 나왔다. 그러자 두 사내가 동시에 그녀를 붙잡고 울부짖었다.

"공작부인은? 아기는?"

"초산이라 다소 시간이 좀 걸린다고 전하라 하셨습니다."

하녀는 그 말만을 하고는 다시 산실로 사라져버렸다. 그러자 허탈해진 두 사람은 함께 서서 한숨을 쉬기 시작하였다.

"나는 말이야. 절대로 혼인도 안 할 거고, 아이도 낳지 않을 거야."

루드비히는 사색이 된 얼굴로 떨리는 목소리를 내었다.

"이런 과정을 나는 분명 버텨내지 못할 거야."

"하지만 전하, 운명은 누구도 확신할 수 없는 법입니다."

아직 누구도 제대로 사랑해 본 일이 없는 루드비히는 루셔스의 말을 제대로 이해하지 못한 채 산실로 고개를 돌렸다. 그리고 순간 공작가를 떠나가게 할 정도의 우렁찬 아기 목소리가 들리기 시작하였다.

"……!"

곧이어 산실의 문이 열렸고, 루셔스는 넘어질 듯 급하게 그곳으로 달려 들어갔다. 그는 아기를 확인할 생각도 하지 못한 채 눌리타스만을 바라보았다.

"그대 괜찮아? 응?"

"저는 괜찮아요."

희미하게 미소를 짓는 눌리타스를 보더니 루셔스의 눈가가 붉어져 말을 잇지 못하였다.

"공작님, 아들 탄생을 경하드립니다."

루셔스는 산파가 다가서자 그제야 아기를 볼 생각을 하였다. 산파의 품에 안긴 아기는 계속 울고 있었다. 루셔스가 조심해서 아기를 건네받자 신기하게도 울음을 그쳤다.

너무도 작은 아기의 머리는 희미한 은발을 띠었고, 두 눈은 그와 같은 빛깔을 지니고 있었다. 루셔스는 아기를 조심스럽게 눌리타스의 곁에 내려주며, 무릎을 꿇고 그들 곁을 지켰다.

"그대와 나를 반반 닮은 아들이군."

"가브리엘이라 이름 지어라."

"……?"

갑자기 툭 끼어든 목소리가 있었다. 눌리타스는 산실에 웬 다른 사내인가 싶어 놀라 고개를 움직여 보았다.

"아니, 전하……."

"내가 힘들게 지어 온 것이야."

루드비히는 아주 두 팔을 가슴께에 꼬고는 의기양양해 하였다.

그 이름을 받기 위해서 작명을 하지 않는다고 도망 다니던 현자를 귀한 서책의 초판으로 겨우 잡아 앉혔다. 게다가 딸일지 아들일지 몰라서 이름을 두 개나 얻지 않았던가.

누이의 안색도 괜찮았고, 게다가 옆에 뉘어 있는 작은 아기를 보자 그의 눈은 어느새 감동의 물결로 한가득 젖어버렸다.

루드비히는 첫 조카가 태어난 이후로 더욱 자주 모르시아니 영지를 찾았다. 누가 보면 아이의 부모로 오해를 할 정도로 극성 삼촌이 아닐 수 없었다.

"아니! 지금 가브리엘이 지금 뒤집은 건가?"

루셔스와 눌리타스는 아기가 배밀이를 하다 힘겹게 몸을 뒤집는 것을 보며 서로의 손을 꼭 잡아 주었다. 그리고 흥분해서 온 방을 날뛰는 루드비히를 보며 고개를 저었다.

루셔스는 사람의 인상이란 쉽게 변하지 않는다고 확신을 했었다. 전장에서 수많은 인간들의 권모술수와 밑바닥을 들여다보고 나서 더욱 그리 믿었다. 처음이 구렸던 인간은 언젠가는 그의 뒷목에 칼을 들이대고야 마는 것이었다.

그러나 루드비히는…….

그가 겪은 루드비히는 냉혹하고 이기적인 인간이었다. 작은 아기의 사소한 행동 하나에 저리 방을 뛰어다닐 이는 아니었다.

"지금 가브리엘이 기어 다니기 시작한 건가? 세상에 당장 궁으로 돌아가야겠다."

"전하, 급한 용무가 있으세요?"

눌리타스는 이제 저런 요란을 떠는 루드비히의 모습도 익숙해져서 잔잔한 미소를 지으며 물었다.

"우리 가브리엘의 첫 말은 삼촌이 사 줘야지. 이 많은 재화를 두었다 무엇 하겠어?"

"……말이라고요?"

루드비히는 누가 말릴 새도 없이 모르시아니 영지에 온 지 십 분도 되지 않아 돌아가 버렸다.

"쯧쯧, 전하가 점점 심각해지는군."

루셔스는 바닥에 엎드려 가브리엘의 얼굴을 마주 보면서 혀를 찼다.

"전하도 얼른 좋은 인연을 만나야 할 텐데요."

눌리타스는 왠지 혼자 있는 루드비히가 외로워 보여서 맘이 쓰였다.

그리고 2년 후, 눌리타스와 루셔스는 둘째 고프리를 낳았다.

여기에도 굉장히 숨겨진 사연이 많았다. 가브리엘의 탄생 직후에 더 이상 아이를 가지지 않기로 했던 모르시아니 공작부부였지만, 눌리타스는 가브리엘이 커가는 것을 보면서, 홀로 컸던 그녀나 남편과 다르게 아이에게는 형제를 만들어 주고 싶은 욕심이 생겼다.

"그대가 힘들어서 나는 반대야."

"하지만 절 닮은 딸아이가 궁금하지는 않으세요?"

"……!"

루셔스는 그녀의 질문에 무릎을 꿇을 수밖에 없었다. 눌리타스를 닮은 작은 아기라니…… 상상만으로도 머릿속에 귀여움이 폭주하는 것 같았다. 그러나 디아나 여신은 그들에게 딸 대신 가브리엘의 남동생을 내려 주었다.

고프리는 루드비히가 선수를 치기 전에 루셔스가 붙여 준 이름으로 선대의 공작 중 아주 명망이 높았던 이의 것을 딴 것이었다.

고프리는 울음소리도 작았고, 낯도 심하게 가리는 편이었다. 아기는 무척 예민하여 늘 눌리타스나 유모의 품에 머무는 때가 많았다.

"다 좋은데 말이야. 왜 남자 조카만 태어나는 걸까."

루드비히는 눌리타스가 잠깐 안 보일 때를 틈타서 루셔스에게 슬쩍 말을 걸었다.

"흐흠. 전하, 고프리가 서운해하겠습니다."

사실 누구에게도 말하지 못하였으나, 정말로 딸을 바란 것은 루셔스 그가 아니던가. 제 속도 모르고 루드비히가 저렇게 눈치 없이 구는 것을 보자, 괜한 심술이 나는 것이었다.

"아니야. 아니야. 고프리도 너무 귀여운데……."

이제 세 살이 되어 종종걸음으로 뛰어다니는 가브리엘과 가만 누워 잠이 든 고프리는 누가 형제가 아니랄까 봐 둘 다 은발에 검은 눈을 하고 있었다.

그러다 잠이 든 줄 알았던 고프리가 요람 속에서 갑자기 두 팔을 위로 버둥거리자, 루드비히가 놀라서 얼굴이 창백해졌다.

"고프리가 어디 아픈 거 아닌가? 내가 당장 가서 왕실 의원을 데리고 오도록 하지."

"그냥 자다가 기지개를 켜는 겁니다만."

루셔스는 못 말리겠다는 표정을 지으며, 루드비히를 측은하게 쳐다보았다.

"그나저나 그대들 말이야. 이사 올 생각이 정말로 없는가."

"안 간다고 몇 번을 말씀드립니까."

"내가 조카들의 방과 서재, 작은 승마장, 모든 것을 구비해두었지."

"거기에 그런 것들을 왜 만드십니까. 모르시아니가에도 방이 넘쳐납니다."

"사실 내가 오기도 참 힘이 들고 말이야."

"오시지 않으면 될 것 아닙니까?"

"뭐라!"

루드비히가 소리를 높이자 자던 고프리가 깨서 울기 시작하였고, 잘 놀던 가브리엘이 놀라서 루셔스의 품으로 달려들었다.

"……얼른 가서 고프리를 안으시죠"

루드비히는 약간 머쓱한 표정으로 요람에 다가서서 제법 익숙한 손짓으로 아기를 안아 들고는 방을 이리저리 거닐었고, 고프리는 다시 잠이 들었다.

"당신 말이야. 나를 왜 데려왔지?"

잉그리드는 저녁 식사 자리에 초대를 받아서 불편한 낯을 한 채 중년의 사내에게 거칠게 물어보았다.

"꽤 성격이 있는 아가씨로군. 일단 식사를 좀 들까."

잉그리드는 무슨 귀족의 식탁을 방불케 하는 호화로운 요리에 마음이 불편해졌다. 솔직히 배는 무척 고파서 뭐라도 뜯을 수 있을 것 같았지만, 무슨 일이 일어날까 걱정이 되어 망설여졌다.

"그래, 부모님은 살아 계신가?"

순간 잉그리드는 로마그놀로가에 계신 부모님을 떠올렸다. 아니, 이 해적 놈이 우리 부모님까지 잡아 오려고 하는 건가 싶어서 식은땀이 흘렀다.

"돌아가셨고, 거의 몰락한 가문이라 아는 이도 드물다."

사실 이것만은 거짓은 아니었다.

백작부인이 이르기를 멘다시움 남작부인의 가문이 그리 유명하지 않기에, 메이린의 거처로 그 가문을 택한 것이라 하였다. 자녀도 없고, 부군도 없어 적적하게 살고 계시다고 들었다.

건너편 사내는 날카로운 눈초리로 잉그리드를 이리저리 살피고 있었다. 왠지 저자에게서는 모시던 이들에게서 느껴지던 그런 기운이 풍기는 것 같았다.

'내가 듣던 해적하고는 많이 다른 것 같은데.'

그러다 사내의 뒤로 선실 벽에 걸린 그림을 하나 보게 되었다. 거기에는 회색 머리를 곱게 땋은 밝게 웃는 소녀가 그려져 있었다. 잉그리드는 그 얼굴이 왠지 낯설지 않은 기분이 들어서 고개를 갸웃거렸다.

"고단한 하루였을 테니 우선 조금이라도 들어라."

사내에게서는 그녀를 향한 더러운 꿍꿍이가 엿보이지는 않는 것 같았다. 잉그리드는 경계를 늦추지 않으며 빵을 뜯어서 입에 넣었다. 먹고 죽은 귀신이 때깔도 곱다고, 오늘 갈 데 가더라도 먹고

306

죽자는 심산이었다.

"나는 에드워드 티치라고 한다."

"아, 예."

잉그리드는 해적도 있는 성을 그녀는 가지지 못한 것을 떠올리며, 빵을 더욱더 전투적으로 씹기 시작하였다. 사내는 여유가 넘치는 칼질로 고기를 썰어서 입으로 가져갔고, 포도주도 마셨다.

"그러다가 체한다. 물도 마셔."

잉그리드는 해적답지 않게 웬 친절인가 싶어서 눈을 치켜뜨며, 컵을 집어 들고 벌컥벌컥 마셨다. 그러고 보니 목이 무척 탔나 보다.

그 모습을 에드워드는 부드럽게 지켜볼 뿐 어떤 말도 없었다.

식사를 마치자 한 여인이 나타나더니 그녀를 어떤 선실로 안내해주었다. 잉그리드는 그 방이 아마 아까 그 점잖을 떠는 척하던 사내의 방일 거라고 미루어 짐작하였다.

'식사 자리에서는 아주 무슨 귀족이라도 되는 양 굴더니, 이제 침실에 와서는 본색을 드러내겠지. 어휴, 사내새끼들이란 다 똑같아.'

"아가씨, 여기입니다."

잉그리드는 평소 같았으면 같은 처지에 있는 여인을 향해서 고맙다는 말을 했을 테지만, 오늘은 차마 그 말을 할 수가 없었다.

"필요하신 게 있으심 침대 위의 줄을 당기세요. 바로 제 방과 연결되어 있답니다. 쉬세요."

여인이 불을 켜주고 나가자 확인할 수 있었던 방은 너무 작아서 침대 하나가 겨우 놓여 있을 뿐이었다.

"뭐 이런 취향이신가? 흥."

잉그리드는 하루 종일 긴장을 한 상황에서 침대를 보자 몸이 녹아내리는 것 같았다. 배에다 두르고 있던 돈과 보물들이 아래로 축 늘어져서 허리가 끊어지는 것 같았다.

"이래서 사람은 욕심부리면 제 명에 못 산다고 하는구먼."

잉그리드는 손을 넣어서 보따리를 끄집어내어 우선 침대 아래 깊숙한 곳에 밀어 넣었다. 그리고는 구두를 벗어 던지고 침대에 몸을 던졌다.

"어차피 죽을 목숨, 잠이나 좀 자자. 혹 알아? 자다가 죽는 줄도 모르고 저기로 갈 수 있을지?"

잉그리드는 머리를 베개에 누이면서 천장을 손가락질해 보았다. 그리고는 눈꺼풀이 자꾸만 내려와서 곧장 잠에 빠져들었다.

그리고 그 문 뒤로는 한 사내가 잠시 멈춰 섰다가 방 안에서 고른 숨소리가 나는 것을 확인하고서야 그의 방으로 걸음을 옮겼다. 에드워드 티치는 한 손으로 왼쪽 가슴을 움켜쥐며 신음을 삼켰다.

잉그리드를 처음 본 순간 몇 해 전 먼저 떠나보내야 했던 딸아이를 만난 것 같은 착각에 그녀를 이곳으로 데려오는 일을 충동적으로 저질렀다.

잘못된 일임을 잘 알고 있었지만, 어쩔 수 없었다. 아까 빵을 씩씩하게 먹는 모습이 어찌나 사랑스럽던지, 사실 눈물을 보일 뻔한 그였다.

그의 방문을 닫고 들어오자, 아까 식탁 근처 걸려 있던 그림 속 회색 머리 소녀의 좀 더 어렸을 때로 짐작되는 그림들이 잔뜩 있었다. 에드워드는 지친 몸으로 쓰러지며, 그를 두고 먼저 하늘로 가버린 아이의 이름을 여러 번 불러보았다.

눌리타스는 루셔스의 손을 잡고, 다른 한 손에는 이제 다섯 살이 된 고프리를 잡고 무도회에 들어섰다. 루셔스의 손을 잡고 있는 일곱 살의 가브리엘은 처음 경험하는 화려함에 잔뜩 주눅이 들어 있었다.

형제는 루드비히가 보내준 똑같은 짙은 파란색의 옷을 맞춰 입고, 샛노란 새시를 둘러서 귀여운 느낌이 물씬 났다.

무도회라면 질색을 하는 모르시아니 공작 내외가 이렇게 이곳에 오게 된 까닭은 바로 루드비히 때문이었다.

어느새 모르시아니가의 가족으로서 자리매김을 하게 된 루드비히의 생일을 앞둔 어느 날이었다. 눌리타스는 그간 받은 애정에 너무 감사한 마음에 루드비히에게 혹 가지고 싶은 게 있는지 물어보았다.

"전하가 혹 원하신다면 제가 특별히 수라도 놓아드리겠습니다."

눌리타스는 수년 전에 손을 뗀 수틀을 떠올리며, 굳은 의지를 다져보았다. 사실상 루드비히는 그녀에겐 생명의 은인 아니던가.

루드비히는 기다란 머리를 살랑살랑 흔들다 수상한 목소리를 내었다.

"그게 무엇이든?"

"……네."

그리고 그 결과로 그들이 왕국 무도회장에 서 있게 된 것이다.

"오, 드디어 도착했군. 이리로 오도록 해."

루드비히는 오늘 타조의 깃털로 추정되는 장식물로 꾸며진 망토와 검은 타이즈, 붉은 상의를 입고 환하게 웃고 있었다. 고프리는 멀리서 다가오는 삼촌의 괴이한 모습에 겁을 먹고, 눌리타스의 손을 꼭 잡았다.

"우리 가브리엘, 고프리. 이리 삼촌에게로 오렴. 응?"

루드비히는 가브리엘의 탄생부터 시작해서 모든 것을 함께 해왔지만, 가브리엘은 쉽게 삼촌에게 곁을 내어주지 않았다.

"자벤에 전하께 광영이 있으시길."

루셔스의 허리까지도 오지 않는 작은 아이가 앞으로 나서면서 제법 똑소리 나게 예를 갖추는 것이었다.

"가브리엘, 루비 삼촌이라고 부르래도."

루드비히가 가브리엘을 막 안아 들려고 다가서자, 가브리엘은 아주 자연스럽게 루셔스의 뒤로 쏙 숨었다. 루드비히는 그 모습에 애가 달아서 작전을 바꿨다.

"이번에 실크제국에서 말이야. 등에 혹이 불룩한 기이한 짐승이 들어왔단다. 삼촌과 함께 가서 구경해보지 않으련?"

아이라면 제법 동할 이야기였으나, 가브리엘은 미동도 없이 그 뒤에서 한숨을 내쉬었다.

"그 짐승이 물도 땅도 낯선 곳에 와서 힘이 들겠군요. 부디 전하가 그 짐승이 병들어 죽지 않게 잘 지켜주세요."

그 말에 루드비히는 주춤거렸다.

저 사랑스러운 꼬마는 어쩐지 제 아버지를 닮아서 똑똑하기도 하고, 어머니의 따스한 마음을 그대로 빼닮은 것 같음이라. 그래서 그는 전보다 더욱더 큰조카를 사랑하게 되었다. 그러던 중 가브리엘의 옆에서 가려져 있던 작은 몸이 앞으로 나섰다.

"루드비히 삼촌을…… 광영이."

다섯 살 고프리는 이곳에 오기 전 마차에서 형에게 왕에게 인사를 올리는 법을 배웠으나, 어쩐지 깃털이 주렁주렁 달린 루드비히 앞에 서자 아무것도 기억이 나지 않는 것이었다.

"이런, 고프리."

루드비히는 삼촌이라는 단어에 사로잡혀서, 고프리의 작은 몸을 높이 안아 들었다. 그리고 아이를 그의 목에 앉히고는 무도회를 가로질러 걸어가기 시작하였다.

울상이 된 고프리는 하는 수 없이 루드비히의 깃털장식이 과한 모자를 부둥켜안고 몸을 기대어야 했다.

"아버지, 고프리를 구해 와야 하지 않을까요."

가브리엘이 앞으로 나오면서 동생을 애처롭게 바라보았다. 그러자 루셔스가 큰 손을 뻗어 가브리엘의 은발을 쓰다듬었다.

"괜찮단다. 가브리엘."

눌리타스가 그 소동을 지켜보며 터져 나오는 웃음을 겨우 참으며 입을 열었다.

루드비히는 한동안 그녀의 꽁무니를 따라다니며 어미 새처럼 굴더니, 조카들이 태어난 후에는 그들의 대부가 되기를 자처하였다.

가브리엘의 탄생 이후 성에는 이미 아이를 수십은 키울 수 있을 만큼의 장난감과 교구, 서적 등이 구비되었다. 그리고 오락을 위한 방이 따로 조성이 되었고, 해가 갈수록 그 영역이 넓어지고 있었다.

하지만 아이들은 어쩌다 한 번 어머니와 들를 때 그곳을 찾을 뿐이었고, 그 정도로는 루드비히의 성에는 차지 않았다. 그는 이 귀여운 조카들을 더 많이 자주 보고 싶었고, 모두에게 선보이고 싶은 욕심이 있었다.

"생신을 경하드립니다. 전하."

귀족들이 루드비히의 곁에 다가가서 정중하게 예를 올렸다. 그러나 루드비히는 인사를 받는 둥 마는 둥하면서, 고프리를 내려 안아 들면서 조카 아이를 돋보이게 하였다.

"참으로 영특해 보이는 아이입니다."

"고프리는 나의 조카이다. 그리고 영특한 정도가 아니라, 걷기 시작하면서 글을 읽기 시작한 아이지."

루드비히의 목소리에 고프리에 대한 애정이 잔뜩 묻어나고 있었다.

사실 우로는 가브리엘, 좌로는 고프리를 끼고 무도회를 누비는 것이 그의 꿈이었다. 하지만 가브리엘은 당최 아이다움을 보이지 않아 마음을 사로잡는 것이 보통 일이 아니었다.

"아, 모르시아나가의 영식이군요."

루드비히와 모르시아나가의 돈독한 관계를 모르는 이는 없었기에, 그들은 대번에 소년이 공작가의 영식이라는 것을 알아차렸다.

무도회를 기피하는 공작가의 가족을 이렇게 한 자리에서 보게 되자, 모두가 신기한 눈으로 그들을 살폈다.

"가브리엘, 동생 곁으로 가 볼까."

"때로는 싫은 것도 감수해야 할 때도 있단다."

부모님의 말에 가브리엘은 어깨를 펴고, 루셔스의 뒤에서 나와 옆에 섰다. 고프리가 어쩔 줄 몰라 난처해 하는 눈을 하고 있는 것을 보자, 가브리엘의 몸에도 힘이 잔뜩 들어갔다.

루드비히는 공작의 가족이 다가오자 더욱 신이 났다.

"우리 누이는 점점 더 예뻐지는구나."

오늘도 연한 파란색의 드레스를 입은 그녀는 연약한 목과 팔을 드러내고 있었고, 영락없이 가냘프기만 한 소녀 같아 보이기도 하였다.

그 칭찬에 루셔스가 헛기침을 하며 불편한 기색을 드러냈고, 얼른 고프리를 받아서 안았다. 놀랐던 아이는 눈에 겁을 잔뜩 집어먹고는 루셔스의 품에서 떨었다.

"괜찮아. 아무 일도 없을 거야. 고프리."

눌리타스가 고프리의 등을 쓸며 부드럽게 속삭이자 아이의 떨림이 잦아들었다. 가브리엘은 그가 루드비히에게 가지 않으면, 또다시 고프리가 감당하기 힘든 일이 생길 거라는 것을 깨달았다.

가브리엘은 씩씩하게 공작부부의 앞으로 나서더니 루드비히에게 말을 건네었다.

"전하, 아까 보여주시겠다고 한 것을 지금 청하여도 됩니까."

"어머. 저렇게 어린데도 의젓한 거 봐요."

귀족들은 모르시아니가의 장남인 일곱 살 된 가브리엘의 격식을 갖춘 말에 놀라면서 감탄을 금치 못하였다.

"역시 가브리엘, 네가 좋아할 줄 알았다. 어서 가보자꾸나."

루드비히는 가브리엘의 청에 다른 모든 것을 잊은 채, 아이를 데리고 카메르를 보러 나섰다.

"그 신기한 짐승은 말이다. 물을 마시지 않고도 보름을 살 수도 있단다."

"설마요. 그게 가능한가요."

조카와 삼촌이 도란도란 이야기를 나누는 것을 지켜보며, 눌리타스와 루셔스는 고프리의 정수리로 고개를 내려 입을 맞추어주었다.

로마그놀로 백작의 하루는 무척 분주하였다. 일어나서 가족들과의 식사를 마친 후, 모르시아니 영지에서 로마그놀로가 쪽으로 건너갔다. 그래서 별다른 일이 없으면, 그곳에 세워진 스콜라와 구빈원을 돌아보는 것으로 오전 시간을 거의 대부분 보냈다.

"나오셨어요?"

구불거리는 붉은 머리를 하나로 동여맨 채 책을 옆구리에 낀 메이린이 눌리타스에게 인사를 건넸다. 그들은 일을 함께함으로써 서로를 제대로 알 기회를 가지게 되었다.

과거 하찮다고 여겼던 눌리타스는 메이린보다 훨씬 폭넓은 사고를 하는 가슴이 따뜻한 이였다. 신분만으로 사람을 판단하는 것은 잘못된 일이라는 것을 메이린은 아주 늦게 배웠다.

그리고 눌리타스가 보는 메이린은 굉장히 책임감이 있는 편이었고 또한 적응이 빨랐다. 백작가의 귀한 영애로 자랐던 메이린이 스콜라에서 가르칠 이들은 신분이 낮았다. 그러나 메이린은 그들에게 싫은 내색 하나 없이 맡은바 최선을 다하는 모습을 보였다.

눌리타스는 메이린이 세상 물정 모르고 이기적일 거라고만 속단했었던 과거의 그녀의 생각이 틀렸다는 것을 깨달았다. 그녀가 성장한 만큼 아마 메이린도 그랬던 것이리라.

"일찍 나오셨네요."

눌리타스와 메이린은 서로 존댓말을 쓰면서 깍듯하게 예를 갖추었다.

"배가 많이 부르셨네요. 힘들지는 않으세요?"

고프리의 출생 이후, 아이를 더 가지지 않겠다고 부르짖었던 루셔스는 이번에도 눌리타스의 달콤한 속삭임에 넘어가 버렸다. 눌리타스는 연한 보라색이 감도는 품이 넉넉한 드레스를 입은 채 편안한 미소를 지어 보였다.

"첫 아이 때보다는 몸이 조금 무겁기는 하지만 괜찮아요."

이제 서른을 바라보는 눌리타스는 나이를 가늠할 수 없는 묘한 분위기를 지니고 있었다. 그들이 이렇게 한 지붕 아래에 있게 된 것도 십 년의 세월이 흘렀다.

"혼인하셔야죠."

영애들이 스물을 넘기지 않고 가정을 이루는 것에 비해서, 메이
린은 적기를 한참 넘겨버렸다. 그러나 눌리타스의 그 물음에 메이
린은 가만 고개를 저었다.

"스콜라와 구빈원 일만 해도 너무나 바쁜걸요."

메이린 그녀에게 왔던 기회를 스스로 걷어차 버린 대가일까. 백
작가의 영애이긴 하지만 지금 그녀의 위치는 무척이나 애매하게
되었다. 그리고 본인도 혼인에 대한 생각 자체를 지워 버렸다.

"저처럼 혼인을 원하지 않는 여성도 있답니다."

눌리타스는 그녀가 루셔스의 애정 안에서 가브리엘과 고프리
를 기르다 보니 거기까지는 미처 헤아리지 못했다는 것을 인정하
였다.

"그렇죠. 그것도 선택의 문제인 거죠."

그들이 다가선 네모반듯한 방에는 어린아이부터 사춘기를 지난
것처럼 보이는 소녀와 소년들이 반짝이는 눈을 하며, 수업을 기다
리고 있었다.

처음 스콜라가 생겼을 때는 많은 어려움이 있었다.

하녀와 하인들, 농부들이 그들의 어린 자녀를 이곳에 보내기보
다는 일을 가르치는 것을 원했기 때문이었다. 신분의 제약 탓에 교
육을 받아봐야 별로 쓸 데가 없다는 생각이 지배적이었다.

하지만 일전에 아버지를 도우려 수레를 끌다 눌리타스의 도움

을 받았던 아이였던 티미가 처음으로 스콜라의 문을 두드렸고, 무사히 배움을 마친 후 많은 이들의 생각을 바꾸는 데 도움을 주었다.

티미는 적당한 교육을 받은 후 하인의 일이 아닌 상인의 길을 택하였다. 글을 잘 읽고, 셈에 능하여 선택할 수 있는 일의 폭이 넓어진 것이다. 그가 한 번씩 로마그놀로 영지에 돌아오면, 어른들이 계약에 관련된 문서를 들고 티미를 찾곤 하였다.

"이건 어르신이 불리한 계약이니, 이 조항을 수정 요청하셔야 합니다."

"우리야 흰 건 종이, 검은 건 글씨라는 것만 아니까 말이지."

사람들은 하인의 아들은 하인으로, 농부의 아들은 농부만 되는 것에서 벗어날 수도 있다는 것을 깨닫기 시작하였다. 그리하여 티미 다음으로는 조금씩 그들의 아이를 이곳에 보내기 시작하였다. 무상으로 교육을 해 주는 일은 입소문이 나서, 근방 영지에서 수레를 타고 아이들이 찾아오곤 하였다.

"이곳의 일은 언니가 있어서 안심입니다."

메이린은 눌리타스의 입에서 나온 그 짧은 말을 듣고서 당황하였다. 그들 사이에 얽힌 수많은 사연들은 어딘지 모르게 이제껏 두 사람 사이에 보이지 않는 선을 그어 둔 것 같았다.

"……백작님."

메이린의 물기 어린 목소리를 들으면서 눌리타스는 은은하게 미소를 지었다. 과거에 사로잡혀 앞으로 나아갈 수 없다면, 새로이 얻은 삶은 너무 의미가 없을 것이다.

"언니, 앞으로도 잘 부탁드려요."

"성심을 다해서 곁을 지켜드릴게요."

두 사람은 조심스럽게 서로에게 손을 내밀었고, 살짝 맞잡는 것으로 감사한 마음을 전하였다.

눌리타스는 바쁜 일과 중 피로를 느껴 잠시 의자에 기대어 달콤한 낮잠에 빠져 있었다. 그러던 중 누군가 부르는 소리에 눈을 뜨자 반가운 얼굴이 그녀를 향해서 걸어 들어오는 것을 볼 수 있었다.

"어머니. 다녀왔습니다."

이제 일곱 살이 된 가브리엘은 모르시아나가의 후계자이자, 눌리타스와 루셔스의 첫 번째 아이였다. 왕국 최고의 기사가 되겠다는 포부를 가진 아이는 어리지만 진중한 편이었다.

"이리 오렴. 말을 타는 것은 즐거웠니."

"네. 몸은 좀 어떠세요."

"저런. 아무런 걱정할 필요 없단다."

눌리타스가 가브리엘의 손을 잡으며, 도란도란 대화는 나누는 그때 문밖에서 작은 아이가 우는 소리가 들리기 시작하였다. 눌리타스는 얼른 일어나서 한쪽 벽에 기댄 채 눈을 감고 울고 있는 고프리를 안았다.

"이런 낮잠을 자다 깬 거야?"

고프리는 예민하여 잠을 푹 자는 것을 어려워했다. 게다가 안아 든 아이는 바지가 축축하게 젖어 있었다.

아마 고프리는 지금 상황이 무척 부끄럽고 난감하리라.

눌리타스는 고프리의 울음소리에 달려온 소피아에게 손짓으로 바지를 가리켰고, 소피아는 알아들었다는 표시를 해 보였다. 가브리엘은 뒤늦게 복도로 나왔으나, 고프리가 난처할까 봐 모르는 척 얼굴을 하는 것이었다.

"우리 재미있는 놀이를 해 볼까."

눌리타스는 경쾌한 목소리를 내면서 가브리엘과 고프리를 욕실로 데려갔다. 마침 물이 준비되었고, 욕조에 아이 둘이 들어가자 눌리타스가 종이로 작은 배를 접어서 그 위에 띄웠다.

"우와, 엄마. 배가 움직여요."

고프리는 언제 울었냐는 듯 욕조의 물살에 따라 흔들리는 종이 배를 보면서 박수를 쳤다. 그 모습을 보면서 눌리타스와 가브리엘은 서로 비밀스러운 눈을 주고받았다.

"고프리, 네가 팔을 움직이니 배가 더 빨리 가는 것 같아."

"형, 그럼 내가 지금 선장인 거야?"

"그럼! 고프리, 넌 대단하구나."

언제나 듬직한 형인 가브리엘의 칭찬에 우쭐해진 고프리는 평소보다 더욱 상기된 얼굴을 하며 한참을 욕조 안에서 놀았다.

목욕 놀이가 끝난 후 젖은 머리를 말리려, 난롯가에 옹기종기 모여 앉았다. 따스한 우유 잔을 쥔 아이들의 볼이 발갛게 상기된 걸 보면서, 너무도 사랑스러운 모습에 눌리타스는 입가에 미소를 머금었다.

지나치게 행복한 순간이었다. 그리고 너무나 완벽한 이때, 눌리타스는 고통 속에서 신음하던 이들의 얼굴을 떠올렸다.

"얘들아. 우리는 가진 것에 감사하고 늘 나누는 삶을 살아야 한단다."

아이들은 어머니가 자주 해주는 그 말을 온전히 이해하진 못했으나, 눌리타스에게 믿음으로 가득 찬 반짝이는 눈으로 응답하였다.

"고프리, 가브리엘. 이리 오렴."

눌리타스가 두 손을 뻗자 아이들이 어머니의 품에 살포시 안겼다. 아이들에게서는 특유의 보드랍고 달콤한 향이 진동을 하였다.

"앗! 어머니. 아기가 저한테 할 말이 있나 봐요."

고프리는 눌리타스의 배가 출렁이듯 움직이자, 조심스럽게 배에 귀를 대더니 고개를 몇 번 끄덕였다.

"그래. 고프리. 아기가 뭐라고 하니."

"아기가 태어나면 저하고 같이 항해를 하고 싶다고 했어요."

눌리타스는 환하게 웃는 고프리의 이마에 입을 맞추어주었고, 한 손으로는 가브리엘을 꼭 안아주었다. 난롯불이 기분 좋게 타들어 가고 있었고, 그녀의 가슴도 따뜻한 행복으로 그득하였다.

"저기 로마그놀로 백작님? 모르시아니 공작부인? 눌리타스?"

루셔스는 깊은 밤이 되자, 그들의 침실을 찾아서 눌리타스를 여러 차례 조용히 불러 보았다. 그녀는 벌써 침의를 갈아입고 침대에 누워 눈을 감고 있는 것처럼 보였다. 그래서 루셔스는 가운을 슬쩍 벗어서 그녀의 곁에 그림자처럼 살그머니 스며들었다.

아이를 가진 그녀는 무척 예민해져서 따로 자는 날이 종종 있었으나, 그는 이제 눌리타스의 체온 없이는 숙면을 이루기가 힘이 들었다. 게다가 막내가 태어나면 한참은 또 떨어져 있어야 하였다. 아이들은 눈에 넣어도 아까울 정도로 사랑하였지만, 그 시간만큼은 그에겐 견디기 힘이 들었다.

"그대, 벌써 잠이 들었군."

루셔스는 몸이 무거워 옆으로 누워 잠이 든 눌리타스를 그윽한 눈으로 바라보았다. 달빛이 그녀의 목선에서 부서지고 있었고, 은 발이 하늘하늘 마치 안개라도 드리워진 것처럼 그들의 주변을 감싸는 것 같았다.

언제나 사랑스러운 여인이었지만, 아이를 가진 그녀의 얼굴은 더욱 환한 빛이 감도는 것 같았다. 루셔스는 곤히 잠이 든 눌리타스를 깨우면 안 된다는 것을 잘 알고 있었지만, 그녀에게 닿고 싶은 손길을 멈출 수가 없었다. 그의 손이 조심스레 눌리타스의 은발을 한 줌 쥐어 들어 볼을 비볐다.

"……루셔스."

잠긴 목소리를 내며 눌리타스는 그녀를 바라보는 열렬한 시선과 마주쳤다.

"내가 깨웠나 보군."

루셔스는 커다란 손으로 그녀의 머리를 가지런히 모아주었고, 뒷목을 쓸어내리기 시작하였다.

"쉬, 내가 다시 그대를 재워 줄 테니……."

눌리타스는 잠이 완전히 깨지 못한 상태에서 그의 손길에 간지러워 어깨를 움츠리며 눈을 감고 뜨기를 반복하였다. 루셔스의 시선은 숨을 쉴 때마다 부푸는 가슴에 닿는가 하더니 이내 동그란 배에 이르렀다. 루셔스는 그녀에게 몸을 숙여 배에 가볍게 입을 맞추었다.

"내가 대신 아파줄 수 있다면……."

루셔스는 그의 생각 이상으로 아이를 가진 여인들이 힘이 든다는 것을 깨달았다. 배가 점점 불러오면서 눌리타스는 숨을 가쁘게 몰아쉬기도 하고, 소화를 잘 못 했다. 자다가 다리에 쥐가 나서 깨는 일도 허다하였다.

눌리타스는 배에 차가운 입술이 닿는 바람에 완전히 잠에서 깨어났고, 그의 목소리에 실린 따스한 마음에 살포시 미소를 지었다.

"이렇게 잠을 깨우지만 않으면 더 좋았을 것 같은데요."

장난스레 말을 건네자, 루셔스가 머쓱해서 손으로 귀를 만지작대며 눈치를 보았다. 그의 커다란 체격에 어울리지 않는 그런 몸짓들에 눌리타스의 가슴이 느리게 뛰기 시작하였다.

"그럼 다시 자도록 해 볼까."

루셔스는 능청을 떨더니 그녀의 뒤로 가서 그 몸을 꼭 안았다. 그러더니 그의 두 손이 눌리타스의 풍만해진 가슴 근처를 지분거리기 시작하였다.

"잔다면서요."

"나는 지금 자고 있는데……."

눌리타스는 기가 막혀서 그의 손에서 몸을 빼보려 했으나, 루셔스의 몸이 더욱 세차게 그녀의 옆에 붙는 바람에 움직일 수 없었다.

"방이 좀 추워서."

루셔스의 입술이 그녀의 머리를 헤친 후 목덜미에 닿았고, 마치 무슨 표식을 새기듯 깊게 흡입하였다.

"아……."

그녀의 짧은 신음에 루셔스는 열기에 취한 눈으로 손으로 그녀의 침의를 거침없이 위로 걷어 올리기 시작하였다.

"루."

눌리타스가 화들짝 놀라서 그의 손을 막는 몸짓을 해 보았다. 이전에 두 아이를 가졌을 때는 한 번도 이런 적이 없던 그였다.

"파스텔이 연구한 결과에 따르면, 임신 기간 동안 행하는 아버지의 애정표현이 아기에게 무척 좋은 영향을 준다고 하더군."

루셔스는 저 이야기를 막내를 가진 직후부터 지금 앵무새처럼 몇 번을 하는 중인지 모른다. 눌리타스는 파스텔이 진짜 그런 연구를 했는지, 정말 사실이 맞는지 확인을 해 봐야겠다는 생각까지 들었다.

"이런 식의 애정표현이 아니지 않을까요."

"사랑의 표현 방식은 무척 다양한 법이지."

루셔스는 저 말만을 남기고는 그다음부터는 거침이 없었다. 이미 그녀의 다리 근처에서 뜨거운 것이 존재감을 뚜렷하게 드러내고 있었다.

"제발 나를 허락해 주오."

루셔스는 두 팔로 짚으며 상체를 일으킨 후에 그녀의 입술을 온전히 덮었다. 두 사람의 얼굴은 축축하게 젖은 타액으로 빛이 나고 있었고, 그제야 숨을 헐떡이며 눌리타스가 입을 열었다.

"허락해주지 않으면요?"

"그대가 원하지 않는다면 나는 언제까지라도 기다리겠소."

"대략 일 분 정도요?"

"그렇소."

그의 뻔뻔한 대답에 눌리타스는 못 말리겠다는 표정을 지으며, 그가 전해주는 애정의 온기에 몸을 맡겼다. 처음에 가졌던 여유는 모두 사라지고, 두 사람은 깊어지는 밤이 주는 열락에 흠뻑 취했다.

정말 빌어먹게도 완벽한 밤이었다.

잉그리드는 시커먼 바다를 들여다보고 있었다. 수영에 능하였다면 분명 저 밑으로 뛰어들고도 남았을 것이다.

'어떻게든 살아남을 거야.'

해적이지만, 귀족에 더 가까운 모습을 한 에드워드 티치는 참으로 이상한 사내였다. 그녀를 데려왔던 다음 날 오전 그는 정중하게 물어보았다.

"어디로 가는 길이었지? 원한다면 바로 그곳으로 데려다주겠다."

그 말은 들은 사실 그녀는 갈 곳이 없는 신세였기에 그 말이 전혀 기쁘거나 안심이 되지 않는다는 것을 깨달았다.

해적이 사람을 납치하고, 팔아넘기고, 물건을 약탈한다고 들었지만, 세상천지에 안 그런 곳이 있던가. 그녀가 살던 로마그놀로가를 떠올려 봐도 바로 답은 명확하였다. 에드워드 티치는 그의 물음에 답을 하지 못하는 잉그리드를 보면서, 그럼 언제든 가고 싶은 곳이 생기면 이야기해달라는 말을 남겼다.

갑판에 홀로 남겨진 잉그리드는 바다를 향하여 크게 웃었다. 어디든 그곳보다야 낫겠지 했지만, 이 넓은 세상은 그녀에게 맘 편히 살 땅덩이 하나를 허락하지 않을 듯했다.

파도 너머 왕국이 있을 곳과 펄럭이는 하얀 돛을 번갈아 보다 피식 웃고 말았다.

그 이후 잉그리드는 하루에 세 번 그와 함께 식사를 하면서 배 위의 생활을 하였다. 다행인 것은 그는 쓸데없이 말이 많다거나, 그녀에게 지나친 관심을 보이지 않는다는 것이었다. 그러나 대부분의 무료한 시간을 어찌해야 할지를 몰랐다.

"차라리 다림질이라도 하는 게 나았을까?"

잉그리드는 기지개를 켜면서 온몸을 비틀었다. 그러다 에드워드의 방에 놓인 수많은 책들 중 하나를 집어 들었다. 글을 조금 아는 것이 다행이라는 생각이 처음 들었다.

더듬더듬 단어와 단어를 읽어 내려가면서, 그녀는 처음으로 조용히 책을 읽으며 생각에 잠기는 시간을 가지게 되었다. 그리고 의식하지 못하는 사이에 에드워드와의 식사시간을 통하여 식사예법을 익히게 되었다.

"분명 나를 어디다 팔 것 같지는 않은데 말이지."

잉그리드는 책을 덮고 갑판으로 나와서 두 팔을 쭉 폈다. 이곳의 사람들은 아무리 보아도 무자비한 약탈과 살육을 일으키기엔 거리가 먼 것 같은 느낌을 주었다.

얼굴에는 평온한 미소를 띤 채 각자 맡은 일들에 열중이었다. 배를 밀대로 밀면서도 행복한 노래를 멈추지 않았고, 그녀와 눈이 마주치면 모두 정중한 인사를 건네는 것이었다.

그러던 어느 날, 해가 따사로운 낮 점심을 먹고 산책 삼아 갑판에 올라왔다가 저 멀리서 육지가 희미하게 보인다는 것을 깨달았다.

"아니, 저기 보이는 게 땅이 아닌가요?"

배에서 지내는 삶도 생각보다 나쁘지 않았지만, 역시 폭신폭신한 흙을 밟고 싶은 마음이 간절하였다.

"우리 배에서 내리는 건가요?"

잉그리드는 흥분을 감추지 못했고, 지나가는 선원을 붙잡고 물었지만, 그들은 빙그레 웃기만 하였다. 그리고 배는 천천히 항구로 들어섰고, 잉그리드는 생전 처음 보는 풍경을 호기심 어린 눈으로 바라보고 있었다. 그녀는 선실에 가서 그녀의 소중한 보따리를 꼭 끌어안고, 두려운 마음을 감추며 에드워드를 따라 배에서 내렸다.

"전하를 뵙습니다."

잉그리드는 사람들이 에드워드를 보자 모두 머리를 조아리며 예를 갖추는 것에 눈이 휘둥그레 해졌다.

'아니, 이곳은 해적 왕국인가?'

"이분은 누구십니까? 전하."

누군가 에드워드에게 그의 곁에 선 잉그리드를 가리켰다. 그러자 에드워드는 그들에게 그의 딸이라고 답하였다. 잉그리드는 그녀가 배를 너무 오래 타서 환청이 들리나 싶어서, 살짝 귀를 두드려보았다.

"진짜라니까. 바다에서 건져 올린 내 딸이라네."

잉그리드는 황당해서 헛기침을 마구 하였다. 누구도 믿지 않을 허무맹랑한 소리가 아닌가. 그러나 믿기 어려운 일은 다음에 일어났다. 에드워드가 그렇게 말하자 모두가 너무나 쉽게 수긍해버리는 것이었다.

'아니, 그렇게 쉽게 믿어버리는 거야?'

잉그리드는 혼란스러운 눈을 감추지 못한 채, 에드워드에게 나지막하게 속삭였다.

"이봐, 검은 수염 영감. 무슨 수작을 부리는 거지?"

잉그리드는 스스로를 지키지 못하면 그대로 지고 마는 그런 세상을 살았기에, 이런 상황들을 받아들이기 힘이 들었다. 그러나 그녀의 거친 말에도 에드워드는 흐뭇하게 웃기만 하는 것이었다.

그리고 오래지 않아 잉그리드는 그녀가 아주 이상한 사람과 만났으며, 삶이 아주 요상한 방향으로 흘러감을 깨달았다.

에드워드를 따라서 성에 들어온 잉그리드는 며칠은 이곳이 어떤 곳인지 파악하기 위해 쥐새끼처럼 이곳저곳을 기웃댔다. 그러니까 바다에서 검은 수염이라 불리는 해적단의 선장은 이 작은 해상 왕국을 다스리는 자였다. 그리고 이곳의 사람들은 해적과는 전혀 무관해 보이는 순박한 이들이었다. 고기를 잡고, 그물을 손질했고 밤에는 춤을 추며 노래를 불렀다.

그리고 어느 밤, 함께 앉은 기다란 탁자에서 잉그리드는 배에 힘을 주며 으름장을 놓았다.

"이봐, 당신 진짜 무슨 속셈인 거야."

그러자 에드워드는 붉디붉은 포도주잔을 기울이면서, 넉넉한 웃음을 보였다.

"알아보니 멘다시움가의 남작부인은 아이가 없더군. 귀족 사칭이라니 그런 배짱이라면 해적단이 될 자격이 충분하군."

그러나 그 거짓이 들킨 순간 잉그리드는 떨지 않았다. 어차피 메이린 아가씨의 물건들을 가지고 떠날 때, 각오했던 일이 아닌가.

"누가 해적 따위를 한다고 그랬어? 그래. 나는 귀족은 아니야. 그래서 뭐 처벌을 하려면 해."

에드워드는 사실 식사를 함께하면서 예법을 전혀 모르는 잉그리드를 보면서 그녀가 귀족이 아닐 거라는 추측을 하고 있었다.

그러나 아이는 금방 그를 따라 뭐든 배웠고, 책을 읽으면서 심각한 표정으로 변하는 잉그리드를 보았다. 아마 제대로 배울 기회를 얻지 못한 신분의 아이리라.

"보아하니 갈 데도 없는 거 아니었나. 나의 제안을 받아들여도 아마 후회하진 않을 터."

잉그리드는 귀족이 아니라는 데도 괜찮다고 하는 사내의 말에 놀라움을 금치 못하였다. 그리고 길지 않은 시간 지켜본 사내는 허언을 내뱉는 사람이 아님을 알았다.

'이것이 내게 주어진 두 번째 기회인가.'

디아나 여신이 그녀를 그 여관에서 달아나 자유를 찾을 것을, 그리고 이곳에서 새로운 삶을 살라고 이끌어주는 것 같았다. 잉그리드는 입을 꼭 깨물면서 승낙의 의미가 담긴 고갯짓을 하였다.

그리고 이튿날부터 에드워드는 그녀에게 많은 것들을 가르치기 시작하였다. 밧줄을 다루는 법, 단도를 정확하게 쓰는 법, 침을 멋지게 뱉는 법까지 배워야 했다.

타고난 눈썰미가 좋은 잉그리드는 그것들을 아주 빠르게 습득하였고, 어느 날 에드워드에게 물었다.

"그 왕족의 양녀가 되려면 예의 같은 것을 좀 배워야 하지 않나?"

그녀의 물음에 에드워드가 한참을 웃다 겨우 허리를 폈다.

"필요한 상황이 온다면……."

에드워드는 잉그리드가 일부러 더 퉁명스럽게 군다는 것을 알고 있었다. 처음에 그녀를 보았을 때 하늘로 떠나보낸 딸아이를 닮아서 충동적인 선택을 하였다면, 지금은 잉그리드라는 아이에게 정이 가는 것이었다.

잉그리드는 더욱 배움의 가속도를 붙이게 되었고, 여느 사내를 능가하는 호탕한 해적이 되었다. 그녀는 에드워드와 함께 배를 타고 나가기도 하였다.

"그런데 왜 해적을 하는 거죠?"

"우리는 누구의 물건을 약탈하거나, 사람을 해치지 않아. 어떤 의미에서는 바다를 지키는 병사들이라 보면 될 거야."

에드워드는 사람들을 납치해서 사탕수수밭이나 농장으로 팔아넘기는 배들을 쫓고 있었다. 그래서 그런 의심이 드는 배를 습격하여 갇힌 이들을 풀어주는 일을 하였다.

"……아."

그래서 잉그리드가 타고 있던 배에서도 아무것도 가지고 오지 않았던 것임을 깨달았다.

"하지만 나는 납치했잖아요."

"일인용 선실에 고급요리를 내어주는 납치도 있나?"

"그래도 아닌 것은 아닌 거죠."

"그건 그렇지. 내가 사과하마."

"검은 수염에게 사과는 어울리지 않아요."

잉그리드는 크게 웃으면서 그의 진심을 받아들였다. 그리고 그와 함께 나쁜 이들을 쫓으며, 바다에서 쥐새끼라는 별칭으로 위세를 떨치기 시작하였다.

그리고 산달이 두 달이나 남은 어느 날, 로마그놀로 영지를 돌던 눌리타스는 배가 콕콕 찌르는 듯한 태기를 느끼게 되었다. 그녀는 바로 모르시아니가로 가서 의원의 진료를 보았다.

그러나 공작가의 의원이 배 속 아기가 조산에 역아인 상황이 그가 감당하기에 무리가 있다고 밝히자, 그녀는 염치불구하고 곧장 왕에게 도움을 요청하였고, 루드비히는 솜씨가 좋은 이들을 모르시아니가로 보내주었다.

루드비히가 산실 앞을 초조하게 서성거리는데, 호숫가로 낚시를 갔던 루셔스와 아이들은 무릎까지 오는 장화를 신은 채 진흙이 뚝뚝 떨어뜨리고 있었고, 소매는 온통 젖어 있었다.

"전하, 신세를 지게 되었습니다."

"아니, 우리 사이에 그게 웬 말인가. 안 그래도 산파가 방금 아이를 제자리로 돌려놓았다고 하더군. 아무 걱정 할 거 없어."

루셔스는 너무 이른 출산 소식에 오만가지 걱정으로 복잡한 심경이었다.

"아빠, 엄마가 아파요?"

고프리는 루셔스의 바짓가랑이를 잡고 울먹이고 있었다. 동생의 말을 들은 가브리엘은 붉어진 눈을 한 채로 울지 않으려, 주먹을 꼭 쥐었다.

"무슨 소리니. 고프리. 왕의 누이에게는 디아나 여신의 축복이 함께한단다."

평소 그런 것들은 불신하는 가브리엘은 오늘만은 부디 자뷔에 전하의 말이 사실이었음 하고 마음속으로 간절히 바랐다. 루셔스는 그런 가브리엘의 머리를 쓰다듬어주었고, 고프리를 한 팔로 안아 들었다.

"아무래도 제법 성질이 급한 조카가 태어날 모양이로군."

루드비히가 턱을 만지면서, 떨리는 마음을 추스르고 있었다. 그때 루셔스는 초조한 기분에 머릿속이 새하얘졌고, 그도 모르게 혼잣말을 내뱉었다.

"혹시 그녀에게 무슨 일이 생기는 건 아니겠지."

"정신 차려! 모르시아니 공작!"

루드비히가 쩌렁쩌렁한 목소리를 내었고, 정신이 든 루셔스는 그제야 아이들을 불안하게 만들었다는 것을 깨닫고 목소리를 가다듬었다.

"어머니는 용감한 분이다. 분명 아무 일도 없을 거야."

그러나 여전히 그 목소리는 희미하게 떨리고 있었고, 가브리엘이 작은 손으로 아버지의 허리를 꼭 안으며 서로에게 힘이 되어 주었다.

새로운 생명의 탄생을 기다리는 이들에게 더딘 시간이 흘렀으나, 곧 그들의 귓가에 아기의 작은 울음소리가 들리기 시작했다. 그것을 신호로 루셔스와 아이들, 루드비히가 곧장 산실로 들어갔다. 땀에 젖은 얼굴로 눈에 실핏줄이 터진 눌리타스가 아주 작은 아이를 안고, 그들을 맞이하였다.

"엄마!"

가브리엘도 무척이나 겁이 났던지 곧장 달려서 눌리타스가 누운 침대로 뛰어들었다. 눌리타스는 힘이 잘 들어가지 않는 손을 뻗어 가브리엘의 볼을 어루만졌다.

"가비, 네 여동생을 만나보겠니?"

혹시나 하는 최악의 상황을 생각하면서 마음이 너무나 괴로웠던 루셔스는 기다리던 아기의 탄생에 마냥 기뻐할 수 없었다. 그는 어깨를 사시나무 떨 듯하고 있었다.

"공작님, 이리 와서 아기를 오빠들과 인사시켜 주시겠어요?"

루셔스는 그를 깨우는 부드러운 목소리에 이끌려 걸어와, 눌리타스의 손을 잡고 이마에 입을 맞춘 후 큰 한숨을 내쉬었다. 두 사람의 숨결이 잠시 교차되었고, 루셔스는 그제야 천으로 곱게 싸인 아기를 안아 들었다.

"……아가, 세상이 그리 궁금하던."

루셔스는 이르게 태어난 딸아이를 안으며 진한 눈물이 왈칵 쏟아졌다. 아기는 미약한 울음소리를 내다 힘겹게 눈을 떴다. 그리고 그 모습에 애가 닳은 루셔스가 우는 것도 웃는 것도 아닌 작은 소리로 속삭였다.

"네 눈 속에도 별이 떠 있구나. 스텔라."

루셔스가 아기와 인사를 나눈 후 몸을 숙여 고프리와 가브리엘에게 아기를 보여주었다. 고프리는 손을 빨면서 동생과의 첫 만남에 수줍어하였고, 가브리엘은 흘린 코를 쓱 닦으면서 퍽 점잖은 태도로 아기에게 손을 살짝 흔들어 주었다.

"스텔라, 우리는 너를 만나서 무척 기쁘단다. 나는 가브리엘 오빠고, 여기 이 아이는 고프리라고 해."

"나는 루비 삼촌이라고 해."

갑자기 아이들 사이를 파고든 루드비히가 무릎을 꿇은 채로 아기의 얼굴을 들여다보았다.

"세상에…… 누이의 눈과 똑같구나."

루드비히가 은발에 푸른 눈을 한 조카를 보자마자 온통 마음을 빼앗긴 것은 당연한 결과였다. 그래서 미리 지어왔던 수많은 이름들 에밀리, 아만다, 애니카를 붙이지 못했다는 것도 잊어버리고 말았다.

해 질 녘 서쪽 하늘 위로 반짝이는 별 하나가 디아나 여신의 숨결인 듯 빛을 발하였고, 가족 모두의 축복 속에서 모르시아니가의 막내가 태어났다.

스텔라는 두 달이나 이르게 태어났음에도 무탈하게 쑥쑥 자랐다. 돌이 지나서야 걸음마를 떼었던 고프리 오빠와 달리 돌 전부터 벌떡 일어서서 다니기 시작하더니, 이내 오닉스 후손들의 꼬리를 잡으려고 뛰어다니는 풍경을 연출하였다.

아이는 궁금한 것은 참지 못하는 성미를 지녀 늘 크고 작은 일들을 일으키곤 하였다.

볕이 좋은 어느 날, 정원을 한가로이 거닐고 있던 루셔스는 그를 향해 급하게 뛰어오는 고프리를 발견하였다. 그는 고프리를 번쩍 안아서 한 바퀴 빙글 돌렸다.

"아버지, 저 이제 꼬마가 아닌걸요."

루셔스는 은발의 선이 가느다란 아이의 검은 눈을 바라보면서, 크게 웃었다. 어느덧 고프리는 열 살이 되었지만, 그에게는 언제 보아도 하루 종일 울던 그 시절의 아기의 모습으로 보이는 것이었다.

루셔스가 고프리를 안은 채 머리를 가만 쓸며 정원을 거닐기 시작하자, 아이는 우물쭈물하면서 입을 열었다.

"저 아버지가 주신 그 검을 잃어버렸어요."

그 사라진 검이라는 것은 선대 공작님인 할아버지가 아버지에게 어린 시절 만들어 주신 소중한 목검이었다. 그렇게 귀한 것을 잃어버린 것이 너무 황망해 온 성을 뒤지다 이렇게 아버지에게 도움을 청하게 된 것이었다.

루셔스는 울지 않으려 이를 꼭 깨무는 아이의 얼굴이 예뻐서 다정하게 내려다보면서 괜찮다고 말해 주었다.

"검을 가져간 범인을 알 것 같구나."

루셔스와 고프리는 손을 잡고 성의 외진 곳으로 걸어 나갔다. 그곳에 가까워지자 알 수 없는 외침이 점점 크게 들리기 시작하였다.

"내 검이 어떠냐!"

우당탕탕 무언가 무너지는 소리가 들리더니, 더 큰 목소리가 들렸다.

"드래곤 네 녀석의 심장을 얻어 내 검에 장식할고 말 테다."

풀이 드문드문 나 있는 공터에는 목검을 휘두르는 어린아이가 1인 3역 이상을 하고 있는 중이었다. 아이는 드레스를 짧게 말아서 허리까지 올린 채였고, 아래는 바지를 이상하게 덧입은 채였다.

"스텔라!"

루셔스가 조금 엄한 목소리로 아이를 부르자, 작은 아이는 하던 행동을 멈추더니 목검을 등 뒤로 숨기며 눈을 동그랗게 떴다. 아이는 짐짓 딴청을 피우며 예고하지 않았던 방문객들을 향해 해사한 미소를 보였다.

"아빠랑 고프리 오빠도 같이 드래곤을 잡으러 갈까?"

"스텔라, 고프리 오빠에게 해야 할 말이 있지 않을까."

그녀의 애교 섞인 말에도 아버지의 목소리가 좀처럼 평소의 다정한 톤으로 돌아가지 않자 그제야 은발의 아이는 실바람 같은 머리칼을 흩뜨리며 고개를 푹 숙였다.

그리고 처음과 다르게 스텔라는 아주 작은 목소리를 냈다.

"고프리 오빠, 내 마음대로 이것을 가져가서 정말 미안해."

"왜 그런 거니?"

아까보다 조금은 화가 풀린 듯한 아빠의 목소리에 스텔라는 발까지 동동 구르며 자기변호를 시작했다.

"내가 가지고 있는 검은 이것보다 세지 않아서 드래곤의 심장을 꺼낼 수 없어!"

"……?"

분명 루서스는 스텔라에게도 다섯 살 생일 기념으로 장인이 만든 섬세한 조각이 아로새겨진 최상품의 검을 선물해 주었다.

"어떤 차이가 있는 거지?"

그러자 스텔라는 숨긴 칼을 꺼내면서 아빠와 오빠의 곁으로 다가섰다.

"이것 봐. 여기에는 '루'라는 글씨가 있잖아. 이건 최고로 세다는 뜻이야."

"……?"

루셔스는 점점 알아듣지 못할 말을 늘어놓는 아이에게 무릎을 꿇고 마주했다. 아이의 호수 같은 푸른 눈의 물결이 그 아비의 눈을 통해서 빛을 발하고 있었다.

"어머니가 늘 그러시잖아요. 우리 루는 세상에서 가장 멋져요. 최고예요. 루란 말은 최고란 뜻이야."

작은 아이가 제 몸만 한 목검을 뿌듯하게 품고서 당당하게 말하는 폼이 제법 당차서 루셔스는 더 화를 낼 수가 없었다.

고프리는 주로 독서를 즐기는 유약한 아들이었으며, 막내인 스텔라는 걸음마를 시작하고서부터는 나무 막대를 휘두르기 시작했던 것이다.

어째서 아들과 딸이 뒤바뀐 것 같은 기분이 자꾸 드는 걸까. 하지만 그는 엉뚱한 딸아이에게 항상 지고 말았다.

"스텔라, 이리 오렴. 내 사랑하는 공주님."

"공주란 말이 싫은 건 아니지만, 기사님이라고 불러주면 더 좋겠는데……."

입을 삐죽 내며 그에게 다가서서 안기는 막내딸의 몸은 너무나도 작고 몽글몽글하여 루셔스의 가슴을 벅차오르게 만들었다.

"하지만 다음부터는 오빠의 검을 쓰고 싶을 때는 허락을 받아야 한단다. 알았지?"

초콜릿 케이크보다 더 달달해진 아버지의 음성에 스텔라는 더 떼를 쓰지 않고 고개를 끄덕였다. 한 손으로는 작은 스텔라를 안고, 다른 손으로는 고프리의 손을 꼭 잡은 루셔스의 뒤로 기다란 그림자가 졸랑졸랑 따라오고 있었다.

그렇게 몇 년이 지난 어느 날, 잉그리드는 에드워드라는 사람 자체를 믿고 따르게 되었다. 그는 그녀가 알던 몹쓸 귀족들과는 차원이 다른 이였다.

아무것도 아닌 그녀를 양녀로 삼아 그가 가진 모든 것을 나누어 주었고, 이곳 사람들은 죽은 줄 알았던 공주가 살아 돌아온 마냥 반겨주었다. 태어나서 처음 받아보는 융숭한 대접과 열렬한 환영은 아주 낯설었고, 무척 설레는 일이기도 하였다.

하지만 잉그리드는 이곳에서의 생활이 익숙해지는 만큼 죄책감과 그리움이 깊어졌다. 부모님을 떠나서도 잘살 수 있다고 자신하였으나, 그것은 순전히 오산이었다. 여전히 로마그놀로가의 날카로운 채찍질 아래에서 숨죽이고 있을 부모님 걱정은 날마다 점점 커져 가고 있었다.

그래서 고민을 하다 결국 에드워드에게 모든 것을 털어놓게 되었다.

"그랬나. 납치가 내 전문은 아니지만, 어찌 되었든 모셔 오겠다."

"하지만 어떻게⋯⋯."

잉그리드는 그의 대답에 놀라서, 에드워드의 얼굴을 올려다보았다. 가문에 종속된 하녀, 하인은 자유민이긴 하지만, 실상 자유가 주어지지 않았다. 그들이 그 굴레에서 벗어나는 데는 죽음 외에는 방법이 없었다. 게다가 그녀는 그를 속였다고 고백한 것이나 다름없었다.

"세상에는 돈으로 해결할 수 있는 일들이 꽤 많거든."

에드워드는 눈을 찡긋거리면서 허허거리며 웃었다.

"너는 정말 운이 좋구나. 남들은 하나 가지기도 힘이 든 아비를 둘이나 두다니."

"……감사합니다."

잉그리드는 그녀를 전혀 타박하지도 않고, 고민을 헤아려 준 그를 향해서 깊은 절을 하였다.

어떤 방법으로 이곳으로 오게 된지는 알 수 없었지만, 얼마 후에 잉그리드의 부모님이 그녀의 곁으로 오게 되었고 감격적인 상봉의 시간을 가질 수 있게 되었다.

그러나 평생을 고된 일만 하던 부모님은 몸이 무척이나 쇠약해져 있었고, 행복한 날을 오래 누리지 못한 채 잉그리드의 곁을 떠났다.

"잉그리드, 너만은 우리와는 다른 삶을 살도록 해."

어머니는 아주 행복한 미소를 띤 채로 숨을 거두셨고, 잉그리드는 양친의 죽음 앞에서 마음이 스산하여 견딜 수가 없었다. 그때

양아버지인 에드워드가 이런 제안을 하였다.

"부모의 고향에 한 번 다녀오너라. 기분전환이 될 테지."

"그곳을 뭣 하러 가요."

"가보지 않으면 알 수 없는 법이다."

잉그리드는 탐탁지 않았지만, 우울증이 심하여 아무것도 할 수 없었으므로 그의 말을 따르기로 하였다. 그래서 평범한 영애의 복장을 하고 배에 몸을 실었다.

오랜만에 돌아온 고향땅은 아주 많이 변해 있었다.

잉그리드는 사람들 눈에 잘 띄지 않을 높은 곳에 자리를 잡고, 수풀 속에 몸을 숨긴 채로 로마그놀로 영지를 바라보았다. 허허벌판이었던 곳에 이상한 그림이 그려진 건물이 들어섰고, 그 옆으로는 아이들의 맑은 목소리가 흐드러지고 있었다.

부모님으로부터 백작과 아비오의 소식을 듣긴 했으나, 눈으로 보는 것과는 큰 차이가 있었다.

"이곳이 진짜 로마그놀로가 맞나?"

혹시 몰라 치마 속에 무기를 숨기고 왔는데, 이곳 분위기를 보아 하니 이것을 꺼낼 일은 없을 것 같았다. 그녀의 삶이 극적으로 변한 것만큼이나 이 땅도 큰 진통을 겪었던 모양이다.

"하긴, 십 년 넘게 흘렀으니 말이야."

그때 그녀 뒤편의 수풀 속에서 수상한 소리가 들려왔다. 잉그리드는 본능적으로 치마 속에 손을 넣어 채찍을 감아쥐고는 그쪽으로 그것을 확 뻗었다. 그녀의 채찍은 빗나가는 법이 없었고, 그것은 정확하게 사내의 얼굴을 스쳤다.

"......!"

장신의 호리호리한 사내가 누더기를 입은 채, 손으로 상처 입은 얼굴을 감싼 채 그곳에서 나와 그녀를 응시하고 있었다.

'소나 가축을 치는 자인가.'

그러나 그 신분을 떠나서 반짝이는 그 눈이 그녀의 시선을 끌었다. 이제껏 어떤 사내를 만나도 떨리지 않던 잉그리드의 가슴이 이런 순간에 갑자기 뛰어대기 시작하였다.

잉그리드는 그 신비로운 자수정의 눈을 응시하며 채찍을 조금씩 끌어 다시 말했다. 그가 맘에 든 그녀는 최대한 상냥하게 말하려 하였으나, 퍽 거친 목소리가 나고 말았다.

"미안하게 되었다. 이곳에서 일을 하는 자인가?"

그러나 상대편은 갑자기 날아든 채찍 세례에 너무 놀라 몸이 굳었는지 아무런 답을 하지 못한 채였다.

'여우를 피하면 범이 온다 하였나.'

루드비히는 눈에 넣어도 아깝지 않을 막내 조카, 스텔라와 놀다가 최선을 다해 달아나는 길이었다. 스텔라는 눌리타스와 똑같은 외모로 처음부터 그의 마음을 사로잡은 아이였고, 걷기 시작하자 그의 등에 겁 없이 매달리는 용맹함을 보여주었다.

그리고 입을 떼기 시작한 이래로는 루드비히를 충격에 빠뜨리기 시작하였다.

"망아지 타."

"곰 잡아."

"카- ㄹ줘."

칼이라는 발음을 제대로 하지도 못하는 아기는 오빠들의 장난감 칼을 엄청나게 탐을 내었다. 루드비히가 가져다준 비단 리본이나 눈부신 보석에는 눈도 두지 않았고, 오빠들의 말이나 기사들의 갑옷 같은 것을 황홀한 눈으로 바라보곤 하였다.

아이는 치렁치렁한 레이스나 리본 장식이 달린 드레스보다는 활동하기 편한 단순한 차림을 좋아하였다. 그리고 그녀는 궁금한 게 너무 많아서 땅벌집을 들쑤신다거나, 개미집을 파헤친다고 땅을 헤집어 놓는 일이 한두 번이 아니었다.

그렇게 여섯 살 스텔라는 이제 자칭 기사가 되어 있었고, 오늘 루드비히의 역할은 처음에는 분명 양치기였다.

"삼촌, 이것으로 갈아입어."

스텔라는 어디서 난 건지 온통 낡은 옷 하나를 꺼내 들고 와 루드비히에게 건네었다. 아이는 언제나 대충이 없었고, 제대로 된 완벽한 놀이를 추구하곤 하였다.

"……응?"

항상 그만의 매력이 담긴 최상의 옷만을 고집하던 루드비히에게는 다소 무리가 있는 요청이었지만, 그는 순순히 그것을 받아들일 수밖에 없었다. 그리고 그는 양치기, 스텔라는 양이 되어 제법 평화로운 놀이를 하였다.

그러나 몇 분이 지나자, 스텔라가 벌떡 일어서더니 입을 내밀었다.

"역시 이건 재미없어. 삼촌이랑 안 놀래."

"스텔라, 무슨 소리야. 삼촌은 더 놀고 싶은걸."

루드비히는 변덕을 부리는 스텔라의 마음을 돌리기 위해서 애걸복걸하였다. 그에게는 조카들과 노는 것만큼 행복한 일이 없었다. 더구나 스텔라는 유일하게 그와 놀아 주는 조카가 아닌가.

그 말을 듣더니 스텔라가 무언가 망설이는 낯을 하였다.

"정말이야? 하지만 엄마가 삼촌 괴롭히지 말라고 했는데."

"아니야. 괴롭히는 거 아니야. 삼촌은 즐거워."

"그럼, 나는 성검사가 될게. 삼촌은 드래곤을 하는 거야."

루드비히는 갑자기 양치기 놀이가 왜 기사와 드래곤 놀이로 바뀌는지 영문을 알 수 없어 눈을 크게 떴다.

성검사 놀이가 시작되기 전, 로마그놀로가의 응접실에서 한가로이 그들을 지켜보던 가브리엘이 돌연 어머니의 일을 거들어야겠다면서 나섰고, 고프리가 눈치를 보더니 읽던 책을 덮은 채 형의 뒤를 급히 따라나섰다.

"그런데 스텔라, 성검사가 뭐야?"

"삼촌은 그런 것도 몰라? 에이, 시시해."

루드비히는 아니라고 겨우 스텔라를 어르고 달래서 놀기 시작하였으나 그것은 말이 드래곤 잡기이지, 실상은 루드비히의 수난기였다.

스텔라는 작은 아이치고는 힘이 제법 세서, 손에 무얼 들고 나타나더니 그를 사정없이 찌르기 시작하였다.

"드래곤, 네 심장을 나의 발아래에 바치어라."

그의 몸에 상처가 날 정도는 아니었지만, 네 발로 기면서 그것을 다 받아주다 보니 종국에 루드비히는 울고 싶어졌다. 차라리 용맹한 기사를 보내어 스텔라가 부르짖는 드래곤을 몇 마리를 잡아서 주고 싶은 심정이었다.

그는 다리가 저려서 도저히 참다 못해서, 포기 선언을 하였다.

"스텔라, 삼촌이 성에서 급하게 처리해야 할 일을 잊고 왔어. 다음에 계속하자. 응?"

그는 벌떡 일어서서 그 길로 달아나는 길에 이 수상한 여인과 마주치는 상황에 이르게 된 것이다.

여인은 자그마한 몸집에, 윤기가 나는 연한 주황색 드레스를 입고 있었다. 특별할 것 없는 인상을 지녔지만, 왕국의 여인들보다는 낯이 좀 검었다. 하지만 그의 눈을 사로잡은 것은 여인의 바람에 살랑 날리는 회색 머리카락과 그의 근처로 날아들었던 채찍, 그리고 그녀의 거친 말투였다.

"뭘 자꾸 보는 게냐? 내가 마음에 드는 건가? 이리 와 봐. 상처를 봐 줄 테니."

루드비히는 여인의 입에서 나온 말에 놀라 화끈거리는 상처도 잊은 채 얼굴을 붉혔다. 저렇게 당당한 여인은 그리 흔하지 않건만⋯⋯.

"나는 이곳에서 일을 하기는 하는데."

방금까지 스텔라와 놀아주는 일을 하였으니, 엄밀하게 따지면 거짓은 아닐 것이다. 하지만 그녀가 마음에 드느냐는 말에는 쉽게 답을 할 수 없었다. 게다가 상처야 돌아가면 신성력으로 이 정도는 우습게 치료할 수 있을 것이다.

그렇게 루드비히가 망설이는 틈에 잉그리드는 채찍을 땅으로 집어 던지더니 그를 향해 성큼 다가섰다. 그리고 품에 지니고 다니는 만능 고약을 꺼내어 루드비히의 얼굴에 바르려고 더욱 몸을 붙였다. 그러자 루드비히는 갑작스러운 접촉에 놀라서 뒤로 꽈당 넘어졌고, 눈을 뜨자 여인이 그의 배 위에 올라타 있었다.

"너, 나를 유혹하는 게냐?"

루드비히는 누구 때문에 이렇게 넘어진 건데 무슨 유혹 같은 소리를 하나 싶어서 억울하기 말로 표현할 길이 없었다. 하지만 잉그리드는 분해서 입술을 꼭 깨무는 사내의 얼굴을 반한 듯 바라보다 떨리는 말 한마디를 건넸다.

"너, 나의 사내가 될 텐가."

"……."

왕인 그를 유혹하기 위해 덤비는 여인들은 숱하게 많았지만, 이런 식의 고백은 처음이었다. 루드비히는 처음의 강렬한 등장부터 그를 정신없게 만드는 이 여인에게 정신없이 빠져드는 것 같았다.

루드비히가 무의식적으로 고개를 끄덕였다. 그러자 잉그리드가 손을 뻗어 그의 머리를 쓰다듬었다. 그리고는 입술을 그의 목으로 가져가서, 아래로 미끄러져 내려갔다. 루드비히는 돌연 여인의 손목을 움켜쥐었다. 그 손길에 잉그리드가 고개를 들었다. 루드비히는 상대에게 최면을 걸듯 잉그리드를 응시하고 있었다.

잉그리드는 사내의 눈이 점점 붉은 빛에 가까워지는 것을 보면서, 헐떡이며 입술을 열었다.

"이름을 말해 줘."

"……루드비히."

잉그리드는 그의 이름을 몇 번이고 되뇌면서 루드비히의 몸을 끌어안았다.

그들의 몸을 태워버릴 듯 뜨거운 바람이 불어왔고, 의미 불명의 신음이 간간히 흐르고 있었다.

가브리엘 모르시아니는 가지런한 몸가짐을 한 채 아버지가 시범을 보이는 검술을 배우고 있었다. 아이답지 않은 신중한 눈빛이 사소한 손짓 하나도 놓치지 않으려 하고 있었다.

루셔스는 그런 아이가 대견하면서도 한편으로는 안쓰럽기도 하였다. 타고난 성질도 그랬지만, 동생이 둘이나 생기면서 더 애교를 부릴 수 없게 된 것은 아닌가 하는 걱정도 들었다.

"가브리엘."

"네. 아버님."

루셔스는 검을 검집에 밀어 넣고는 가브리엘의 몸을 무작정 밀어서 넘어뜨렸다. 체구가 훨씬 큰 어른의 갑작스러운 습격으로 가브리엘은 꼼짝없이 풀밭에 눕게 되었다. 그러자 루셔스가 옆에서 기다란 풀 하나를 꺾어 들고 가브리엘의 귀와 코를 간질이기 시작하였다.

"아버지. 갑자기 왜 이러세요."

가브리엘은 갑작스러운 아버지의 장난에 너무 어리둥절하였다.

아이는 간지러움을 이겨보려고 숨을 참으며, 이를 악물었다. 그러나 결국 참지 못하고 웃으며 땅을 데굴데굴 굴렀다.

루셔스는 큰아이의 시원한 웃음소리를 듣자 그제야 그 장난을 멈추었다.

가브리엘이 몸을 추스르고 풀밭에 앉자, 그 옆을 루셔스가 자리했다. 루셔스는 한 팔로 아이의 어깨를 툭 치면서 말하였다.

"가브리엘, 네 나이 때는 훨씬 자주 웃어야 해. 그렇게 심각할 거 없단다."

루셔스는 부모를 여의고 홀로 남았던 과거를 떠올렸다. 그는 웃을 일도 없었고, 그러다 보니 웃어야 할 만한 일에도 그러질 못하는 사람이 되어 있었다.

"가문이니 검술이니 이런 것보다는 말이야. 네 자신의 행복이 우선이란다."

루셔스는 누군가 어린 날 그에게 들려주었으면 좋았을 법한 이야기를 아들에게 할 수 있음이 다행이라 생각했다.

가브리엘은 그제야 편한 표정을 지으며 아버지의 두 눈과 마주하였다.

"네가 원치 않는다면 가문의 후계자가 되지 않아도 좋아."

가브리엘이 혹시라도 장남으로서 알게 모르게 느끼고 있을 중압감을 어떻게라도 덜어주고 싶었다.

루셔스에게는 다른 선택지가 없었다. 아마 형이 살아서 후계자가 되어 모르시아니 공작이 되었더라면, 그는 좋아하는 검을 한 자루 지닌 채 세상을 떠도는 기사가 되었을지도 모른다.

"아니요. 저는 아버지처럼 훌륭한 기사가 되어서 가문의 이름을 드높이는 사람이 되고 싶어요. 누가 시켜서도, 제가 장자라서가 아니라요."

어린 줄로만 알았던 가브리엘이 똑 부러지게 그의 생각을 말하자, 루셔스는 손을 들어 아이의 부드러운 은발을 흩뜨리다 쓸어주었다.

"그래. 우리는 너의 꿈을 언제나 응원하마."

나란히 앉은 그들 주변으로 상쾌한 바람 한 줄기가 맴돌고 있었고, 검은 두 쌍의 눈이 그들의 지켜야 하는 모르시아나가의 땅을 어루만지고 있었다.

짧은 여행을 마치고 돌아온 잉그리드는 다시 예전처럼의 활기를 되찾는 것 같았다. 하지만 몇 달이 지난 어느 날부터 약간의 변화를 보이기 시작하였다. 시원스럽게 들이키곤 하였던 술을 갑자기 입에도 대지 못하게 되는가 하면, 바다를 좋아하던 그녀가 멀미가 심해서 배에도 오르지 못하였다.

에드워드는 혹여 잉그리드가 큰 병에 걸린 것 아닌가 하는 걱정으로 밤잠을 이루지 못하였다. 아주 오래전 폐병으로 잃은 딸에 이어 잉그리드까지 보낼 순 없었다.

"당장 용한 의원을 불러와야겠다."

그는 특별히 배를 타고 나가서 명성이 자자한 의원을 이곳으로 모셔오는 수고를 마다하지 않았다.

잉그리드는 해가 잘 드는 창가에 앉아서, 따스한 곳에서 낮잠을 청하는 고양이처럼 턱을 까딱거리고 있었다. 언제나 힘이 넘치던 잉그리드의 그런 모습에 에드워드는 가슴을 부여잡으며, 의원에게 진료를 부탁하였다. 그녀는 누군가의 목소리에 깨서 입구 쪽을 흐리멍덩한 눈으로 슬쩍 살폈다.

의원은 작은 키를 하고 있었고, 윤기가 나는 초록색 드레스도 아닌 요상한 복장을 한 검은 머리의 사내였다. 그는 손에 작은 천으로 만들어진 가방 같은 것을 풀더니, 번쩍이는 침들을 옆에 늘어놓았다.

잉그리드는 잠에서 제대로 깨지도 못한 채 의원에게 손목을 내어줬고, 의원은 잠시 맥을 짚더니 고개를 한 번 갸웃댔다. 그 모습에 흰머리가 성성한 에드워드가 떨리는 목소리로 앞으로 나섰다.

"아니. 의원님. 우리 딸애가 무슨 중병에라도 걸린 겁니까. 제발 고쳐주십시오."

"전하. 축하드립니다. 곧 손주를 보실 것 같습니다."

"……?"

의원의 말을 듣자 잉그리드는 남은 잠이 확 깨는 것 같았다. 그녀는 의원을 손을 뿌리치면서 벌떡 일어섰고, 에드워드의 놀란 눈과 마주하였다.

"아니 그러면 아픈 게 아니라, 아이를 가져서……."

에드워드는 너무 오래전 일이라 가물가물하였지만, 부인이 딸아이를 가지고 배를 잘 못 탔던 일과 특정 음식만 찾던 것이 떠올랐다.

"말도 안 돼. 다시 봐요."

잉그리드는 다시 앉아서 팔을 의원 코앞으로 마구 들이밀었다. 그녀는 평생 혼인을 할 생각도, 아이를 낳지 않기로 다짐한 뒤였다. 게다가 그녀는 그럴 만한 상대도 없지 않았던가.

"맥이 대충 삼 개월에 접어드시는 것 같습니다. 임부들이 입덧을 주로 하는 시기죠. 그래서 근자에 힘이 드셨던 게 아닌가 싶습니다."

삼 개월이라는 말에 잉그리드의 머리가 빙글빙글 도는 것 같았다. 시간을 따져보자면 잉그리드가 로마그놀로가를 찾았던 때가 아닌가.

부모님을 잃고 심한 우울증을 앓던 터라 돌아와서는 그냥 일상에 집중을 하느라 잠시 잊고 지냈었다.

"……하."

갑자기 에드워드가 잉그리드를 껴안으면서 감격에 겨운 소리를 질렀다.

"드디어 손주를 볼 수 있는 게냐?"

그리고는 눈가에 맺힌 물기를 쓱 닦고, 그의 가슴까지 오는 의원을 얼싸안았다.

"고맙소. 의원님은 우리를 구하신 거나 다름없소. 여기 오시느라 고되셨을 테니 푹 쉬다 가시죠."

에드워드가 시종에게 의원의 방을 안내하라고 이르는 동안에 잉그리드는 창틀에 기대서 멍한 눈을 하고 있었다.

지난 십수년 간 에드워드는 그녀에게 짝을 지어주기 위해서 많은 노력을 하였다. 그러나 잉그리드는 평범한 가정을 꾸리는 데는 전혀 뜻이 없었기에 늘 거절만 해 왔던 것이다.

"하, 아이라니……."

잉그리드의 입을 통해서 깊은 한숨이 스며 나왔다.

잠시 후 에드워드가 빙그레 웃으면서 다시 나타났다. 아니, 우울해하기에 기분전환을 하라고 보냈더니 이런 좋은 소식을 가지고 온 것이란 말인가.

"그래, 잉그리드. 아이의 아빠는 누구더냐."

"아, 그 사람은……."

잉그리드는 갑자기 봇물 터지듯 밀려드는 그 사내의 생각에 얼굴이 붉어졌다. 잊으려야 잊을 수도 없는 자였는데, 어떻게 이제야 떠올리게 된 건지.

"목동이었는데."

잉그리드의 더듬거리는 말을 듣더니 에드워드는 무릎을 탁하고 쳤다.

"목동이라니! 해적의 반쪽으로 제격이로구나!"

에드워드는 당장 그 사내를 수소문해서 이곳으로 데려올 의지를 보이기 시작하였다. 하지만 잉그리드는 덜컥 겁이 났다. 그녀는 지금 아이를 가진 것만으로도 무척 혼란스러운 상태였다.

"아니요. 그러지 마세요."

그녀는 아버지를 따라서 바다를 누비다 언젠가 저무는 해를 보면서, 푸른 바다에서 눈을 감아야지 하는 소망을 지니고 있었다. 그것에 비해 지금 이 일은 너무나 이질적이지 않은가.

에드워드는 혼란스러운 잉그리드의 눈을 보면서, 어깨를 살짝 쓰다듬어주었다.

"너 이 애비가 있어서 싫었더냐. 돌아가신 네 아버지도 짐스럽고 번거롭기만 하였더냐."

그 말에 잉그리드는 바로 고개를 저었다.

그녀는 두 분의 아버지가 계시지 않았다면 지금 이렇게 멋진 삶을 제대로 살 수 없었을 것이다.

"이름이 루드비히라고 했어요. 그리고 눈이 자수정 빛이었어요."

잉그리드는 몇 달 동안 잊고 지냈던 그의 두 눈을 기억해내면서, 아련한 눈매를 해 보였다.

우연히 만나게 되어 불꽃 같은 시간을 나누었고, 그녀는 그 길로 떠나버렸다.

누군가와 깊은 관계를 맺는다는 것은 두렵기 그지없었다. 지금 이곳에 와서 마음의 안정을 찾기는 하였으나, 깊은 속을 들여다 보면 아직 자라지 못한 슬픈 눈을 한 소녀가 웅크리고 있는 것 같았다.

하늘을 보면서 수많은 꿈을 가졌으나, 현실은 늘 시궁창보다 못하였다. 로마그놀로 백작가에서 주인님과 도련님의 밤 시중을 들면서, 숱한 상처와 아픔을 하나도 뱉어내지 못하고 모조리 가슴에 꾹꾹 눌러 담아두었던 그녀였다.

메이린 아가씨의 시중을 들면서 어깨너머로 조금 배운 글이 궁금하여 서재를 기웃대다 뺨을 맞아서 쓰러졌었고, 마님의 앞에서 인사를 조금 늦게 하였다는 이유로 발로 걷어차이기도 하였다.

과거의 아픔은 현재의 행복으로 모두 지워지는 것은 아니었다. 그저 이겨내고 싶다는 의지를 가지고 힘을 짜내어 보는 것이었다.

"아이가 생긴 이상, 낳아 잘 길러볼게요. 때가 되면 아버지의 존재도 꼭 알려주겠어요. 하지만 아버지, 저는 이대로가 좋아요."

잉그리드는 지금 당장 배를 타고 끝이 보이지 않는 바다를 느끼고 싶었다. 그리고 아직 아무런 티도 나지 않는 아랫배를 쓸었다.

"자신의 운명은 스스로 정하는 법이지. 아무렴."

에드워드는 딸아이가 평범한 가정을 꾸려서 사랑하는 사람들 속에서 살기를 바랐으나, 지금 아이의 뜻을 존중하기로 하였다.

세자르 베일은 권력과는 아주 거리가 먼 남작가의 차남으로 태어났다. 대체로 베일 가문의 사내들이 큼지막하게 생긴 것과는 달리 그는 다소 유약한 외모를 소유하고 있었다.

　애초에 남작가의 작위는 장남인 형의 차지였고, 한 살 어린 남동생은 날 때부터 힘이 세서 기사가 되는 것이 기정사실화되어 있었다. 하지만 어느 것 하나 특색이 없는 세자르의 장래는 무척 불투명하기만 하였다.

　"걱정하지 마라. 세자르, 신은 누구에게나 하나의 문은 열어 두신단다."

　낙담한 세자르를 위해 어머니는 부드럽게 위로를 해 주셨고, 적극적으로 그의 앞날을 위해 이것저것 알아봐 주시기도 하였다. 그러나 어디에도 베일 가문의 세자르를 원하는 곳은 없었다.

　그러나 결국 그는 그런 절망적인 상황에서 왕국 제일가는 명망가인 모르시아니 공작의 시종이 되는 데 성공하였다.

　세자르는 공작을 처음 만났던 막사에서 들었던 목소리를 아직도 생생하게 기억하고 있었다. 마치 등 뒤에 새까맣고 검은 날개를 숨기고 있을 것 같은 무시무시한 인상의 공작님이 말하였다.

　"베일가의 세자르, 지옥의 문턱에 들어선 것을 환영한다."

　시종의 자리를 허락한다는 뜻을 담은 공작의 깊고 어두운 눈빛이 그를 올곧게 응시하고 있었다. 세자르는 난생처음 누군가에게 인정받은 기분에 가슴이 벅차서 공작에게 큰절이라도 하고 싶었다.

"일단 수습 기간이니 그리 알도록."

그다음 공작의 덧붙이는 말 때문에 약간 열기가 느슨해지기는 하였지만, 세자르의 떨리는 입술이 살짝 웃고 있었다.

그러나 좋은 일을 찾았다는 것도 아주 잠시였을 뿐 모르시아니가의 시종은 만만찮은 자리였다.

공작은 차가운 성정 탓에 다가서기가 쉽지 않았다. 게다가 밤에 무척 예민하셔서, 막사 안 작은 움직임에도 단도를 날리는 바람에 세자르는 해가 진 이후에는 마실 것을 입에 대지 않았다.

이후 세자르는 그가 가진 재능으로 모르시아니가의 문서 관리를 도맡게 되었고, 공작을 따라 이곳까지 오게 되었다.

"이것도 인생 역전이라고 부를 수도 있겠지."

세자르는 성 밖에서 비가 내리는 것을 보면서 혼잣말을 중얼거렸다. 집안에서 아무런 기대도 받지 못하던 그가 지금은 형도 동생도 모두가 부러워하는 입장이 되지 않았나.

"정말이지. 장하다. 장해. 세자르."

세자르가 혼자서 그를 위로하는 찰나에 어디에서 인기척이 들렸다.

"이거 주방에서 내가 구해 온 건데."

한 사내가 입을 열자, 세자르가 잘 아는 여인의 목소리가 들렸다.

"저는 괜찮은데……."

세자르는 그 목소리들에 온몸의 신경이 곤두서는 것 같았다.

그는 기둥에 몸을 숨긴 채 눈만 살짝 빼서 산적처럼 우락부락하게 생긴 사내가 커다란 빵 한 덩이를 소피아에게 내미는 것을 목격하였다.

"이게 겉은 투박해 보여도 속에는 온갖 견과류가 들어서 참으로 귀한 거야. 만들다가 약간 삐뚤어져서 주인님의 상에는 못 낸다고 하기에 내가 대번에 얻었지."

'아니, 유치하게 먹을 것으로 사람의 환심을 사려고 들어?'

세자르는 주먹을 꼭 쥐면서, 머리에 뜨거운 기운이 몰리는 것 같은 기분을 느꼈다.

"사람이 가져온 성의가 있으니 좀 받아줘."

사내는 부담스러워하는 게 분명한 소피아에게 계속 빵을 건네려고 하였다. 세자르는 보통 이런 일에 관여하는 성격은 아니지만, 이번만큼은 지나칠 수 없었다.

"이런 무척 출출한 참인데 그것 참 고맙군."

"시종 나리."

사내는 세자르의 갑작스러운 등장에 놀라서 어쩔 줄을 모르는 것 같았다. 그 틈에 세자르는 그 덩치를 마구 노려보면서 그 빵을 뺏듯 받아들었다.

"소피아, 마님이 찾으시는 것 같던데."

"아……."

그리하여 세자르는 빵도, 소피아도 무사히 사내에게서 구출하는 데 성공하였다. 두 사람은 비가 내리는 풍경을 보면서 열린 복도를 함께 걸었다.

"아는 사내던가."

그의 목소리에는 괜한 힐난이 섞여 있었고, 그런 스스로가 못났다 싶어서 얼굴이 달아올랐다. 하지만 세자르는 두 사람의 관계가 궁금해서 견딜 수가 없었다.

소피아는 어울리지 않게 빵을 품에 안은 세자르를 곁눈질하면서, 조심스럽게 답을 하였다.

"정원사로 계시는 분인데, 마음이 착한 분이세요."

"그자의 마음이라도 들어갔다 와 본 것처럼 이야기하는구먼."

그런 말을 하면서 세자르의 손톱이 빵에 강하게 파고들고 있었다. 물론 저 사내가 정말 좋은 사람일 수도 있을 것이다. 하지만 소피아의 곁에 서 있는 것이 그 사내는 아니었으면 하는 마음이 들었다.

"용건 없으시면 저는 이만 마님에게 가 볼게요. 빵은 혼자 많이 드세요."

소피아는 계속해서 세자르의 핀잔이 이어지자 치맛자락을 쥐더니 찬바람을 날리면서 그의 곁에서 멀어졌다.

'그리고 나도 이깟 빵 수백 개도 사 줄 수 있는데…….'

세자르는 오늘도 소피아가 없는 곳에서 혼잣말을 할 뿐이었다.

비가 그친 하늘은 맑게 개어서, 공기는 신선하였고 푸름이 가득하였다. 소피아는 마님을 모시고 산책을 나갔다 우연히 공작님이 나타나시는 바람에 살짝 물러나서 나무 그늘에서 잠시 휴식을 취하고 있었다.

"저렇게 잘 어울리는 분들도 없지."

이곳에 마님이 시집오실 때만 하여도 이런저런 걱정이 참으로 많았다. 공작님을 둘러싼 소문이 보통 것이었던가. 하지만 그런 걱정이 무색하게 지금 두 분은 너무나 다정해 보였다.

"……흠."

낮은 목소리와 함께 나무 그늘 아래로 사내의 발이 나타났다. 처음에는 놀랐지만, 소피아는 이내 그가 세자르임을 알게 되면서 안도감을 느꼈다.

세자르 님은 다른 귀족들처럼 하녀들을 함부로 대하거나 무시하는 분이 아니셨다. 물론 최근에는 약간 이상한 구석이 있긴 하지만, 그녀에게 대체적으로 친절한 편이었다.

"공작님께 이 서류를 드려야 하는데."

"조금 기다리셔야 할 거예요. 방금 만나셨거든요."

소피아는 세자르에게 답을 하면서, 나무기둥에 몸을 슬쩍 기대었다. 그러자 세자르의 아주 작은 소리가 들렸다.

"……드레스 목이 너무 파인 것 같은데."

난데없는 드레스 지적을 하는 세자르의 양 귀가 붉게 물들어 있었고, 소피아는 그의 말을 확인해보기 위해서, 고개를 내려다보았다. 하지만 드레스의 목선은 무척이나 높아서 그녀의 쇄골조차 보이지 않는 게 아닌가.

"전혀 그렇지 않은데요."

"그런가. 하하."

"요즘 정말 이상한 거 아시죠?"

소피아는 손으로 목을 쓸면서 괜한 기분이 들어 고개를 돌렸다. 언젠가부터 두 사람이 함께 있으면 이렇게 약간 불편한 기운이 돌았다. 그렇다고 세자르 님이 싫은 것은 결코 아니었는데, 그의 말이나 행동이 무척이나 의식되는 것이었다.

"앞으로 말이야. 저번처럼 그런 거 받지 마."

"……네? 그럼 주시는 것을 어찌한답니까?"

소피아는 대화를 나누다 보니 자꾸 이상한 기분에 사로잡혀서 그에게 톡 쏘아붙이게 되었다.

"그러니까 앞으로 내가 줄 테니, 받지 말라고!"

세자르는 화를 내는 건지 우는 건지 구분할 수 없는 말을 남기고서는 아주 급하게 그 자리에서 달아났다. 그의 뒤로 품고 있던 서류가 비처럼 내리기 시작하였다.

"그런데…… 왜 나리가 그걸 주신다는 거야."

소피아는 홀로 볼을 붉히면서 그가 떨어뜨린 서류를 주섬주섬 주워들었다. 그렇지 않아도 세자르 때문에 복잡했던 마음이 더욱 어지러워지는 것이었다.

그러기를 여러 달이 지난 어느 날, 견디다 못한 세자르는 심각한 표정으로 공작에게 상담을 요청하였다.

"공작님, 아무래도 제가 더 이상 모시지 못할 것 같습니다."

"왜?"

루셔스는 세자르의 갑작스러운 통보에도 전혀 놀라지 않는 눈치였다.

"그게 제 건강이……."

"어디가 아픈가? 보기엔 괜찮아 보이는데."

수척해진 얼굴로 세자르는 힘겹게 그간의 고충을 털어놓기 시작하였다. 그러는 사이에 루셔스는 배를 세게 움켜잡으며 웃음을 참고 있었다.

보아하니 저 느림보 세자르가 뒤늦게 사랑의 열병에 걸린 모양인데, 쉽게 답을 알려줄 수야 없었다.

과거 혼인 후 루셔스의 달라진 모습에 큰 병에 걸린 게 틀림없다면서 놀려대던 세자르의 얼굴이 그의 머리를 스쳐 지나갔다. 루셔스는 급히 얼굴 표정을 갈무리하면서 위엄이 있는 목소리를 내었다.

"저런 큰일이군. 그간 열심히 일했으니 잠시 쉬면서 건강을 회복하게. 내가 최고의 의원도 붙여주고 제대로 된 간병을 약속하지."

세자르는 그를 이해해주는 듯한 공작에게 크게 감사를 하였다. 그 길로 세자르는 방 하나가 달린 작은 별채에 눕게 되었고, 의원이 찾아와서 충분히 쉬어야 한다는 말을 해 주었다.

하지만 그의 휴식은 무척이나 고통스러웠다. 간병을 맡은 것이 바로 소피아였던 것이다. 세자르는 소피아의 극진한 간호를 받았으나, 어쩐 일인지 전혀 나을 기미가 보이지 않았다.

소피아가 물수건을 갈아주려고 그의 얼굴로 손을 뻗으면, 그의 온몸에서 열이 발하였다. 그리고 소피아가 사라지고 나면 온몸이 언 것처럼 추웠다.

그러기를 여러 날, 어느 밤 세자르는 큰 깨달음을 얻었다. 그의 이런 모습이 누군가를 연상시켰던 것이다. 마님을 기둥 뒤에서 몰래 훔쳐보며 안절부절못하던 공작님, 오닉스를 쓰다듬어주는 마님을 보면서 그리 아끼던 개를 질투하던 공작님.

"아, 내가 어리석었구나."

세자르는 그 자리에서 벌떡 일어나 그를 찾아올 소피아를 기다리고 있었다. 약을 먹을 시간이 되자, 그의 예상대로 소피아가 약과 물을 챙겨서 들렀다.

세자르는 오늘은 약을 먹지 않고, 물끄러미 소피아 얼굴만을 바라보았다. 언제부터 저 동그랗게 말간 얼굴을 좋아하게 되었는지 기억에도 없었다. 확실한 것은 소피아를 만나면 기쁘고, 헤어지면 아쉬운, 보면 볼수록 그리운 이라는 것이었다.

세자르는 침을 한 번 삼키고, 소피아를 정면으로 응시하였다.

"소피아, 그대는 나를 어떻게 생각해?"

"네? 그게 무슨 말씀이시죠."

"나는 소피아가 참 좋은데, 소피아는 어때."

그의 느닷없는 고백에 소피아는 몸 둘 바를 모르고, 눈 둘 데를 몰랐다. 소피아도 그녀에게 잘 해주는 다정한 세자르가 좋았다.

"지금 저 놀리시는 거 아니죠?"

하지만 현실의 높은 가림막이 그들을 가로막고 있지 않은가. 소피아의 떨리는 목소리에 세자르의 고백이 이어졌다.

"진심이야. 소피아만 날 좋아해 준다면 나는 다른 건 아무런 상관이 없는데."

"……저도 좋아요."

세자르는 그길로 손을 뻗어 소피아의 손을 꼭 잡았다. 서로에게 자꾸만 향하는 마음을 확인한 후 그들을 막을 것은 그 무엇도 없었다.

귀족과 평민이 몰래 이어지는 경우는 알음알음 있었으나, 이렇게 공개적으로 식을 올리는 것은 처음이라 소피아와 세자르의 혼인은 그 자체로 엄청난 의미였다.

그들의 맺어짐에 루셔스와 눌리타스가 기뻐했음은 말할 것도 없는 일이었다. 한결같이 그녀의 곁을 지켜주었던 소피아를 도와주기 위해 눌리타스는 혼인 준비에 앞장섰다.

"정말 잘 된 일이야. 소피아. 세자르 님은 정말 좋은 분이시잖아."

"하지만 마님, 저 좋으면서도 너무 두려워요."

눌리타스는 소피아의 손을 끌어 잡아주면서, 마음을 다독여주었다.

"원래 혼인 전에 신부들은 다 그런 법이야. 나도 그랬는걸."

같은 시간, 루셔스는 혼인을 앞두고 바짝 긴장한 게 분명한 세자르를 보다 슬쩍 장난을 치고 싶어졌다. 그는 집무실 책상에서 서류를 훑다가 옆에서 무언가를 쓰고 있는 세자르에게 말을 걸었다.

"요즘 영 비실비실해 보이는데, 그래서야 기운 쓰겠어?"

"……네?"

목을 타고, 귀와 두피까지 시뻘게지는 세자르를 보면서 루셔스가 한술 더 떠 놀려댔다.

"이러다 소피아가 실망할지도 모른다고? 여인의 사랑을 받는 일이 그리 쉬운 줄 아나?"

"공작님, 제발요!"

뭐가 그리 수줍은지 귀까지 틀어막은 세자르를 보면서 큰 소리로 웃는 루셔스의 얼굴에는 새로운 출발을 앞둔 이들을 향한 축복이 가득 담겨 있었다.

로마그놀로 영지에 스콜라와 구빈원은 형제처럼 나란히 지어졌다.

눌리타스는 구빈원에서 형편이 어려운 이들을 위해서 아이를 잠시 맡아주기도 하였고, 사고나 질병으로 부모를 잃은 아이들을 데려와 기르기도 하였다. 또 생활이 힘든 자들을 위해서 여러 대책이나 지원도 하려 노력했다.

이런 로마그놀로 백작의 선행에 감명을 받은 이들이 여기저기에서 후원을 해주고 있었다. 그러나 그런 점 때문에, 많은 아기들이 이곳 대문 앞에 자주 버려지기도 하였다.

"에구머니나, 백작님. 여기 아기가 또 있습니다."

로마그놀로가의 구빈원 건물 앞에는 갈대로 짠 바구니 속에서 밤새 울다 지친 아기가 잠들어 있었다. 눌리타스는 곧장 아이를 안아 들고, 그녀의 숄로 감쌌다.

　"몸이 너무 차구나. 얼른 따뜻한 물을 좀 준비하게."

　그것을 보던 하녀가 마님에게서 아이를 받으려 하였으나, 눌리타스는 고개를 저었다.

　"아니야. 괜찮으니 어서 서둘러 주게."

　"네."

　눌리타스는 아기를 버리는 자들의 심정을 모두 알지는 못하였으나, 아마도 그들 중에는 정말 피치 못한 사정이 있을 수는 있지 않았을까 하고 이해하려 노력하였다.

　그러나 이런 일이 있을 때마다 그 끔찍한 밤을 이겨내면서 그녀를 지켜준 어머니를 떠올리게 되었다.

　어머니는 가브리엘의 작은 몸을 안고 얼마나 기뻐하셨던가.

　"……너무 예쁘구나."

　조심스럽게 가브리엘의 얼굴을 더듬던 주름진 어머니의 손등이 생각나서, 눌리타스는 곤히 잠든 아기의 얼굴을 보면서 울지 않으려 애를 썼다.

　"이제는 정말 여한이 없구나."

　어머니의 그 말은 거의 유언이나 마찬가지였고, 얼마 지나지 않아 하늘의 부름을 받으셨다. 의원 역시 이제까지 살아 계신 것만 해도 기적에 가까운 일이라 하였으나, 눌리타스에겐 전혀 위로가 되지 않았다.

때때로 어머니가 몹시 그리운 날에는 가브리엘을 위해 지어주신 배내옷을 꺼내어 들고 그리움에 젖어 들었다. 또 눌리타스는 고프리와 스텔라에게도 그것을 입히는 것으로 어머니를 기렸다.

"어머니, 저를 지켜보고 계시나요?"

눌리타스는 그녀의 어머니가 자신을 포기하지 않았듯이 이곳에 들어오는 수많은 생명을 외면하지 않을 작정이었다.

그녀는 아이를 안아 든 손에 힘을 주면서 따스한 온기가 감도는 방으로 들어섰다. 그곳에는 걷지 못하는 아기들이 열 명 남짓 요람에 누워 잠이 들어 있거나 보채고 있었다.

눌리타스가 빈 침대에 아기를 눕히자 의원과 하녀가 와서 상태를 살피기 시작하였다. 그녀는 그것을 지켜보다 짧은 한숨을 쉬면서, 잘 부탁한다는 말을 남기고 나왔다.

이곳에는 아기부터 15세까지의 아이들이 백여 명 정도 머무르고 있었다. 그녀는 방마다 다니며 아이들을 돌아보았다. 아이들을 돌보는 것은 그렇게 쉬운 일이 아니었다.

배불리 먹여주고 비바람을 피할 잠자리를 제공해 주는 것 이상의 따스한 마음을 전하려 애를 쓰고 있었다. 세상이 그들을 버린 것은 아니라는 것을 어떻게든 알게 해 주고 싶었다.

"백작님, 안녕하세요."

볼이 투실투실한 한 사내아이가 빵 부스러기를 잔뜩 묻힌 채 나와서 인사를 하였다.

"그래. 제라르. 아침은 맛있었니?"

"네. 오늘은 진짜 맛있는 빵이 나와서, 잼을 발라서 먹었어요. 우유도 마셨고요."

"그래. 진짜 좋았겠네."

그런데 눌리타스는 아이가 자꾸 그녀의 주변을 살핀다는 것을 눈치챘다.

"혹시 고프리 형은 같이 안 왔나요?"

그녀가 이곳에 올 때 가끔 아이들을 데리고 와서, 이곳의 아이들과 함께 어울리게 하고 있었다.

예전 같으면 상상도 할 수 없는 일일 것이다. 공작가의 영식들과 고아 아이가 말을 섞을 일이 무엇이 있겠는가.

그러나 지금 저 아이는 고프리를 멀리 있는 귀족이 아니라 그냥 아는 형을 대하듯 부르고 있었다. 그것이 그녀가 꿈꾸는 세상의 일부였기에, 눌리타스는 아이의 머리를 쓸면서 경쾌한 목소리를 내었다.

"함께 가서 형을 찾아볼까. 그런데 고프리랑 무얼 하고 놀 거니?"

"저번에 형이 단어를 몇 개 알려줬는데, 그걸 다 외웠거든요. 그래서 꼭 알려주고 싶어요."

눌리타스는 정말 책벌레 고프리다운 놀이구나 싶었다. 그렇게 제라르를 고프리와 만나게 해 준 후, 그녀의 집무실로 들어섰다. 약간 숨이 차서 차를 한 잔 들고 쌓인 서류들을 살피기 시작하였다.

이 중에는 진짜 도움이 필요한 사람들도 있었지만, 반절 이상이 진실되지 않은 것들이었다. 부유한 귀족이 돈을 빌려주거나 거저 준다는 소문에 별별 벌레들이 꼬이기 시작한 것이다.

멀쩡한 가장을 사망했다고 하지를 않나, 열심히 풀을 잘 뜯고 있는 소를 잃어버려서 생계가 막막하다는 것이 그런 예들이었다.

"쉽게 얻는 것들이 독이 될 수도 있음을 모르는 자들이로구나."

그녀는 왕가와 모르시아니가에서도 후원을 받았고, 로마그놀로가 소유의 비옥한 토지에서도 많은 수입을 일구어내고 있었다. 그래서 재정적으로는 넉넉하였지만, 게으른 인간들을 위해서는 동전 한 닢도 낭비할 생각이 없었다.

오늘은 서류상으로 통과된 자들을 직접 만나서 이야기를 듣는 일정이 잡혀 있었다. 손님을 접대하는 방에 눌리타스가 먼저 도착하여 기다렸고, 뒤이어 사내 하나가 급하게 들어섰다.

"……."

그녀는 서류와 사내를 번갈아 가면서 확인을 하다 일단 상대에게 앉을 것을 권하였다.

"몸이 불편하셔서 지금 일을 전혀 못 하고 있다고요."

"제가 몸이 너무 쇠약하여 밥벌이를 못 해서 이렇게 백작님께 손을 내밀게 되었습죠."

"아이가 다섯이 있고요. 병이 든 노모도 계신다고요."

"네. 참말입니다."

눌리타스는 그의 말과는 달리 사내가 일을 못 할 만큼 아파 보이지 않는다는 것에 주목하였다. 그러나 그녀는 겉으로는 무척이나 걱정스럽다는 표정을 지으면서 사내에게 안타깝다는 듯 말을 내뱉었다.

"참 곤란한 상황이군요. 그렇죠?"

사내는 눈먼 귀족이 그의 거짓을 곧이곧대로 받아들이는 것에 만세를 부르면서 계속해서 신세 한탄을 늘어놓았다. 그가 일을 지금 하지 않는 것은 사실이었으나, 어디 아픈 것은 아니었다.

지금 집안은 그의 부인과 장녀가 삯바느질 등을 하면서 겨우 연명하고 있었다. 그리고 어제는 그들이 벌어온 돈으로 거하게 술을 한잔 푸기도 하였다.

'흐흐, 어제부터 운수대통이구면.'

눌리타스 곁을 보좌하던 이들이 사내가 거짓을 고하고 무언가를 얻어갈 심보라는 것을 눈치챘으나, 감히 나서지는 못하고 백작의 눈치만 살피고 있었다.

"날도 좋으니 잠시 나갈까요."

사내는 갑자기 백작이 나가자는 제의를 한 것에 당황하였으나,

바깥에 나가면 곡식 보따리라도 챙겨줄까 싶어서 한걸음에 따라 나섰다.

눌리타스가 사내를 이끈 곳은 약간 어두운 후원 쪽이었다. 소피아와 하인들이 모두 함께 나와 주변을 살피고 있는데, 눌리타스가 사내에게 물었다.

"한 번 물어보지. 그대가 힘이 셀까. 내가 셀까."

사내는 그의 가슴에도 못 미칠 아담한 여인이 힘을 운운하는 게 너무 가소로워서 상대가 귀족이라는 것도 잊고 그만 크게 웃었다.

"아니, 백작님. 제가 아무리 몸이 쇠하였다고 하나, 거 참……."

"그 뒤에 수레를 끌고 오도록."

눌리타스는 사내의 비아냥거리는 말을 싹둑 자른 후 다른 명을 내렸다. 그러자 건초 더미가 한가득 쌓인 수레가 준비되었다.

눌리타스는 아무런 말 없이 그 앞에 서서 실로 오랫만에 수레의 손잡이를 잡았다. 그리고 한때는 몸의 일부처럼 끌었던 수레를 천천히 움직였다.

그 모습에 사내를 비롯하여 모든 이들의 눈이 휘둥그레졌다.

눌리타스는 수레를 조금 끈 다음 세운 후 다시 사내에게 다가섰다. 그녀의 이마에는 작은 땀방울이 맺혀 있었다.

"그대가 설마 나보다 힘이 적을 리는 만무하지 않겠나."

"……네."

사내는 너무 놀란 나머지 말을 더듬으면서 답을 하였다. 눌리타스는 손수건을 꺼내어 땀을 훔치며 사내에게만 들릴 정도의 아주 작은 목소리를 내었다.

"땀을 흘리지 않고 거저먹으려는 자에게는 곰팡이 핀 빵 한 조각도 분에 겨운 법이지. 안 그런가?"

사내는 백작에게서 보통의 여인에게는 느낄 수 없는 차가운 기운에 완전히 압도당하였다. 눌리타스는 사내의 얼어버린 얼굴을 보더니 큰 목소리로 다시 말을 이었다.

"아이들에게 가져다줄 양식을 조금 챙겨주지. 일자리를 구해보도록 하게. 그리고 마땅한 일이 없으면 다시 이곳을 찾아와도 좋아. 우리가 자네에게 적당한 일을 찾도록 도와줄 테니."

"백작님. 제가…… 그러니까. 감사합니다."

사내는 놀란 나머지 말도 제대로 하지 못한 채 뒷걸음질을 치며 사라졌다.

눌리타스는 그녀가 수레를 끌어 보였다고, 먹을 것을 조금 나눠주었다고 해서 저 사내의 삶이 완전히 변할 거라는 기대는 없었다.

'부디 저들의 내일이 오늘보다는 나아지길.'

눌리타스가 다시 구빈원을 돌고 나자, 시간이 한참 지나 있었다.

"마님, 점심도 거르시고 몸 상하세요."

"아이들은 무엇을 하고 있지?"

눌리타스는 그녀의 아이들을 찾아 천천히 걷기 시작하였다. 어린 시절부터 이곳에 함께 온지라 큰 걱정은 되지 않았지만, 사고를 자주 일으키는 스텔라는 조금 신경이 쓰였다.

그녀의 예상대로 가브리엘은 구빈원의 아이들 중 큰 아이들을 상대로 몸을 보호하는 법에 대해 알려주고 있었고, 고프리는 스콜라에 가서 책을 읽어주고 있었다.

밥을 먹지 않아도 절로 배가 부른 풍경이리라.

"그런데 스텔라는?"

"그게 아가씨는 아까 꼬마들과 요 앞 정원에 나가셨어요."

그러고 보니 어디선가 떠들썩한 소음이 들려오는 것도 같았다. 눌리타스는 작은 한숨을 내뱉으며 아이를 찾아갔다.

정원에는 머리에 기다란 풀을 잔뜩 꽂은 아이들이 몸을 납작하게 엎드린 채로 깔깔거리며 웃고 있었다.

그것을 지켜본 하녀들이 기함을 하듯 입을 가렸다. 그들의 꼬마 주인인 스텔라는 특별한 영애였다.

보통의 영애라면 이제 슬슬 예법과 사교댄스를 배우고, 외양을 가꾸는 데 필요한 것들에 눈을 뜰 시기였다. 하지만 스텔라는 사냥과 전쟁, 기사도 같은 것에 더 관심이 많았다.

"스텔라, 배는 안 고프니?"

눌리타스의 부드러운 목소리가 들리자, 무리 중 가장 풀을 많이 꽂은 아이가 벌떡 일어서더니 그녀를 향해서 손을 흔들었다.

"아! 잠시만 그대로 있어. 알았지?"

전부 다섯 살에서 일곱 살 사이로 보이는 남자아이들은 스텔라의 말에 심각한 표정으로 고개를 끄덕였다.

"엄마, 일은 다 마치셨어요?"

"응. 스텔라는 뭐 하고 놀았어?"

"우리는 붉은 깃털 기사단인데요. 지금 커다란 괴물을 잡으려고 몸을 숨기고 있는 중이에요."

"……."

사실 가브리엘과 고프리는 단 한 번도 이런 식의 놀이를 하지 않았기에 눌리타스는 정말이지 새로웠다.

"커다란 괴물?"

"저기 바위 위에 있는 재요."

스텔라의 손가락이 가리키는 곳에는 고양이 가족이 따뜻하게 데워진 돌 위에서 달콤한 낮잠을 즐기고 있었다. 아마도 그들은 지금 꼬마 기사단의 표적이 된 줄도 모르고 있으리라.

"정말 잡거나 괴롭힐 건 아니지?"

"그럼요. 고양이는 진짜 괴물이 아닌걸요. 내가 대장이라 이제 가야 해요. 엄마, 잠시만요."

그 말을 하고는 이제 여덟 살이 된 스텔라가 쏜살같이 달려가서 다시 무리에 합류를 하였다. 스텔라는 외양은 그녀와 무척이나 닮은 아이였지만, 그 내면은 완전히 달랐다. 마치 밤이 주는 어두운 기운이라곤 모르는 아이처럼 밝았다.

눌리타스는 아이들의 웃음소리에 미소를 그리며 하늘을 올려다

보았다. 무심한 듯 높기만 한 것 같은 하늘은 오늘은 왠지 조금 그녀의 가까이에 있는 것 같았다.

'……감사합니다.'

눌리타스는 하늘에 떠다니는 구름과 그녀를 감싼 바람, 그리고 발을 딛고 선 이 땅에 대고 인사를 올렸다.

루드비히는 어느 날부터 멍하게 있는 시간이 늘어났다. 지금도 누군가가 서류를 들고서 무언가를 장황하게 읽는 중이었지만, 그는 전혀 집중을 하지 못한 채였다.

그는 이미 한참 전에 아물어버린 왼쪽 뺨에 손을 대어 천천히 어루만져 보았다. 상처는 없지만 왠지 화끈거리는 기운이 느껴지는 것만 같았고, 그러자 그의 목을 거칠게 안던 작고 단단한 손이 떠올랐다.

'이름이 무얼까. 어디에서 사는 누구일까.'

여인은 그에게 아무것도 알려주지 않은 채, 짧고 굵은 추억만을 남겼다. 그는 이름도 알려줬건만……. 여전히 아무런 소식이 없는 그 여인에게서 마치 버림을 받은 것 같았다.

"그래서 알디프 공주는 올해 열아홉 살로……."

지금 귀족들은 그에게 이웃 왕국의 공주들의 초상화를 펼치며 혼인을 권하고 있었다.

"그대들은 지치지도 않는 건가."

십수 년을 거부하였건만 귀족들은 끊임없이 새로운 후보감을 찾아서 그의 앞에서 선을 보이는 열정을 보여주었다.

루드비히는 마음에 차지도 않는 이와 평생을 살고 싶지 않았고 더구나 아이를 얻기 위해서 등 떠밀려 하는 혼인을 할 생각은 더욱 없었다.

"전하, 후계를 비워두시면 왕국의 미래에 좋지 않습니다."

루드비히는 그 말에 정신을 차리면서, 아주 오래전에 그 말을 들었던 때를 떠올려 보았다.

"전하, 이제 빈자리의 주인을 찾으셔야 되지 않겠습니까?"

"왕국의 미래를 위해서 드리는 충언을 부디 저버리지 마소서."

왕좌에 대충 앉아 귀만 파던 젊은 루드비히는 오늘 또 혼인 타령을 하는 귀족들 때문에 진절머리가 났다. 저자들은 모였다 하면 투견들처럼 싸워댔고, 입만 열었다 하면 그를 여자와 짝짓지 못해 안달이 났다.

"내가 몇 살이더라? 아직 시간이 있지 않소."

"아뢰옵기 송구하나 저는 스무 살에 두 아이를 보았습니다. 전하."

귀족들은 얼른 왕가가 안정되기를 바라고 있었다.

미혼의 왕은 능력은 뛰어나나 경험이 부족하니, 그 옆을 든든한 가문의 왕비가 뒷받침한다면 더할 나위 없으리라. 게다가 후사도 시급한 문제이기도 하였다.

왕족으로 태어난 루드비히는 누군가를 마음에 품어본 일도 없었고, 다른 이들처럼 혼인을 하게 될 거라 소망해본 적도 없었다. 그에게는 그것이 아무 의미가 없는 의무와도 같은 일에 불과하였기 때문이다.

"그래. 뭐 적당한 이라도 있는가."

득달같이 덤비며 혼인을 하라고 할 때는 언제고 루드비히가 누군가를 추천하라고 하자, 귀족들은 전부 서로 눈치만을 보고 있었다. 그들의 여식을 왕비로 만들고 싶은 욕심과 루드비히의 지독히도 차가운 성정을 저울질하면서 망설이고 있는 것이었다.

그러던 중에 누군가 앞으로 나서며 고개를 조아렸다.

"로마그놀로가에 미모와 교양을 갖춘 영애가 있다 들었습니다."

그러자 사내의 말을 거들 듯 하나씩 덧붙이기 시작하였다.

"조신한 영애로 사교계에 데뷔를 하지 않고, 조용히 가정에서 신부 수업을 받고 있다 들었습니다."

루드비히는 저들이 말하는 영애의 아비인 은발의 로마그놀로 백작을 떠올려 보았다. 어차피 상대가 누구든 상관없었지만, 어깨에 힘이 잔뜩 들어간 꼴이 언제나 눈에 거슬리는 백작을 닮은 여인을 맞이하는 것은 왠지 내키지 않았다.

'하필 그 영감이란 말인가.'

그리고 마침 그때, 오랜 전쟁을 마치고, 모르시아니 공작이 이곳에 당도했다는 소식을 전해 들었다.

'이 또한 모두 디아나의 뜻이리라.'

루드비히의 머릿속으로 기가 막힌 생각이 떠올랐고, 복도를 울리는 커다란 발소리와 함께 검은 머리를 한 모르시아니 공작이 들어섰다.

"전하를 뵙습니다. 디아나 여신의 가호로 왕국을 지켜낼 수 있었습니다."

"당장 일어서게. 오랜 기간 동안 고생이 많았군."

루드비히는 그답지 않게 호의적인 목소리를 내면서, 공작의 공을 치하하였다. 이에 루셔스 모르시아니는 의심스러운 낯을 한 채로 루드비히의 공치사에 건성으로 예를 갖추었다.

"전하의 은덕이 하늘에 닿았습니다."

"자뷔에 전하 만세!"

승전 소식에 귀족들의 먹구름투성이 얼굴이 온통 환하게 밝아졌다.

전쟁을 하는 동안에 반강제로 곡물과 인력, 가축들을 내어줘야 해서 경제적 손실이 상당하였다. 게다가 무도회도 금지당해 지루하고 우울한 나날을 보냈던 그들이었다.

"전하, 큰 공을 세우신 공작님에게 상을 내려 주십시오."

귀족들이 한목소리로 외치자 루드비히가 손을 높이 들었다가 내렸다.

"그런 거라면 그대들이 전혀 신경 쓸 필요가 없네. 방금까지 그대들의 입으로 공작의 상에 대해 논의 중 아니었나."

"......?"

귀족들은 루드비히가 무슨 말을 하는지 몰라 의아한 낯을 하고 있을 때, 모르시아니 공작은 엄청난 피로감을 느끼고 있었다. 몇 년을 고생하며 왕국을 지켜 낸 것은 그였고, 그에게 필요한 것은 어떤 상이 아니라 휴식이었다.

"모르시아니 공작."

"말씀하시죠. 전하."

아주 오래전부터 그리 사이가 좋지 않은 그들의 눈빛이 날카롭게 엇갈리면서 불꽃을 만들어내고 있었다.

"내 그대에게 특별히 로마그놀로가의 영애와 혼인을 허하는 바이다."

원래대로라면 왕이 명하는 혼인은 무척이나 영광스러운 일로 가문의 경사로 일컬어지는 일이었다. 그러나 지금 루드비히의 말에 이곳에 모인 사람들 모두가 즉각적으로 반응을 보이지 못하고 있었다. 특히 당사자인 루셔스는 당황을 금치 못하였다.

그가 혼인을 해야 할 시기인 것은 분명하였으나, 이런 식으로 그의 혼인이 결정될 줄은 몰랐다.

'로마그놀로가라니……'

그가 백작과 그리 사이가 좋지 못하다는 것은 꽤 알려진 일이었다. 루셔스는 서늘한 눈으로 루드비히의 의중을 알겠다는 듯 강하게 바라보다 천천히 고개를 조아렸다.

"영광입니다. 전하."

이제는 정신적으로 너무 피곤해서 이곳을 벗어날 수만 있다면 그깟 혼인 백 번이라도 하자 싶은 기분일 뿐이었다.

'누구랑 한들 무슨 차이가 있겠는가.'

그제야 다른 귀족들도 괴이한 표정을 한 채 공작에게 축하 인사를 건네기 시작하였다. 그들이 왕비 후보로 천거하였던 백작가의 영애가 난데없이 공작부인이 되게 생긴 것이 얼마나 놀라운 일인가.

그렇게 한참 과거를 더듬던 루드비히는 처음이자 마지막으로 그런 생각을 해 보았다.

"그때 내가 그자들의 말을 받아들였더라면 어떻게 되었을까."

그러다 아주 몹쓸 생각을 했다는 듯 단호한 표정을 하며 고개를 저었다.

"무릇 가지 않은 길에 미련을 두지 않는 법이지."

잉그리드는 에드워드의 지극한 보살핌 속에서 무사히 아이를 낳았다. 우렁찬 목소리를 내며 태어난 아이는 마치 제 아비의 부재에 대한 시위라도 하듯 그녀와 조금도 닮은 구석이 없었다.

"필시 아이의 아버지를 쏙 빼다 닮은 모양이구나."

에드워드는 갓 태어난 붉은 피부를 한 아기의 눈이 평범하지 않은 빛을 발하는 것을 보며 벅찬 목소리로 중얼거렸다.

"손주를 안아 볼 수 있을 거라고는 상상도 못 했는데……."

잉그리드는 지친 기색을 한 채 에드워드가 안겨주는 아이를 향해서 팔을 뻗었다. 그녀의 인생에 전혀 계획에는 없던 일이었지만, 따스한 온기를 품은 아기를 밀어낼 만큼 모질지는 않았다.

"자유로운 삶을 살 거라. 샤를 티치."

에드워드가 아이를 안은 잉그리드를 보면서 나지막하게 축복을 내려주었다.

"이름을 지어 주셔서 감사해요."

언제나 당당하던 그녀는 아버지의 따스한 말을 들으면서 눈물을 터뜨렸다. 이 순간 먼저 떠나버린 어머니가 못내 아쉬웠으며, 이제 막 빛을 본 아기를 보자 엄청난 책임감을 느꼈다.

잉그리드는 결국 평범한 이들처럼 살기를 거부하였고, 결국 아기는 외할아버지와 어머니의 아래서 자라게 되었다.

"아직 어리니 제가 기르다 여덟 살이 되면 그때 아버지를 찾아 보내겠어요."

"잉그리드, 내가 그 이름을 알아보았는데 말이다. 그 눈동자 하고……."

에드워드가 보낸 이들이 자수정의 눈을 가진 루드비히라는 사내는 왕국에 딱 하나뿐이라는 정보를 수집해서 돌아왔다. 그자는 잉그리드가 생각하는 목동이 아니었다.

"아버지, 그 사람이 목동이든 아니든 상관없어요. 그냥 좋은 사람 같았어요. 하지만 제 결심은 변함이 없어요."

여덟 살에 아버지에게 보내서 자라게 한 후 열여섯 살 성인이 되는 해에 아이가 스스로 미래를 결정하게 하자는 게 그녀의 생각이었다. 이에 에드워드는 하고 싶은 수많은 말들을 속으로 삭이며 그러자 답을 하였다.

샤를은 연한 초록색 머리의 영특하고 차분한 아기였다. 아이는 배 위에서 걸음마를 시작하였고, 다양한 사람들을 접하면서 자라났다. 바다는 아이의 놀이터였고, 그 자체가 하나의 책이었다.

쿠키를 먹다 쥐고 서 있으면 노란 부리의 갈매기 떼들이 날아들어 그의 손에서 그것을 받아먹기도 하였다. 갑판 위에서 바라보는 하늘은 바다와 맞닿아 있는 것처럼 보였다.

"샤를, 할 말이 있어."

바다 위에서 맞이한 어느 밤에 잉그리드는 샤를의 어깨에 모포를 둘러주며 가라앉은 목소리로 말했다. 아이는 반짝이는 눈을 들어 어머니의 몸에 기대었고, 이어지는 이야기에 귀를 기울였다.

여섯 살이 된 샤를은 그에게 다른 왕국에 사는 아버지가 있다는 것을 처음 알게 되었다. 하지만 아이는 그렇게 놀란 기색을 보이지 않았다.

"……네."

잉그리드는 아이가 지나치게 침착한 반응을 보이자 맥이 빠졌다.

"뭐야. 엄청 가슴 졸이면서 이야기한 거라고."

하지만 제 나이보다 많이 성숙했던 샤를은 어른들의 사정이란 게 존재한다는 것을 진즉 깨우쳤던 터였다.

"그렇지만 말이야. 어찌 되었든 간에 내가 널 엄청 사랑한다는 건 잊지 마."

샤를은 팔을 뻗어서 어머니의 드레스를 살짝 움켜쥐었다. 두 사람이 하늘을 올려다보자 새까만 종이에 마치 보석을 마구 흩뿌린 것 같은 별들이 그들에게로 쏟아질 것 같았다.

눌리타스는 로마그놀로 영지 근처에 위치한 가문의 무덤을 찾았다. 그곳에는 로마그놀로 백작과 아비오가 잠들어 있었다. 그녀는 가져온 꽃을 무덤 앞에 두고서, 잠시 고개를 숙이고 눈을 감았다.

이곳에 오는 것은 그녀에게 갑자기 주어진 놀라운 행운 앞에 느슨해지는 마음을 다잡기 위함이었고, 한편으로는 마음을 달래기 위해서였다.

가브리엘, 고프리, 스텔라는 아버지인 공작의 사랑을 듬뿍 받고 자랐다.

'만일 백작이 그런 몹쓸 인간이 아니었고, 내가 평범하게 그의 밑에서 태어난 아이였다면 어땠을까.'

아버지의 넉넉한 사랑을 받아 본 일이 없는 눌리타스는 그런 상상을 해 보았다. 아이들의 모습을 보면서, 그녀의 유년시절이 자동으로 재생되었다.

'아버지, 백작님. 저를 보고 계시나요.'

이제는 그녀를 보면서 협박을 하거나 무시를 할 수도 없는 한 줌 흙으로 돌아가 버린 백작님의 무덤 앞에서 음울한 표정을 지었다.

"전부 다 의미 없는 것은 아니었어."

모르시아니 공작부인, 로마그놀로 백작, 누군가의 아내, 엄마. 이런 것들이 없던, 게다가 이름조차 없던 시절에도 눌리타스는 그녀의 삶을 살고 있었다.

그녀는 몸을 숙여서 그곳에 무성히 난 풀을 한 줌 뜯었다. 바람이 부는 쪽으로 손을 펼치자 그것들이 힘없이 부유하기 시작하였다. 죽은 자를 위한 기도와 그녀의 삶에 대한 의지를 다지면서 풀잎이 흩어지는 모습을 한참을 지켜보았다.

"귀부인, 혹시 제 아내를 보셨나요?"

그녀의 오랜 상념을 부수는 다정한 목소리가 들렸다.

눌리타스는 드레스 자락에 묻은 흙을 털어내며 그쪽으로 몸을 돌렸다. 다리에 딱 붙는 승마용 바지를 입고, 붉은 계열의 조끼에 흰 셔츠를 받쳐 입은 루셔스가 서 있었다. 움직이는 걸음마다 근육이 섬세하게 움직이는 것이 여실하게 보여, 생명력이 꿈틀대는 것 같았다. 눌리타스는 살포시 웃으면서 그에게로 다가섰다.

"고프리가 말을 타던가요?"

루셔스는 가만히 고개를 저으면서 커다란 손으로 그녀의 손을 꼭 잡았다. 검술까지는 몰라도 말은 좀 탔으면 했는데, 겁이 많은 고프리는 말 근처에만 가도 몸이 굳어버리는 것이었다.

"사내아이라고 다 말을 잘 타는 건 아닐 테니까요."

"그럼. 딸이라고 나무를 타지 말라는 법이 없듯이 말이지?"

루셔스와 눌리타스는 제각각의 개성이 빛나는 아이들을 떠올리니 웃음이 절로 났다. 두 사람은 마주 잡은 두 손을 놓지 않은 채 천천히 언덕을 내려왔다.

"저런, 스텔라가 또 나무에 올라갔어요?"

눌리타스는 늘 천방지축으로 날뛰는 스텔라 때문에 낮은 탄식을 뱉어냈다. 오빠들을 능가하는 엄청난 활동성을 자랑하는 그녀가 이번에는 또 무슨 사고를 칠까 걱정부터 덜컥 되었다.

"오늘은 매미를 관찰한다고 하더군."

"그러다 또 다치면 어쩌려고."

몇 달 전 스텔라가 나무 위 높은 곳에서 떨어져서 팔이 부러졌던 기억이 떠올라 양미간이 절로 찌푸려졌다.

"하지만 그건 떨어진 아기 새를 올려다 주려다 그랬던 거잖소."

루셔스는 생각만 해도 예뻐 죽겠다는 듯 스텔라의 편에서 이야기해 주었다. 게다가 아까 그 날쌘 동작을 보면 그 누구도 감탄을 금치 못할 것이라 생각하였다.

"스텔라는 정말 그대를 꼭 닮은 아이야."

"무슨 소리세요. 공작님. 저는 나무를 타 본 기억은 없는데요."

눌리타스는 장작을 패거나 볏짚을 날랐지, 나무를 타거나 벌집을 들쑤시는 장난을 친 적이 없었다.

"안 해봐서 그렇지. 아마 스텔라는 당신 발끝에도 못 미칠걸?"

눌리타스는 이것이 칭찬인지 놀리는 건지 구분이 되지 않아, 그의 가슴을 가볍게 두들겼다. 루셔스는 그런 눌리타스의 손목을 가볍게 끌어 잡고, 걸음을 멈췄다.

"그대는 어쩜 이리도 변한 게 없을까."

루셔스는 눌리타스의 깊은 푸른 눈을 바라보며 속삭였다. 누구도 모르는 이야기를 담은 듯한 여인의 얼굴을 새삼스럽다는 듯 어루만졌다.

약하되 절대로 약하지 않은 그녀는 그에게 삶 전부나 마찬가지였다. 살랑거리는 바람을 맞으며 다시 한번 반해버린 여인을 향하여 일렁이는 눈빛을 보내는 루셔스였다.

그러자 눌리타스는 그의 검은 눈에 화르륵 타오르는 불꽃을 엿보고 주변을 둘러보았다. 이럴 때의 루셔스는 무척이나 위험한 존재였다.

"우리 조금 서두를까요?"

눌리타스가 그의 얼굴을 외면한 채로 몸을 돌리는데, 한 걸음도 채 떼기도 전에 강한 손에 사로잡혔다. 루셔스는 그의 고개를 눌리타스의 목덜미에 깊이 묻으면서 더운 숨을 불었다.

"누가 보면 수풀 속에서 짐승이라도 나온 줄 알겠소."

눌리타스는 그녀를 향해서 뛰는 루셔스의 심장박동을 고스란히 느끼면서 입꼬리를 올렸다.

"제 뒤에 계신 분이 모르시아니 공작님 맞으시죠?"

눌리타스에게서 다소 쌀쌀맞은 목소리가 나오자 갑자기 그녀를 잡은 팔의 힘이 풀리더니, 뒤에서 낑낑거리듯 작은 목소리가 들렸다.

"아니. 나는 그대가 먼저 가니까. 같이 가고 싶어서……."

그의 목소리에 물기가 어리자, 눌리타스는 비 맞은 오닉스를 닮았을 게 뻔한 그의 얼굴을 상상하며 팔을 뻗어 루셔스의 거칠한 턱을 쓸어주었다.

"루셔스……."

그의 끝없는 사랑은 언제나 그녀의 가슴을 펄떡대게 만들었다. 그의 앞에만 서면 눌리타스는 보잘것없는 사생아가 아니라 세상에서 가장 귀한 사람이 된 것 같은 기분을 느꼈다.

그러자 루셔스가 그녀의 몸을 돌려서 몸을 꼭 안으며, 떨리는 입술을 볼에 가져댔다.

"그대, 내가 이 말을 했던가. 우리가 처음 만났던 그날……."

"일자리를 구하러 왔던 루라는 이가 제 드레스 속을 훔쳐보았던 그날 말인가요?"

"……디아나 여신께 맹세코 나는 명예롭지 않은 일을 하지 않았다고!"

그녀의 말에 루셔스는 억울하다는 듯 목소리를 높였다. 그러자 눌리타스가 소리 내어서 웃었고, 그는 그제야 그녀의 장난을 알아차렸다.

"그날 말이야. 사실 나 그대에게 첫눈에 반했던 것 같아."

"설마요. 말도 안 돼요."

눌리타스는 오래전 그날의 기억을 더듬어 내려갔다. 하지만 아무리 생각을 해 보아도 그의 말은 납득이 되지 않았다.

"정말이야. 내게 차갑게 대했던 그대를 줄곧 만나고 싶었어."

눌리타스는 생전 처음 듣는 이야기에 눈물이 맺힐 것만 같았다.

부족한 그녀를 넉넉한 가슴으로 안아주고, 어제보다 오늘 더 사랑해 주는 사람.

"정말 고마워요, 루."

루셔스는 눌리타스의 입술에서 나온 비밀스러운 암호를 듣자, 기쁨으로 눈이 젖었다.

"우리 얼른 내려갑시다. 애들을 빨리 재워야겠군."

루셔스는 신이 나서 씩씩하게 팔을 흔들면서 서둘러 언덕을 내려가기 시작하였다. 눌리타스는 그 뒷모습에 가슴이 뿌듯하여 눈가에 맺힌 눈물을 가볍게 훔쳤다.

루드비히는 왕국 최고의 권력을 지니고 있으며, 평생 다 쓰지도 못할 재물을 지녔으나 어딘가 공허하였다.

모르시아나가의 조카들을 만날 때면 잠시 잠잠해지는가 싶은 가슴 속 구멍은 혼자 돌아와 넓디넓은 방에 홀로 머물 때면 한없이 텅 비어 찬바람이 부는 것 같았다.

이것은 과거에는 느끼지 못했던 감정들이었다. 그런 날이면 그는 이따금 변복을 하고서 성을 나서곤 하였다. 혹 누가 알아챌까 망토로 눈을 거의 덮은 채였다.

길을 나서면 그의 눈이 정처 없이 누군가를 찾아 헤매었고, 루드비히는 이름도 모르는 여인을 혹여 마주할까 소망하였다. 오늘 그는 집요하게 따르던 호위를 모두 따돌린 채 사람들 사이에서 한가로운 걸음을 딛고 있었다.

장이 서는 날인지 사람들이 구름떼처럼 몰려 있었다. 맛있는 음식 냄새가 여기저기 진동을 하고 있었고, 꽃을 파는 장수, 모자를 파는 이 등이 서로 손님을 끌기 위해서 소리를 높이고 있었다.

루드비히는 여전히 눈으로 사람들의 얼굴을 훑으며, 소리를 따라서 발길을 옮겼다.

"여인들 몸에 좋은 약재 들여가세요. 백년에 한 번 피는 꽃에서 채취한 꽃가루로 만든 것이랍니다."

난전에 앉은 행색이 남루한 여인이 지나가는 사람들을 향해서 소리를 치고 있었으나, 누구도 거들떠보는 이가 없었다.

"그게 얼마지."

"귀한 거라 꽤 비싸답니다. 손님. 이 작은 병이 은화 하나입니다."

"모두 몇 개지."

"세 병입니다."

루드비히는 가격 흥정 같은 것을 몰랐으므로 몽땅 사들인 후, 주름이 자글자글한 여인의 얼굴을 보며 은화 다섯 개를 내밀었다.

"아이고, 손님. 디아나 여신의 축복이 있으시길."

루드비히는 여인이 넙죽 엎드려서 감사 인사를 하는데, 유유히

병을 챙겨서 뒤돌아섰다. 이것을 눌리타스에게 가져다줄 작정이었다.

나쁜 호랑말코 같은 공작은 그 툭하고 쓰러질 것 같은 누이에게 아이를 셋이나 낳게 했다. 물론 눌리타스는 그녀가 공작을 설득했다고 말하곤 하지만, 그의 생각은 달랐다. 나쁜 일은 전부 공작의 탓인 거다. 루셔스의 뺀질뺀질한 얼굴을 떠올리자, 루드비히는 속에서 화가 치밀어 올랐다.

'복도 많은 녀석. 어디서 그리 귀한 짝을 만나서는 애들은 또 얼마나 예쁜지. 다 내 덕분인데 은혜도 모르고.'

루드비히가 투덜거리며 계속 시장을 걷는데, 이번에는 귀한 돌을 파는 가판대가 눈에 들어왔다. 거기에는 그의 눈을 닮은 자수정 빛을 띤 돌과 푸른 돌, 그리고 윤기가 나는 갈색 돌 등이 있었다.

"이것들 세 개를 주시오."

답답했던 마음이 이곳에 나오니 조금 시원해지는 것 같았다. 푸른 돌을 내려다보면서 스텔라의 눈을 떠올렸다. 나머지 것들은 왜 샀는지 스스로도 이해가 되지 않아 그대로 주머니 속에 집어넣었다.

스텔라는 이상하게 이런 사소한 것들을 좋아하는 아이였다. 루드비히로서는 도저히 이해가 되지 않지만, 아이가 좋아하는 얼굴을 볼 수 있다면야 아무런 상관이 없었다.

"이제 돌아 가볼까."

루드비히는 빙그레 미소를 지으면서 발길을 돌렸고, 그의 주머니 안에 돌들이 반짝이는 빛들을 내고 있었다.

"루셔스. 오늘은 유난히 달이 곱군요."

눌리타스가 잘 준비를 마치고, 가운을 걸친 채 하늘을 바라보고 있었다. 그리고 한 사내가 침대 위에서 오매불망 그의 시선을 앗아간 이가 돌아오기를 기다리고 있었다.

"그렇지 않아요? 공작님?"

"밤은 늘 새까맣고, 달은 늘 그 자리에 뜨고 그런 거지."

"아이 참, 하늘은 매일 다른걸요."

루셔스는 한가롭게 하늘을 올려다보는 눌리타스를 보면서 애가 탔다.

"얼른 이리 와 봐요. 내가 할 이야기가 있으니."

"저는 서재에 가서 책이나 좀 더 보려고 했는데요."

눌리타스가 무심한 표정으로 가운의 끈을 세차게 여미며 침실을 나서려는 자세를 취하자, 루셔스가 다급한 목소리를 내었다.

"저기…… 고프리에 대한 일로 상의를 할 게 있소."

그러자 눌리타스의 걸음이 단번에 침대 쪽으로 방향이 바뀌었다.

"고프리가요?"

날 때부터 몸이 허약하고 기질이 예민한 고프리는 눌리타스에겐 가장 아픈 손가락이기도 하였다. 걱정스러운 얼굴로 눌리타스가 침대에 와 다가앉자 루셔스가 재빨리 그녀의 등을 감싸 안으면서 귀에다 이렇게 속삭이는 것이었다.

"그게…… 나는 고프리가 너무 귀엽소."

"……그게 뭐예요?"

눌리타스가 황당해서 그의 손길을 뿌리치려고 하자, 루셔스가 더욱 힘을 주며 변명을 하였다.

"고프리에 대한 이야기는 맞잖아."

"상의는 아니잖아요."

"응, 말이 헛 나온 것 같군. 그나저나 오늘 너무 추우니 그대가 날 안아줘."

눌리타스가 그의 말에 침대 옆에 끈을 당겨서 하인을 부르려고 하였다.

"그런 게 아니야. 체온만큼 따스한 것은 없잖아. 응?"

눌리타스는 자꾸만 치근덕거리는 루셔스 때문에 한숨을 쉬다 한 손을 뒤로해서 그의 턱을 쓸어주었다.

하루 종일 스콜라, 구빈원에, 세 아이를 따라다니느라 남은 힘은 없었지만, 남편의 애정 공세를 비켜갈 재간이 없었다.

"그렇게 추우시면 제가 꼭 안아드릴게요. 이리로 와요."

눌리타스가 가운의 끈을 재빠르게 풀어헤치면서, 두 팔을 벌리자 감격한 루셔스가 그대로 그녀의 품으로 뛰어들었다. 순간 침대가 크게 출렁댔다. 루셔스는 눌리타스의 귀에 입을 맞추었다.

"내 몸을 만져 봐. 벌써 이렇게나 뜨거워졌어."

눌리타스는 그의 온몸에서 내뿜어지는 열기에 같이 흥분하기 시작하였다.

"그만. 너무 간지러워요."

그녀의 낮은 속삭임에 루셔스는 더욱 달아올라서 한 손으로 그녀의 목덜미를 어루만지면서, 입술을 혀로 핥았다. 루셔스는 그의 어깨에 걸쳐진 가운을 거칠게 벗어 던졌고, 눌리타스의 침의를 아래에서 위로 스륵 밀어 올렸다.

"아……."

두 사람의 질척한 신음성이 침실을 메우는데, 갑자기 문이 열리더니 그들의 침대 위로 작은 그림자가 드리워졌다. 서로에게 너무 몰두한 나머지 두 사람을 뒤늦게 알아챈 후 화들짝 놀라 몸을 떼면서 옷을 대충 갈무리하였다.

"고프리."

작은 아이는 두 손으로 눈물을 흘린 눈을 비비며 침대 근처로 다가서고 있었다. 눌리타스가 얼른 아이의 곁으로 내려가서 몸을 꼭 안아주었다.

"고프리. 왜 울었어. 말해보렴."

그녀가 안은 아이의 가슴은 세차게 뛰고 있었고, 자잘한 떨림이 계속되고 있었다.

"혼자서 잘 자려고 다짐했는데, 조금 무서웠어요."

열두 살이나 된 아이가 아직도 밤을 무서워한다는 것이 스스로도 부끄러운지 고프리는 애써 담담한 척을 하려고 노력하였다. 하지만 바람이 창을 치면 괴이한 소리가 들렸고, 난로의 불이 어른거리면 벽으로 알 수 없는 그림자가 자꾸만 그를 덮쳤던 것이다.

침대 위의 루셔스는 이보다 더 허탈할 수 없다는 듯 입을 벌린 채 모자의 대화를 듣고 있었다.

"이리 오렴. 오늘은 엄마와 아빠와 함께 자는 거야. 새벽에 몰래 네 방으로 건너가면, 형도 동생도 아마 모를 거야."

혹 고프리의 마음이 무거울까 봐 눌리타스가 다정하게 덧붙였다.

"사람은 누구에게나 무서워하는 것들이 있어. 나도 어릴 때 그랬는걸."

"아빠도 마찬가지란다."

눌리타스가 고프리와 나란히 침대에 올라오자 루셔스도 말을 거들었다.

"엄마랑 아빠도 무서운 게 있었어요?"

"그럼. 고프리."

너무 무서워서 부모의 방을 찾긴 하였으나 어쩐지 마음이 무거

398

윘던 고프리의 표정이 조금씩 가벼워지고 있었다.

눌리타스와 루셔스 중간에 고프리가 자리를 잡았고, 그녀의 한 손과 루셔스의 한 손이 아들의 가슴에서 교차되었다.

"우리가 있으니, 안심하고 푹 자렴. 사랑한다. 고프리."

고프리는 어머니와 아버지의 목소리를 자장가 삼아 편안하게 잠이 들었다. 아이의 숨이 고르게 들려오기 시작하자, 그제야 눌리타스의 표정이 조금 풀렸다.

루셔스가 잠이 든 고프리의 얼굴을 살피다 안도의 한숨을 내쉬었다.

"그대도 아이들도 모두 내가 지킬 테니, 얼른 자도록 해."

"당신은 그럼 내가 지켜 줄 테니 잘 자요."

아쉬움이 한가득 묻어나는 눈빛을 한 루셔스의 손이 눌리타스의 손등을 포근하게 감쌌다. 곧 침실에는 한가득 달빛과 따스한 숨소리만이 들려찼다.

첫사랑이자 마지막 사랑

눌리타스는 요즘 예전보다 더 외로워하는 루드비히가 부쩍 맘에 걸려서, 궁에 자주 들렀다. 그녀가 들어서자 루드비히는 기운 없이 의자에 기대어 있다가 간신히 몸을 일으키는 것이었다.

"누이, 오늘도 무척이나 어여쁘구나."

"과찬이세요."

루드비히는 붉은 천으로 만든 가운을 걸치고, 머리에는 금사로 만든 끈으로 장식하고 있었으나, 화려한 의상으로도 그 음울한 기운을 모두 가리진 못하였다.

"참. 이거 몸에 좋은 거래. 받아둬."

루드비히는 누런 주머니 안에서 가루가 담긴 병을 조심스럽게 꺼내 그녀에게 건네었다. 눌리타스는 만날 때마다 무언가를 챙겨

주는 그에게 진한 가족애를 느꼈으며, 동시에 짠한 기분이 들어 마음이 무거워졌다.

"꼭 먹을게요. 전하는 요즘 어떠세요."

"나야 늘 똑같지."

그리고 그런 그들 앞으로는 눌리타스와 궁에 함께 온 스텔라가 드레스도 아니고 바지도 아닌 이상한 옷을 입고 나타나서, 다람쥐를 잡겠다고 난리법석이었다.

어느새 열네 살이나 된 스텔라는 구불거리는 은발이 허리까지 쏟아지고, 푸른 눈이 깊고 짙어서 누구나 보면 오래도록 잊지 못할 외모를 지녔지만, 하는 행동은 영락없이 장난꾸러기 소년과 같았다.

스텔라의 행동이 성가시기만 한 다람쥐가 쪼르륵 나무 위로 올라가 버리자, 그녀는 제자리에서 그곳까지 손을 뻗어 보려고 깡충깡충 뛰어보았다.

"누이의 아이들은 말이야. 모두 저마다 개성이 뚜렷해. 모르시아니 공작은 좋겠군."

스텔라를 아주 흐뭇하게 지켜보던 루드비히의 얼굴에 왠지 그림자가 드리운 것 같아서, 눌리타스는 그저 고개만 주억거릴 뿐이었다.

그렇게 두 사람은 나란히 앉아 도란도란 이야기를 나누면서, 스텔라의 밝은 웃음소리를 공유하고 있었다.

그리고 그들의 한가로운 오후가 깨어진 것은 얼마 후 헐레벌떡 뛰어온 한 사내의 목소리 때문이었다.

"전하, 손님이 찾아오셨는데, 만나 보셔야 할 것 같습니다."

"오늘은 로마그놀로 백작과 모르시아니가의 영애와 약속이 잡혀 있는 날이거늘."

루드비히가 역정을 내면서 그 사내를 나무랐다. 이날이 그에게 얼마나 소중한 날인데, 다른 이를 만날 틈이 어디 있다는 건가.

그러나 제법 중요한 일인지 사내는 벌벌 떨면서도 가 보는 게 좋을 것 같다는 말을 반복하였다.

"갔는데 중요하지 않은 일이면 각오해."

루드비히가 시종장에게 낮은 목소리로 으르렁대자 가련한 사내의 볼이 가볍게 떨렸다. 그는 혹 눌리타스와 스텔라가 돌아가 버릴까 염려가 되어 가련한 표정을 지으며 청을 하였다.

"같이 가서 기다려주겠어? 응?"

"물론이죠. 전하."

눌리타스는 루드비히의 손목에 손을 가볍게 겹치면서, 여전히 다람쥐에게 집중하고 있는 스텔라를 불러들였다.

그렇게 찾아간 손님을 맞이하는 방에는 의문의 소년 하나가 그들을 기다리고 있었다.

"……?"

보통 체구를 한 소년의 뒷모습에서 알 수 있는 것은 그의 머리가 약간 빛바랜 녹색을 띠고 있다는 것뿐이었다.

"그래. 이 꼬마는 누구지?"

루드비히의 낮은 목소리가 들리자 소년이 천천히 뒤를 돌아섰고, 아이를 본 그 방의 모든 사람들을 일순간 말을 잃었다.

"처음 뵙겠습니다. 샤를 티치라고 합니다."

오만한 시선이 낯선 이들을 흔들림 없이 향하였고, 특히 루드비히를 아주 강하게 응시하였다.

"너는……?"

왕가의 장손에게만 물려진다는 자수정 빛이 발하는 그 눈을 보면서, 루드비히는 놀라움을 감추지 못하였다. 방 안의 공기가 묘하게 팽팽해지는 가운데, 무엇에 홀린 듯 스텔라가 사람들의 앞에 나섰다.

"네 눈이 루비 삼촌이랑 똑같아. 그런데 네 쪽이 조금 더 붉은 것 같아. 정말 예쁘다."

스텔라가 샤를의 앞에 서서 소년의 눈을 살피며 감탄사를 던지자, 먼저 물러선 것은 소년 쪽이었다.

"혹시 네 어머니가……."

루드비히가 당혹스러운 얼굴을 감추지 못한 채로 한 손으로 입을 가리며 조심스럽게 묻자, 샤를은 챙겨온 물건을 꺼내더니 탁자 위에 올려 두었다.

"어머니가 이걸 보여 드리면 아실 거라고 하셨습니다."

그것은 가죽으로 만들어진 채찍이었는데, 손잡이 부분의 세공이 아주 정교하였다. 루드비히는 그 채찍을 보자마자 자동적으로 왼뺨을 쓸게 되었다. 그는 지금 깨 있으되, 헛것을 보는 게 아닌가 하는 착각이 들었다.

"뵙고 싶었습니다. 전하."

샤를은 성큼성큼 루드비히에게 다가서서 한 손을 가슴에 대며, 존경의 뜻을 표하였다. 그를 닮은 아이의 등장에 루드비히는 계속 넋이 빠진 듯 보였고, 보다 못한 눌리타스가 나서서 두 사람이 대화를 나눌 수 있도록 해 주었다.

곧 그 방에는 같은 눈을 한 루드비히와 샤를만이 나란히 앉아 있게 되었다. 루드비히는 제멋대로 날뛰는 심장을 부여잡은 채, 건너편 아이를 곁눈질하였다.

지금 그는 화가 나는지, 기쁜지도 알 수 없는 이상한 기분에 사로잡혀 있었다. 루드비히는 속으로 혼잣말을 계속하고 있었다.

내게도 아이가 있었어. 나를 닮은 아이가 있었던 거야.

모르시아나가의 조카들을 보면서 마음속 어느 한구석에서는 루드비히도 그의 아이를 꿈꾸기도 하였음은 부정할 수 없었다. 하지만 그것이 이렇듯 느닷없이 이루어지자 루드비히는 너무 벅차서 한마디도 할 수 없었다.

"……많이 놀라셨나 봅니다."

루드비히는 그의 허리에도 이르지 못할 꼬마가 여유롭게 의자에 기대앉아서 말을 건네는 목소리에 정신이 조금씩 돌아오기 시작하였다.

"그러니까 네가 나의 아들이구나."

루드비히의 떨리는 목소리를 듣더니 샤를이 조곤조곤 그간의 이야기를 짧게 해 주었다.

"그래서 열여섯 살까지 이곳에서 지낸다고?"

"물론 전하가 불편하시다면, 저는 다시 돌아가도 무방합니다."

"무슨 여덟 살밖에 안 먹은 꼬마가 나보다 더 담담해!"

루드비히는 처음 등장부터 차분하기만 한 아이 때문에 화가 나서 소리를 질렀다. 아이가 있다는 것을 팔 년 만에 처음 알았는데, 담담할 수 있을 사람이 누가 있겠나.

"아니, 나는 불편한 것이 아니라, 너무 갑작스러워서 그런 거야."

루드비히는 꼬마에게 화를 낸 것이 신경 쓰여서 슬쩍 말을 덧붙였다.

"그나저나 너의 어머니는……."

루드비히는 채찍을 힐끔 쳐다보면서 낮은 목소리로 물었다.

그 생략된 말 뒤로는 어머니의 이름도, 어떤 사람인지도, 지금은 건강한지에 대한 많은 것들이 숨겨져 있었다.

"어머니는 건강하게 잘 지내십니다."

루드비히는 샤를의 답에 안도감이 들다 갑자기 억울한 기분이 들었다. 이름도 알려 주지 않고 사라진 그녀는 여덟 살 난 아이를 이렇게 보내고 잘 지낸단다.

"어머니는 잉그리드라는 이름을 쓰십니다."

"……잉그리드."

루드비히는 이름을 알게 되자 두 사람의 일이 꿈이 아닌 것 같은 실감이 나기 시작하였다. 거기다 눈앞에 이렇게 확실한 증거가 앉아 있지 않은가.

루드비히는 왠지 수줍은 듯한 낯을 하면서 더듬더듬 말을 하였다.

"샤를, 나도 너를 만나게 되어서 무척 기쁘구나. 괜찮다면 이곳에서 머물러 주겠니?"

두 사람의 닮은 눈빛이 서로를 향해서 고운 빛을 발하고 있었다.

메이린은 이따금 동생의 무덤을 찾곤 하였다.

"아비오. 그곳은 어떠니. 어머니도 무탈하시지?"

과거 그녀를 둘러쌌던 완벽한 세상은 바닷가에 지어진 모래성과도 같았기에, 지금 파도가 휩쓸고 간 자리에는 상처뿐이었다.

"그래도 아비오. 누나는 그때가 아주 많이 그립구나."

너무 나쁜 짓을 많이 한 동생을 두둔할 생각은 없었지만, 그저 어머니와 아비오와 함께 하였던 따스한 시간만은 소중한 추억으로 남아 있었다.

몹시도 뽀얀 피부에 타는 듯한 붉은 머리가 참 잘 어울렸던 아이가 누운 저곳에는 붉은 꽃들이 흐드러지게 피어 있었다. 메이린은 꽃을 바라보다 멀리 새로 지어진 건물들로 시선을 옮겼다.

그녀가 나고 자란 로마그놀로가는 지금 새롭게 태어나고 있었다. 귀족의 발아래에서 신음성을 내뱉고, 눈물을 자아내던 시절은 갔고, 모두가 함께 살기 위한 걸음을 내디디고 있었다.

"아버지, 왜 우리는 진작 그러지 못했을까요."

더 이상 그녀에게 어떤 답도 해주지 못하는 백작의 무덤가에 핀 풀이 좌우로 이리저리 흔들리고 있었을 뿐이었다.

스텔라는 어머니와 함께 집으로 돌아가는 길에 들떠서 주체하지를 못하였다.

"어머니, 진짜 어여쁜 아이죠?"

마치 부리만 붉은색이던 노란 새를 처음 봤을 때나, 몸은 온통 새하얀데 꼬리만 검은 고양이를 보았을 때만큼 스텔라의 심장이 뛰고 있었다.

"말을 삼가 하도록 해. 전하의 아드님이신 것 같은데 불경스럽게."

눌리타스도 아까 전하를 닮은 아이를 보고 얼마나 놀랐는지 모른다. 그간 부쩍 외로워 보이던 루드비히였기에 무척 잘된 일이다 싶다가도, 도대체 어떻게 된 일인지 궁금해서 묻고 싶은 게 한가득이었다.

하지만 지금 그녀의 가장 큰 근심은 저 천지를 모르는 스텔라였다.

이제 곧 성년의 나이이건만 아까의 그런 상황에서 겁도 없이 나서서 말을 건네는 것을 보고 심장이 조마조마했었다.

"스텔라, 너는 정말 누구를 닮은 건지."

눌리타스가 돌아가는 마차에서 혼잣말을 하자, 스텔라가 아주 명랑하게 대꾸를 하였다.

"아버지가 그러시는데요. 제가 대범하고 현명한 건 어머니랑 똑같다고 하셨어요."

"……."

루셔스에게 그녀는 스텔라와 안 닮았다고 몇 번이고 이야기했건만, 그녀가 없는 자리에서 또 저런 이야기를 나누었단 건가. 눌리타스는 집에 있을 루셔스를 생각하며 살짝 눈을 흘겼다.

"저는 정말 어머니를 닮고 싶어요."

스텔라의 눈에는 가족 모두가 최고였지만, 그중에서도 어머니야말로 으뜸이었다. 어머니는 꾸미지 않아도 늘 빛이 났고, 언제나 그 자리에서 묵묵히 가족과 도움을 필요로 하는 사람들을 위해 품을 내어 줄 준비를 하고 계셨다.

눌리타스는 그녀를 닮고 싶다는 딸아이의 머리를 가만 쓸어주었다. 아이에게 그런 존재로 보인다는 것이 그녀의 가슴을 요동치게 하였다.

"스텔라, 그래도 조금은 신중하게 행동하자꾸나. 알았지?"

"알겠어요."

눌리타스는 너무나 씩씩하게 답을 한 후 이내 바깥 풍경에 정신을 빼앗겨버린 스텔라를 보면서 가벼운 한숨을 쉬었다.

아들 둘 뒤에 태어난 스텔라는 주변의 모든 이들에게 귀한 아이였다. 루셔스는 스텔라의 말이라면 사족을 못 쓰는 경향이 있었고, 삼촌 루드비히는 말할 필요도 없었다. 두 사람은 말로는 모두 세 아이 모두에게 같은 애정을 나눠준다고 하지만, 그녀의 눈에는 어째서 스텔라에게 애정이 쏠린 것 같은 느낌이 드는 것일까.

스텔라의 천진난만한 옆모습에서 요전 날의 루셔스의 목소리가 들리는 것 같았다.

"나는 요즘 고민이 있어."

"무슨 일이세요."

이유인즉슨 스텔라가 성년이 가까워 오자 주변에서 좋은 혼처에 대한 이야기가 빗발치기 시작했는데, 그는 아직 딸아이를 떠나보낼 준비가 되지 않아서, 가슴이 철렁거린다는 것이다.

딸아이를 지극히도 사랑하는 아버지의 마음이란 것이란 이런 것일까 미루어 짐작을 해보던 눌리타스는 루셔스의 어깨를 포근하게 안아주며 속삭였다.

"우리는 아이들이 홀로 날 수 있도록 거들어 줄 수밖에 없어요."

"그건…… 나도 잘 알지만 말이야."

벌써 스텔라를 떠나보내기라도 하는 것처럼 감정이 격해진 루셔스는 눌리타스의 그대로 몸을 끌어안고서는 그녀의 품에 머리를 비볐더랬다. 눌리타스는 루셔스를 떠올리자 마치 함께 있는 것처럼 마음이 따스해짐을 느꼈다. 혼인한 지 이십 년이 지났지만, 그를 향한 가슴의 울림은 조금도 변함이 없이 오히려 더욱 깊어지는 것 같았다.

마차가 잠시 덜컹거리자 눌리타스는 그제야 다시금 딸아이를 바라볼 수 있었다. 아이에게서 느껴지는 행복한 기운은 너무나 밝아서 그녀의 과거와 선명하게 대비가 되기도 하였다.

'아버지……'

결국 죽을 때까지 제대로 불러 보지 못한 그 이름 하나.

눌리타스의 어두운 기억이 저 깊은 곳에서 목을 타고 올라오려는 찰나, 마차는 모르시아니가에 도착하였고 스텔라가 뛰듯 내려서 그녀를 불렀다.

"어머니! 우리 빨리 집으로 돌아가요."

아이의 환한 눈웃음이 눌리타스에게 닿자 이내 구름은 걷히고, 따스한 기운이 감도는 것이었다.

"그래."

두 사람의 은발이 달빛에 반사되어 행복한 그림자를 만들어내고 있었다.

갑자기 나타난 왕자, 샤를의 등장으로 왕국은 한참 동안 시끌벅적하였다. 갑자기 어디에서 왕자님이 나타난 건지, 왜 전하의 옆자리는 여전히 비어 있는지에 대한 의견들이 분분하였다.

"나의 아들 샤를 티치 자뷔에를 소개한다."

귀족들이 모인 자리에서 루드비히는 아이를 옆에 나란히 세워서 그의 아들임을 선언하였다. 후에 나올 잡음을 제거하기 위해서 공식적으로 밝힐 필요가 있었음이라.

사람들은 비슷한 초록색 계열의 머리카락에 왕가의 후계자에게 대물림되는 부서지는 자수정 빛의 눈이 번쩍이자 더 이상 이의를 제기할 생각조차 하지 못했다.

그리고 루드비히는 이런 자리가 익숙하지 않을 샤를을 위해서 천천히 적응할 수 있도록 배려해 주었다. 얼른 자리를 피하지 않는다면, 먹이를 노리는 짐승 같은 귀족들의 등쌀에 샤를이 무척이나 난처해질 것이 분명하였다.

"아직은 낯설 테니까 말이야. 오늘은 쉬도록 해."

그렇게 소란스러운 연회장을 나선 샤를은 천천히 걸으면서, 얼마 전을 떠올려 보았다.

외할아버지인 에드워드가 아마도 그의 얼굴이 아버지를 꼭 닮았을 거라는 말씀을 종종 하셨기에, 샤를은 거울을 볼 때면 아무도 모르게 아버지의 모습을 그려 보곤 했었다.

이곳에 배를 타고 오는 중간에도 혹 아버지가 이상한 사람이면 어쩌나 걱정을 하기도 했었다. 그러나 첫 만남에 당혹스러워했던 모습을 제외하고 루드비히는 꽤 멋진 어른이었다.

그를 아이라고 무시하는 일도 없었고, 샤를과 적당한 거리를 두면서 무심한 듯 굴다가 이렇게 위해주기도 하였다.

'역시 어머니가 한눈에 반했다는 사람답다고 할까.'

샤를은 아직은 익숙하지 않은 궁 안을 이리저리 돌아다녔다. 그러나 꼭 맞는 옷과 공기가 제대로 통하지 않는 것 같은 건물 내부도 그에게는 왠지 갑갑하게 느껴지는 것이었다.

"밖으로 나가 볼까."

샤를은 걸치고 있던 띠를 바닥에 벗어 던져 놓고, 이 층 창밖으로 몸을 날렸다. 그리고 이내 인적이 드문 정원으로 들어섰다.

"이곳은 좀 조용하군."

샤를은 밤하늘을 바라보면서 왠지 별이 아주 멀어진 것 같은 기분을 느꼈다. 정원을 정처 없이 헤매는데, 어디서 작은 목소리가 들렸다.

"너무 차갑잖아."

그곳에는 처음 보는 귀가 커다란 집채만 한 짐승이 코로 물을 뿜어대고 있었고, 그 아래 한 소녀가 두 손으로 물을 막으려 하면서 깔깔대며 웃고 있었다.

"……."

샤를이 그 모습에 정신이 팔려 앞으로 나서다 나뭇잎을 밟았고, 그 소리에 소녀는 그를 발견하였다.

"아, 우리 만난 적 있지? 나 기억나?"

분명 샤를보다 몇 살 많아 보이는 소녀는 그를 향해서 반가운 듯 손을 흔들었다. 샤를은 천천히 기이한 짐승과 소녀를 향해서 나아갔다.

"참, 엄마가 이렇게 부르면 안 된다고 했는데…… 왕자님? 뵙게 되어 영광입니다."

여기저기 젖은 드레스를 겨우 펼치면서 소녀는 정중히 예를 갖추려고 애썼다.

"아니, 아까처럼 해."

샤를은 소녀가 예의를 차리는 것에 강한 거부감을 느꼈다. 그냥 이곳에서도 마음 편하게 대할 사람이 하나 정도는 있었으면 했다.

"그래? 샤를, 나는 모르시아니가의 스텔라야."

두 사람이 아주 가까워지자 스텔라는 샤를의 눈을 뚫어지게 바라보았다. 하지만 어쩐지 샤를은 그 노골적인 시선이 싫지 않았다.

"스텔라, 저 짐승은 뭐야?"

"응, 아직 삼촌이 소개를 안 해줬나 보구나. 얘는 덤보야. 엄청 신기하지. 이렇게 큰데 풀만 먹어. 하지만 너무 가까이는 가지 않는 게 좋아. 자칫하면 밟힐 수도 있거든."

스텔라는 무슨 비밀을 말해주는 사람처럼 낮은 목소리로 종알댔다. 은발에 맺힌 물방울이 그녀의 흔들림을 따라 부서지고, 즐거움이 가득한 푸른 눈에 그의 얼굴이 비쳐지고 있었다.

샤를은 품에 지니고 다니던 새하얀 손수건을 꺼내서 스텔라에게 내밀었다.

"오, 꼬맹이가 이런 것을?"

스텔라는 그녀보다 한참 어린 소년이 그녀에게 손수건을 건네자, 굉장히 의외라는 표정을 지었다.

"나는 꼬맹이가 아니라, 샤를이야."

"나보다 크면 꼬맹이라고 그만 불러주지."

열네 살의 스텔라는 손수건으로 물기를 닦아내면서, 호쾌하게 웃었다. 샤를은 분했지만 거기에 대해서 더 입을 떼지 않았다.

"그래서 말이야. 우리 어머니가 전하의 아주 먼 친척 정도 되나 봐."

"얼마나 먼?"

갑자기 친척이라는 대목에서 샤를의 얼굴이 긴장감으로 굳어졌다. 그러나 스텔라는 까치발로 뛰느라 상대의 표정을 살필 여유는 없었고, 그냥 무심하게 대꾸하였다.

414

"글쎄, 들었는데 잊어버렸어. 어쨌든 전하는 우리에겐 가족과 다름없어. 그러니 샤를, 너도 우리와 친하게 지내면 좋겠다."

앞에서 이리저리 움직이던 스텔라는 걸음을 멈추더니, 그의 눈을 진지하게 응시하며 입을 열었다.

"……그래."

두 아이는 무도회가 열리는 시끌벅적한 성에서 정반대로 난 길을 따라서 걸었다. 그 뒤를 스텔라의 부서지는 웃음소리와 휜한 달빛이 함께 하였다.

"아버지, 고프리 오빠가 자꾸 저더러 뭐라고 해요."

고프리는 성년의 나이가 되자, 예전의 모습을 찾아보기 힘들 정도로 튼튼하게 자랐다. 여전히 호리하긴 하였으나, 심약함 대신 냉소가 자리 잡았다.

"오빠 된 입장에서 스텔라의 지식수준이 너무 걱정이 되어서 책을 좀 보면 어떻겠냐는 이야기를 했을 뿐입니다."

"아, 그랬어?"

중간에서 루셔스의 입장이 무척이나 난처하였다. 고프리의 말처럼 스텔라가 너무 책을 멀리하는 것이 그도 늘 염려스러운 부분이었다.

"하지만 아버지, 저는요. 고프리 오빠보다 책은 덜 읽었지만, 실제로 아는 건 제가 더 많다고요."

스텔라는 루셔스에게 애교를 부리면서 고프리에게 혀를 내밀어 보았다.

"그래, 그 말도 일리는 있구나."

고프리는 책으로만 배웠을 많은 것들을 스텔라는 직접 가서 만져보고 부딪히는 편이었다. 그런 동생의 유치한 행동에 고프리는 할 수 없다는 듯 어깨를 으쓱거릴 뿐이었다.

잠깐의 소동에도 가브리엘은 동생들의 그런 모습이 익숙하다는 듯 책에서 눈도 떼지 않고 있었다.

그리고 잠시 후 루셔스의 팔에 잠시 매달려 있던 스텔라가 갑자기 두 팔을 허리에 대더니 갑자기 씩씩거리기 시작하였다.

"난 정말 이럴 줄 몰랐어. 결국 아무도 나와 여행을 떠나 주지 않았잖아!"

아장아장 걷기 시작한 시절 우연찮게 들었던 드래곤에 얽힌 전설이 담긴 책을 접하고서부터 그녀는 내내 먼 길을 떠나는 꿈에 부풀어 있었다.

오빠들과 검을 하나씩 메고 말을 탄 채로 이곳저곳을 누비기.

이것이 그녀의 오랜 소망이었다.

스텔라의 불만이 폭주하기 시작하자 그 방에 머물던 세 명은 서로 눈치를 보더니, 하나씩 슬그머니 사라지기 시작하였다. 저러다 말겠지 했던 그들의 스텔라는 성년을 앞두고도 여전히 드래곤 타령이었던 것이다.

사 년 뒤, 모르시아니가의 아이들은 모두 장성하였다. 그러나 어찌 된 영문인지 보통 귀족 가문이었다면 모두 혼인을 하고 자녀를 보고도 남았을 때였지만, 아이들은 모두 제 짝을 찾지 못하였다.

가브리엘은 검과 혼인을 했다는 풍문이 돌았으며, 고프리는 타인에게 좀처럼 곁을 내어주지 않았다. 그리고 공작가의 막내딸, 스텔라에 이르러서는 모두가 고개를 절레절레 흔들 뿐이었다.

"세실! 여기야, 여기."

세실은 아담한 몸집의 갈색머리를 한 소녀였다. 세자르와 소피아 사이에서 태어난 그녀는 올해 열네 살로 스텔라보다 어렸지만, 둘은 친구처럼 지냈다.

"도대체 뭐 하는 거예요?"

"부탁한 거 가져왔어?"

스텔라는 오늘 커다란 장이 열린다는 소문에 외출을 계획했으나, 며칠 전 고프리 오빠가 아끼는 귀중한 책을 찢어놓은 벌로 당분간 외출을 금지당하는 벌을 받았다. 그래서 정원 수풀에 숨어서 하녀의 옷으로 갈아입고 몰래 외출을 감행하려는 것이었다.

"이번만큼은 자중하라는 당부가 있었는데……."

겁이 많은 세실은 스텔라의 부탁을 외면할 수 없어 옷을 챙겨오

긴 했으나, 마음이 불안하였다. 그러나 스텔라는 이번에 꼭 나가서 구해 올 것이 있었다.

"걱정하지 마. 나 달리기 잘하는 거 알지? 쏜살같이 다녀올 테니 나 대신 내 방에 거기 좀 앉아만 있어 줘. 머리를 가리는 것 잊지 말고, 응?"

세실은 도저히 스텔라를 이길 자신이 없었으므로 그저 고개만 끄덕였다.

스텔라는 그 길로 모르시아니가에서 밖으로 통하는 비밀 통로로 내달렸고, 지나가는 수레를 얻어 타고 콧노래를 하며 시장으로 향했다.

덜커덩거리는 수레에 앉아 있자니 몸이 날아갈까 겁은 났지만, 지나가는 말로 들었던 장에 나가면 살 수 있는 진귀한 것들을 떠올리면서 주먹을 꼭 쥐었다.

"우아!"

스텔라는 삼촌이 한 번씩 나가서 선물을 사다 주곤 했기에 듣는 것은 여러 번이었지만, 이렇게 혼자서 장에 나와 본 것은 난생처음이었다. 눈 앞에 펼쳐진 풍경이 마치 보물창고에 발을 디딘 것과 같았다.

"이곳은 별천지구나."

모두 새로운 것들뿐이라 스텔라는 도대체 어디부터 가야 할지 몰라서 눈을 두리번거렸다. 그러다 그녀에게 시간이 넉넉하지 않다는 것을 떠올린 후, 난전에 물건을 파는 곳부터 찾아갔다.

'분명 드래곤의 뼈로 만든 그런 것들도 볼 수 있다고 했지.'

오빠들은 전설에 불과하다고 했지만 스텔라의 생각은 달랐다.

아예 허구의 것이라면 그렇게 오랜 세월 사람들의 입에서 입으로 전해질 리도 없고, 그렇게 생생하게 묘사될 리도 없다고 생각하였다.

그러나 그녀가 찾는 물건을 찾기도 전에 어디선가 들리는 아이의 울음소리 때문에 그곳으로 향하게 되었다.

무슨 소란인지 사람들이 이미 동그랗게 모여 있어서, 스텔라는 힘들게 그 속을 비집고 들어가서야 상황을 확인할 수 있었다.

아이는 대여섯 살쯤 되었을까. 매를 맞고 있는 어머니 옆에 서서 큰 소리로 울고만 있었다. 덩치가 크고 험상궂은 사내는 굵은 매로 바닥에 쓰러진 여인의 등을 후려치고 있었다.

"아니, 어디서 무전취식을 한다는 거냐."

화가 나서 큰 소리를 내뱉는 사내의 말을 듣고서야 스텔라는 어떤 상황인지 알 수 있었다. 그녀는 앞뒤 따질 것도 없이 일단 아이의 곁에 가서 몸을 꼭 안아주었다.

"괜찮아. 언니가 도와줄게. 그만 울어."

매를 들어서 여인을 치려던 사내는 웬 하녀 하나가 끼어드나 싶어서 눈매를 사납게 치켜떴다.

"여인에게 잘못이 있으면 정식으로 처벌을 요청하면 되지. 아이도 있는데 이게 지금 뭐 하는 거죠?"

"너는 뭐야?"

사내는 바닥으로 침을 퉤 하고 뱉더니 어디서 거지 같은 것들이 쌍으로 굴러들어 오냐면서 혼잣말로 욕을 하였다.

"장사하는 사람이 그리 인심이 야박하단 말입니까. 겁에 질린 아이의 울음소리가 들리지 않고, 이 여인의 옷 사이로 피가 나는 것이 안 보이나요?"

"어라, 이제 보니 너도 한통속인가 보구나."

스텔라는 호기롭게 나섰지만, 말이 전혀 통하지 않는 사내를 보자 살짝 겁이 났다. 그녀가 맨몸으로 저자와 싸워서 이길 가능성은 전혀 없었다. 어디 나무 막대기라도 하나 주워볼까 싶어서 눈을 두리번거렸으나, 주변에는 흙먼지뿐이었다.

'……어쩌지.'

하녀의 복장을 하고 몰래 나오는 길이라 이 길 중간에 서서 가문을 들먹이기도 애매하였다. 늘 스텔라의 뒤에는 든든한 가족이 있었는데, 생애 처음으로 홀로 낯선 상황 앞에 던져진 것이다.

그리고 그러는 사이에 중간에 끼어든 하녀 때문에 더욱 화가 난 사내는 피를 흘리는 여인을 내버려 두고 스텔라를 향하여 매를 높이 쳐들었다.

순간 스텔라는 손을 잡고 있던 아이를 끌어서 꼭 안고, 눈을 감았다. 경거망동하지 말라는 어머니의 말씀이 머릿속을 스쳤고, 아버지와 오빠들을 마음속으로 외쳐 불렀던 것도 같다.

그때 바람을 가르는 소리와 함께 사내의 외비명이 들렸다. 스텔라는 천천히 눈을 떠서 몸을 돌렸고, 멀리서 말을 탄 이가 채찍으로 사내를 쓰러뜨렸다는 것을 깨달았다.

스텔라는 감사를 전할 틈도 없이 얼른 아이와 여인을 구해서 그 혼란을 벗어나 도망치는 데 집중을 하였다.

"꼬마야, 마차를 타고 가서 모르시아니가에서 보냈다고 하면 될 거야. 여기 일을 마무리하는 대로 언니도 가 볼게. 알았지?"

스텔라는 마부에게 삯을 미리 지불하고, 아까 사내가 쓰러진 곳을 다시 찾았다. 아까 그녀를 도와준 은인에게 인사를 해야 했으나, 쓰러진 상인도 말을 탄 낯선 사내도 온데간데없었다.

한참을 찾아 헤매다 허리를 세워보니 하늘이 붉어지는 것을 알 수 있었다.

"아! 이런 빨리 갔어야 했는데……."

스텔라는 저물어가는 해를 보면서, 결국 오늘 그녀가 드래곤은 커녕 그 코틸도 구경하지 못했음을 깨달았다. 그것이 무척이나 아쉽긴 하였으나, 지금 그녀에겐 아까 불안한 얼굴을 하며 엄마의 곁을 지키던 아이가 더 눈에 밟혔다.

"지금 가도 어차피 아버지에게 혼날 테지……. 게다가 기사들은 자고로 지키지 못할 약속은 하는 게 아니랬어."

허공에 대고 호기롭게 외쳤으나 순간 스텔라는 아버지와 먼저

했던 약속은 어쩌나 싶어서 난처해졌다. 게다가 이리 날도 어두운데 낯선 곳을 헤매는 것은 처음이라 마음이 불안해지는 것이었다. 이에 스텔라는 이러지도 저러지도 못하며 발만 굴렀다.

"데려다줄까."

"……?"

올려다본 곳에는 말을 탄 사람이 그녀를 내려다보고 있었다. 스텔라는 그 사람이 아까 광장에서 그녀를 도와준 이라는 것을 바로 알아채고 인사를 하였다.

"아까 절 도와주신 분 맞죠? 감사했어요. 그렇지 않아도 인사를 드리려고 한참 찾았어요."

그러자 상대는 눌러쓰고 있던 모자를 내려서 얼굴을 확인할 수 있게 해 주었다.

"……샤를?"

스텔라는 그녀를 도와준 사람이 샤를이라는 것과 오랜만에 만나는 샤를이 꽤 많이 변했다는 생각에 절로 놀랐다.

그는 새로운 것들을 배우기 위해서 궁을 떠나 왕국 이곳저곳을 몇 달씩 다녀오곤 하였다. 변함없이 오만한 자수정 빛의 눈이 그녀에게 곧장 닿고 있었다.

"어서 내 손을 잡아."

스텔라가 어리둥절해 하는 사이에 샤를은 손을 내밀었고, 스텔라는 무의식중에 그것을 잡고 이내 말 위에 올라타 있었다.

"그런데 샤를, 내가 어디로 가는 줄 아는 거야?"

"아까 그 모녀에게 가 보려는 거 아니야?"

"응, 맞아."

스텔라는 샤를을 그리 자주 본 것은 아니지만, 다른 누구보다도 그와 가까운 편이었다. 또 사람에게 큰 경계심을 보이는 샤를이 유일하게 곁을 내어주는 이가 바로 그녀이기도 하였다.

"위험하게 이런 곳을 혼자 나오다니."

질책하는 듯한 샤를의 목소리가 스텔라의 뒤에서 들려왔다.

"아니. 나는 이러려고 그런 건 아닌데."

그러다 스텔라는 왜 그녀가 이런 구차한 설명을 해야 하나 싶어서 입을 닫았다. 그리고 가만히 앉아 있는데, 말이 움직일 때마다 그녀의 등이 그의 가슴에 닿는 게 묘하게 신경이 쓰이는 것이었다.

"너 지난번보다 키가 많이 컸나 봐."

"그래. 이제는 아마 스텔라 너보다 두 뼘은 더 클걸?"

스텔라는 잔뜩 으스대는 샤를의 목소리를 듣자 곧장 그의 의도를 알아차릴 수 있었다.

"그런다고 샤를, 내가 너보다 누나란 것은 변하지 않는단다."

스텔라는 샤를이 키가 아무리 커도 그녀에 비교하자면 그저 꼬마에 불과하다는 생각이 들었다. 스텔라가 몸을 앞으로 똑바로 향하자 해가 지는 거리에 온통 붉은 거미줄이 뻗어 있는 것처럼 보였다.

그리고 이내 거리의 끝에 있는 의원에 도착했고, 스텔라는 샤를에게 짧게 고맙다는 인사를 남긴 후 말에서 훌쩍 뛰어내렸다. 그 모습을 보던 샤를이 한 손으로 머리를 쓸어 넘기면서, 스텔라의 사라지는 모습을 응시하였다.

스텔라가 그곳에 나타나자 어머니 곁에 앉아 있던 아이가 반가워하면서 단번에 그녀에게 안겼다.

"언니가 약속을 지켰지? 어머니는 좀 어떠시니?"

그녀의 목소리에 나이가 지긋한 의원이 나오면서 반갑게 맞아 주었다. 그는 구빈원과 스콜라에 아픈 아이가 있으면 치료를 도맡아 주는 이로 무척이나 넉넉한 성품을 지닌 이였다.

"아가씨가 구한 사람이라 특별히 신경을 써서 치료했습니다. 아마 오래 굶었던 모양입니다. 그래서 상처는 깊지 않은데 쉽게 일어나지를 못하는 것으로 보입니다."

"감사합니다. 의원님, 아이랑 저 여인을 좀 부탁드릴게요. 여인이 거동할 수 있게 되면 로마그놀로가로 보내주세요."

스텔라는 다시 아이를 한 번 꼭 안아주고는 곧 만나자는 약속을 하였다.

"그나저나 이제 돌아가면 엄청나게 혼나겠어."

이제는 완연한 어둠이 찾아온 거리에 발을 내디뎠고, 순간 등줄기가 서늘해지는 것이었다. 스텔라는 겁이 없는 편이지 무서운 것이 아예 없는 것은 아니었다.

"여기에서 집까지는 금방이잖아. 그리고 기사는 무릇 겁이 없어야 한다고 했어."

스텔라가 작은 목소리를 내면서 한 발을 떼는데, 까만 그림자 속에서 말 한 마리가 모습을 드러냈다.

"깜짝이야!"

스텔라는 정말 험한 산속에서 드래곤이라도 만난 이처럼 큰 소리를 질렀다. 샤를은 어이가 없다는 표정을 하면서, 혀를 찼다.

"내가 간 줄 알았어?"

"당연히 돌아갔다고 생각했지."

스텔라는 정말 오늘의 샤를을 이해할 수 없다는 생각을 하면서, 그의 말에 올랐다.

"저기, 오늘 진짜 고마워."

스텔라는 조금 쑥스러운 기분에 그 말을 던진 후 아무런 말을 하지 않았다. 어두운 밤에는 달빛만이 내려오고 있었지만, 샤를은 마치 모든 것이 보이는 것처럼 거침없이 나아가고 있었다.

반면 모르시아니가에는 소동이 일어나고 있었다.

"아니! 스텔라가 어디를 간 게야? 밤인데 아직도 돌아오지 않고 있잖아!"

루셔스는 무서운 기세로 가브리엘과 고프리를 데리고 스텔라를 찾아 나설 준비를 하였다. 그리고 어둑해진 정원으로 낯선 말을 타고 나타난 두 사람이 있었다.

"……?"

샤를은 모르시아니 공작을 보자 곧장 말에서 뛰어내려서 스텔라의 손을 잡아주었다. 스텔라는 얼떨결에 그 손을 잡고, 샤를의 옆에 섰다.

"스텔라, 도대체 어떻게 된 거니? 샤를 왕자님은 또 무슨 일로."

혼란스러운 상황에서 눌리타스가 스텔라의 곁에 다가서서 손을 잡고 아이를 안았다.

"걱정했단다. 스텔라."

스텔라는 곧장 루셔스의 앞에 가서 머리를 푹 숙였다.

"아버지, 죄송해요."

"밖에 서서 이러지 말고, 우리 식사나 하면서 이야기를 나누는 게 어떨까요?"

눌리타스는 화가 난 루셔스와 의기소침해진 스텔라를 이끌고 안으로 들어갔다. 그러나 잠시 풀이 죽어 있던 스텔라는 음식을 마구 삼키면서, 이야기하느라 바빴다.

"막 이런 고기가 꼬챙이에 꽂혀서는 빙글빙글 돌아가면서 익어 가고 있었어."

"주먹만 한 사탕이 산더미처럼 쌓인 것도 봤어."

"저 반성 다 하면 다음에는 아버지가 데려가 주실 수 있어요?"

루셔스는 포도주를 들다 말고 초롱초롱한 눈을 한 스텔라의 청을 듣고는 헛기침을 뱉었다. 분명 오늘만큼은 엄하게 다스려서 다음에 이렇게 위험한 일이 없도록 하려고 작정을 한 터였다.

그러나 막내딸의 저런 눈빛을 보면 안 된다는 말을 하기가 힘이 들었다.

"……생각해 보마."

루셔스는 헛기침을 하다 반대쪽 상석에 앉은 샤를 왕자를 슬쩍 노려보았다. 아직 성년도 되지 않은 아이에게선 엄청난 무게감이 느껴졌다.

'범의 새끼도 범이라는 건가.'

아까 스텔라를 보호하듯 옆에서 감싸고 있던 샤를을 본 순간 왜 이상한 기시감을 느낀 건지, 루셔스는 초조해져서 남은 술을 급하게 들이켰다.

"그때 샤를이 갑자기 나타나서는 채찍으로 그 나쁜 아저씨를 혼내주었지 뭐야. 나는 꼼짝없이 맞는 줄 알고, 엄청 떨었거든."

"뭐야! 누가 우리 스텔라를!"

스텔라의 이야기에 루셔스를 비롯하여 두 오빠가 당장 의자를 박차고 일어섰다. 그러다 샤를을 확인한 그들은 멋쩍은 듯 자리에 앉으며 사과를 건넸다.

"아, 실례했습니다."

루셔스는 다시 앉아 잔을 만지작거리면서 감정을 갈무리하였다. 가브리엘은 묵묵히 고기를 썰었고, 고프리는 안경 끝을 신경질적으로 올리면서 저 끝에 앉은 샤를을 경계하고 있었다.

샤를은 별로 허기를 느끼지 못했으나, 예의상 빵을 조금 뜯으려다 갑자기 느껴지는 날카로운 감각에 눈을 내리깔면서 주위를 살폈다.

'아무래도 이 집의 사내들 모두가 나를 반기지 않는 것 같은데.'

샤를은 입 끝을 살짝 올린 채로 물 잔을 쥐고, 곧장 고프리를 정면으로 쳐다봐주었다.

그리고 이 모든 상황을 여유롭게 지켜보던 눌리타스가 슬쩍 미소를 그렸다. 승냥이의 등장에 병아리를 지키려는 어미 닭들의 모습이 저럴까.

에드워드는 검은 수염이라는 칭호가 무색하게 새하얘진 머리와 수염을 한 채 의자에 기대어 있었다. 발목과 무릎 쪽에 관절염이 심하여 그는 몇 해 전부터 바다로 나가지 못하고 있었다.

잉그리드는 그와 차를 들면서 다녀온 일에 관해서 이야기를 나누고 있었다. 그녀는 까무잡잡하게 탄 얼굴에 회색 머리를 하나로 질끈 묶고서, 허리에는 채찍과 단도를 찬 채였다.

"아직도 그런 나쁜 놈들이 많다지."

"네, 지난주에 덮친 배 아래에 강제로 끌려 온 이들이 수백은 되었어요."

검은 수염의 깃발을 걸고서 수상쩍은 배에 쳐들어가서 확인해 본 결과, 바람도 통하지 않는 배의 깊숙한 곳에 아이, 여인과 사내가 발에 쇠사슬을 찬 채 쓰러져 있었다.

그들은 운항 중에 죽는 이들은 바다로 던져버리고, 살아남은 이들을 노예 시장에 끌고 갔다. 수치심을 전혀 고려하지 않은 채 여인의 옷을 모두 벗겨서 구석구석 훤히 내보이면서 흥정을 하였다.

사내들은 사냥개나 다를 게 없는 대접을 받았다.

상인들은 그들의 이를 드러내어 보이게 하고, 팔과 다리가 얼마나 튼튼한지를 보여주었다. 눈앞에서 아내와 아이들이 차례로 팔려 나가는 것을 힘없이 지켜봐야 하는 사내의 눈에는 보이지 않는 눈물이 흐르는 것 같았다.

잉그리드는 마치 그런 일들이 그녀의 눈 앞에 펼쳐지기라도 하는 마냥 이를 갈면서, 주먹을 꼭 쥐었다.

"어째서 그런 일을 하는 걸까요."

분명 같은 사람인데, 왜 그런 악마 같은 짓을 서슴지 않고 하는 걸까. 잉그리드는 에드워드를 만나서 이 일을 이십 년째 해 오지만, 도무지 그 이유를 알 수가 없었다.

"벌레 같은 새끼들, 제가 기필코 모조리 잡아 들일게요."

에드워드는 여느 사내 못지않게 당당한 잉그리드의 모습에 뿌듯하였고, 동시에 두려웠다. 샤를이라도 곁에 있으면 안심이 될 텐데, 딸아이 혼자 나가게 하는 것은 역시 걱정이 되었다.

"그래도 늘 조심해야 한다."

잉그리드는 예전과 비교하면 조바심이 늘어난 아버지의 모습에 갑자기 눈물이 차올라 에드워드를 꼭 안아주었다. 사랑한다는 말을 하고 싶은 마음은 가득하였으나, 어쩐지 쑥스러워 입 밖으로 그 말이 나오질 않았다.

"내가 바다에서 가장 잘한 일이 너를 건져 올린 게야. 잉그리드. 내 비록 널 낳지는 못하였지만, 하늘에 먼저 간 네 부모만큼이나 너를 아낀단다."

잉그리드는 겨우 감정을 추스르는데, 아버지의 말에 그만 울고 말았다. 에드워드는 그녀의 등을 토닥이면서, 부디 딸의 남은 삶이 바다처럼 넉넉하길 기도하였다.

샤를 왕자의 공식적인 데뷔가 예정된 무도회장에서 샤를과 몰래 빠져나와 처음 배를 탄 스텔라는 흥분에 들떠서 한참을 진정할 수가 없었다.

"저기, 마차가 정말 작아졌어."

배의 난간에 기대어 그녀가 타고 온 마차를 보고 있자니 갑자기 지금이 꿈이 아니라는 것이 실감이 나기 시작하였다.

그리 떠나고 싶었던 모험이었건만…….

부모님의 얼굴이 아른거리면서, 출렁이는 물결을 따라 스텔라의 기분도 심하게 요동을 치는 것 같았다.

그리고 그때, 그녀의 어깨 위로 커다란 망토가 내려왔다.

"바다의 밤은 추워."

스텔라는 그녀의 곁에 선 샤를을 슬쩍 쳐다보았다. 그는 확실히 마지막으로 보았을 때보다 훨씬 더 자라 있었다. 키도 그리고 풍기는 느낌까지도.

스텔라는 주위를 환기하기 위해서, 바다를 응시하면서 입을 열었다.

"바다에선 방향을 어떻게 알 수 있어?"

"낮에는 해를 따라, 밤에는 별을 따라가는 거야."

샤를은 등을 난간에 기댄 채 편안하게 섰고, 그 모습이 너무나 자연스러워서 스텔라는 입을 살짝 벌렸다. 궁에서 보았던 샤를은 어딘가 불편해 보였다면, 지금은 진짜 같다는 생각이 들었다.

"샤를, 네 눈은 바다에 제일 잘 어울리나 봐."

"또 그 눈 타령. 갖고 싶어?"

"……응?"

스텔라는 샤를의 눈이 하도 빛이 나니까 예뻐서 한 소리였는데, 갑자기 웬 무시무시한 소린가 싶어서 되물었다. 그러자 샤를은 주머니에서 돌을 하나 꺼내서 스텔라의 손에 올려주었다.

"이건!"

스텔라는 챙겨온 작은 주머니에서 파란 돌을 꺼내어 들었고, 샤를이 준 붉은 빛이 도는 돌과 나란히 손에 쥐어보았다. 스텔라가 그 예쁜 것을 바라보느라 정신이 빠져 있을 때, 샤를의 목소리가 바다에 낮게 퍼졌다.

"배를 타 봤으니 소원을 절반은 이룬 셈이지? 이제는 돌아가자."

"……뭐라고?"

"그러면 무턱대고 너를 데리고 어딜 떠나기라도 할 줄 알았어?"

스텔라는 사실 그 말에 어떤 반박도 할 수 없었다. 샤를은 여유 있게 미소를 짓더니 손을 들었고, 그러자 배는 방향을 바꾸어 그들이 떠나온 곳으로 향하였다. 스텔라가 안도감에 한숨을 내쉬자 샤를이 옆으로 다가와서 자연스레 스텔라의 어깨에 손을 올렸다.

"바람이 세서 내 옷이 날아갈까 봐 걱정되어서."

스텔라는 왠지 그녀보다 더 큰 어른처럼 행동하는 샤를 때문에 화가 나서 그의 손을 치우려 하였지만, 그의 큰 손은 끄떡도 하지 않았다.

그들의 주변으로 밤바다의 기운이 서렸고, 넓게 펼쳐진 돛을 단 배가 물 위를 미끄러지고 있었다.

샤를은 스텔라를 마차에 태워주고는 혼자서 에드워드를 만나러 떠났고, 한 달 뒤나 되어서야 돌아왔다. 그리고 샤를은 이제 루드비히의 곁에 남아서 후계자가 될 것인지, 외할아버지의 뒤를 이어 해적들로부터 바다를 지킬 것인지에 대한 선택을 해야만 했다.

"도와주신다면 우선 두 가지 일을 모두 해 보이겠습니다."

샤를로서는 어느 것 하나를 택하기가 쉽지가 않았다. 이에 잉그리드는 아들의 결정을 무조건 지지해 주었고, 루드비히 역시 그 선택을 존중해 주었다.

"네 인생이니 말이다."

루드비히는 그가 가지지 못했던 기회라는 것을 샤를에게 기꺼이 제공하고자 하였다. 사실 그의 머릿속에는 후계보다 더욱 중요한 문제로 가득 차 있었다.

그가 가장 사랑하는 조카 스텔라, 그리고 그의 하나뿐인 아들 샤를.

'분명 모르시아니 공작이 아주 죽기 살기로 반대하겠지.'

루드비히는 그도 모르게 입가에 즐거운 미소가 한가득 걸렸다. 그리고 그 중요한 일을 추진하기 전에 꼭 하고 싶은 일이 있었다.

그는 어느 날, 눌리타스와 루셔스를 궁으로 불러서 중요한 일을 상의하였다.

"내가 잠시 여행을 하기로 결심했다."

"네? 전하, 여행이라뇨?"

루셔스는 단번에 말도 안 된다는 듯 손사래를 쳤고, 눌리타스는 요즘 들어 부쩍 수척해진 루드비히를 보면서 말없이 고개만 끄덕이고 있었다.

"사실 여행은 저희 부부에게 꼭 필요한 것입니다. 영지 내의 처리해야 할 일들, 구빈원과 스콜라의 일 때문에 하루도 쉴 틈이 없지 않습니까."

루셔스는 마구 열변을 토하였다. 그는 눌리타스와 단둘이서 오붓하게 이곳저곳을 누비고 싶은데, 할 일이 산더미라 고작해야 반나절 거리 정도만이 허락되는 것이 너무나 억울하였다.

"공작은 제발 우리 누이를 좀 봐. 그 힘든 일을 하면서도 이제껏 단 한 번도 힘들다, 쉬고 싶다고 얘기도 없지 않나."

루드비히는 그의 말에 쌍수를 들고 반대하는 루셔스를 한심하다는 듯 바라보았다.

두 사람이 또 삐걱대기 시작하자, 눌리타스는 입가에 미소를 드리우면서 루드비히를 향해 다정하게 말을 건넸다.

"전하, 이번 기회에 머리를 좀 식히고 오세요."

루셔스는 이럴 때는 꼭 그 혼자만 외톨이 같다는 기분을 느꼈으나, 그녀를 만나게 해 주고, 생명을 구해주고, 그들의 아이들에게도 아낌없이 베푸는 루드비히를 위해서 어쩔 수 없이 한발 물러서 주기로 하였다.

"그래서 뭘 어떻게 도와 드릴까요. 전하."

루셔스가 퉁명스러운 목소리를 내면서 그가 원하는 것을 내어놓았고, 루드비히는 이에 만족스럽다는 듯 눈을 반짝거렸다.

"나도 샤를이나 스텔라처럼 배라는 것을 타 보고 싶어져서 말이지."

눌리타스와 루셔스 둘이 동시에 의아한 눈으로 루드비히를 쳐다보자, 그가 서둘러 덧붙였다.

"오래 걸리지는 않을 거야."

그러나 여전히 뭐라고 확답을 내어놓지 못하는 두 사람이었다. 이것은 평소 루드비히가 장터에 몰래 다녀오는 것과는 수준이 다른 아주 민감한 문제가 아니던가.

눌리타스와 루셔스의 표정이 더욱 굳는 것을 보자, 루드비히는 훨씬 더 다급한 목소리를 내었다.

"그러면 대외적으로 내가 외교적 방문을 위해 가는 것으로 하지. 그리고 그동안 그대들이 우리 샤를을 좀 도와줘. 똑똑한 녀석이라도 아직은 많이 어리니까."

눌리타스는 루드비히의 결심이 굳게 선 것을 확인하고, 말없이 그의 손을 슬쩍 잡았다. 왕의 아들로 태어나서 평생을 왕관의 무게를 짊어지고 살아온 루드비히였다. 눌리타스는 아무런 고민 없이 활짝 웃는 그의 얼굴 뒤로 수만 겹의 고뇌가 있음을 알고 있었다.

"전하, 저희만 믿고 다녀오세요."

"역시 우리 누이뿐이야."

눈물을 글썽거리면서 루드비히가 눌리타스의 손등에 다시 손을 포개자, 그 위에 루셔스가 손을 턱하고 올리면서 힘을 주었다.

우여곡절 끝에 루드비히 자뷔에는 태어나서 처음으로 배를 타게 되었다.

"이 바다가 이끄는 곳으로 가다 보면 그 사람을 만날 수 있을까."

호리호리한 몸이 배에 기댄 그림이 제법 근사하였으나, 완벽한 시간은 잠시뿐 배가 파도를 가르기 시작하자 루드비히의 잘생긴 얼굴은 멀미로 일그러지기 시작하였다.

루드비히는 기다시피 하여 얼른 선실로 들어가서 안정을 취해 보려고 하였으나, 뒤집힌 속은 그것을 여의치 않게 하였다.

"괜찮으십니까?"

평민의 차림을 한 호위 둘이 문밖에서 루드비히를 걱정해 주었으나, 그는 작은 목소리를 내기도 벅찼다.

"……전혀 괜찮지가 않다."

루드비히는 선실에서 몇 번이나 속을 모두 게워내고 힘이 다 빠져서 누워 있었다. 입에 레몬 조각을 하나 물고 오지 않는 잠을 청하는데, 갑자기 밖이 소란스럽더니 호위가 뭐라 소리를 내지르는 게 아닌가.

"겨우 잠이 들려고 하거늘."

루드비히는 짜증이 역력한 표정으로 겉옷을 겨우 걸치며 신경질적으로 문을 와락 열었다.

그러나 문밖에는 그가 기대한 호위는 온데간데없었고, 웬 험상궂은 사내 하나가 비릿하게 웃으며 루드비히를 반겼다.

"오! 여기 괜찮은 물건이 있군."

루드비히가 얼른 주변을 살피자 그가 찾던 호위 둘은 이미 밧줄에 묶인 채 재갈이 물려져 제압당한 것을 확인할 수 있었다. 그러나 그는 전혀 위축되지 않은 듯 여유로운 목소리로 입을 열었다.

"나는 네까짓 것들이 상대할 수 있는 몸이 아니다. 물러가거라."

그러나 전혀 무슨 말인지 못 알아듣던 사내들은 서로를 보면서 낄낄거렸고, 이윽고 루드비히의 양팔을 결박하기에 이르렀다. 다른 키가 작고 음침하게 생긴 이가 다가와서는 빠져나오려 몸부림을 치는 루드비히의 턱을 추켜올리며 이리저리 살폈다.

"살도 무척 고운 걸 보니 분명 최상품이구나."

루드비히는 그들의 말을 이해하진 못했으나, 분명 그에게 큰 위기가 닥쳤다는 것을 알 수 있었다. 루셔스가 호위 둘로는 부족하다고 열댓을 가야 한다는 것을 코웃음을 치며 무시했던 것이 왜 떠오르는지 알 수 없었다.

'나는 그녀를 만나야만 하는데……'

그러나 루드비히의 바람과는 달리 지금 이 배를 습격한 해적들은 귀족, 평민 가리지 않고 모조리 납치하여 일손이 필요한 대농장이나 취향이 독특한 부호에게 팔아넘기는 악질이었다.

잡힌 이들은 모두 배의 아래로 내던져졌다. 그곳은 좁았고, 공기가 통하지 않는 열악한 곳이었다. 루드비히는 호위들과 손과 발이 묶인 채로 벽에 기대어 있었다. 모두 두려움에 질린 얼굴로 서서히 지쳐갔고, 루드비히는 그런 이들을 바라보면서 아무것도 해줄 수 없다는 것에 무척이나 괴로웠다.

'내가 이토록 무력한 군주였구나.'

그러기를 여러 날, 물도 어떤 음식도 먹지 못한 루드비히는 점점 현실과 꿈의 경계를 구분 짓기가 어려워졌다.

그의 눈앞에는 덤보가 이파리를 마구 헤집고 있었고, 환하게 웃는 누이가 그것을 지켜보는 풍경이 떠올랐다. 그리고 그 나무 위에는 채찍을 마구 휘두르는 회색 머리를 한 여인이 그를 응시하는 것 같았다.

'아…… 이제야 얼굴을 한 번 보여주는군.'

이름도 한 번 불러보지 못했던 여인.

십수 년 전 만나보았던 게 전부인지라 지금 기억하는 얼굴은 사실 진짜가 아닐지도 모른다는 생각이 들었다. 그가 몽롱해 하는 중에 호탕한 목소리가 들리는 것 같았다.

"모두에게 물을 나눠 줘. 다리에 묶인 끈도 풀어 주고. 갑판으로 옮기도록!"

왠지 친숙한 기분에 루드비히는 눈을 떠보려 노력하였으나, 그것이 여의치가 않았다. 그때 입가로 물이 조금 흘러들어왔고, 마른 목으로 단비가 내리는 것 같았다.

"천천히 머금었다가 삼키도록 해. 안 그러면 숨이 넘어갈지도 몰라."

그러던 중 어딘가 숨어 있던 잔당이 나타나 덤비자 여인의 날카로운 채찍이 허공을 갈랐다.

마지막 해적까지 모조리 잡아 들인 후 잉그리드는 채찍을 말아 쥐고, 탄력이 좋은 다리를 감싼 검은 바지 위로 두 손을 올린 채 쓰러진 한 사내를 바라보았다.

잉그리드는 여느 때처럼 바다에서 인신매매를 일삼는 해적들을 쫓고 있었다. 그러다 수상한 배를 발견했다가 이런 상황에 이르렀다.

그리고 사람들을 구하기 위해 배의 아래로 내려왔다가, 수많은 사람 중에서도 단번에 그를 알아볼 수 있었다.

한 번도 잊은 적이 없었던 이름, 그렇지만 내내 잊으려 했던 사람.

루드비히는 사흘을 내리 앓았고, 정신을 차려 눈을 떴다. 그러자 그의 주변에 서 있던 호위들이 호들갑을 떨면서 기뻐하였다.

그리고 그들 사이로 새빨간 드레스를 걸친 한 여인이 먹을 것을 들고 나타나자, 호위들이 고개를 숙이더니 밖으로 나갔다. 루드비히는 얼른 침대 머리에 등을 기댄 채 앉아서, 여인의 얼굴을 뚫어져라 바라보았다.

"무사히 일어나셔서 다행입니다. 저는 검은 수염해적단의 잉그리드입니다."

"나는 자뷔에가의 루드비히."

두 사람은 처음으로 서로의 제대로 된 이름을 주고받았다. 그리고 한참 아무런 말이 없었다. 루드비히는 그의 기억보다 한층 멋있어진 여인의 모습에서 얼굴을 떼지 못하였고, 잉그리드에게서 느껴지는 강한 기운이 샤를에게 전해졌다는 것을 알 수 있었다.

너무나 짧은 만남 이후 오래 떨어져 지냈기에 서로 말문을 트기가 그리 쉽지 않았다. 그래도 루드비히는 이런 기회를 놓치고 싶지 않아 목소리를 가다듬고 입을 열었다.

"구해줘서 정말 고맙소."

"천만에요. 길을 잃은 목동을 구하는 것 정도야 별일 아니니까요."

그리고 잉그리드가 간단한 인사를 남긴 후 나가버렸기에 묻고 싶었던 수백이 넘는 질문은 루드비히 홀로 천장에 대고 읊조려야 하였다.

사흘이 지나 겨우 운신이 가능해진 루드비히가 우연을 가장해서 잉그리드를 만나려 성을 기웃거려 보았다. 그러나 어디에도 그녀를 찾을 수가 없었고, 바다가 정면으로 보이는 창을 가진 서재에 이르게 된 것이다.

그 엄청난 광경에 압도된 루드비히는 두 손을 창에 대면서, 빛이 부서지는 바다를 바라보았다.

"단언컨대 지금 보시는 것보다 아름다운 풍경은 세상에 존재하지 않을 겁니다."

루드비히는 창가 옆 커다란 의자에 앉은 나이가 지긋한 사내를 발견하고는 예를 차렸다.

"자뷔에 전하, 뵙게 되어 영광입니다. 제가 몸이 불편해서 일어서지 못함을 양해 바랍니다."

"편히 계시죠. 저야말로 이렇게 융숭한 대접에 감사드립니다."

"우리 샤를이 그곳에 가서 더욱 늠름하게 잘 자란 것 같더군요."

루드비히는 그가 바로 샤를의 할아버지이자, 잉그리드의 아버지라는 것을 알아차리고 그 옆에 가서 앉았다. 루드비히는 한때 바다를 떨게 만들었다는 검은 수염이라는 자가 그다지 험악한 이가 아니라는 것을 쉽게 알아차릴 수 있었다.

에드워드 역시 손으로 찻잔을 쓸면서 함께 앉은 루드비히를 유심히 살폈다. 샤를과 무척이나 닮은 그에게서는 보통의 사람과는 다른 기운이 느껴졌다. 그는 이따금 다리에 느껴지는 통증을 참아 내면서, 천천히 말문을 열었다.

"모진 세월의 풍파를 이겨 낸 아이라서, 한 발 다가서면 두 발 물러서 버리기도 하죠. 하지만 부디 전하가 샤를과 잉그리드의 손을 놓지 않았으면 하는 게 늙은이의 바람입니다."

그렇게 길지 않은 말이었지만, 루드비히는 에드워드가 그에게 하고자 하는 말의 속뜻을 파악하는 데 무리가 없었다.

"저 역시도 부디 그녀의 벗이 되기를 소망하고 있답니다."

루드비히는 그가 가진 이 마음이 사랑인지 아닌지 확신이 없었다. 그저 과거의 그날이 오래도록 잊히지 않았고, 그들 사이에 샤를이라는 연결고리가 생겼으니 이제 그녀를 조금 더 알고 싶어졌다.

이어서 에드워드는 샤를의 출생부터 어린 시절 이야기, 바다에서 일어나는 갖가지 일들에 대해서 알려 주었다.

루드비히는 전혀 알지 못했던 샤를의 이야기에 귀를 세우며 듣기 시작하였다. 샤를이 쥐를 무서워한다는 이야기에 아들을 놀릴 생각을 하니 벌써부터 어깨가 들썩였다.

그러나 시원한 웃음이 한바탕 지나가자 루드비히의 마음에는 그 지나간 시간에는 그가 함께하지 못했음이 못내 아쉬웠다. 그리고 그들의 이야기는 자연스럽게 이번에 잡게 된 해적들로 넘어갔다.

"저희 왕국은 사실 내륙 쪽이라 해적들의 피해가 그렇게 크지 않았습니다."

루드비히는 해적이라는 단어를 입에 담는 것만으로도 살이 떨렸다. 그 무례하고 역겨운 자들이 그를 무슨 짐승을 다루듯 하지 않았나.

"그러나 그런 자들이 활개 치고 다니는 것을 알게 된 이상 가만 있을 수 없겠죠."

또 해적들이 있는 한 잉그리드도 계속 바다에서 그들을 쫓을 것이다. 알게 된 이상 방관할 수만은 없었다.

"저희 왕국에서도 물자나 필요한 것을 보내도록 하죠. 바다는 우리 모두가 지켜야 할 곳이니까요."

루드비히는 그의 진짜 속마음을 들키지 않기 위해, 아주 근엄한 목소리로 에드워드에게 제안하였다.

그리고 얼마 뒤 루드비히는 왕국으로 돌아가기 위해 배에 몸을 실었다. 가는 길에는 에드워드의 청으로 잉그리드가 호위를 맡기로 하였다.

두 사람은 갑판에서 어색한 공기를 만들어내고 있었다. 루드비히는 왜 이 여인 앞에서는 평소 그의 모습이 아니게 되는지 알 수 없었다. 목소리를 가다듬고 잉그리드에게 말을 건넸다.

"괜찮다면 내가 당신의 친구가 될 수 있을까."

선장실로 들어가려면 잉그리드는 가는 길을 멈추고, 돌아서지 않은 채 냉랭하게 되물었다.

"왜죠."

"사실 난 성격이 별로 안 좋아서 친구가 없거든."

루드비히가 붉은 입술을 꼭 깨물면서 처연한 표정을 짓자, 잉그리드는 마치 샤를이 눈앞에 서서 그녀에게 무언가를 조르는 것 같은 기분을 느꼈다. 하는 수 없이 목소리에 서린 차가운 기운을 조금 덜어내면서 타이르듯 답했다.

"하지만 이번처럼 바다로 무턱대고 나오는 일은 하지 말도록 해요."

"그럼 어떻게 만나지."

"내가 샤를을 만나러 찾아갈 테니."

잉그리드는 결코 루드비히를 만나러 간다는 이야기를 하지 않았지만, 그는 그것으로 만족하였다. 이제껏은 이름도 모르고, 얼굴도 못 본 채 살지 않았나. 그것에 비하면 아주 엄청난 발전이 아닌가.

루드비히가 좋은 기분을 숨기려 살포시 고개를 숙이는데, 잉그리드가 그의 흘날리는 초록색 머리를 보면서 슬쩍 웃고 있었다.

스텔라는 혼인에 적당하다고 여겨지는 시기를 한참이나 넘겼다. 올해로 스물여섯 살이 된 그녀는 여전히 모험과 낭만을 사랑하였다. 그러나 나이를 먹을수록 세상이 그리 만만찮다는 것을 알게 되었고, 스텔라는 메이린 이모와 함께 구빈원 일을 도우면서, 언젠가는 그녀가 소망하는 삶을 살 수 있기를 꿈꾸고 있었다.

한 아기가 계속 칭얼거리자 스텔라는 손으로 가슴을 토닥여주고 이불을 끌어 덮어주었다. 하지만 아기의 울음은 쉽사리 그칠 줄은 몰랐다.

"어미의 품이 그리운 게지요. 쯧."

곱게 갠 수건을 안고 오던 하녀가 입을 열었다.

그제야 스텔라는 아기를 요람에서 조심해서 꺼내 안았다. 그러자 아기는 금세 손가락을 오물오물 빨면서 눈을 감았다.

"이리 안기고 싶은 거였구나?"

아기에게선 맛있는 음식보다도, 만발한 꽃보다도 더욱 좋은 향이 났고 딱 적당히 기분 좋은 온기도 느껴졌다.

"아가씨, 너무 잘 안으셨어요."

하녀가 스텔라 아가씨는 검만 잘 쓰시는 줄 알았는데, 그렇지도 않다면서 혼잣말을 하는 것이었다. 그 말에 스텔라는 잠이 든 아기를 가만히 내려두고, 볼을 붉히면서 밖으로 뛰어나갔다.

아닌 게 아니라 요즘 그녀의 기분이 무척이나 요상하였다.

"이게 다 그 꼬맹이 때문이야."

스텔라가 괜히 발에 걸리는 돌부리를 걷어찼고, 엄청난 통증을 느끼며 다시 구시렁댔다. 사실 이제 샤를을 꼬맹이라고 부르는 것은 이렇게 혼자 있을 때뿐이었다.

그는 성년이 된 이후로 쑥쑥 자라서 그녀의 오빠들만큼이나 키가 컸다.

그리고 그 눈매.

스텔라는 요즘 들어 더욱더 이상해진 샤를의 눈을 떠올리다 혼자서 몸을 떨었다. 원래도 말수가 많지는 않았지만, 샤를은 요즘 그녀에게 거의 말을 걸지 않았다. 오직 집요한 시선만이 그가 그녀를 보고 있음을 드러낼 뿐이었다.

"진짜 어릴 때부터 귀여운 구석이라고는 없다니까!"

그날 오후, 스텔라는 어머니를 따라서 궁에 들게 되었다. 루드비히는 언제나 그녀의 편을 들어 주었고, 때로는 아버지나 오빠들이 구해 주지 않는 것들도 삼촌은 기꺼이 그녀에게 내어 주었다.

"전하를 뵈옵니다."

"우리 누이는 언제 보아도 이리 옛날과 똑같지? 응?"

루드비히는 한결 편안한 얼굴을 하면서, 그의 머리색과 같은 가운을 걸치고 의자에 앉아서 그들을 맞았다.

"우리 스텔라, 이리 오렴. 삼촌이 이번에는 해적에게서 얻은 멋진 것을 네게 주마."

"와! 해적요?"

스텔라는 한달음에 루드비히의 옆으로 달려가서 금속 줄이 기다랗게 매달린 묵직한 둥근 모형을 받았다.

"이건 시계인가요?"

"거기 작은 버튼을 눌러보렴."

스텔라가 조심스럽게 그것을 만지자 뚜껑이 열렸고, 그 안에는 이상한 바늘과 복잡한 숫자와 문자들이 나열되어 있었다.

"우와! 삼촌, 이거 뭔지는 몰라도 굉장한데요."

"나침반이라는 거란다. 스텔라, 네가 어디에 있든 방향을 잃지 않게 해 줄 수 있을 거야."

"고마워요. 삼촌. 하지만 이렇게 귀한 것을 제가 받아도 될까요?"

"스텔라, 우리는 이미 가족이잖니?"

루드비히는 더없이 다정한 목소리를 내고 있었다.

스텔라는 선물을 받아 들고 신이 나서 정원 구경을 하겠노라고 뛰어서 그들의 곁에서 멀어지고 있었다.

눌리타스의 시선이 닿는 곳에 새겨진 루드비히의 미세한 주름이 참으로 이질적인 것이라 한참을 바라보게 되었다. 그와 처음 만났던 때가 바로 엊그제 같은데…….

"……오라버니."

눌리타스가 루드비히를 불렀다.

"……오라버니."

두 번을 부르고서야 루드비히는 눌리타스 쪽으로 몸을 완전히 돌렸다.

"누이, 지금 오라버니라고 불러준 거야?"

눌리타스는 너무 놀라 눈이 두 배로 커진 루드비히를 보면서 빙긋이 미소를 지었다. 그가 이 말을 듣기를 원하고 있음을 알고 있었지만, 그간 차마 입이 떨어지지 않았더랬다.

"제가 너무 늦었죠. 하지만 지금이 아니면 또 불러드리지 못할 수도 있을 것 같아서."

눌리타스의 푸른 눈이 루드비히의 얼굴을 보며 환하게 웃었다. 그러자 루드비히가 답을 하듯 눈을 크게 휘는 미소를 지었다.

"눈치챈 거야?"

"아마 저희 집안에는 공작님 빼고는 다 알고 있을 것 같아요."

"모르시아니 공작은 정말 칼을 잘 쓰는 거 빼고 재주가 없어."

루드비히가 기회를 틈타 다시 루셔스의 험담을 늘어놓았다. 아무리 보아도 그의 눈에는 누이의 짝으로 공작이 부족하다 여겨지는 것이다.

"너무 미워하지 마세요. 네?"

"누가 밉대. 그냥 그렇다는 거지. 흠."

두 사람은 미소가 지워지지 않은 얼굴로 정원의 한편을 나란히 응시하였다.

"그럼 설마 로마그놀로 백작이라고 불러야 하는 건 아니겠지."

"사돈지간이 되면, 아무래도 보는 눈이 있을 때는 누이라고 더 부르시지 않는 게 좋을 것 같아요."

"나는 절대 양보 못 해."

"전하도 참……."

"또 전하야?"

두 사람은 마치 십 대의 어린 남매라도 된 것처럼 토닥대며 대화를 주고받았고, 그들의 머리 위로 희고 자잘한 꽃들이 포도송이처럼 주렁주렁 늘어져 있었다.

스텔라는 정원을 거닐면서 될 수 있으면 샤를을 마주치지 않으려고 애를 썼다. 하지만 발걸음이 습관적으로 그가 있을 서재로 향하는 것이었다.

"아! 내가 여길 또 왜 온 거야."

스텔라는 황금 나침반을 흔들면서 얼른 몸을 돌렸고, 그와 동시에 서재의 문이 열리면서 시종이 들어올 것을 청하였다.

"귀도 밝지."

스텔라는 약간 떨떠름한 얼굴로 서재에 들어섰고, 거기에는 무슨 그림을 뚫어져라 보는 샤를이 있었다.

"왔어?"

"응."

스텔라는 그녀가 왔는데도 쳐다보지도 않는 샤를을 보면서 슬쩍 근처로 다가섰다.

"이게 다 뭐야?"

스텔라는 세상의 미인들은 모두 그려진 듯한 그림을 하나하나 따져 보고 있는 샤를을 보면서 물었다. 하지만 샤를은 마치 그 여인들에게 반하기라도 한 것처럼 대답이 없었다.

"오로라 공주, 재스민 공주, 아나스타샤 공주……."

그제야 스텔라는 그것들이 샤를에게 들어온 혼담이라는 것을 깨달았다. 들리는 소문에 샤를이 스무 살을 넘기지 않고 반려를 맞이할 것이라 하였다.

아무 생각 없이 공주들의 이름을 읊던 스텔라는 굉장히 이상한 기분에 휩싸였다. 분명 혼인을 축하한다고 말을 건네는 게 예법일 텐데. 왜인지 입이 떨어지지 않았다.

"스텔라, 말해 줘. 누가 가장 나와 어울리는 것 같아?"

샤를이 아주 차분한 목소리로 그림들을 내밀면서 물었다.

"……"

스텔라는 기계적으로 그것들을 받아 들고는 다시 그를 쳐다보았다.

"한번 봐."

"응. 다 예쁜 분들이네."

샤를은 앉아 있다 일어나면서 스텔라의 얼굴 아래쪽으로 고개를 들이밀었다.

"제대로 보고 있는 거 맞아?"

스텔라는 태연스럽게 그녀의 얼굴을 훑는 샤를의 시선에 갑자기 속에서 화가 끓어올랐다.

"난 바빠서 가야겠어. 그건 혼자서 결정하도록 해."

그렇게 스텔라가 초상화들을 책상에 내려 두고 돌아가려는 순간, 샤를이 그녀의 손목을 붙들었다.

"왜 그러는데?"

"오늘 너 말을 너무 하는 거 아냐? 매번 인사만 하고, 너 내게 말을 걸지 않았잖아."

"그럼 네가 말을 걸면 되는 거 아니었나?"

"……그건!"

스텔라는 그에게 잡힌 팔을 빼려고 해 보았지만, 전혀 움직일 수 없었다.

"이것 놓고 혼인 잘해. 애도 많이 낳고 부디 백년해로도 하고!"

스텔라의 입술을 타고 축언인지, 저주인지 모를 말들이 비집고 흘렀다. 그러자 샤를이 힘을 주어 스텔라의 몸을 끌어당겼다. 그들의 사이는 종이 한 장 정도의 공간만이 남게 되었다.

"내가 선택한 사람은 바로 여기에 있어. 봐 주겠어? 그러면 놔줄게."

샤를이 한 팔을 뻗어 곱게 말아 둔 종이 하나를 집어서 스텔라에게 건넸다. 스텔라는 자유로워진 팔로 그 종이를 받아 들었고, 단번에 그것을 펼쳤다. 그러나 차마 제대로 확인할 용기가 없어서 작은 실눈을 떴다.

"어때."

스텔라는 희미하게 보이는 그림의 형태가 무척이나 낯이 익은 것이라는 것을 깨달았다.

"이건 공주님의 초상화가 아니잖아. 게다가 이건 거의 십 년도 넘은 내 초상화야."

스텔라는 눈을 비비면서 그림을 확인해 보았다. 기억이 확실하다면 그녀가 성년의 되던 해 유명한 화공이 그려준 그림으로 너무 갖고 싶어 하던 루비 삼촌에게 선물을 했던 것이었다.

"그걸 얻기 위해서 내가 얼마나 힘들었는지 모를 거야."

샤를은 아버지에게서 스텔라의 초상화를 얻기 위해서, 몇 년간 루드비히가 하라는 것을 모두 행해야 했다. 하지만 이것은 그의 오랜 노력과 바꿀 만한 가치가 있었음이라.

"샤를, 장난하지 마. 나 지금 그럴 기분이 아냐."

"나야말로 곤란한데?"

"무슨 소리야?"

"기억 안 나? 네가 날 갖고 싶다고 한 거?"

스텔라는 이게 무슨 해괴망측한 소린가 싶어서 일단 주변을 살폈다. 다행히 샤를의 서재에는 그들 둘뿐이었고, 그제야 스텔라는 양 허리에 손을 얹고 큰소리를 쳤다.

452

"내가 언제 그런 말을 했다는 거야?"

"내 눈이 아름답다고 하지 않았어?"

"그거야……."

스텔라는 그것만큼은 부인할 수 없는 사실이라 슬쩍 그의 빛나는 눈을 바라보았다. 오늘따라 더욱 매끈하고 빛이 아는 붉은 기가 도는 샤를의 눈이었다.

"그래서 내가 그때 준 거 있지."

"예쁜 돌?"

"그래. 이제 그거 돌려줘."

"얘가 진짜 점점 모를 말만 하네. 나 진짜 갈래."

스텔라는 왠지 점점 구석에 몰리는 기분이 들어서 두 팔로 몸을 감싸면서, 뒤로 물러났다. 그러자 샤를은 그림을 한 번 다시 감상하더니, 조심스럽게 내려두고 그녀를 쫓듯 다가섰다.

"가짜는 내게 주고, 진짜를 네가 가져."

"아니. 진짜고 가짜고 나는 욕심 없어."

"내가 너를 데리고 배도 태워주고, 드래곤을 잡으러 가줄 건데도?"

스텔라가 한 발짝 더 물러섰고, 샤를이 그녀에게 조금 더 가까이 갔다.

"함께 검도 겨누고, 여기저기 모험을 떠나는 거야. 어때?"

스텔라는 점점 그의 붉은 눈에 매료되어 멈추어 섰다. 샤를이라면 듬직한 여행의 동반자가 되어 주리라. 그의 채찍은 무척이나 매섭고, 그는 꽤 박학다식하지 않은가.

그러다 갑자기 크게 고개를 좌우로 흔들었다. 지금 샤를이 말하는 것은 혼인을 뜻하는 거지, 단순한 여행이 아니지 않은가.

그녀는 메이린 이모처럼 혼자 자유롭게 살고 싶다는 생각을 종종 했었다. 또 어떤 날에는 어머니와 아버지를 보면서 저리 의지하면서 함께 나이 드는 것이 멋져 보이기도 하였다.

"샤를. 나는 혼인은 자신 없어. 그건."

"혼인해도 지금하고 달라지는 것은 아무것도 없을 거야. 약속할게."

"……그래? 아까 한 말 다 지킬 거야?"

스텔라는 혼자 상상의 나래를 펼친다고 샤를이 아주 가까이에 온 것도 눈치채지 못하였다.

"그럼. 나의 별, 스텔라."

샤를의 입술이 스텔라의 이마에 천천히 내려왔고, 그 생소한 감각에 그녀는 가만히 눈을 감았다.

루셔스가 고열에 시달린 지 여러 날이었다. 눌리타스는 병간호를 누구에게 맡기지 않고, 손수 그를 보살피는 중이었다.

한참을 자다 루셔스가 눈을 뜨자 곁에는 눌리타스가 그의 손을 잡은 채였다.

"괜찮으세요?"

"그럼, 내가 누군데……."

눌리타스는 그의 이마에 맺힌 땀을 가만히 닦아 주며, 근심 어린 표정을 지었다. 평생 감기 한 번 걸린 일이 없는 이 아니던가. 의원은 곧 차도가 있을 거라고 했지만, 그의 약한 모습을 보는 것은 무척이나 걱정스러웠다.

"이제는 일어나도 될 것 같아."

루셔스는 바싹 마른 입술로 몸을 세워보려 하였으나 역부족이었다.

"좀 더 쉬셔야 해요. 가브리엘과 고프리가 지금 일들을 무리 없이 해나가고 있는 걸요."

이제 완전히 커버린 두 아들들은 아직 인연을 만나지 못한 채, 각자의 일에만 매진하고 있었다.

"그리고 루셔스. 저 사실 조금은 기쁘답니다."

루셔스가 다시 열이 올라 붉어진 얼굴로 눌리타스의 말에 의아한 빛을 드러냈다.

"예전에 말이에요. 이 침실에서 당신이 저를 보살펴 주었을 때."

"아……."

루셔스는 그 날의 설렘을 또렷하게 기억하고 있었다. 열이 올라 침대에 누운 여인의 목덜미가 어찌나 뽀얀지, 뒤척이는 데 흐르는 은발이 얼마나 고왔던지.

몇 번이고 그녀에게 닿기를 원하였으나, 아직 서로의 마음을 확인하기 전이라 그리 할 수 없음에 몸부림쳤던 밤이었다.

"사실은요. 저 그날 하나도 아프지 않았어요. 당신 때문에 가슴이 두근거려서 얼굴이 그렇게 붉었던 거예요."

이십 년 만의 뜻밖의 고백.

루셔스는 이마에 올려진 수건을 세차게 던져버린 후 눌리타스의 몸을 와락 안았다.

"그때의 내가 그대를 떨리게 했던 건가."

"언제나 그런걸요. 나의 공작님."

루셔스는 열이 오르다 못해 머리가 폭발하는 것 같은 기분이었다. 힘주어 안은 그의 손이 눌리타스의 은발을 쓸어내렸고, 등을 타고 흘렀다.

"내가 열을 내리는 데 좋은 방법을 아는데."

"그것도 파스텔이 알려 준 건가요?"

눌리타스의 낮은 속삭임에 루셔스는 그의 상의를 여민 하얀 끈을 풀어 내리는 것으로 답을 대신하였다. 탄탄하고 너른 가슴이 눌리타스의 눈앞에 드러나자, 그녀는 왠지 울고 싶어졌다.

그를 만나게 되어서, 그를 사랑하게 되어, 그와 이렇게 함께 나이 먹음에 행복하고 행복하였다.

"사랑해요. 루."

"오늘도 나는 그대를 울리는군."

푸른 비가 내리는 그녀의 얼굴로 루셔스의 뜨거운 입술이 다가
왔다.

구불구불한 모양의 골목의 끝, 작은 마을의 동네 사랑방이 되어
버린 분수대에는 시원한 물살이 쉼 없이 푸른 하늘을 향해서 뿜어
져 나오고 있었다. 그리고 그 아래 나이가 제각각인 아이들의 한
무리가 옹기종기 모여 있었다.

아이들은 한 달에 한 번 이곳을 들러 이야기를 들려주는 누군가
를 기다리는 것이었다.

얼마나 기다렸을까. 예사롭지 않은 그림이 수 놓인 녹색의 드레
스를 입은 여인이 아이들의 앞으로 모습을 드러냈고, 기대에 찬 아
이들은 모두 그녀를 향하여 큰 목소리로 인사를 하였다. 그리고
동작이 재빠른 한 아이가 의자 하나를 가져와 분수대 앞에 놓는
것이었다.

"그래, 오늘은 무슨 이야기 해 줄까."

나이가 지긋한 여인이 준비된 나무 의자에 앉으면서, 따사로운
햇살에 지그시 미소를 지어보았다.

여인의 물음에 기다렸다는 듯 아이들의 목청이 높아졌다.

"오늘도 은발머리 성녀님 이야기가 듣고 싶어요!"

"그리고 그 야수 같은 공작님 이야기도요!"

아마도 전에도 들었던 적이 있는 것 같은데, 아이들은 마치 처음인 것처럼 기대감 가득한 눈을 한 채, 침을 꿀꺽 삼켰다. 그러자 여인은 마치 마법이라도 부리듯 어디선가 보들보들한 천을 꺼내어 머리에 둘렀다. 아마도 그것은 여인의 이야기가 시작된다는 것을 의미하는 것이리라.

"그럼 오늘은 인간이 된 드래곤과 공작님에 얽힌 이야기를 들려주마."

그렇게 시작된 이야기였다.

날 때부터 전사의 피가 흐르던 모르시아니 공작은 키가 남들의 두 배가 넘었고, 머리는 허리까지 이르는 흑발에, 그 시꺼먼 눈은 누구라도 한 번 보면 영혼을 앗아갈 만큼 지독히도 어두웠다고 한다.

공작은 왕국을 지키기 위해서, 그의 가문에 대한 의무를 이행하기 위해서 셀 수도 없는 전투를 치러야 했다. 그리고 시간이 흐를수록 붉디붉은 피에 점점 무감해졌다.

적을 산더미처럼 베고 돌아오는, 피 칠갑을 한 공작의 흉흉한 모습에 산짐승조차도 감히 그 앞에 나설 생각을 하지 못하였다.

그리고 공작이 강해지면 강해질수록 그의 안에 남아 있던 인간의 마음이 점점 희미해져 가기 시작하였다. 그러다 모르시아니 공작의 검에 너무나 많은 원망이 스몄고, 피로 물든 그의 심장은 서서히 뛰지 않게 되었다. 아름다운 것을 보아도 참혹한 상황에도 그의 표정은 늘 한결같았다.

숨 쉬는 것도 잊은 채 이야기에 몰입하던 아이들은 마치 야수 같은 공작에 대한 묘사를 들으면서 침을 꼴깍 삼켰다. 그리고는 언제 들어도 질리지 않는 드래곤이 등장할 차례만을 기다렸다.

"이제 공작이 드래곤을 무찌르러 가나요?"

질문의 의도가 훤하게 보이는 아이들을 사랑스럽다는 듯 훑던 여인은 목청을 가다듬었다.

"기다려 보거라. 이제 곧 나오니."

모르시아니 공작은 언젠가부터 그가 살아가는 의미를 알 수 없게 되었다. 그리하여 왕이 저주처럼 내린 명령을 순순히 따라, 그는 아주 깊은 산에 숨어 산다는 전설의 드래곤을 찾으러 길을 떠나게 된다.

"……오늘은 볕이 참 좋구나."

"할머니! 자꾸 중간에 끊으시면 제 동생이 운다고요!"

동생 사랑이 극진한 형이 제법 인상을 쓰며 여인에게 이야기를 재개할 것을 독촉하여 보았다.

"뭐 그렇게 말하면 할미가 무서워할까 보냐. 귀여우니 계속해 주지."

공작은 그의 마지막을 걸고서 드래곤을 무찌르기로 한 것이다.

그러나 그것이 그 스스로를 위함인지, 타인을 구하기 위해서인지 공작은 확신하지 못한 채였다.

여러 날 산을 넘고 들을 건너서 험준한 계곡 어딘가에서 모르시아니 공작은 드디어 드래곤을 맞닥뜨리게 되었다. 그 드래곤은 몸집이 산처럼 컸고, 은색 비늘에서는 온통 빛이 나고 있었다.

"디아나 여신의 가호가 있길!"

우물쭈물하다가는 오히려 그가 당할 게 뻔했기에, 모르시아니 공작은 눈부신 긴 칼을 빼 들고, 바로 그 드래곤의 심장을 향하여 달려들었다.

드래곤은 마치 그를 기다리고 있었다는 듯, 혹은 그의 칼에 모든 것을 맡긴다는 듯한 기운을 풍기며 아무런 미동이 없었다. 이내 모르시아니 공작의 칼이 커다란 생물체에게 닿았고, 비늘로 덮였던 드래곤의 위로 엄청난 빛이 쏟아졌다.

그리고 모르시아니 공작이 밝은 빛에 겨우 눈을 떴을 때, 드래곤이 사라졌음을, 그리고 대신 한 여인이 기다란 은발로 몸을 가리고 서 있다는 것을 볼 수 있었다.

"저주에서 저를 구원해주셔서 감사합니다."

분명 그의 검은 드래곤의 비늘로 덮인 심장을 관통했거늘, 어째서 저런 가냘픈 여인으로 변하여 인간의 말을 한단 말인가.

"……그대가 드래곤?"

모르시아니 공작의 검은 언제나 후회를 몰랐으나, 지금만큼은 당혹스러움에 어쩔 줄을 몰랐다. 그는 허탈한 듯 긴 검을 땅에 끌면서, 공작의 검은 눈을 꿰뚫어 보기라는 하듯 응시하는 푸른 눈의 여인을 바라보았다.

공작은 너울대는 은발 아래 살포시 엿보이는 뽀얀 살결에 그의 볼이 희미하게 붉게 물들기 시작한다는 것을 느끼고, 급히 걸치고 있던 망토를 벗어 여인에게로 던졌다.

그는 아무런 결정을 내리지 못한 채 검을 갈무리한 후 등을 돌렸고, 여인은 망토에 몸을 모두 감춘 채 그 뒤를 가만히 따랐다.

그것이 두 사람이 모르시아니가까지 함께 하게 된 과정이었다.

공작의 가슴에 박혀 있던 차디찬 얼음덩이는 운명처럼 마주한 여인의 등장으로 인해 금이 갔고, 그 사이로 훈풍이, 풀내가 그리고 두근거림이 스며들기 시작하였다.

그렇게 드래곤이었던 여인은 흉포하기로 소문난 공작의 반려가 되었고, 이것은 이 동화의 시작이자 끝이기도 하지.

"벌써 끝이에요? 할머니 조금만 더요. 네?"

이야기에 흠뻑 빠진 아이들은 계속 졸랐고, 할머니는 눈을 지그시 감은 채 주변의 바람을 느끼고 있었다. 그리고 다시 입을 뗀 것은 아주 조금 뒤였다.

그 여인은 공작부인이 되었지만, 어떤 의미에서는 전혀 귀족답지 못했단다. 그녀는 고용인들과 식사를 하기도 하였고, 어떤 위치에 있는 사람이든 상관없이 어울렸어.

그러던 어느 해, 왕국에 무시무시한 역병에 돌았고 수백, 수천의 사람들이 하룻밤 사이에 유명을 달리하는 일이 일어났단다. 이에 귀족들이 전부 귀한 것들을 챙겨서 공기가 좋은 시골로 달아나는데 반해 드래곤이었던 여인은 한 마을을 찾아갔단다.

그곳에는 고열에 얼굴이 붉어진 아비, 숨이 금방 끊어질 것처럼 호흡이 가쁜 아이들, 아기의 온몸을 뒤덮은 반점을 쓸면서 우는 어미가 있었지.

그리고 분수대 주변에 산처럼 쌓여서 썩어들어 가는 어제의 그들의 이웃과 가족들이 마지막 남은 숨을 들이켜는 자들을 향해서 환영 인사를 보내는 것 같았어.

그래, 이미 그곳에는 삶의 향기보다는 죽음의 그림자가 완연하였지.

여인은 하얗고 가벼운 드레스를 끌면서 아픈 이들 앞에 나타났지. 그녀는 아픈 이들을 한참 슬픈 눈으로 바라보더니, 갑자기 그곳에 무릎을 꿇고 하늘에 대고 기도를 시작했어. 그녀가 내뱉는 말은 보통의 인간들은 한 번도 들어 본 적이 없는 낯선 것이었단다.

그러자 무슨 조화인지, 구름 한 점 없던 하늘에서 갑자기 비가 내렸어. 하지만 그 비는 전혀 차갑지 않았고, 살에 닿는 느낌이 마치 봄바람처럼 따스했단다.

비를 맞은 이들의 몸에는 반점이 지워졌고, 열이 떨어졌으며, 누워 있던 사람이 갑자기 자리에서 벌떡 일어설 수 있게 되었단다.

그것은 기적이라고 부를 수밖에 없는 일이었지.

그리고 회복이 된 사람들은 여인에게 모여들어서 이마가 땅에 닿을 만큼 감사 인사를 올렸지. 그들은 고마움을 보답할 길이 없어서 손에 잡히는 이름 없는 꽃들을 받쳤고, 이에 여인은 온유한 미소로 그들에게 답을 하였단다.

이야기를 듣던 아이들은 이제 아예 입을 헤 벌리고, 완전히 그 여인에게 빠져 있었다. 은발에 신비로운 푸른 눈을 가진 자애로운 여인의 발치에 던져진 꽃향기가 바람을 타고 아이들의 코끝을 스치는 것도 같았다.

"드래곤이었던 여인은 말이야. 정말이지. 가슴이 따뜻한 분이셨단다."

여인은 한 손을 가슴에 대면서 복받치는 감정을 겨우 추스르면서 말을 이었다.

왕국에서는 귀족을 제외하고는 무엇을 배운다는 것은 꿈도 꿀 수 없는 일이었는데, 은발의 여인은 푸른 눈으로 왕과 귀족들을 가만히 들여다봄으로써 그들을 설득할 수 있었단다.

마치 그녀가 바라보다 살며시 웃어주자 마음에 켜켜이 쌓인 근심이 날아가는 기분이었다고 해.

그렇게 각지에 스콜라가 세워지고, 신분에 구애받지 않고 배우고자 하는 이들에게 기회가 주어졌지. 그러자 훌륭한 사람들이 생겨났고, 결국 왕국은 점점 탄탄해질 수밖에 없었던 거야.

"와아……."

분수대 앞의 아이들은 작은 탄성을 내질렀다.

모르시아니 공작과 여인은 두말할 것도 없이 무척 금실이 좋았단다. 두 사람은 날이 좋을 때는 말을 타고 쉼 없이 들판을 달렸고, 비가 내리는 날에는 함께 창밖을 보면서 손을 꼭 잡고 서로를 바라보고 있었지.

몇 년이 흘러 그들은 아들 둘을 낳고, 마지막으로 딸을 하나 낳았지.

"그런데 드래곤인데 인간의 아이를 낳은 건가요?"

한참 호기심이 많은 아이 하나가 손을 들면서 여인에게 물었다.

그러자 여인이 빙그레 웃으면서 이것은 모두 전설 같은 이야기라고 설명해 주었다.

그리고 하늘의 별보다 어여쁜 막내는 드래곤이었던 어머니를 꼭 닮은 아름다운 아이였는데, 무척이나 모험심이 강했단다. 그녀는 화려한 드레스를 입고 무도회에서 춤을 추는 것보다는 말을 타고 들판을 누비는 것을 더욱 좋아했지.

아마 왕국의 여인들이 말을 탈 때 거추장스러운 드레스 대신 바지를 입게 된 것이 그때부터라는 이야기도 있단다.

"용감한 공작 영애는 왕자님을 만나게 되었나요?"

한참 꿈 많은 어린 소녀가 볼을 붉히며 여인에게 물었다. 이번에도 여인은 인내심을 가지고 천천히 답을 해 주었다.

왕자님은 그 여인보다 한참 어렸는데, 두 사람은 첫 만남부터 강렬한 이끌림을 느꼈다. 왕자는 오랜 시간 한결같이 그녀 곁에 머물렀고, 그들은 남들과는 조금 다른 혼인을 맺게 되었다.

왕위도 거절한 채, 그들은 해를 따라 들판을 달리거나 별을 쫓아 배를 타고 온 세상을 유람했단다.

"할머니, 지금 그 이야기 다 진짠가요? 드래곤이 인간이 되어 혼인을 하고, 귀족이 정말로 병이 든 가난한 자들을 위해서 창고를 열어주고, 손을 잡아줬다고요?"

철이 일찍 든 키가 좀 큰 소년이 불퉁한 목소리로 묻자, 여인은 아이를 향해서 따스하게 미소를 보여주었다.

"사람들은 늘 믿는 만큼만 보게 되는 법이지. 아이야. 너는 세상을 의심하고 부정하느라 네게 주어진 행복을 놓쳐버리는 어리석은 이가 되고 싶니?"

"아뇨. 행복을 놓치는 건 싫어요."

여인의 이야기가 끝이 난 듯 머리에 둘렀던 천을 풀어내자, 아이들의 아쉬움이 부서지는 물방울처럼 튀어 오르는 것 같았다.

"할머니, 하나만요. 그래서 그다음은 어떻게 되었나요?"

"글쎄. 이 이야기가 전해진 것이 백 년도 넘었으니, 아마 공작님의 아이들의 아이들이 태어나 너희 곁에 살고 있지 않을까 싶구나."

그 말에 아이들이 너도나도 놀라서 서로의 얼굴을 들여다보았고, 그러는 사이에 여인은 천천히 일어나서 구부정한 몸으로 어디론가 사라져버렸다.

"꽤 그럴듯한 이야기였어."

분수대 뒤편에 기대어 서서 이야기를 들었던 한 아이가 하얀 이를 드러내며 모습을 보였다.

소녀는 어디 오빠의 옷이라도 훔쳐 입고 나온 건지, 맞지 않는 바지가 자꾸 흘러내리는 것을 추켜올렸다. 그녀의 할머니에 대한 재미있는 이야기들을 많이 들었지만, 오늘 것은 그 중 과히 최고라 칭할 만하다고 생각했다.

"그러면 내 안에 드래곤의 피가 섞인 건가. 그렇지만 난 어딜 봐도 너무 평범하지 않아?"

몸에 어디 비늘이라도 하나 돋아나 있나 싶어서 흘끔거리던 소녀는 품에서 은화를 하나 꺼내어 분수대 안에 퐁 하고 던져 넣었다.

"이야기를 들은 답례로 이 정도면 충분하겠지."

소녀는 오래 기대서 구겨진 옷을 대충 바로 하고, 몸을 숙여 신의 끈도 다시 팽팽하게 묶었다. 그러자 소녀의 옷 밖으로 긴 줄에 달린 로켓이 흘러나왔다. 소녀는 그것이 아주 귀한 보물이라도 되는 듯 조심스레 갈무리해서 집어넣더니 씨익 웃었다.

그다음에는 주머니에서 빛바랜 금색 나침반을 꺼내 들어 하늘로 이리저리 돌려 보았다. 그러나 사용법에 대해서는 전해 듣지 못해서 아무리 들여다보아도 막막할 뿐이었다.

"어디로 가야 도대체 바다가 나오는 거냐고."

아까 들었던 이야기처럼 배를 타고 세상을 누비고 싶건만, 집을 나온 지 한참이 지나도 바다는커녕 짠내조차 맡아보지 못했다.

한숨을 내쉬던 소녀는 나침반을 주머니에 넣고, 양팔을 흔들면서 앞으로 나아갔다. 잠시 하늘을 올려다보는 소녀의 모자 아래에는 은발이 빛나고 있었고, 그 눈은 자수정 빛이 은은하게 새어 나왔다.

"이젠 나의 차례야."

소녀의 활기찬 목소리가 소란스러운 골목의 끝에서 잠시 들리는가 하더니, 이내 흩어졌다.

〈끝〉

작가 후기

안녕하세요.

《눌리타스 : 절반의 백작 영애》를 쓴 Jezz입니다. 이렇게 종이책으로 독자님들과 만날 수 있게 되어 설레는 마음입니다.

어느 날 저는 우연히 독서를 하다가 '눌리타스(núllitas)'라는 단어를 발견했고, 이 작품을 구상하게 됩니다. 아무것도 아니었던 여인으로부터 시작되는 이야기를 말입니다. 라틴어 여성 명사로 무(無)를 의미하는 이름을 가진 주인공 눌리타스는 결국 마지막에는 자신 안에 무한한 것들을 가득 채우게 되었습니다.

제가 들려드리고 싶었던 이야기는 사랑에 대한 것이었습니다. 남녀의 사랑, 부모와 자식 간의 사랑, 형제자매 간의 사랑…… 세상에는 다양한 형태의 사랑이 넘쳐흐르고 있으니까요.

독자님들이 눌리타스와 루셔스의 사랑 이야기를 읽으시는 동안

만큼은 누군가를 가슴에 담았던 그 순간을 떠올릴 수 있으면 얼마나 좋을까 생각해봅니다.

끝으로 어린 시절 제게 명작동화와 전래동화 책을 선물해주신 한정자 여사님께 깊은 사랑을 전합니다. 더불어 언제나 제 편이 되어주는 세 친구, CoCo, Ho, 신고양이 님 그리고 항상 응원해주는 정단비 님에게 감사의 말씀 전합니다.

그리고 지금 이 후기를 읽고 계시는 독자님들께도 감사합니다!

2018년 여름

Jezz 드림

국립중앙도서관 출판시도서목록(CIP)

눌리타스 : 절반의 백작 영애 : Jezz 장편소설. 3 /
지은이: Jezz. —— 고양 : 위즈덤하우스미디어그룹,
2018
p. ;   cm

ISBN 979-11-6220-713-0 04810 : ₩13000
ISBN 979-11-6220-710-9 (세트) 04810

한국 현대 소설[韓國現代小說]

813.7-KDC6
895.735-DDC23   CIP2018025073

눌리타스 3

초판 1쇄 인쇄 2018년 9월 3일 **초판 1쇄 발행** 2018년 9월 10일

지은이 Jezz
펴낸이 연준혁

멀티콘텐츠사업본부 이사 정은선
책임편집 오가진 **디자인** 윤정아

펴낸곳 (주)위즈덤하우스미디어그룹 **출판등록** 2000년 5월 23일 제13-1071호
주소 경기도 고양시 일산동구 정발산로 43-20 센트럴프라자 6층
전화 031-936-4000 **팩스** 031)903-3893
홈페이지 www.wisdomhouse.co.kr

값 13,000원
ISBN 979-11-6220-713-0 04810
       979-11-6220-710-9 세트